LIOBA ALBUS

Älter werde ich später

AF186122

Weitere Titel der Autorin:

Zusammen ist man weniger gemein
Betreutes Flirten für Spätberufene

Über die Autorin:

Lioba Albus wurde 1958 in Attendorn im Sauerland geboren, lebt in Dortmund und ist Mutter von drei erwachsenen Töchtern. Als gelernte Schauspielerin zog es sie vor dreißig Jahren auf Deutschlands Kabarettbühnen. Außerdem ist sie häufig zu Gast in diversen Radio- und Fernsehshows wie z. B. der *Ladies Night* (ARD). Freunde, die es gut mit ihr meinen, finden, sie spricht ein bisschen zu viel. Darum schreibt sie jetzt.

Lioba Albus

ÄLTER WERDE ICH SPÄTER

Roman

Lübbe

NACHHALTIG PRODUZIERT

Die Bastei Lübbe AG verfolgt eine nachhaltige Buchproduktion. Wir verwenden Papiere aus nachhaltiger Forstwirtschaft und verzichten darauf, Bücher einzeln in Folie zu verpacken. Wir stellen unsere Bücher in Deutschland und Europa (EU) her und arbeiten mit den Druckereien kontinuierlich an einer positiven Ökobilanz.

Vollständige Taschenbuchausgabe
der bei Bastei Lübbe erschienenen Paperbackausgabe

Copyright © 2024 by
Bastei Lübbe AG, Schanzenstraße 6–20, 51063 Köln

Lektorat: Dr. Stefanie Heinen
Umschlaggestaltung: ZERO Werbeagentur, München
Einband-/Umschlagmotiv: © Kolesnikov Vladimir/shutterstock.com;
NataLT/shutterstock.com; Nik Merkulov/shutterstock.com
Satz: Dörlemann Satz, Lemförde
Gesetzt aus der Minion Pro
Druck und Verarbeitung: GGP Media GmbH, Pößneck

Printed in Germany
ISBN 978-3-404-19298-4

2   4   5   3   1

Sie finden uns im Internet unter luebbe.de
Bitte beachten Sie auch: lesejury.de

Man hört nicht auf zu lachen, wenn man alt wird,
aber man wird alt, wenn man aufhört zu lachen.

Jean Nohain

Für meine Töchter Laura, Janna und Greta,
die mich so gut erzogen haben.

FEBRUAR

Ein Tag, der mit dem Duft von frisch gebackenem Zitronenkuchen beginnt, dem liegt die Welt zu Füßen. Dachte ich. Ich
denke viel. Macht ja jeder. Ich vertue mich aber ab und zu beim
Denken – das werdet ihr noch merken.

Auf dem Weg nach unten durchs Treppenhaus sog ich den
köstlichen Duft gierig ein. So früh am Morgen backen, das
macht nur eine: meine mütterliche Freundin und Nachbarin
Traudel. Traudel ist ein Schatz – immer schon gewesen.

Ich schlurfte nach unten und holte meine Tageszeitung aus
dem Briefkasten. Ja, ja, ich weiß: Zeitung analog lesen ist so was
von retro. Das braucht ihr mir nicht unter die Nase reiben, das
machen meine beiden erwachsenen Kinder schon genug. Aber
ich bin ein haptischer Mensch. Ich halte Zeitungen und Bücher
gerne ganz altmodisch in der Hand.

Ich fischte meine Zeitung aus dem Briefkastenschlitz und
kroch auf dem Rückweg nach oben fast mit meiner Nase unter
dem Türspalt zu Traudels und Antes Wohnung hindurch. Das
roch aber auch zu verlockend!

Kaum hatte ich mir in meiner eigenen Wohnung einen starken Kaffee aufgebrüht, klingelte es an der Wohnungstür. Nanu,
wer konnte das um diese Uhrzeit schon sein?

Vor mir stand Traudel. Leicht erhitzt, Frisur völlig zerzaust
hielt sie mir den Zitronenkuchen entgegen. Den ganzen! Habe
ich schon erwähnt, dass dieser Tag das Potenzial zu einem Gra-
natentag hatte? Der Speichel tropfte mir vor lauter Vorfreude
quasi aus dem Mund.

»Für dich«, sagte sie, »als Dankeschön, weil du auf unsere
Wohnung aufpasst!«

Ach ja, das hatte ich ja völlig vergessen – oder verdrängt, je nachdem. Heute wollten Traudel und Ante, ihr Mann, für etliche Wochen nach Gran Canaria abreisen. Das machen sie jedes Jahr im Winter. Die alten Knochen ein bisschen vor dem deutschen Winter retten – so nennen sie das. Beide sind nicht mehr die Jüngsten. Traudel ist zweiundachtzig und Ante sechsundsiebzig. Traudel hat früher häufig meine Kinder gehütet, als die noch klein waren. Und mich getröstet und aufgerichtet, wenn mir mein eigenes Leben mal wieder um die Ohren geflogen war. Im Grunde war sie meine Ersatzmutter und für die Kinder so eine Art Wahl-Oma. Zu meiner eigenen Mutter hatte ich zeit ihres Lebens ein kompliziertes Verhältnis. Traudel war das Gegenteil meiner Mutter: Sie drängte mir keine Ratschläge auf, war einfühlsam und empathisch. Meine Mutter dagegen war bis zu ihrem Tod vor dreizehn Jahren immer eher abwertend und manipulativ.

Aber darüber wollte ich jetzt nicht nachdenken. Schließlich wurde mir gerade ein frisch gebackener Zitronenkuchen unter die Nase gehalten.

Ich nahm Traudel den Kuchen aus der Hand, stellte ihn auf der Flurkommode ab und fiel ihr spontan um den Hals. »Ich werde euch so vermissen! Kommt gesund wieder. Und Antes Dschungel werde ich hüten wie meinen Augapfel!«

Letzteres war wichtig. Ante ist ein sehr stiller Mensch, er spricht nur das Allernötigste. Dafür ist er ein regelrechter Pflanzenflüsterer. Er hat nicht nur den grünen Daumen, der ganze Mann ist quasi grün. Es gibt keine Pflanze, und sei sie noch so vernachlässigt, die unter seinen Händen nicht wieder zu sattgrünem Leben erblüht. Mir seine Schätze für sechs Wochen zur Pflege zu überlassen fiel ihm nie leicht. Und mich machte diese Verantwortung immer etwas nervös. Genauso wie Traudels Abwesenheit. Aber das würde ich nie öffentlich zugeben. Ich bin schließlich neunundfünfzig Jahre alt und sollte inzwischen eigentlich selbst für andere eine Zuflucht bei Lebensturbulenzen sein. Bin ich aber nicht. Irgendetwas in mir bleibt beharrlich unsicher.

Als Traudel sich wieder verabschiedet und ich meine Wohnungstür hinter ihr geschlossen hatte, beschloss ich, meine Pläne für ein gesundes, vitaminreiches Frühstück über den Haufen zu werfen. Ich hatte eine Planänderung verdient. Bis tief in die Nacht hatte ich über meiner Steuererklärung gesessen. Anfangs war ich noch ganz tapfer mit Tee und leiser Musik in dieses unangenehme Kapitel meines Selbstständigen-Daseins gestartet, dann aber war ich zu Gin übergegangen. Meine Steuererklärung war auch jetzt noch nicht fertig, was euch nicht überraschen wird. Dafür war ich übernächtigt und hatte leichte Kopfschmerzen.

Dagegen ist ein Stück – na gut, drei Stücke – Zitronenkuchen eine gute Therapie. Natürlich in Kombination mit starkem Kaffee. Zitronen enthalten ja viel Vitamin C. Und Vitamin C und Koffein – das ist ja so etwas Ähnliches wie eine natürliche Schmerztablette. Dachte ich. Und es wirkte.

Kaum hatte ich den noch warmen Kuchen verdrückt und den Kaffee getrunken, fühlte ich mich ausgesprochen behaglich. Wäre ich eine Katze, ich hätte geschnurrt. Ein weiteres Indiz dafür, dass dieser Tag mein Freund werden würde.

Dachte ich. Nein, ihr braucht mich nicht dran zu erinnern! Ich habe ab und zu Pech beim Denken, ich weiß das.

Ich saß gerade auf dem Klo – mit Zeitung. Ich hoffe, ihr könnt aushalten, dass ich solche Sachen erwähne. Ich bin nicht so fein. Und ich spreche über Dinge wie Klo und Verdauung, damit müsst ihr euch abfinden.

Ich saß also gerade auf dem Klo und las in der Zeitung über eine Demo der Fridays-for-Future-Bewegung, als es wieder an der Wohnungstür klingelte.

Da ich davon ausging, dass es sich um diese Zeit eigentlich

nur noch einmal um Traudel handeln könnte, die bestimmt vergessen hatte, mir noch etwas zu sagen, raffte ich meine Jogginghose nur notdürftig hoch und öffnete in diesem leicht derangierten Zustand die Tür.

Genau ab diesem Zeitpunkt drehte sich der bis dahin so vielversprechende Tag in die komplett andere Richtung und zeigte mir seinen Stinkefinger.

Im Türrahmen stand mein Sohn. Leo, sechsundzwanzig, freakig, hübsch, intelligent und leider völlig chaotisch. Jede Mutter freut sich natürlich total, wenn ihr erwachsener Sohn sie mit einem spontanen Besuch überrascht. So gehört sich das. Mütter sind immer erfreut, ihre eigene Brut zu sehen.

Denkt ihr. So, und damit ist bewiesen, dass auch ihr manchmal Pech beim Denken habt.

Meine Freude hielt sich in Grenzen. Erstens werde ich grundsätzlich nicht gerne überrascht, außer mit Zitronenkuchen, zweitens ist mein Sohn kein Typ für frühmorgendliche Spontanbesuche bei Mama. Also war Gefahr im Verzug. Das sah ich, und das roch ich. Mein Sohn war in einem ziemlich abgerissenen Zustand, verströmte einen recht strengen Geruch, und neben ihm saß ein riesiges Hunde-Etwas im verunglückten Dalmatinerlook. Leos Augen waren rot gerändert. Entweder hatte er geweint oder gekifft. Oder beides. Wahrscheinlich Letzteres.

In mir ging alles auf Abwehr, und darum entfleuchte mir auch nur ein entgeistertes »Oh!«.

»Können wir reinkommen?« Seine Stimme war heiser und kratzig. Er hatte also zu viel geraucht oder geschrien. Oder beides. Wahrscheinlich Letzteres.

Ich wiederhole mich, ich weiß. Aber ich war auch innerlich regelrecht erstarrt. Meine Kopfschmerzen meldeten sich zurück, ich bekam Sodbrennen. Ein vitaminreiches Frühstück wäre vielleicht doch die bessere Option gewesen.

»Kommt rein.« Ich gab den Weg frei, und Leo und sein Hundemonster trotteten zielstrebig in Richtung Küche.

Leo ließ sich theatralisch auf einen Stuhl fallen und sagte tonlos: »Ich bin ruiniert! Völlig ruiniert!«

»Aha.« Mehr konnte ich zu dieser Eröffnung nicht sagen. Ich hätte aufgelöst und in Sorge sein müssen – tatsächlich war ich auch in Sorge. Aber in Sorge um mich und meine Ruhe. Leo ist öfter mal völlig ruiniert. Er hat sozusagen eine Lizenz zum Scheitern. Diese Tatsache macht mir viel mehr zu schaffen als seine individuellen Zusammenbrüche. Ich habe wenig Lust, mir jedes Mal Sorgen um ihn und sein Seelenheil zu machen. Bringt ja auch nichts.

»Mama, ich muss 'ne Zeit lang hier wohnen! Thea hat mich rausgeschmissen. *Uns* rausgeschmissen«, sagte er mit Blick auf den Riesenhund. »Ich bin völlig pleite. Ich muss mein Zimmer bei dir wiederhaben!«

Ich wollte erwidern, dass er bereits seit vier Jahren kein Zimmer mehr bei mir hatte. Sein ehemaliges Kinderzimmer war inzwischen mein Yogaraum. Ich wollte ihn auch daran erinnern, dass er seit acht Jahren volljährig war und ich ihm vor nicht einmal sechs Monaten eine stattliche Summe Geld geliehen hatte, weil er gemeinsam mit seinem Freund Xavier einen Take-away-Laden für Veggieburger eröffnen wollte. *Eine todsichere Angelegenheit, eine absolute Goldgrube und voll im Trend.* So hatte er mir das schmackhaft gemacht. Und ich doofes Muttertier hatte ihm geglaubt. Genau darauf wollte ich jetzt zu sprechen kommen.

Ich kam aber nicht dazu, denn das übergroße Hundeetwas fing an, sich zu übergeben. Wieder und wieder. Und mein Sohn schaute eher interessiert als alarmiert zu.

»Da siehst du, wie es uns geht, Mama! Vieh ist hypersensibel. Der hat den Stress heute Nacht zwischen Thea und mir nicht verpackt. Wenn der gestresst ist, dann kotzt der!«

Ich hätte jetzt auch ganz gut etwas Mageninhalt opfern können, die Küche roch nicht schön.

»Leo!« Meine Stimme klang schrill und hysterisch, das hörte ich selbst. »Mach sofort die Kotze weg! Was ist das überhaupt für ein Monster? Und wer, bitte, ist Thea?«

Mein Sohn quälte sich in Zeitlupe aus dem Stuhl, sah sich in meiner Küche um, griff nach dem Spüllappen und wischte völlig effektlos in der Hundekotze herum.

»Doch nicht mit meinem Spüllappen!«

Ich merkte, wie eine lähmende Müdigkeit über mich hereinbrach. All die anstrengenden Jahre als alleinerziehende, dauerüberforderte Mutter taten sich innerlich vor mir auf. *Bitte, bitte! Lass diesen Kelch an mir vorübergehen!*

Gleichzeitig griff ich, einer alten Muttergewohnheit folgend, nach dem Spüllappen und zog ihn Leo aus der Hand. Nahm danach die Rolle mit den Einmalwischtüchern, entfernte den gröbsten Dreck, um, ebenso selbstverständlich, den Putzeimer volllaufen zu lassen und den Boden zu wischen. Danach öffnete ich das Fenster, um den Gestank abziehen zu lassen.

Es kam ein unangenehm feuchtkalter Luftzug zum Fenster herein. Ich fröstelte in meinem Jogginganzug. Trotzdem stellte ich, auch da wieder ganz im typischen Muttermodus, dem Hund eine Schale mit Wasser hin. Kotzen macht durstig. Das wusste ich.

Ich goss mir einen weiteren Kaffee ein. Viel schlimmer konnte mein Sodbrennen eh nicht werden.

»Kriege ich auch einen?« Leo sah mich weidwund und verletzt an.

»Kaffee ist alle!« Das sollte ihm klarmachen, dass ich nicht bereit war, das mütterliche Versorgungsprogramm neu zu starten. Ich war stolz auf mich.

Leo schluckte. »Du bist genervt, stimmt's?«

»Neiiin, wie könnte ich! Mein Sohn kreuzt zu nachtschlafender Zeit bei mir auf, hat ein monströses Hundeetwas im Schlepptau, das mir liebevoll die Küche vollkotzt, und genau der Sohn, der mir vorher, en passant, mitgeteilt hat, dass er meine vierzigtausend Euro versenkt hat, möchte einen Kaffee in sein Schnäbelchen geschüttet bekommen und übers Köpfchen gestreichelt werden. Wie könnte ich da sauer sein! Ich bin nicht sauer, ich bin stinkwütend! Und jetzt erklär mir gefälligst, was dein seltsamer Auftritt hier zu bedeuten hat.«

»Ehrlich, Mama! Chill mal! Und vor allem kreisch hier nicht so rum, sonst kotzt Vieh gleich noch mal!«

»Ich nehme an, mit *Vieh* ist der Hund gemeint. Hat dieses Riesentier auch einen Namen, und warum hast du den überhaupt im Schlepptau?« Mein Kaffee war mir plötzlich zu bitter. Ich stellte ihn vor Leo hin. »Da, kannste haben!«

Er schnappte sich meinen Kaffeebecher und trank einen Schluck. »Wie gesagt, das ist Vieh!« Er deutete auf den Hund. »Vieh *ist* seine Name. Ich habe ihn mitgenommen, weil ich ihn auf keinen Fall bei diesem Rabenaas von Thea lassen konnte. Thea ist 'ne echte Bitch!«

»Aha, und was genau hast oder hattest du mit dieser *Bitch* zu tun?«

Ich merkte, dass ich das alles eigentlich nicht wissen wollte. Leos Frauengeschichten sind unübersichtlich und unerfreulich. Alle enden, bevor sie überhaupt richtig angefangen haben. Diese Art von Gespräch wollte ich eigentlich gar nicht mehr mit meinem Sohn führen.

Während er mir erläuterte, was an dieser angeblichen »Bitch« wirklich gar nicht ging, warum er ihr den Hund quasi entzogen hatte und wie es zu dem ungeheuerlichen Umstand gekommen war, dass er im gleichen Atemzug mit Thea auch noch seinen besten Freund Xavier und seinen Anteil an dem gemeinsamen Burgerladen mit den von mir geliehenen vierzigtausend Euro verloren hatte, rauschte es in meinen Ohren.

Fasziniert starrte ich auf ein Spuckebläschen, das sich im Eifer des Gefechts auf seiner Unterlippe gebildet hatte, und ich muss zu meiner Schande gestehen, dass ich seinen Anblick in diesem Moment ein wenig ekelhaft fand.

Ja, ich weiß, das darf eine Mutter nicht denken, und natürlich liebe ich meinen Sohn! Aber Liebe, Herrgott noch mal, Liebe kann sich manchmal unglaublich gut hinter all dem Gerümpel verstecken, das sich in einer langjährigen Mutter-Kind-Beziehung angehäuft hat.

Irgendwann war ich nur noch müde. Obwohl der Tag erst gerade angefangen hatte. Müde, müde, müde!

Und müde Menschen machen Fehler. Ich wusste genau, dass es ein Fehler war, und trotzdem hörte ich mich seufzen: »Also gut, Leo. Ein paar Tage, und nicht länger. In meinem Yogazimmer liegt eine Matte auf dem Boden, da kannst du schlafen. Und dieses Vieh von mir aus auch. Bettzeug gebe ich dir. Es wird bitte nichts umgestellt und nichts dreckig oder kaputt gemacht. Ich muss gleich arbeiten, und später treffe ich mich mit meinen Mädels zum Saunaabend. Du gehst regelmäßig mit dem Hund raus und besorgst Futter für ihn – und für dich kauf ein, was du gern magst. Ich lege dir nachher etwas Geld auf den Kühlschrank. Wenn du nicht aufs Klo musst, möchte ich jetzt bitte in Ruhe duschen.«

Etliche Liter Heißwasser und einige innere Flüche später verließ ich das Bad und verzog mich in mein Arbeitszimmer.

So viel zum Thema: *Es versprach ein schöner Tag zu werden …*

* * *

Wer sich wirklich dafür interessiert, wie Frauen aussehen, wenn sie nicht gestylt sind und den Bauch nicht einziehen, sollte einmal eine Frauensauna besuchen.

Schon seit Jahren gehe ich regelmäßig jeden Montag mit meinen Freundinnen Gundi und Judith in die Sauna. In die Frauensauna, denn nur das bedeutet echte Entspannung. Meine Meinung.

Wenn Frauen unter sich sind, sich auf feuchten Handtüchern räkeln, dann sind die unterschiedlichsten Schamfrisuren bis hin zum Kahlschlag zu sehen, Bäuche dürfen sich endlich den Platz nehmen, der ihnen gerecht wird, und die Gesichtsausdrücke sind ausnahmsweise nicht kontrolliert, sondern einfach nur entspannt. Es gibt allerdings eine Ausnahme: meine Freundin Judith.

Judith ist so eitel, dass sie selbst in der Frauensauna noch versucht, grazil auf ihrem geschmackvollen Saunatuch zu hocken, mit eingezogenem Bauch, geradem Rücken und erhobenem Kinn. Die Sorge, einmal nicht gut auszusehen, ist ihr so in Fleisch und Blut übergegangen, dass sie selbst dann, wenn sie sich gerade heftig ereifert, noch um Perfektion bemüht ist.

»Der will allen Ernstes wieder bei dir wohnen?«, empörte sie sich jetzt. »Und hat dir sogar noch so einen sabbernden, kotzenden Köter aufs Auge gedrückt? Mann, Mila! Du bist wirklich zu gut für diese Welt! Soll ich ihn mir mal vorknöpfen?«

Obwohl Judith als gebürtige Engländerin schon mehr als dreißig Jahre in Deutschland lebt und sie fast akzentfrei Deutsch spricht, hat sie noch immer diesen charmanten britischen Singsang in ihrer Satzmelodie. Bei der Vorstellung, wie sie sich britisch-höflich vor meinem Sohn aufbaut und ihn herunterputzt, musste ich grinsen.

Gundi wischte sich den Schweiß aus dem Gesicht. »Mach dir keine Mühe, Judy! In Wirklichkeit genießt unsere liebe Emilia die Abhängigkeit ihres Sohnes. Und jetzt hat sie sogar noch zusätzlich einen Hund, den sie betüddeln kann! Man sagt ja nicht umsonst: ›Das letzte Kind hat Fell.‹ Wart's ab, das dauert keine Woche, dann schläft der Hund in Milas Bett. Und wenn ihr Sohnemann noch ein Weilchen bleibt, schießt ihr vielleicht sogar wieder die Milch ein.«

Ich richtete mich ruckartig auf meinem Handtuch auf. »Das ist nicht witzig, Gundi! Deine Bemerkung ist sogar regelrecht geschmacklos! Nicht jede hat so einen ausgeprägten Nestbautrieb wie du. Natürlich lass ich mir das nicht lange gefallen. Ihr werdet schon sehen: Leo und seinen Köter werde ich schneller rausschmeißen, als ihr denkt. Das Glucken-Gen ist an mir im Eiltempo vorbeigerutscht!«

»Wer's glaubt.« Gundi grinste noch süffisanter. »Ich mein's ja auch gar nicht böse. Nur, wenn du meinen Rat hören willst, Mila, dann sorg mal dafür, dass deine Kinder sich endlich richtig abnabeln. Sonst machen die dich nie zur Oma. Und du ahnst ja gar nicht, was dir da entgeht! Stellt euch vor, der kleine Malte hat gestern zum ersten Mal –«

»NEIN!«, riefen Judith und ich wie aus einem Mund. Wir wussten: Wenn Gundi erst einmal anfing, uns von ihren ach so unendlich niedlichen Enkelkindern vorzuschwärmen, war kein anderes Gespräch mehr möglich. Gundis zuckersüße Omabegeisterung war ein ganz wichtiger Grund dafür, dass ich so froh war, dass meine Kinder keine Anstalten machten, mich zur Großmutter zu machen. Bei Leo wiegte ich mich schon allein deshalb in Sicherheit, weil er eine große Abneigung gegen Verantwortung hat, und bei Matti gab es eine biologische Bremse. Ihr Vater, Drafi, leidet seit vielen Jahren unter einer Krankheit, die sich Sharp-Syndrom nennt. Dieses Syndrom, das auch Mischkollagenose genannt wird, kann unterschiedlich heftig verlaufen. Bei vielen sind die Beschwerden mit starken Rheumaschüben vergleichbar. Diese Krankheit ist erblich, weshalb zumindest einige Tests erforderlich wären, sollte Matti sich irgendwann doch noch zur Mutterschaft berufen fühlen. Bis dahin aber lag ein Dasein als glücklich dauergrinsende Oma für mich in weiter Ferne.

Es geht mir nicht darum, dass ich mich davor fürchtete, alt zu werden und dass dieses Alter durch den Omastatus deutlich zementiert würde. Nein, Altwerden ist ein Teil des Lebens, und damit bin ich völlig im Reinen – glaube ich ... Ja, lacht ruhig! Jeder Mensch macht sich Gedanken, wie er oder sie damit zurechtkommen wird, irgendwann alt und, möglicherweise, hilflos zu sein. Aber ich habe mich auf einige Facetten des Altseins immer regelrecht gefreut: Die Kinder wären auf ihren eigenen Umlaufbahnen, man muss nicht mehr so funktionieren, darf unfreundlich und schrullig werden. Vor allem aber wird von keiner alten Frau mehr erwartet, gut auszusehen. Oder habt ihr schon mal davon gehört, dass es neben einer MILF (*Mother I'd like to fuck* – ist dieser Ausdruck nicht ein herber Schlag in die feministische Magengrube?) neuerdings auch die GILF (*Grandmother I'd like to* – ihr wisst schon) erwartet wird? Also bitte! Deshalb Mädels: Ran ans fröhliche Faltenwerfen!

Leider hatten sich alle, wirklich alle Frauen aus meinem nahen oder ferneren Umfeld, die in der letzten Zeit Großmutter geworden waren, zu langweiligen Babyanbeterinnen entwickelt. »Hey«, möchte ich immer rufen, »Mädels, wir haben doch nicht damals unsere BHs verbrannt, haben gegen den Paragrafen 218 und für Frauenrechte demonstriert, um uns jetzt von kleinen, halslosen, brabbelnden Kaisern und Kaiserinnen in vollgepinkelte Nichtschwimmerbecken verbannen zu lassen, damit wir die niedlichen Kleinen beim Babyschwimmen anfeuern!«

Viele Frauen geben im Alter so sehr auf, was sie in jungen Jahren vehement eingefordert haben: ihr Recht auf Unangepasstheit und Sperrigkeit, ihr Recht auf eigenen Freiraum und Unabhängigkeit. Gundi zum Beispiel hatte kaum noch Zeit, sich mit uns zu treffen. Dienstags sind Malte und Fiona ganztags bei ihr, weil die Mutter, Gundis Tochter Katja, sich von ihrem anstrengenden Leben als Mutter ausruhen möchte.

Mittwochs und donnerstags muss sie Fiona vom Kindergarten abholen, weil Katja mit Malte beim Babyschwimmen und in der Krabbelgruppe ist. Irgendwas ist einfach immer, und Judith und ich müssen oft einen regelrechten Antrag stellen, um bei Gundi einen Termin zu bekommen. Ein Glück, dass wenigstens unser Saunatag montags gesichert ist!

Ich wollte gerade ansetzen, Gundi einen Vortrag über familiäre Vereinnahmung zu halten, als eine fremde Frau die Sauna betrat. Wir waren also nicht mehr unter uns. Und da Sprechen in der Sauna eigentlich nicht erlaubt ist, schnappten wir uns auf mein Zeichen hin unsere Handtücher und verließen die Sauna.

Gut gelaunt und porentief rein saßen wir eine Stunde später im angrenzenden Bistro und labten uns an Süßkartoffelpommes und Grillgemüse – in Judiths Fall nur an Letzterem. Sie achtet, wie gesagt, sehr auf ihre Linie. Unsere vorangegangene Streiterei war längst vergeben und vergessen. Wir kennen uns schließlich alle schon sehr lange und wissen genau, was wir aneinander haben oder eben auch nicht haben. Mit Judith hatte ich schon in den Achtzigerjahren gemeinsam in der sagenumwobenen Szenekneipe *Traumschiff* gekellnert. Das *Traumschiff* gehörte damals Drafi, meinem Ex und Vater meiner Tochter Matti. Seither sind Judith und ich ein eingeschworenes Team. Judith ist lustig, verrückt, hat diesen köstlichen britischen Humor, und sie ist bedingungslos solidarisch.

Gundi kenne ich sogar noch länger. Wir sind seinerzeit gemeinsam zur Schule gegangen, haben gleichzeitig Abitur gemacht. Auch wenn sich unsere Wege danach etwas auseinanderentwickelt haben, haben wir nie den Kontakt verloren. Gundi hat nach dem Abitur im elterlichen Unternehmen eine Ausbildung zur Raumausstatterin angefangen und direkt nach der Ausbildung Thomas geheiratet. Thomas ist Unternehmensberater, stinkreich und, wie ich finde, grottenlangweilig. Aber Gundi lässt auf ihren »Tommy« nichts kommen. Auch wenn sie von Beruf inzwischen vor allem Gattin ist – von ihren sporadischen Gastauftritten im Familienunternehmen mal abgesehen –, hat mir ihre Freundschaft immer sehr viel bedeutet. Abgesehen von ihrem Omafimmel ist sie eine gute Zuhörerin, und vor ihrer Erhöhung in den heiligen Stand der Großmutterschaft war sie auch immer sehr unternehmungslustig.

Judith stocherte lustlos in ihrem Grillgemüse und nahm den Faden von vorhin noch einmal auf: »Also, jetzt mal im Ernst, Mila! Wie hat sich Leo das eigentlich vorgestellt? Will er bis an sein Lebensende unter deinen Rockzipfel kriechen, wenn sein Leben mal etwas unbequem wird? Und wieso ist er eigentlich pleite? Er hat sich doch diese Riesensumme bei dir geliehen. Ist sein neuer Burgerladen etwa schon wieder bankrott?«

Judith selbst hat keine Kinder. Darum waren mir ihre eher nüchternen Betrachtungen meiner mütterlichen Dilemmas immer besonders wichtig. Außerdem ist sie Leos Patentante und hat schon allein daher ein Recht zu erfahren, was vorgefallen ist.

Dennoch fiel es mir nicht leicht zu erzählen, was mir Leo ausgesprochen zögerlich und offensichtlich ungern gestanden hatte.

Er hatte wohl den Fehler gemacht, sich nicht ausgiebig genug im Netz schlauzumachen, ob der Name *Veggerino*, den er und sein Freund Xavier ihrem kleinen Imbiss für vegane Burger und anderes modernes Superfood gegeben hatten, nicht schon von einem anderen Unternehmen benutzt wurde. Und kaum war das Geschäft richtig in Schwung gekommen, war ihnen eine Abmahnung mit Androhung einer satten Geldstrafe ins Haus geflattert. Eine Food-Lieferkette aus dem Rheinland hatte diesen Namen längst für sich angemeldet, und ein Rechtsstreit wäre nach Einschätzung eines befreundeten Anwalts sinnlos gewesen. Also musste das Werbematerial eingestampft, die Homepage geändert und ein neuer Name gefunden werden. All das hatte die Freundschaft zwischen Leo und Xavier natürlich belastet. Gleichzeitig hatte sich dann aber auch noch Xaviers Freundin Thea nach einem furchtbaren Streit bei Leo ausgeheult, und Leo hatte sie auf die Weise getröstet, die er nun mal am besten beherrscht: Er hatte sie mehrfach und diensteifrig beschlafen, was unerhörterweise bei seiner Lebensabschnittsgefährtin Dina nicht so richtig gut ankam. Dina hatte Leo rausgeschmissen, und er hatte sich zu Thea geflüchtet. Das wiederum fand Xavier, nachdem er davon erfahren hatte, nicht wirklich amüsant. Kurzum: Es war zu einem Riesenkrach gekommen, und Xavier hatte die Chance genutzt, den Teilhabervertrag, den er Leo angeboten hatte, in tausend Stücke zu reißen. Die vierzigtausend Euro, die indirekt von mir und direkt von Leo im Unternehmen steckten, wollte Xavier erst zurückzahlen, wenn der Laden wieder schwarze Zahlen schrieb, was nach dem Namensänderungsdebakel noch dauern konnte.

Bis zu diesem Punkt hatten sich meine Freundinnen die Geschichte staunend, aber schweigend angehört. Jetzt ergriff Gundi das Wort: »Also, ich fasse mal kurz zusammen: Leo baut Scheiße in der Firma seines Freundes, die er zwar mitfinanziert, bei der er aber noch keine rechtswirksame Teilhaberschaft hat. Gleichzeitig betrügt er seine Freundin mit der Partnerin seines besten Freundes. Klingt gut! Warum aber hat diese Schlampe Thea – entschuldigt, aber das muss ja eine sein, sonst hätte sie sich nicht auf diese Weise von Leo trösten lassen –, also warum hat diese Schlampe ihn jetzt auch noch vor die Tür gesetzt, und wie kommt dieser riesige Köter ins Spiel?«

Gundi hat oft eine drastische Art, die Dinge beim Namen zu nennen – aber sie hatte ja recht.

»Der Hund, ja, also, der Hund …« Ich merkte, dass mir die Fortsetzung dieser Geschichte stellvertretend für meinen Sohn ausgesprochen peinlich war. »Also der Hund, ja, den hat Leo mitgenommen weil … äh … Also, diese Thea ist wohl schwanger und hat Angst vor Toxoplasmose.«

»Was Quatsch ist, weil das von Katzen übertragen wird. Blöd ist die Schlampe also auch noch!« Gundi verstand es, tief in Wunden zu wühlen. »Aber sie hat deinen Sohn doch bestimmt nicht rausgeschmissen, weil sie Angst hat, dass auch Leo sie mit Toxoplasmose –«

»Hör auf!«, fiel Judith ihr ins Wort. »Mach dich nicht darüber lustig! Du siehst doch, wie beschissen es Mila mit alldem geht!«

Gundi Gnadenlos redete ungerührt weiter: »Ich mache mich nicht über irgendwas lustig. Ich bin nur interessiert. Leos Art, die Dame zu trösten, muss ja wohl ganz gut angekommen sein, sonst hätte sie sich nicht darauf eingelassen.« Sie drehte sich zu mir. »Es muss also einen Grund geben, dass sie deinen Dreamlover-Sohn trotzdem vor die Tür gesetzt hat, Mila!«

So nüchtern auf den Punkt gebracht klang die Geschichte wirklich abstrus und peinlich. Ich bekam schwitzige Hände und merkte, dass es mir besonders schwerfiel, den letzten Teil der Geschichte auch noch preiszugeben. »Er hat sich mit seiner Ex wieder versöhnt, das war der Grund!«, sagte ich leise. Wie leise genau, erkannte ich daran, dass meine Freundinnen regelrecht in mich hineinkrochen, um mich besser zu verstehen.

»Das war aber doch sein gutes Recht. Also, sich mit dieser Dina wieder zu vertragen«, meinte Gundi. »In dem Alter sitzen die Hormone halt besonders locker. Da kann es schon mal zu Wildereien im Nachbarsforst kommen.« Ihr machte die Geschichte offensichtlich großen Spaß.

Ich seufzte. »Er hat sich dooferweise ausgerechnet in Theas Bett mit Dina versöhnt. Und dummerweise zu einem Zeitpunkt, als Thea gerade vom Gynäkologen wiederkam …«

»... um dem werdenden Vater stolz den Mutterpass unter die Nase zu reiben. Und der beglückt währenddessen schon wieder eine andere mit seinem fruchtbaren Sperma! Ich fange an, diese Thea zu verstehen ...« Gundi grinste breit. »Und du, Mila, wirst jetzt also Oma! Bravo! Das ist der beste Teil der Geschichte! Da können wir ja bald um die Wette Kinderwagen –«

»Stopp, nein!«, insistierte ich. »Das Kind ist ja nicht von Leo. Der Vater ist Xavier, und das wusste Leo natürlich.«

»Natürlich!« Judith wurde nun auch sarkastisch. »Und weil er sich auf Dauer nicht die Wohnung mit einem plärrenden Baby und einer genervten jungen Mutter teilen will, hat er versucht, sich schnell das warme Plätzchen im Leben dieser Dina zurückzuerobern – das muss man schon verstehen!« Sie lächelte süffisant. »Aber warum hat diese Dina ihn nicht zurückgenommen?«

»Weil sie dachte, dass Theas Kind von Leo ist ... Also, diese Thea hat im fraglichen Moment allerdings auch wenig dazu beigetragen, diesen Irrtum aufzuklären.«

»Dein Junge muss ja eine Granate im Bett sein!«

Gundi!

»Hör auf!« Ich wedelte abwehrend mit den Händen. »Ich will mir all das gar nicht vorstellen! Wenn es nicht so grauenhaft wäre ...«

»... könnte man sich königlich amüsieren! Tue ich übrigens gerade. Halt mich nicht für herzlos, Milchen, aber deine Leo-Geschichten haben immer einen immensen Unterhaltungswert!«

»Geht so.« Es behagte mir gar nicht, dass Leo so viel Anlass zu Witz und Häme bot. »Jedenfalls hat er sich daraufhin den ganzen Abend und die ganze Nacht mit Thea gezofft, und schließlich hat sie gedroht, die Polizei zu rufen, wenn er nicht innerhalb einer Stunde sein Bündel gepackt hat. Dann hat sie sich heulend unter die Dusche verzogen, und in der Zeit hat Leo sich seine Sachen und den Hund geschnappt und ist dann … Ja, das wisst ihr ja nun.«

Gundi lehnte sich triumphierend zurück. »Alles Schlampen – außer Mutti! Es gibt doch T-Shirts mit diesem Spruch drauf, oder? Da weiß ich doch schon ein schönes Geburtstagsgeschenk für deinen kleinen Nesthocker!«

»Wag es!« Ich fühlte mich plötzlich gerädert. »Ich bin satt und brauche frische Luft!« Ich wedelte mit dem Portemonnaie, um den Kellner zum Tisch zu locken, bezahlte und beeilte mich, das stickige Bistro zu verlassen.

* * *

Draußen war es kalt, es wehte ein scharfer Ostwind. Judith hakte sich bei mir unter, und gemeinsam winkten wir Gundi, die in ihren Sharan gestiegen war, um nach Hause zu fahren. Judith sah mich prüfend von der Seite an.

»Was?«, fragte ich.

»Bist du sauer auf Gundi?«

Wir gingen im straffen Tempo durch den kalten Abend. Es war noch nicht spät, aber die Straßen waren wie leer gefegt. Wer konnte, blieb bei dieser Kälte im Warmen.

»Ich bin natürlich nicht sauer auf Gundi«, beantwortete ich schließlich Judiths Frage. »Sie hat nun mal eine etwas andere Lebenssituation als wir beide. Sie ist durch ihren Tommy finanziell abgesichert, arbeitet eher auf Jodeldiplom-Ebene in der Firma ihrer Familie und geht in ihrer neuen Großmutterwürde komplett verloren. Das kennen wir doch schon. In gewisser Weise hat sie ja auch recht: Ich lasse mir natürlich zu viel von Leo gefallen. Bei Matti ist das was anderes, die lebt ihr Leben. Obwohl ich zugebe, dass ich mir auch um sie manchmal Sorgen mache.«

»Ist sie immer noch mit ihrem Vielweiberhelden zusammen?« Judith kannte selbstverständlich auch die Liebesgeschichte meiner Tochter und war, genau wie ich, darüber sehr irritiert.

Seit inzwischen sechs Jahren war Matti nun mit ihrem Georg zusammen. Georg war nett, von Beruf Zahnarzt, gepflegt und hatte ausgesprochen angenehme Umgangsformen – allerdings eine etwas andere Herangehensweise an Liebesbeziehungen, wenn man diesen Begriff dafür überhaupt strapazieren darf. Georg lebt und vertritt eine Lebensform, die sich Polyamorie nennt. Platt ausgedrückt: viele mit vielen ohne Besitzansprüche und Eifersucht.

Ich machte mir deswegen schreckliche Sorgen. Georg war dreiundvierzig Jahre alt, und natürlich konnte er leben, wie er wollte. Aber dass ausgerechnet meine hübsche, lebenstüchtige Matti sich mit so einem einließ! Also, versteht mich nicht falsch, ich verurteile andere Lebenskonzepte möglichst nicht, auch wenn ich sie nicht verstehe. Doch im Fall meiner Tochter war mein Mutterinstinkt meiner Toleranz im Weg. Ich fand Georgs Einstellung verantwortungslos und egoistisch. Er konnte sich doch vorstellen, dass eine junge Frau wie Matti sich von einer Beziehung irgendwann auch Verbindlichkeit und vielleicht Nestwärme versprach. Nicht so einen Bienerich, der fröhlich summend von Blüte zu Blüte summt und sich am Nektar unterschiedlichster Blumen erfreut. Okay, ja, der Vergleich hinkt vielleicht, und ich weiß auch nicht, ob es Bieneriche gibt, aber ihr versteht schon, was ich meine, oder?

Ich merkte, dass ich schon wieder wütend wurde, denn inzwischen ging ich so schnell, dass Judith kaum hinterherkam.

»Hast du denn Matti mal gefragt, ob dieser Georg nicht einfach ein schlimmer Finger ist, der sich einen Harem hält, um sich auf Kosten dieser Frauen ein schickes Leben zu machen?« Judith war leicht außer Atem.

Ich zwang mich, langsamer zu gehen. »Du müsstest mal hören, wie Matti auf die Barrikaden geht, wenn ich dieses Thema anschneide! Dann faucht sie mich an wie eine aggressive Gans, die Eindringlinge verscheuchen möchte. Sie ist überzeugt, dass ich aus Frustration über meine eigenen verbockten Männergeschichten kein Verständnis für diese Art der Beziehungsführung hätte. Ich sei zu verbohrt, um diese Art von Freiheit zu verstehen. Als wenn das alles so furchtbar neu und modern wäre! Nur weil das Ganze einen neuen Namen hat, ist das doch nichts Neues. Früher nannte man das Polygamie!«

»Ist Polygamie nicht eigentlich eher etwas Einseitiges, wo sich ein Mensch mehrere Partner leistet? Bei der Polyamorie geht es doch eher darum, dass alle Beteiligten mehrere Partnerschaften haben können, oder nicht?«, wandte Judith ein.

»Das ist ja genau der springende Punkt!« Ich war stehen geblieben und schaute Judith direkt ins Gesicht. »Matti hat meines Wissens nur diesen Georg. Sie sagt mir das zwar nicht, aber nie ist von jemand anderem die Rede! Und dann ist es in ihrem Fall doch nichts anderes als Polygamie!«

»Hey, Mila! Jetzt reg dich nicht auf! Das bringt doch nichts. Matti ist erwachsen und klug noch dazu. Warte ab. Irgendwann läuft ihr ein Typ über den Weg, der mit ihr ganz und gar und bedingungslos zusammen sein will, und schwupps hat Georgs Harem eine Frau weniger.«

Ich musste gegen meinen Willen lachen. So ist Judith. Sie kann mich in jeder noch so trübseligen Stimmung zum Lachen bringen.

Wir waren an der Wegkreuzung angekommen, an der sie zu ihrer Wohnung abbiegen muss.

»Noch Lust auf ein schönes Gläschen Wein bei mir? Garantiert kinderfreie Zone!« Sie zupfte an meinem Parka.

»Ich habe mir gestern Nacht schon zu viel Gin gegönnt – ich weiß nicht.« Ich sah sie unschlüssig an.

»Dann musst du den Alkoholpegel ein bisschen auffüllen, sonst hast du heute Nacht Entzugserscheinungen«, gluckste sie.

Ich war immer schon leicht zu überreden, jedenfalls wenn es um guten Wein und Zeit mit Judith ging, und so nickte ich und bog mit ihr zusammen ab.

Als wir in Judiths Wohnung angekommen waren, begann ich mich sofort zu entspannen. Judiths Einrichtungsstil ist das komplette Gegenteil dessen, was man von ihr erwarten würde. So verrückt und unkonventionell sie insgesamt durchs Leben geht, so brav und bieder hat sie sich eingerichtet. Überall liegen Deckchen und Spitzenuntersetzer auf altmodischen Sesseln und Kommoden, im Regal stehen niedliche Kätzchen und Hündchen aus Porzellan. Eigentlich das übelste Vorzeigebeispiel für Kitsch. Gundi, die ja als gelernte Raumausstatterin vom Fach ist, stöhnt regelmäßig, sobald sie einen Fuß in Judiths Reich setzt, was allerdings selten genug vorkommt. Ich hingegen fühle mich in Judiths seltsamem Zuckerbäckerstil überraschend wohl und behaglich.

Kaum hatte ich es mir auf ihrer vorsintflutlichen Ottomane gemütlich gemacht, entkorkte Judith einen herrlich samtigen kalifornischen Sauvignon.

»Lass uns wenigstens reichlich Wasser dazu trinken, sonst bin ich nach der Sauna sofort sturzbetrunken«, sagte ich.

»Und wenn schon! Notfalls schläfst du hier. In meinem jungfräulichen Kingsize-Bett ist reichlich Platz für besoffene Freundinnen – wenn mich sonst schon keiner darin besucht.«

Obwohl Judith, was Männer betrifft, nie ein Kind von Traurigkeit war, hatte sie vor einiger Zeit beschlossen, nun zu alt für diesen unsteten Lebenswandel zu sein. Seither war sie eifrig auf der Suche nach einer starken Schulter, an der sie in ihr Rentenalter hineinträumen kann. Wie dieser Mann sein sollte, wusste sie genau: körperlich noch fit (gerne jünger), intelligent, humorvoll, gebildet, bindungsfreudig, aber ungebunden, gut aussehend, aber bescheiden … Kurzum: genau von der Sorte Mann, die es ganz sicher nicht gab oder, falls doch, seit Jahren ein belegtes Brötchen wäre. Dennoch gab Judith die Hoffnung nicht auf, sich den alles entscheidenden Zwölfender noch zu schießen. Um für die magische Begegnung gewappnet zu sein, investierte sie in Botox, und, schlimmer noch, neuerdings erwog sie sogar, sich den Bauch absaugen und straffen zu lassen.

Bei mir stieß sie damit auf absolutes Unverständnis. Immer wieder versuchte ich, sie davon zu überzeugen, dass die Herren Körpersäfteverteiler, die noch stramm im Fell stehen, sich selbstverständlich ihrerseits nach einer knackigen jungen Frau umsehen würden. Das Beuteschema vieler in die Jahre gekommener Romeos ist nun einmal eine mindestens fünfzehn bis zwanzig Jahre jüngere Frau. Nicht etwa, weil die Herren das frische Fleisch so gut bewirtschaftet bekommen – meiner Meinung nach geht es ihnen eher um das überwiegend weniger benutzte Hirn, das eine jüngere Frau zur Verfügung hat. Darum warnte ich Judith immer wieder: »Wenn du dir nicht gleichzeitig noch ein bisschen Hirn absaugen lässt, sind deine körperlichen Renovierungsarbeiten zwecklos.«

Doch Judith ließ sich nicht von ihrer Strategie abbringen. Ihr Jagdrevier waren nicht nur Single-Internetportale, sondern auch Speed-Dating-Treffs. Im Grunde war ich noch nicht einmal so böse, dass sie diesbezüglich so abenteuerlustig war, denn die Geschichten, die sie nach den Dates zu erzählen hatte, waren köstlich.

Auch am Wochenende hatte sie sich wieder einmal ins Gewühl gestürzt und ein echtes Schnäppchen von der Grabbeltheke der Partnervermittlung gedatet. »Dieses Mal habe ich mich an einem gewissen ›Kuschelbären mit leichten Abnutzungserscheinungen‹ versucht«, berichtete sie gerade. »Ganz ehrlich, Mila, wenn das leichte Abnutzungserscheinungen waren, dann bin ich quasi gerade aus dem Brutkasten gefallen. Aber er fand sich selbst offensichtlich so rassig, dass ihm meine Meinung zu seiner Erscheinung nicht wichtig war. Eigentlich war ihm meine Meinung grundsätzlich nicht wichtig, weil er großzügig mit seinem profunden Wissen zu jedem Thema um sich warf.« Judith rollte theatralisch mit den Augen und gönnte sich einen großen Schluck Rotwein.

Eineinhalb Weinflaschen später rollte ich mich quietschend vor Lachen auf Judiths Ottomane. »Nein!«, prustete ich. »Stützstrümpfe hatte der an? Und das hat er dir auch noch anvertraut, bevor es zwischen euch zu Nahkampfhandlungen kam?« Mir liefen die Tränen, ich hatte Bauchschmerzen vor Lachen.

»Hör auf zu lachen«, nuschelte sie. »Am besten, wir sssiehen uns jetzt unsere eigenen Schtüsssschtrü … du weiss schon, aus und gehen ins Bett!«

Wir waren wirklich reichlich angeschickert.

»Nein, ich gehe jetzt nach Hause, schon vergessen? Ich hab zurzeit Leo –«

»Du glaubss, der kann nich' alleine ohne Mama …«

»Darum geht's doch nicht. Aber der macht sich Sorgen, wenn ich nicht nach Hause komme.«

Diese Sorge hätte ich mir zumindest sparen können. Als ich nach Hause kam, begrüßte mich Leos Riesenköter aufgeregt schon an der Wohnungstür. Er jaulte und rannte verzweifelt hin und her. Das sah gewaltig nach überfüllter Blase aus. Höchste Zeit, dass Leo mit ihm Gassi ging! Doch als ich in mein Yogazimmer, Leos derzeitige Bleibe, kam, lag mein Sohn laut schnarchend auf dem Bauch auf der Yogamatte. Er war kaum wach zu bekommen.

»Leo!« Ich rüttelte an seiner Schulter. »Wach werden, Leo! Der Hund muss dringend raus, und ich habe keine Lust, dass der mir jetzt auch noch die Wohnung vollpinkelt!«

Leo grunzte und drehte sich in Zeitlupe um. »Mann, Scheiße! Du hast mich geweckt.« Seine Stimme war ein einziger Vorwurf »Dabei habe ich so lange gebraucht, um einzuschlafen! Mich hat's voll erwischt, ich bin krank!«

Was das Folgende betrifft, so muss ich zu meiner Entlastung sagen, dass ich betrunken war. Sonst wäre ich auf seine Leidenstour nicht hereingefallen. Aber mit benebeltem Hirn springt die mütterliche Alarmanlage schon mal etwas leichter an.

Krank ist krank, dachte ich mir, *der arme Junge hat ja auch viel mitgemacht in der letzten Zeit!*

Ich seufzte. »Leine?«

»Tür!« Für mehr, geschweige denn ein Dankeschön war er wohl zu angeschlagen.

Ich nahm die Leine. Vieh – wie blöde ist es denn bitte, ein Tier so respektlos zu benennen! – umtanzte mich laut winselnd, und kaum waren wir vor der Tür, raste er wie ein geölter Blitz in Richtung des nächsten Busches. Leider hing ich an der Leine, war wackelig auf den Beinen und Vieh offensichtlich stark. Ich landete also unsanft auf den Knien und konnte vom Boden aus zusehen, wie der Hund das Bein hob. Gefühlte zehn Minuten lang plätscherte es laut und vernehmlich. Wie sollte ich nur wieder hochkommen, ohne die Leine aus der Hand zu verlieren?

»Kann ich Ihnen irgendwie helfen?«

Ich hatte den Mann nicht kommen sehen und erschrak. Zum Glück schaffte ich es irgendwie, mich aus der entwürdigenden Position aufzurappeln.

»Nein, danke, alles gut!«, versuchte ich, so würdevoll wie möglich zu sagen.

Im selben Moment hatte Vieh seine Blase entleert und zog mich in rasendem Tempo weiter. Ich hörte den Mann noch irgendwas von unverantwortlichen Hundehaltern murmeln, und schon prallte ich unsanft gegen einen Laternenpfahl.

Wenn ein Hund angeleint ist, denkt er nicht unbedingt für den Menschen am anderen Ende der Leine mit. Vieh zog deshalb weiter heftig an der Leine, während ich am Laternenpfahl festhing. Der Hund war offensichtlich null erzogen, und ich hatte keine Idee, wie ich dieses Riesenmonster davon überzeugen sollte, sich in Richtung meiner Haustür zu bewegen. Schließlich probierte ich es mit dem ältesten aller Tricks und zwitscherte lockend: »Hmm, wie lecker! Ja, was hat das Frauchen denn? Ja, leckerleckerlecker!«

Ich kam mir selbst ausgesprochen dämlich dabei vor, aber man höre und staune: Es funktionierte. Sofort umtanzte Vieh mich begeistert, schnüffelte interessiert an den Taschen meines Parkas und ging auf diesem Weg quasi freiwillig bei Fuß.

Als ich verschwitzt und erschöpft in der Wohnung ankam, saß Leo am Küchentisch, hämmerte auf sein Smartphone ein und rauchte einen Joint.

»Sag mal, geht's noch!«, herrschte ich ihn an. »Ich denke, du bist krank! Da kannst du doch nicht rauchen!«

»Du hast mich vorhin voll aus dem Tiefschlaf gerissen. Jetzt kann ich nicht mehr einschlafen. Nach dem ganzen Stress in den letzten Tagen, da brauch ich das, um runterzukommen!«

Ich merkte, dass ich zu betrunken und schwindelig war, um jetzt, mitten in der Nacht, diese Diskussion mit meinem Sohn zu führen.

»Morgen, das sag ich dir!«, murmelte ich und verzog mich in mein Schlafzimmer.

Als ich nachts erwachte, war mein Mund komplett ausgetrocknet, und mein Schädel dröhnte. Da ich dringend pinkeln musste, quälte ich mich aus dem Bett und taumelte schlaftrunken ins Bad, hoffend, dass im Badezimmerschränkchen noch Aspirin oder Ibuprofen aufzutreiben war. Ohne das Licht anzuknipsen, ließ ich mich aufs Klo plumpsen. Als sich meine

Schleuse gerade geöffnet hatte, entwischte mir ein krimireifer Schrei.

Im Halbdunkel konnte ich erkennen, dass ich nicht allein im Bad war. Die Dusche rauschte, was mir in meinem umnebelten Zustand bisher nicht aufgefallen war. Mein Sohn stand unter der Dusche und war, das konnte ich trotz beschlagener Duschkabine erkennen, nicht allein. Vor ihm kniete jemand.

Bei meinem Schrei schoss dieses Wesen in die Höhe.

Die Tür der Duschkabine wurde aufgestoßen, und ich ahnte mehr, als dass ich es erkennen konnte, dass mein Sohn mich empört und dieses andere Wesen mich verstört anstarrte. Ich pinkelte weiter – was, bitte, hätte ich sonst auch machen sollen? Wenn die Schleuse einmal geöffnet ist …

»Rauuuuus!«, brüllte ich gleichzeitig, so laut ich konnte. In meinem Zustand hörte es sich allerdings eher an, als gäbe ein Kalb auf der Schlachtbank gerade ein letztes heiseres Krächzen von sich.

Ich bin übrigens Vegetarierin, falls es euch interessiert. Genau aus dem Grund: weil ich dieses entsetzte Schreien der Tiere, kurz bevor sie geschlachtet werden, in meiner Jugend nur zu oft hatte hören müssen. In unserer Nachbarschaft hatte es eine Metzgerei gegeben, und damals schlachteten die Metzger noch selbst. Aber das jetzt nur am Rande.

Mein Sohn entstieg der Dusche und warf dem unbekannten Wesen, das sich bei näherem Betrachten als extrem attraktive dunkelhäutige Schönheit entpuppte, ein Badehandtuch zu. Beide huschten im Eiltempo aus dem Bad.

Ich brauchte eine Weile, um das eben Gesehene – ich betone: *unfreiwillig* Gesehene – zu verarbeiten.

Keine Mutter wünscht sich, ihren Sohn dabei zu überraschen, wie er sich unter der Dusche von einer schönen jungen Frau einen blasen lässt. Ich war also entsprechend schockiert.

Mein Kopf hämmerte und schien nahezu zu platzen. Mein Mund war trocken, die Zunge fühlte sich an wie ein ausgetrockneter Topfschwamm. Mit zitternden Händen durchwühlte ich mein Badezimmerschränkchen nach einer Kopfschmerztablette, drückte die Tablette aus dem Blister, würgte sie hinunter und trank so viel Wasser aus dem Wasserhahn, wie ich nur konnte.

Danach stampfte ich wütend zum Yogazimmer, um mir meinen Sohn vorzuknöpfen. Vor der Zimmertür blieb ich stehen. Die junge Frau war mir offensichtlich zuvorgekommen und war gerade damit beschäftigt, meinen Sohn herunterzuputzen.

»Du hast mir doch gesagt, du wohnst hier allein.«

Mir blieb vor Empörung die Luft weg.

»Das hast du falsch verstanden.« Leos Stimme klang kleinlaut. »Ich habe gesagt ich *bin* hier allein, und das war ich ja auch. Konnte ich ahnen, dass meine Mutter ...«

»Deine *Mutter*?« Die Stimme der jungen Frau überschlug sich vor Entsetzen. »Soll das heißen, deine *Mutter* hat uns gerade dabei erwischt ... Oh Gott!«

Ohne anzuklopfen, riss ich die Tür auf. Beide saßen auf meiner Yogamatte, mein Sohn nackt, die junge Frau in mein Badehandtuch gewickelt. Beide rauchten. Und das, obwohl bei mir in der Wohnung striktes Rauchverbot herrscht.

»Hier wird nicht geraucht, Zigaretten aus!«, kommandierte ich. »Und *ja*, ich bin Leos Mutter! Und *ja*, ich wohne hier, und *nein*, Leo wohnt hier nicht! Er ist zu *Besuch*! Ich nehme an, du bist Thea und der Hund, der auch nur zu *Besuch* hier ist, ist deiner?«

Als ich ihn erwähnte, klopfte Vieh müde mit dem Schwanz. Er war der Einzige, der zu Freundlichkeit aufgelegt war.

»Thea? Wer oder was bitte ist Thea!« Die junge Frau sah noch irritierter aus.

»Meine Mum bringt da was durcheinander.« Leo hob beschwichtigend die Hand. An mich gewandt, mit einem wütenden Gesichtsausdruck und überbetont deutlich ergänzte er: »Darf ich vorstellen, das ist meine Mutter Emilia – und das, Mama, ist Aurélie!«

Ich verstand sofort, warum er wollte, dass ich die Verwechslung auf meine Kappe nahm. Das aber machte mich noch wütender. »Ah, ja, *natürlich!* Wie konnte ich das nur verwechseln? Klar! Du bist Aurélie. Ich bin wirklich sehr alt und durcheinander.« Meine Stimme war schneidend. »Du *kannst* ja gar nicht Thea sein, denn die ist ja schwanger, und du siehst gar nicht schwanger aus. Und Dina bist du bestimmt auch nicht, weil die ja gerade 'ne Menge Stress macht, und Stress ist ja nicht so Leos Ding! Und Melanie oder Eva oder Gesa oder Pauline oder was weiß ich bist du auch nicht. Ich bin aber auch blöd! Ich kann mir diese ganzen Frauen einfach nicht merken, die mein Sohn im Zwölfstundenrhythmus anschleppt.«

Aurélie war aufgestanden und schlüpfte in fliegender Hast in Höschen, Jeans und T-Shirt. »Keine Angst! Meinen Namen muss sich keiner merken. Ich bin sofort hier weg. Leo, du bist so ein Mörderarschloch! Ruf mich nie wieder an!«

Donnerwetter! Temperament hatte sie, das war unschwer zu erkennen. Die Tür schepperte, so heftig wurde sie zugeschlagen. Vieh sprang auf und fing an zu bellen.

Leo lief ihr nackt bis in den Hausflur hinterher. »Warte doch, Aurélie, warte … Ich kann dir … Es ist alles ganz anders …«

Aurélie war nicht so bekloppt wie viele andere Frauen vor ihr. Ich hörte, wie unten im Flur die Haustür zuschlug.

Das war meine Chance. Ohne eine Sekunde zu zögern, schloss ich die Wohnungstür. Meine Kopfschmerzen ließen schon etwas nach.

Als Leo, der noch immer nackt draußen stand, seine Misere

bewusst wurde, hämmerte er an die Tür. »Mama, bist du eigentlich völlig übergeschnappt?« Seine Stimme überschlug sich vor Empörung. »Ich hab nichts an! Ich stehe hier völlig nackt im kalten Hausflur! Im Februar! Willst du, dass ich sterbe, oder was?«

Er klingelte Sturm und hämmerte gleichzeitig an die Wohnungstür. Vieh bellte wie verrückt. Er hielt das wahrscheinlich für ein lustiges Spiel.

Ich war von mir selbst entsetzt, das muss ich zu meiner Entschuldigung zugeben. Andererseits bereitete mir der Umstand, dass mein Sohn gerade nackt im Hausflur stand, eine diebische Freude.

Nach ein paar Minuten siegte mein Mutterinstinkt. Es war wirklich kalt, und Leo war schon immer sehr empfindlich und kränklich. Ich wollte ihm ja nicht wirklich schaden.

Sobald ich die Wohnungstür öffnete, schoss Leo wie ein Pfeil durch den geöffneten Spalt. Er heulte. Nicht ein bisschen, sondern richtig. Außerdem zitterte er vor Kälte.

»Du bist so scheiße, Mama!«, schluchzte er. »Du gönnst mir nicht das kleinste bisschen Spaß. Jede Mutter wäre froh, wenn ihr Sohn jemanden findet, der ihm hilft, 'ne schwere Zeit zu überstehen. Aber du, du führst dich hier auf wie die Sittenpolizei!« Rotz lief aus seiner Nase. Er wischte sich mit dem Unterarm durchs Gesicht. »Nur weil du mit Männern nicht klarkommst und weil du bestimmt schon ewig keinen mehr ins Bett gekriegt hast, bist du eifersüchtig. Eifersüchtig auf das Liebesleben *des eigenen Sohns*. Das ist so arm!« Er hatte sich regelrecht in Rage gejammert. »Eine durch und durch frustrierte alte Schachtel, das wirst du so langsam! Verkehrsberuhigte Zone. Bekommt dir nicht!«

Wäre ich nicht so erschöpft gewesen, vielleicht hätte ich ihm in diesem Moment zum ersten Mal in unserem Mutter-Sohn-Leben eine reingehauen. Aber dazu war ich zu kaputt.

»Geh mir aus den Augen!«, war das Einzige, was ich tonlos stammeln konnte.

Als ich wieder in meinem Schlafzimmer war, ließ ich mich aufs Bett fallen und brach in Tränen aus. Leo schluchzte nebenan.

Wir sind ein tolles Team, dachte ich. *Wir verstehen es wirklich, uns gegenseitig optimal zu verletzen.*

* * *

Als ich am nächsten Morgen nach einem kleinen Katerfrühstück in mein Arbeitszimmer entschwand, war von Leo weder etwas zu hören noch zu sehen.

Ich betreibe eine kleine Firma und vermittle Dienstleistungen – fast – jeglicher Art an Menschen unterschiedlichster Couleur. Ich kann ganz gut mit Zahlen umgehen, auch mit Menschen komme ich gut zurecht. In einigen Dingen bin ich praktisch veranlagt, und wo es bei mir selbst nicht reicht, kenne ich viele Menschen mit entsprechenden Fähigkeiten. Aufgebaut habe ich mir diese Firma vor etlichen Jahren, weil ich die Arbeitszeiten als Kellnerin im *Traumschiff* nicht mehr ertragen konnte und wollte. Zwar waren meine Kinder, wenn ich abends arbeiten musste, bei Traudel in guten Händen, aber morgens war ich immer müde und gerädert und daher keine besonders fröhliche Mutter. Das wollte ich ändern, als die Kinder in die Schule kamen und ich tagsüber etwas mehr Freiraum zum Arbeiten hatte.

Zuerst habe ich meine eigenen Fähigkeiten angeboten. Ich koche sehr gut, kann große Feste organisieren, Kindergeburtstage oder Hochzeiten planen. Irgendwann waren aber die Anfragen zu komplex, und ich begann, einige »Einsätze« zu delegieren. Durch meine jahrelange Arbeit in Drafis Kneipe kannte ich Gott und die Welt, und so hatte ich im Nu ein ganzes Heer an

Honorarkräften in meinem Verteiler, die entweder regelmäßig oder sporadisch für mich arbeiteten. Irgendwann habe ich dieser Firma dann einen Namen gegeben: *We4you* – wir für dich.

Die Firma läuft insgesamt gut. Ich werde nicht reich, aber ich habe ein gutes Auskommen. Außerdem hat Drafi mir die Wohnung überschrieben, in der ich anfangs mit ihm und Matti und später noch allein mit meinen beiden Kindern wohnte.

Jetzt bekommt nicht gleich einen Herzinfarkt vor Rührung! Das klingt toller und großzügiger, als es in Wirklichkeit war. Denn Drafi hat nie Unterhalt für Matti bezahlt. Das *Traumschiff* lief irgendwann nicht mehr so toll. Vielleicht war das der Grund. Und ich bin kein Mensch, der mit Rechtsanwälten um die Ecke kommt. Ich habe also höchstens mal gemeckert, aber meine finanziellen Interessen letztlich nie wirklich mit Nachdruck vertreten. Als Drafi vor einigen Jahren das Haus verkaufen wollte, hat er vorher zwei Wohnungen verschenkt: eine an mich und eine an Traudel und Ante, denen er sich ebenso verbunden fühlte wie ich. Den Rest des Hauses hatte ein Investor aus Düsseldorf gekauft, und Drafi war zu seiner Freundin ins Münsterland gezogen. Es ging ihm gesundheitlich nicht besonders, und seine Freundin hat offenbar das Florence-Nightingale-Syndrom. Das klingt gemein, ich weiß. Und doch verstehe ich Frauen nicht, die sich Männer ans Bein binden, die schon beim Kennenlernen ein Wrack sind. Aber natürlich gut für Drafi, keine Frage. Und dass er mir die Wohnung geschenkt hat, fand ich klasse.

Ich bin also finanziell ganz gut gestellt. Unten im Haus, in den Räumen des ehemaligen *Traumschiffs*, ist jetzt ein piekfeines französisches Restaurant. Der Hausbesitzer hat deshalb ein großes Interesse daran, dass das Haus mit allem Drin und Drum und Dran einen gepflegten und feinen Eindruck macht. Er hatte seinerzeit mächtig in die Sanierung investiert – auch ohne dass Traudel und Ante oder ich uns entsprechend beteiligten. Vielleicht nimmt er sich daher manchmal Sonderrechte heraus, meint, mehr zu sagen zu haben und uns behandeln zu können, als seien wir seine Mieter.

Offiziell sind hier Haustiere nicht gern gesehen. Ich glaube nicht, dass er uns das Halten von Haustieren verbieten könnte, auch wenn er Mehrheitseigentümer ist, aber so richtig kenne ich mich mit den juristischen Gegebenheiten nicht aus. Ich erwähne das deshalb, weil ich an diesem Morgen am Schreibtisch saß und darüber nachdachte, ob mir bereits der nächste Stress ins Haus stand. Ich war nämlich schon vor dem Frühstück mit Vieh rausgegangen. Nach den Ereignissen der letzten Nacht hatte ich keine Lust auf einen weiteren Zusammenstoß mit Leo gehabt. Außerdem war mein Kopf noch reichlich benebelt, also konnte ein Hauch von frischer Luft meinem verkaterten Hirn eigentlich nur guttun.

Wie am Abend zuvor zog Vieh an der Leine und wechselte, immer seiner eigenen Nase folgend, beliebig die Richtung. Ich denke, wir sahen als Gespann im besten Fall lustig, im schlimmsten Fall aber beängstigend aus. Von wegen: großer Köter mit schwachem Frauchen im Schlepptau. Damit, dass ich bei diesem entwürdigenden Spaziergang ausgerechnet unserem Hausbesitzer begegnen würde, hätte ich nie und nimmer gerechnet. Der wohnte ja eigentlich in Düsseldorf und ließ sich nur zu Eigentümerversammlungen sehen. Dass er ausgerechnet in dem Moment aus seinem Angeberauto, irgendeinem SUV, stieg, als Vieh mich fast auf die Straße und vor einen Schulbus gezerrt hätte, war also ein richtig blöder Zufall. Da es nieselte und noch dämmrig war, hoffte ich inständig, dass Herr Konitz – so heißt der Herr – mich nicht erkannt hatte. Leider war das nicht der Fall. Als ich an meinem Schlüsselbund fummelte, um die Haustür zu öffnen, und dabei die Hundeleine hoffnungsvoll dreimal um meine Hand geschlungen hatte, stand er plötzlich hinter mir.

»Frau Erhardt«, hatte er mich mit einem unangenehm kalten Lächeln angesprochen, »haben Sie die Branche gewechselt und versuchen sich nun als Dompteuse?«

Wegen dieser unerfreulichen Begegnung grübelte ich jetzt am Schreibtisch vor mich hin. Vieh musste entweder noch vor Leo wieder ausziehen, oder er musste erzogen werden. Dringend.

Schließlich beschloss ich, Gundi anzurufen. Sie hatte ihren eigenen Hund, einen Labradoodle, in einer Hundeschule erziehen lassen, damit er für die Enkelkinder keine Gefahr darstellte. Vielleicht konnte sie mir ein paar Tipps geben.

Das Telefonat fing auch vielversprechend an. Ausnahmsweise wurden wir nicht ständig von ihren Enkelkindern unterbrochen. Die waren nämlich beide mit Mittelohrentzündung und der eigenen Mutter beim Kinderarzt, und Gundi konnte sich daher ausnahmsweise voll auf das Gespräch konzentrieren.

Selbstverständlich interessierte sie sich viel mehr für die pikanten Details der vergangenen Nacht als für mein Hundeproblem: »Was? Unter der Dusche? Wie unbequem – also, jetzt für das Mädel, meine ich! Die hat ja bestimmt dabei kaum Luft gekriegt. Wasser in der Nase und im Mund Leos –«

»Stopp! Bitte, Gundi! Lass uns da nicht mehr drüber reden. Ich habe eh schon Probleme, diese Bilder aus dem Kopf zu bekommen!«

»Was bist du plötzlich so prüde? Sag mal, kann das sein, dass du selbst auch so ein ganz kleines bisschen untervögelt bist, wenn dich das so mitnimmt?«

Ich konnte es nicht fassen. Hatte sie das gerade wirklich gesagt? »Danke, du jetzt also auch! Das Gleiche hat mir Leo letzte Nacht auch an den Kopf geworfen! ›Verkehrsberuhigte Zone‹ hat er mich genannt! Ich schwöre dir, Gundi, sobald der finanziell wieder auf eigenen Füßen steht, fliegt der achtkantig raus!«

»Dann kannst du warten, bis du alt und klapprig und ein Pflegefall bist. Das wäre der einzige Grund, warum dein Kronprinz freiwillig aus Hotel Mama auszieht! Mensch, Mila! Werd mal wach! Wenn der nach jedem Scheitern bei Mama unterschlüpfen kann und sich da auch noch so grottenschlecht benehmen darf, ohne ernsthafte Konsequenzen fürchten zu müssen, dann wirst du den nie wieder los!« Sie holte kurz Luft. »Und warum willst du überhaupt den Hund erziehen lassen? Den wolltest du doch auch nicht haben.«

»Ich weiß, Gundi!« Ich seufzte. »Aber was soll ich denn machen? Solange der Hund hier lebt, ist es doch sinnvoll, dass er lernt, sich zu benehmen. Und Leo in seiner derzeitigen Situation komplett verstoßen – das kann ich nicht.«

»Warum schlüpft er denn nicht bei einem Kumpel oder seiner Schwester unter?«

»Matti wohnt in einer Wohngemeinschaft mit ihrer zickigen Arbeitskollegin. Die stressen sich auch ohne Leos Zutun ausreichend. Und ob Leo irgendwo eine Alternative zu Palazzo Mamma hätte, würde ich nur rausbekommen, wenn er freiwillig hier wegwill …«

»Ja, dann sorg doch dafür, dass er freiwillig wegwill«, sagte Gundi nonchalant. »Warum schlägst du ihn nicht mit gleicher Waffe? Quäl du ihn doch einfach deinerseits mit lautstarkem Ausleben deines Sexlebens. So was mögen Kinder überhaupt nicht!«

»Haha, sehr witzig. Ich *habe* kein Sexleben, Gundi. Das weißt du genau! Und jetzt erzähl mir nicht, ich müsste mir eine Affäre anlachen, nur um meinen Sohn zu ärgern!«

Gundi kicherte. »Du musst ja nicht sofort bis zum Äußersten gehen und wirklich jemanden an dein Schatzkästchen lassen, wenn dir Sex zurzeit tatsächlich nicht fehlt. Aber was hindert dich daran, deinem Sohn ein wildes Sexleben *vorzuspielen*? Du kennst doch bestimmt irgendwen, der sich auf ein kleines

Spielchen einlassen würde. Bitte doch einfach einen der Männer aus deiner Firma, dich von Zeit zu Zeit aufzusuchen und in deinem Zimmer zu brüllen und zu stöhnen. Und du schreist und quiekst mit. Was glaubst du, wie schnell Sohnemann dann das Feld räumt!«

»Quatsch, Gundi! Das ist wieder ein typischer Gundi-Plan! Leo denkt höchstens, ich hätte jetzt auch noch einen Escortservice für einsame, verkehrsberuhigte reife Damen gegründet!«

»Nun, das musst du selbst wissen«, antwortete Gundi spitz. »Du wirst schon sehen, was du davon hast, wenn du deinen Sohn nicht langsam mal in die Schranken weist.« Sie versorgte mich noch mit der Telefonnummer einer sehr hundeerfahrenen Bekannten, die sich Vieh mal probehalber ansehen könnte, um zu beurteilen, ob sich Erziehung in seinem Fall überhaupt noch lohnen würde, dann verabschiedete sie sich.

Ich blieb einen Moment wie erstarrt sitzen. *Leo mit einem vorgespielten Sexleben rausekeln?* Auch wenn ich Gundis Idee eben noch verworfen und grauenhaft gefunden hatte, war vielleicht doch etwas daran. Doch erst würde ich die Hundetrainerin kontaktieren.

Ich griff erneut zum Hörer, sprach mit Gundis Bekannter und freute mich, als sie zusagte, den »Fall« zeitnah zu prüfen. Nachdem damit das Drängendste erledigt war, setzte ich mich an meine normale Arbeit: Ich leitete einige Aufträge an meine freien Mitarbeiter weiter, koordinierte neue Anfragen, und leider stand auch die längst fällige Buchhaltung auf dem Zettel. Termine waren für diesen Tag nicht geplant, wie mir ein Blick in den Kalender verriet. Als es klingelte, war ich daher der festen Überzeugung, dass das die Hundefachfrau sein müsste. Das ging ja schnell!

Doch als ich die Tür öffnete, stand Orhan vor mir. »Mila, du musst mir helfen! Ich bin pleite!«, platzte er sofort heraus.

Orhan ist ein wunderbarer Mensch. Dass er bei mir auftaucht, wenn ihm das Wasser bis zum Hals steht, ist allerdings nicht ungewöhnlich. Er ist ein begnadeter Schauspieler, bekommt aber so gut wie nie lukrative Rollen. Das mag seiner Physiognomie geschuldet sein, denn Orhan ist klein und kompakt und würde eher als Ringer denn als jugendlicher Liebhaber durchgehen – kein Metier, in dem viel gecastet wird. Daher ist er eigentlich so gut wie immer pleite. Zwar könnte er jederzeit in der Getränkefirma seines Vaters einsteigen, aber das will er nicht. Darum jobbt er von Zeit zu Zeit für mich und liest älteren Menschen vor. Das macht er so fantastisch, dass die Leute ihn lieben. Sehr viel Geld ist mit dieser Art Dienstleistung allerdings nicht zu verdienen. Hinzu kommt, dass er sich hinter meinem Rücken schon öfter einmal mit meiner Kundschaft getroffen und seine Dienste aus lauter Mitgefühl für die Einsamen ohne Entlohnung angeboten hat. Auf dem Weg ruiniert er sowohl mich als auch sich selbst. Dennoch finde ich sein weiches Herz zauberhaft.

Ich winkte ihn herein. »Na, dann komm mal durch. Wir trinken einen Kaffee, und dann erzählst du mir, was los ist.«

Als ich gerade zwei Tassen frisch gebrühten Kaffees auf ein Tablett stellte, kam Leo in die Küche geschlurft. Er sah mies aus: Sein Gesicht war verquollen, er hatte dunkle Ränder unter den Augen, und sein blondes Haar stand wild in alle Richtungen. Bei Orhans Anblick schrak er zurück. »Entschuldigung! Ich hab nicht gesehen, dass du Besuch hast. Ich frühstücke dann lieber später.«

Orhan ist und bleibt ein unerschütterlicher Menschenfreund. Außerdem kannte er natürlich Leos und meine nächtliche Vorgeschichte nicht. Smart, wie er nun mal ist, sagte er: »Hey, nein, Quatsch! Bleib! Ich will hier niemanden vertreiben. Ich bin auch kein Besuch. Ich gehöre hier quasi zum Inventar. Du bist vermutlich Leo, Milas Sohn! Freut mich, schon viel gehört!« Er streckte Leo die Hand entgegen.

Leo wirkte alarmiert. »Zum Inventar? Komisch, ich kenne dich gar nicht! Wer bist du denn?«

Orhan strahlte und ließ seine ausgestreckte Hand in der Luft. »Orhan, freut mich echt!«

Leo nahm nun doch Orhans Hand, sah dabei aber zu mir herüber. »Und warum kenne ich dieses Inventar namens Orhan nicht?«

Was sollte denn dieser vorwurfvolle Unterton schon wieder? Das ging entschieden zu weit! »Weil dich alles, was mein Leben betrifft, nur bedingt etwas angeht«, sagte ich knapp. »Wir – du und ich – wohnen nicht mehr zusammen, wenn ich dich daran erinnern darf!« Ich merkte selbst, wie gereizt und zickig ich klang.

Leo musterte Orhan nun ganz unverhohlen. »Du bist aber nicht ... äh ... Also, ich will dir ja nicht zu nahetreten, aber bist du eventuell Mamas ... äh ... *Lover?*« Er sah regelrecht angeekelt aus.

Orhan fing an zu lachen, doch bevor er auf Leos Frage antworten konnte, ging ich entschieden dazwischen: »Wie gesagt, es geht dich nichts an, Leo, wer oder was Orhan in meinem Leben ist.« An Orhan gewandt ergänzte ich: »Was dagegen, wenn wir den Kaffee in meinem Zimmer trinken? Wie du merkst, ist die Stimmung etwas angespannt, und mein Sohn möchte in Ruhe frühstücken, was für ihn um fünf Uhr nachmittags ganz normal zu sein scheint!«

Ich nahm das Tablett mit unseren Kaffeetassen, Zucker und Milch und ging voraus in Richtung Arbeitszimmer. Orhan folgte.

»Ihr habt die Milch mitgenommen!«, protestierte Leo hinter uns. »Ich brauche Milch für mein Müsli!«

Ich tat, als hätte ich nichts gehört.

Orhan war offensichtlich verwirrt, als wir im Arbeitszimmer ankamen. »Läuft nicht so rund zwischen euch, oder?«

Ich kam also nicht darum herum, Orhan die Misere der letzten zwei Tage zu erzählen. Spätestens als ich ihm berichtete, was Gundi sich ausgedacht hatte, war das Blitzen in seinen Augen nicht mehr zu übersehen: »Das ist die lustigste Idee *ever!* Lass mich den Liebhaber geben, bitte! Du weißt, ich kann so was gut! Wir könnten sofort anfangen. Er hat mich doch sowieso für deinen Lover gehalten, hast du das nicht gemerkt?«

»Orhan, ich bitte dich. Damit wollte er mich nur provozieren. Das sieht doch ein Blinder mit Krückstock, dass der Altersunterschied zwischen uns zu groß ist. Orhan, du bist vierunddreißig. Ich bin ganze fünfundzwanzig Jahre älter als du und bin nicht Madonna!«

»Genau das ist doch der Witz! Kapierst du nicht, Mila? Was finden eigene Kinder schlimmer als ein – in ihren Augen – ungebührliches Verhalten der Eltern! Komm, sei kein Spielverderber, ich hab so Lust auf die Scharade!« Schon begann er, sich auszuziehen.

»Was, um Himmels willen, machst du da?« Mir wurde das Ganze nun regelrecht peinlich.

Orhan hingegen blieb entspannt und gleichmütig, zog sich bis auf die Unterhose aus. »Bin gleich wieder da«, raunte er grinsend, nahm sich die Milch und lief damit zur Küche. Durch die geöffnete Arbeitszimmertür hörte ich ihn: »Hey, Leo, hier ist die Milch! Die brauchen wir jetzt nicht mehr. Wir haben uns das mit dem Kaffee anders überlegt.« Und in meine Richtung rief er: »Ich gehe schon mal vor ins Schlafzimmer!«

Nun war ich wirklich in Panik. »Nein, warte, ich … Du weißt doch gar nicht …«

In diesem Moment kam Orhan zurück ins Arbeitszimmer und rief laut: »Ich weiß auf jeden Fall, dass du jetzt keinen Kaffee trinkst. Ich kriege dein Herz auch so zum Rasen.« In mein Ohr flüsterte er: »Wo ist dein Schlafzimmer? Komm, lass mich jetzt nicht auffliegen.«

Kaum hatte ich ihm die Richtung gezeigt, nahm er meine Hand und zog mich hinter sich her. Ich musste gegen meinen Willen lachen. Sekunden später stieß ich meine Schlafzimmertür auf, Orhan warf sie hinter uns zu und schubste mich so schwungvoll aufs Bett, dass ich aufquieken musste.

»Sehr gut machst du das!« Er begann, mich durchzukitzeln. Ich kicherte zuerst nur und musste dann laut lachen.

Er machte noch kurz weiter und ließ schließlich von mir ab. »Und runter mit den Klamotten! Mein Gott, du machst mich so heiß!«

Noch immer lachend setzte ich mich auf. Wir saßen nun beide auf meinem Bett, ich völlig angezogen, Orhan in Unterhose. Im nächsten Moment fing er nach allen Regeln der Kunst an zu stöhnen und bedeutete mir, dass ich mitmachen sollte.

Ja, was blieb mir anderes übrig? Einmal im Leben will wohl jede die berühmte Szene aus *Harry und Sally* nachspielen. Also gab ich alles, stöhnte, was das Zeug hielt, angefeuert von Orhans Grunzen, das irgendwann zu einem Crescendo anschwoll. Währenddessen stand er auf, um neben meinem Bett Liegestütze zu machen.

»Was machst du da?«, zischte ich leise.

»Mich ins Schwitzen bringen«, keuchte er leise zurück, um schließlich ein finales »Oh ja! Ja, ja, ja, ja, ja!« zu rufen.

Ich presste ein Kissen auf mein Gesicht, damit mein Lachen uns nicht verriet.

Als Orhan etwa fünfzig Liegestütze gemacht hatte, schwitzte er bereits ordentlich. Schwer atmend stand er auf, zog sich die Unterhose aus und verließ nackt und verschwitzt das Zimmer. Noch während ich mich fragte, was er nun schon wieder vorhatte, hörte ich seine Stimme aus der Küche. »So, jetzt brauchen wir die Milch für den Kaffee«, erklärte er meinem Sohn. »Alles immer schön der Reihe nach, kannst du dir für dein Leben merken!« Dann stolzierte er mit der Milch durch den

Flur, holte das Kaffeetablett aus meinem Arbeitszimmer und kam mit beidem, immer noch nackt, zurück ins Schlafzimmer.

Nachdem er die Tür geschlossen hatte, zog er sich die Unterhose wieder an, setzte sich auf mein Bett und schüttete uns ein, als sei nichts gewesen.

Ich wischte mir die Lachtränen aus dem Gesicht. »Was hat er gesagt?«

»Wer, dein Muttersöhnchen?« Orhan grinste und trank einen kräftigen Schluck Kaffee. »Gesagt hat er nichts, aber er hat mich so fassungslos angesehen ... Mila, für so einen Blick müssen Schauspieler jahrelang trainieren. Das war Gold wert!«

»Warum bist du eigentlich ursprünglich gekommen?«, fragte ich.

Er grinste noch breiter »Gekommen bin ich nicht! Bring da nur nichts durcheinander!«

Ich warf mein Kissen nach ihm. »Du weißt, wie ich das meine!«

Sofort wurden seine Augen traurig. »Mila, ich bin erledigt! Ich brauche dringend Kohle, mein kleiner Bruder ...«

»Oh nein, spielt er wieder?« Von früheren Zwischenfällen wusste ich, dass sein kleiner Bruder ein Suchtproblem hatte, und so viel Kohle, wie ein suchtkranker Spieler verbraucht, kann eigentlich niemand verdienen. »Orhan, du weißt, wie ich darüber denke!«

»Ich weiß, Mila. Ich nehme ihn künftig lückenlos in die Zange, das verspreche ich dir. Aber lass uns jetzt nicht hängen. Mein Bruder hat Spielschulden. Wenn mein Vater das erfährt, bringt er uns alle beide um!«

Familienkonstellationen sind sehr komplex und von außen nicht zu durchschauen, wer wüsste das besser als ich. Ich seufzte. »Kann dein Bruder renovieren? Ich hab da eine Anfrage für 'ne Altbausanierung. Da braucht man allerdings ein wenig Erfahrung. Darum macht die Leitung auch der Freddie, der kennt sich aus. Aber ihr könntet ihm helfen.«

Orhan küsste mich rechts, links, rechts, links. »Du bist und bleibst die Beste, Mila! Hast du 'ne kleine Anzahlung?«

Nachdem ich Orhan – wieder völlig bekleidet und von mir mit ein paar Geldscheinen ausgestattet – an der Wohnungstür verabschiedet hatte, wollte ich mich eigentlich wieder an die Arbeit machen. Doch auf dem Weg ins Arbeitszimmer hörte ich, dass Leo in der Küche leise telefonierte.

Ich weiß, Lauschen ist ganz unfein. Ich mache so was normalerweise auch nicht, ehrlich. Aber in diesem Fall war die Versuchung zu groß. Ich blieb also vor der angelehnten Küchentür stehen. Bruchstücke seines Telefonats drangen zu mir in den Flur. »Völlig pervers« und »abartig« waren noch die harmlosesten Bezeichnungen.

Plötzlich hatte ich richtig gute Laune.

Kurz entschlossen betrat ich die Küche.

Leo erschrak. »Super, Matti, da wird sie sich freuen!«, sagte er übertrieben laut in sein Smartphone. »Und ich natürlich auch. Du, sie ist jetzt hier, ich geb sie dir …« Er reichte mir das Handy: »Matti will mal kurz mit dir sprechen.«

»Na, meine Süße, alles gut bei dir?«, fragte ich.

»Super, Mutsch, alles perfekt!«, zwitscherte sie. Die Enthüllungen über mein vermeintliches Sexleben schienen sie also nicht aus der Bahn geworfen zu haben. »Du, ich wollte in ein paar Tagen mal vorbeikommen. Ich muss dir was Sensationelles sagen.«

Damit hatte sie mich natürlich neugierig gemacht. *Etwas Sensationelles* – ich hoffte sofort, sie hätte ihren polyamourösen Vogel in den Wind geschossen und sich anderweitig verliebt. »Matti, jetzt mach's nicht so spannend. Um was geht's? Gib mir wenigstens einen Tipp!« Ich war wirklich neugierig. Aber sosehr ich auch versuchte, ihr dieses Geheimnis schon am Telefon zu entlocken, sie blieb dabei und wollte mir alles persönlich mitteilen.

So vereinbarten wir ein Treffen für die nächste Woche.

Als ich den Termin in meinen Timer eintrug, sah ich, dass dieser Tag der 2. März sein würde.

März, dachte ich, *es geht aufwärts!*

MÄRZ

Das Beste an diesem März war, dass er wie alle anderen Monate, Jahre und Jahrzehnte einfach vorbeiging.

Ich bin keine Mimose, was schlechtes Wetter angeht, aber der Winter war dunkel, feucht und wie ein nicht enden wollender Herbst gewesen. Kein ernst zu nehmender Frost, kein wirklicher Schnee. Einfach immer nur scheußlich. Ein Stimmungskiller.

Der 2. März war kein bisschen besser. Es schüttete wie aus Kübeln, es war stürmisch, und außerdem hatte ich das Gefühl, dass ich mir eine Erkältung eingefangen hatte.

Da es Karnevalssamstag war, plärrte in den Supermärkten Stimmungsmusik aus den Boxen. Dortmund ist definitiv keine Karnevalshochburg, was mir sehr lieb ist. Ich finde, Karneval sollte man denen überlassen, die es auch können. Also den Rheinländern. Die sind halt gerne grundlos fröhlich. Westfalen lachen grundsätzlich mehr nach innen und über ganz andere Sachen als Rheinländer.

Trotzdem hatten die Verkäuferinnen sich mit bunten Hüten oder übergroßen Schleifen kostümiert. Eben westfälisch lustig. Da ich sowieso schlechte Laune hatte, wollte ich so schnell wie möglich wieder nach Hause. Ich wollte nur noch schnell ein paar Berliner besorgen. Matti war vor einer Woche dreißig geworden, hatte aber die große Party auf die schönere Jahreszeit verschoben. Ohnehin ist Matti kein Fan von Geburtstagen. Sie stand noch nie gerne im Mittelpunkt. Ihr Geschenk, einen Gutschein für einen Mutter-Tochter-Trip nach Paris, hatte ich ihr deshalb gemeinsam mit einem dicken Blumenstrauß geschickt. Hätte ich für unsere Verabredung einen Kuchen gebacken, wäre ihr das sicherlich nicht recht gewesen. Aber mit Berlinern, zumal jetzt in der Karnevalszeit, konnte ich gewiss nichts verkehrt machen. Matti steht total auf diesen süßen Klebkram. Also kaufte ich eine große Tüte Berliner Ballen und machte mich auf den Heimweg.

Vieh, den ich inzwischen in Pi umgetauft hatte, hatte brav angeleint vor der Tür gewartet. Er hatte inzwischen zwei Trainingsstunden bei der sehr kompetent wirkenden Hundetrainerin absolviert und zeigte schon deutliche Fortschritte. Vielleicht mochte er es auch einfach, dass ich ihn nicht mehr mit Vieh ansprach.

Ich weiß ja nicht, wie ihr es damit haltet. Aber ich glaube, dass alberne Namen sich negativ auf das Wesen eines Tieres oder Menschen auswirken. Ich bin definitiv keine Psychotante, auch wenn ihr das jetzt denkt. Im Gegenteil. Ich mag es nicht besonders, in der Psyche anderer Menschen herumzuwühlen. Wenn ich zum Beispiel finde, dass jemand ein Arschloch ist, dann weiß ich natürlich, dass er wahrscheinlich einen Grund für sein Verhalten hat. Wenn ich aber den Grund erfahre – was weiß ich: schwere Kindheit, traumatische Erlebnisse in der Jugend oder eine Schwester, die einfach in allem besser war –, dann empfinde ich gleichzeitig Mitleid. Mitleid und Wut passen aber nicht zusammen. Also muss man sich für ein Gefühl entscheiden. Bei mir bleibt dann meistens leider das Mitleid. Und das ist bei mir wie bei einem Auto, bei dem man vergessen hat, die Handbremse anzuziehen: Es setzt sich irgendwann in Bewegung und nimmt Fahrt auf. Bei mir kann Mitleid ein Eigenleben entwickeln. Es kann sogar passieren, dass ich aus dem Auto aussteige und jemandem helfe, sein Auto einzuparken. Ich bin gut im Einparken. Aber oft wollen mich die Menschen, denen ich beispringe, dann kennenlernen. Sie finden mich nett, und schwupps, hab ich den nächsten Sozialfall an der Backe. Nicht, dass ich denke, dass jeder oder jede, der oder die nicht einparken kann, ein Sozialfall ist. Aber wenn Leute erst mal finden, dass jemand nett ist, dann holen sie ihr Psychogepäck raus und stellen es einem vor die Füße. Und genau das möchte ich vermeiden.

Im Fall von Pi, ehemals Vieh, war der Fall natürlich anders gelagert. Ich dachte, wenn ein Hund so einen monsterähnlichen Namen hat, dann denkt er wahrscheinlich, er müsste sich auch so benehmen. Da Tiere sich an bestimmte Wortklänge gewöhnen, wollte ich ihn nicht komplett umbenennen. Und ich bin ein großer Fan des Romans *Schiffbruch mit Tiger*. Der Held dieser Geschichte ist Pi Patel, ein mutiger und kluger indischer Junge. Nach ihm also hatte ich Vieh umbenannt.

Leo hatte sich vor Lachen gar nicht mehr eingekriegt, als er das mitbekam. »»Pi‹ klingt ja nun erst recht richtig bescheuert«, hatte er gesagt. »Ich glaube kaum, dass der Hund den Roman gelesen hat. Wahrscheinlich hat den so gut wie niemand gelesen. Ich übrigens auch nicht. Also klingt das für alle anderen einfach nur nach Pisse. Ob das für die Psyche eines Hundes besser ist?«

Ich habe mich nie beschwert, wenn meine Kinder sich über mich lustig gemacht haben. Ich war einfach froh, dass sie Humor hatten, und selbst wenn ich häufig das Opfer ihres Humors war, habe ich immer gerne mit ihnen mitgelacht. Auch in diesem Fall konnte ich mir ein Grinsen nicht verkneifen.

Insgesamt hatte sich die Stimmung zwischen Leo und mir ein wenig entspannt. Ich hatte noch einige Male ein Stöhn- und Grunztreffen mit Orhan gehabt. Wenn sich abzeichnete, dass mein Sohn zu Hause war und sich allzu sehr ausbreitete, schickte ich ihm eine kurze Nachricht, und er eilte stehenden Fußes herbei. Orhan machte dieses Spielchen wirklich einen Riesenspaß. Einmal, als wir völlig angekleidet in meinem Schlafzimmer vor uns hin stöhnten, hatte Leo die Nase offensichtlich voll. Er brüllte aus Leibeskräften: »Ruhe, verdammt noch mal!« Dann bollerte er wutentbrannt an meine Schlafzimmertür. Orhan, der sich kaum noch halten konnte vor unterdrücktem Lachen, rief: »Gleich geschafft, Kleiner. Wir sind bald fertig.« Leo hatte mich daraufhin tagelang mit Todesverachtung gestraft, und ich konnte nicht anders, als leise vor mich hin zu grinsen. Inzwischen quälte sich Leo, sobald Orhan aufkreuzte, aus seinem Zimmer und verließ fluchtartig die Wohnung. Er hatte sogar schon zwei Nächte ganz außer Haus verbracht – bei wem auch immer.

Ich freute mich diebisch. *Doppelter Therapieerfolg bei Sohn und Hund.* Auch jetzt ging Pi relativ brav bei Fuß. Natürlich trug die Tatsache, dass die Tüte mit den Berlinern köstlich duftete, bestimmt ein Scherflein dazu bei.

Als ich Pi wenig später im Korridor mit einem alten Handtuch trocken rubbelte, hörte ich gedämpfte Stimmen aus der Küche. Matti war also schon da. Wie schön! Jetzt würde ich endlich ihre große Neuigkeit erfahren. Die riesige Tüte mit Berlinern wie eine Trophäe hochhaltend betrat ich die Küche. »Tadaaaaa!«, rief ich ganz euphorisch.

Dann sah ich, dass nicht nur Matti und Leo am Tisch saßen, sondern auch meine Schwester Marieluise.

Marieluise ist vier Jahre älter als ich. Und mindestens dreißig Jahre vernünftiger. Und fünfzig Jahre besserwisserischer. Meine Schwester ist übrigens auch einer dieser Fälle, bei denen ich mich nicht allzu gern mit dem psychologischen Hintergrund ihres Soseins befassen möchte. Wir hatten die gleichen Eltern und eine relativ ähnliche Kindheit. Ich konnte also eins und eins zusammenzählen, um herzuleiten, dass Marieluise wahrscheinlich eigentlich eine liebe, weichherzige und nur etwas zerknirschte Seele war. Aber wenn ich mich mit ihrem Hintergrund befasste, kam ich – logisch! – um meinen eigenen nicht herum. Das wollte ich unbedingt vermeiden. Es ist ja nicht so, dass wir eine vorzeigbar beschissene Kindheit hatten – keine von uns ist mehr geschlagen worden, als es damals üblich war, wir wurden nicht missbraucht, und unsere Eltern sind nicht zu früh gestorben. Nein. Oberflächlich betrachtet war unsere Kindheit ähnlich öde und unspektakulär wie Tausende anderer Kindheiten im aufstrebenden Nachkriegsdeutschland auch.

Mit einer Ausnahme: Mein Vater war irgendwie … äh … also irgendwie seltsam. Auch das hatte natürlich einen Grund. Und ich fürchte, den muss ich offenlegen, auch wenn ich diese Psychograberei verabscheue. Aber wenn ich das nicht mache, dann denkt man vielleicht, mein Vater sei ein Loser oder Nerd oder so gewesen, und das möchte ich nicht. Denn auch wenn mein Vater extrem seltsam war, habe ich ihn durchaus geliebt.

Er war erst sehr spät, 1953, aus russischer Kriegsgefangenschaft zurückgekehrt. Da war er gerade mal siebenundzwanzig Jahre alt. Es gibt keine Fotos von ihm aus dieser Zeit, aber nach den Schilderungen meiner Mutter muss er ausgesehen haben wie ein Greis. Ihm fehlten mehrere Schneidezähne, er humpelte stark und war bis auf die Knochen abgemagert. Außerdem war er, das habe ich aber erst viel später erfahren, von Zeit zu Zeit Bettnässer.

Auch wenn meine Mutter nie darüber gesprochen hat, habe ich schon früh mitbekommen, dass meine Mutter ungewöhnlich häufig das Ehebett neu bezog. Den Grund dafür erfuhr ich erst, als ich einmal so schlimm an Scharlach erkrankt war, dass ich rund um die Uhr beobachtet werden musste. Immer wieder war mein Fieber über vierzig Grad gestiegen, weshalb ich ausnahmsweise im Ehebett meiner Eltern schlafen durfte. Irgendwann wurde ich wach, weil das Bett sich feucht und klamm anfühlte. Ich dachte, ich hätte alles vollgeschwitzt, und weckte meine Mutter.

Sie sprang sofort aus dem Bett, weckte meinen Vater und sagte in resigniertem Tonfall: »Herrmann, werd wach! Es ist wieder passiert. Steh mal auf, ich muss das Bett frisch beziehen. Solange die Kleine bei uns schläft, ist es wohl besser, du schläfst in Emmis Bett!«

Erst viel später konnte ich mir diesen Vorfall erklären.

Auch sonst war mein Vater anders als andere Väter. Er redete kaum und hat, soweit ich mich erinnere, auch nie richtig gearbeitet.

Das tat meine Mutter. Sie hatte während des Krieges eine Lehre in einem Hagener Eisenwarengeschäft gemacht, dem Eisenwarengeschäft Erhardt. Dort eine Lehre zu machen war sicher nicht ihr Traum. Meine Mutter war intelligent und ausgesprochen praktisch veranlagt. Aber sie war immer davon ausgegangen, dass sie die Lehre ohnehin nur machen würde, um die Zeit bis zu ihrer Hochzeit und späteren Mutterschaft zu überbrücken. Sie war verlobt, und ich nehme an, dass dieser Verlobte, ein Apotheker und Feingeist, ihre große Liebe war. Aber noch bevor es zu einer Hochzeit kam, fiel er oder blieb, wie man das damals nannte, im Krieg.

Also hat meine Mutter das gemacht, was so viele Frauen machen mussten: Sie hat versucht, ihre Trauer in den hintersten Winkel ihrer Seele zu verbannen, und einfach weitergemacht.

Die Eigentümer des Eisenwarengeschäfts hatte der Krieg ebenfalls hart getroffen: Die zwei ältesten Söhne waren im Krieg geblieben, weshalb nun der Jüngste, mein Vater, einmal das Geschäft übernehmen sollte. Als er 1943 mit siebzehn Jahren ebenfalls eingezogen wurde, brach für die Eltern Erhardt die Welt zusammen. Erst recht, als er kurz vor Ende des Krieges als tot gemeldet wurde. Damals haben sie, um zu überleben, meiner Mutter den Laden überschrieben. Im Gegenzug sollte sie sich um sie kümmern.

Als mein Vater 1953 völlig überraschend nach all den Jahren doch aus der Kriegsgefangenschaft zurückkehrte, erlitt sein Vater, mein Opa Alfons, einen Schock und starb zwei Tage später an einem Herzinfarkt. Dass und wie mein Vater bis dahin überlebt hatte, war abenteuerlich: Er war an der Ostfront gewesen und hatte, als er merkte, dass seine Truppe den Russen in die Hände fallen würde, mit einem toten Kameraden die Uniform getauscht, um nicht als SS-Mann enttarnt zu werden. Gleichzeitig hatte er vorsichtshalber auch die Identität des Verstorbenen angenommen, nicht wissend, wie elend lange er in russischer Kriegsgefangenschaft bleiben würde. Und ebenfalls nicht ahnend, dass er seinen Eltern unter seinem richtigen Namen natürlich nicht schreiben konnte.

Als er dann überraschend auftauchte, merkte meine Mutter, dass meine Oma Isolde nun in einer Zwickmühle war. Sie wollte meiner Mutter den Laden nicht einfach wieder wegnehmen, zumal mein Vater in einem Zustand war, in dem er den Laden gar nicht selbst hätte führen können. Auf der anderen Seite wollte sie ihrem Sohn aber das geben, was ihm zustand. Für dieses Problem gab es nur eine Lösung: Meine Eltern mussten heiraten.

Auf dem einzigen Hochzeitsfoto, das es gibt, sieht meine Mutter ernst und streng aus. Mein Vater, neun Jahre jünger als sie, guckt in die Ferne, als ginge ihn die Hochzeit und alles drum herum gar nichts an. Meine Mutter trug ein weißes Kleid, das ihr viel zu kurz war. Ich nehme an, es war das Hochzeitskleid von Oma Isolde, die recht klein war. Damals hob man Hochzeitskleider auf und gab sie an die nächste Braut weiter, wenn das Kleid Krieg und Bombenhagel überlebt hatte. Oma Isoldes Hochzeitskleid war so ziemlich das Einzige in der Familie, was den Krieg unbeschadet überstanden hatte. Darüber hat sich meine Mutter vermutlich nicht gefreut. So jedenfalls sah sie aus: eine nicht mehr junge Braut mit einem zu kurzen altmodischen Kleid und einem frühzeitig vergreisten und verstörten Ehemann.

Ich hätte euch diesen Ausflug in meine Familiengeschichte

gern erspart, aber wenn ich euch nicht in die dunklen Gänge unserer Ahnen mitnehme, könnt ihr nicht verstehen, warum sich meine Begeisterung in Grenzen hielt, als ich sah, dass meine Schwester in der Küche saß.

Marieluise ist kein Typ für spontane Familienbesuche. Wenn sie aufkreuzt, will sie mich entweder belehren oder mir mit der Moralkeule eins überbraten.

Wenn du aus einer etwas kaputten Familie kommst und eine Schwester hast, dann ist die Chance ziemlich groß, dass die Umstände deine Schwester in eine völlig andere Richtung getrieben haben als dich. Als kleines Kind und junges Mädchen hatte ich meine Schwester grenzenlos bewundert. Sie war gut in der Schule, durfte schon früh meiner Mutter im Laden helfen und war in unserer Siedlung mit Abstand die Beste beim Stelzenlaufen und später beim Gummitwist. Ich hing ihr immer auf der Pelle, was sie mal freundlich, mal unfreundlich abzuwehren versuchte.

Als sie in die Pubertät kam, war sie auf einmal unbezähmbar. Sie ging für alles auf die Barrikaden, keifte hemmungslos mit meiner Mutter, und als meine Mutter ihr einmal eine Backpfeife verabreichte, traute sie sich zurückzuschlagen. Meine Mutter hatte dieser Naturgewalt hereinbrechender jugendlicher Rebellion wenig entgegenzusetzen. Kurz vorher war unser Vater, ausgerechnet bei der ersten und einzigen Kur seines Lebens, gestorben. Er hatte wohl einen schweren Schlaganfall gehabt, und meine Mutter wurde von den Nachbarinnen lange Zeit mit dem Hinweis getröstet: »Sei froh, Gertrud, dass er gestorben ist, sonst hätteste getz noch einen schweren Pflegefall anne Beine!«

So spricht man bei uns im Ruhrgebiet. Keine Angst vor drastischen Ansagen!

Für meine kleine Familie war der plötzliche Tod meines Vaters ein Schock. Ich war erst elf Jahre alt und, wie gesagt, trotz aller Schwierigkeiten mit meinem Vater eng verbunden. Ob meine Mutter getrauert hat, weil sie meinen Vater geliebt hat, das kann ich nicht beurteilen. Vielleicht war ihr auch einfach nur klar, dass ihr ohnehin schweres Leben ohne ihren Mann noch ein bisschen schwerer würde. Jedenfalls war sie nach dem Tod meines Vaters sehr still und weniger wehrhaft als sonst und wirkte ratlos und fassungslos, als meine Schwester sich zu einer solchen Rebellin entwickelte.

Ich aber fand meine Schwester toll. Sie trug plötzlich ausrangierte Männerkleidung, schnitt sich ihre vormals wunderschönen langen Haare mit der Nagelschere und hing mit Jungs ab, die in unserer Siedlung als Gammler bezeichnet wurden. Ihr Abitur schaffte sie trotzdem, und danach ging sie nach Marburg, um zu studieren. Zunächst schrieb sie sich für Tiermedizin ein. Ob sie wirklich studiert hat, kann ich nicht beurteilen. Nur einmal durfte ich sie besuchen. Damals lebte sie in einer Wohngemeinschaft, in der es streng roch und in der überall politische Pamphlete an den Wänden hingen. Die Küche wirkte wie eine Zuchtstation für unterschiedliche Schimmelpilze. Die Jungs, mit denen sie zusammenwohnte, waren allesamt blass, dünn und verwahrlost. Sie rauchten selbst gedrehte Zigaretten und redeten bis tief in die Nacht über Dinge, von denen ich kein Wort verstand. Ich war tief beeindruckt und neidisch.

Monate später erzählte mir eine ehemalige Schulfreundin meiner Schwester, Marieluise sei Mitglied der RAF. Ich war schockiert. Gleichzeitig wuchs mit einem sensationslüsternen Schaudern meine uneingeschränkte Anerkennung. Meine Schwester, die traute sich wenigstens was!

Erst Jahre später habe ich erfahren, dass das gar nicht stimmte. Meine Schwester hatte lediglich einige Zeit mit einem Studenten zusammengelebt, der angeblich zum weiteren Umfeld der RAF gehörte. Sie selbst hat mir dazu nie etwas gesagt.

Dass nun aber ausgerechnet diese Schwester, die ich so

bewundert hatte und der ich heimlich versucht hatte nachzueifern, dass nun diese Schwester irgendwann eine Kehrtwende um hundertachtzig Grad gemacht hatte – das konnte ich nur schwer verstehen und noch weniger verzeihen. Von einem Tag auf den anderen wechselte sie von Veterinär- zu Humanmedizin, kleidete sich bieder und kam mit einem Verlobten nach Hause. Meine Schwester und ein Verlobter – das wollte mir nicht in den Kopf. Markus, der Verlobte, war Jurastudent und später Vater ihrer Tochter Janis. Janis, benannt nach Janis Joplin. Der Name war wohl eine letzte Huldigung ihrer früheren wilden Jahre.

Von Markus ist Marieluise inzwischen geschieden. Wenigstens das. Davon abgesehen aber war sie in jeder Hinsicht eine ekelhafte Vorzeigetochter, und meine Mutter wurde nie müde, mir gegenüber zu betonen, wie wunderbar Marieluise sich »gefangen« habe. Was mit anderen Worten heißen sollte, dass ich mich doch auch bitte mal so langsam »fangen« könnte.

Meine Art zu leben – unverheiratet mit zwei Kindern von zwei Vätern, ohne richtige Berufsausbildung – war für meine Mutter völlig inakzeptabel, und sie ließ zeit ihres Lebens keine Gelegenheit aus, mir das in einem anklagenden Singsang unter die Nase zu halten. Seit meine Mutter gestorben ist, hat meine Schwester den Job übernommen, mich auf den rechten Weg zu bringen.

So, und jetzt versteht ihr, warum ich sie nicht gemeinsam mit meinen Kindern, einer mich erwartenden Neuigkeit und einem Berg von etwa zwanzig Berliner Ballen bei mir in der Küche haben wollte.

Leo hatte Kaffee gekocht und schob mir eine Tasse hin. Marieluise trank, gesundheitsbewusst, wie sie ist, Tee und Matti seltsamerweise auch. Der Kaffee schmeckte nicht, und auch sonst lag Anspannung in der Luft. Ich hatte die Berliner auf den Tisch gelegt, und nur Leo und ich griffen beherzt zu. Wenn ich

Stress habe, muss ich essen. Leo muss immer essen, wenn er nicht selbst bezahlen muss, und Matti isst normalerweise auch gerne und liebt Süßes. Dass sie sich jetzt, unter den strengen Augen meiner Schwester, so zurückhielt, stieß mir unangenehm auf. Ich ließ mir jedoch nichts anmerken.

»So, Matti!«, rief ich stattdessen betont munter. »Ich platze vor Neugier! Raus mit der Sprache. Was ist deine große Neuigkeit?«

Bis vor einer Stunde hätte ich selbst geglaubt, was ich da sagte, aber durch die Anwesenheit meiner Schwester hatte ich das dumpfe Gefühl, dass Matti sich seelischen Beistand mitgebracht hatte, weil diese Neuigkeit vielleicht zumindest für mich doch nicht so toll war.

Leo und Matti sahen sich beklommen an. Auch das war ein ungutes Zeichen.

»Mama, wir wollen vorher noch kurz mit dir über was ganz anderes sprechen«, setzte Matti an. Offensichtlich hatten sie ihr die Rolle der Wortführerin zugedacht. Das war wieder mal typisch! »Leo hat mir erzählt, dass du … äh, ja … also dass du jemanden gefunden hast, der dir offensichtlich was bedeutet. Das ist natürlich total schön …«

Ein großes unausgesprochenes »Aber« hing in der Luft. Natürlich war mir klar, worauf das alles hinauslaufen würde. Ich lehnte mich zurück, lächelte vielsagend und ließ die beiden erst einmal zappeln.

Matti ließ sich nicht aus dem Konzept bringen. »Ja, und Leo hat mir noch erzählt, dass dein neuer … äh … Freund, also, der scheint ja viel jünger zu sein als du!«

»Ja«, sagte ich. »Orhan ist erst Mitte dreißig, aber schon sehr reif für sein Alter!«

»Mama, uns ist klar, dass du das so siehst. So sehen *möchtest!* Aber wir machen uns Sorgen. Also, wir wollen einfach nicht, dass du von irgend so 'nem jungen Kerl ausgenutzt wirst.« Matti stieß einen erleichterten Seufzer aus. Sie glaubte also, den unangenehmsten Teil der Unterhaltung hinter sich gebracht zu haben.

Ich lehnte mich noch genüsslicher zurück. »Ach, da macht euch mal keine Gedanken. Das mit Orhan und mir, das ist sozusagen eine Win-win-Situation. Wir haben ja beide was davon. Also macht euch keine Sorgen, ich bin ja auch tatsächlich erwachsen. Was ist denn jetzt mit deiner tollen Neuigkeit, Matti?«

Bevor Matti etwas sagen konnte, platzte es regelrecht aus Leo heraus: »Win-win nennst du das?« Seine Stimme überschlug sich fast vor Eifer. »Mama! Ich habe mitbekommen, dass du dem Kerl Geld gibst. Das ist doch ekelhaft. Hast du das wirklich nötig, jemanden dafür zu bezahlen?«

»Ach, ihr glaubt, Orhan ist ein Callboy?« Ich musste lachen. »Ihr glaubt, eure alte, präsenile Mutter hat es nötig, sich Liebesdienste zu kaufen! Da kann ich euch beruhigen. Orhan arbeitet für mich. Schon lange, übrigens.« Ich sah sie an. »Allerdings nicht so, wie ihr offensichtlich denkt. Er renoviert zurzeit für einen Kunden von mir. Also ganz legal und ganz frei von erotischen Interessen. So! Und jetzt können wir das Thema hoffentlich fallen lassen und uns endlich Mattis Neuigkeit zuwenden!«

Marieluise beugte sich vor und machte Matti ein Zeichen, dass nun sie etwas sagen wollte. Mir schwante Übles. Kam nun wieder eine ihrer Belehrungen? Tatsächlich!

»Emmi. Spiel doch jetzt nicht gleich die beleidigte Leberwurst. Sei froh, dass die Kinder sich Sorgen um dich machen. Und ehrlich gesagt: Ich kann sie verstehen. Wie auch immer das Verhältnis zwischen dir und diesem Orhan geregelt ist – also komm! Normal ist das doch nicht, wenn ein Mann mit einer fünfundzwanzig Jahre älteren Frau in die Kiste geht. Du hattest schon immer ein Händchen für komplizierte Männergeschichten. Da macht man sich schon mal Sorgen!«

Ich spürte, wie die Wut in mir hochkochte. Wie Lava quoll es heiß und giftig aus meinem Mund: »Sagt ausgerechnet die Frau, die mir die ›freie Liebe‹ und dieses ›Wer zweimal mit demselben pennt, gehört schon zum Establishment‹ vorgelebt hat«, giftete ich. »Malu, ehrlich, was ist nur aus dir geworden? Diesen sauertöpfischen, moralischen und belehrenden Ton, den hast du eins zu eins von unserer Mutter übernommen. Du bist ein so erbärmlicher Abklatsch unserer strengen, freudlosen und ewig nörgelnden Mutter! Ich könnte kotzen, wenn ich das höre. ›Du hattest schon immer ein Händchen für komplizierte Männergeschichten.‹«

»Komm runter, Emmi! Ich mein's doch gut mit dir! Und *vorgelebt* habe ich dir gar nichts. Ich habe selber eine wilde Phase in meinem Leben gehabt, ja, das gebe ich zu. Aber ich habe dich nie aufgefordert, mir nachzueifern. Und im Gegensatz zu dir habe ich rechtzeitig die Kurve gekriegt. Du kommst mir vor, als wärst du irgendwann im Kreisverkehr gelandet und kämest jetzt nicht mehr raus!« Ihr Ton war auch nicht mehr ganz so beherrscht wie sonst.

»Und du?«, blaffte ich zurück. »Wenn ich im Kreisverkehr festhänge, dann bist du irgendwann im Leben mal richtig falsch abgebogen. Du bist so was von öde! Hörst du dir bei deinen vernünftigen Gebeten, die du ständig absonderst, eigentlich mal selbst zu?« Meine Stimme überschlug sich inzwischen fast.

Als ich Luft holte, um zum nächsten Sturm zu blasen, ging Matti mit erhobenen Händen dazwischen: »Stopp, stopp, ihr beiden! Das bringt doch nichts, wenn ihr euch so ankeift. Deshalb sind wir doch nun wirklich nicht hier.« Sie sah mir in die Augen. »Mama, wir wollten dir nur sagen, dass wir uns Sorgen machen. Was du letztlich damit machst, ist deine Sache. Wir haben dir gesagt, was wir denken, und jetzt ist es auch gut!«

Marieluise und ich atmeten beide hörbar aus. Es klang, als würde bei uns beiden die Luft abgelassen.

Ich seufzte. »Alles gut, Frieden. Versprochen. So, jetzt aber endlich zu deiner Neuigkeit, Matti.«

»Also«, die Augen meiner Tochter strahlten auf einmal so, dass ich mich ihrer offensichtlichen Freude trotz meines unguten Gefühls kaum entziehen konnte. »Ich wollte es euch allen lieber persönlich sagen: Mama, Leo, stellt euch vor, ich bin schwanger!«

Sie hatte ein Zwitschern in der Stimme, als hätte sie den Jackpot geknackt. In meinem Kopf entstand ein seltsames Rauschen. Meine Gedanken überschlugen sich. Bedeutete Marieluises Anwesenheit, dass Matti sich bereits hatte untersuchen lassen, ob sie von der Erbkrankheit ihres Vaters betroffen war?

Wenn sie so strahlt, dachte ich, *dann wird sie wohl dieses Baby gefahrlos bekommen können. Ich werde also Oma.* Meine Hoffnung, dass dieser Krug an mir vorübergehen würde oder zumindest noch eine ganze Weile an mir vorübergehen würde, hatte sich damit wohl zerschlagen. Ich gönne natürlich jeder Frau das Glück, Mutter zu werden, meiner Tochter selbstverständlich ganz besonders. Dennoch hatte ich noch keine Lust auf einen Oma-Job. Wie auch immer der dann aussehen würde. Gleichzeitig war ich gerührt.

Während diese Gedanken noch durch mein Hirn galoppierten, war Leo längst aufgesprungen und hatte Matti umarmt. »Cool, Schwesterherz! Ich fasse es nicht. Ich werde Onkel, und du darfst jetzt neun Monate lang dick werden und fressen wie ein Scheunendrescher. Gute News, Dicke! Ich freue mich für dich!«

»Ich mich natürlich auch.« Meine Stimme krächzte. Ich war noch nie gut im Lügen. »Dass du das Baby bekommst, bedeutet natürlich, dass du alle Tests gemacht hast, oder? Darum ist Malu heute mitgekommen, oder?«

Marieluise und Matti sahen sich an. Irgendetwas an diesem Blick, den die beiden wechselten, stimmte nicht. Als Marieluise das Wort an mich richtete, griff sie gleichzeitig nach Mattis Hand. Mein Puls begann unkontrolliert zu rasen. Irgendetwas war hier faul. Hoffentlich war nichts mit meiner Tochter oder dem Baby ...

»Du kannst es ihr sagen, Emmi. Sie weiß ohnehin Bescheid.«

Ich verstand nur noch Bahnhof. »Was kann ich ihr sagen?«

»Sie weiß, dass Drafi nicht ihr Vater ist, Emmi. Es wäre nur fair, wenn du ihr sagst, wer ihr leiblicher Vater ist. Immerhin wird sie jetzt selbst Mutter!«

»Wie bitte?« Welches seltsame Spiel wurde hier gespielt? »Ich weiß nicht, wovon ihr redet. Wer, bitte, hat euch denn eingeredet, dass Drafi nicht ihr Vater ... Das ist doch völlig absurd!«

»Mama, bitte!« Mattis Stimme war laut und schneidend. »Jetzt verkauf uns nicht für dumm. Leo und ich sind keine kleinen Kinder mehr. Mit uns kann man reden! Was auch immer du für Gründe hattest, uns meinen leiblichen Vater zu verschweigen – wir sind jetzt in dem Alter, wo wir so was wissen dürfen. Wann wolltest du uns das denn bitte sagen?«

»Emmi, komm schon«, mischte sich meine Schwester wieder ein. »Es ist doch Quatsch, wenn du dich blöd stellst. Matti war bei Drafi, um mit ihm über seine Krankheit und die möglichen Folgen für sie und das ungeborene Kind zu sprechen. Da hat er den Verdacht geäußert, dass er gar nicht ihr genetischer Vater ist. Er hat das schon lange vermutet, wollte aber keine Unruhe in die Familie bringen, und es war ihm eigentlich immer egal. Er hat Matti ja von Anfang an geliebt. Aber jetzt, in dieser Situation ... also, um es kurz zu machen: Wir haben einen Vaterschaftstest gemacht. Drafi kommt als Erzeuger tatsächlich nicht infrage.«

Mir wurde flau. Die Berliner Ballen drängten stark Richtung Magenausgang. Was sollte dieses seltsame Komplott? Natürlich war Matti Drafis Tochter. Ich hatte damals mit niemandem sonst geschlafen. Darum verstand ich beim besten Willen nicht, was Drafi mit seiner hinterhältigen Unterstellung bezwecken wollte. Dass ich ihn nicht nachträglich auf Unterhalt verklagen würde, musste ihm doch klar sein. Matti war längst finanziell unabhängig, und ich hatte von ihm ja seinerzeit genau aus diesem Grund die Wohnung geschenkt bekommen – weil er nie Unterhalt gezahlt hatte. Darum verstand ich ihn nicht.

»Dieser Test ... Sorry, aber das muss ein Irrtum sein. Drafi ist ganz sicher Mattis Vater. Was soll das Ganze?« Meine Stimme war inzwischen eher ein Flüstern.

»Wir verstehen ja, dass das für dich alles ein bisschen überfallartig kommt. Aber so ein Testergebnis ist so gut wie sicher. Neunundneunzig Komma neun Prozent! Emmi, nun lass doch einfach die Katze aus dem Sack. Herrgott, so schlimm wird es doch bestimmt nicht sein. Wir alle haben in unserem Leben Fehler gemacht. Manche Fehler fliegen uns halt irgendwann um die Ohren. Jetzt mach das Drama nicht noch größer, und sprich mit deinen Kindern. Das bist du ihnen schuldig.«

Marieluises moralischer und schulmeisterlicher Unterton gab mir den Rest. Ich schaffte es gerade noch zum Klo. Dort konnte ich kaum noch aufhören zu würgen.

Als Kaffee und Berliner in der Unterwelt verschwunden waren und ich mit käseweißem Gesicht in die Küche zurückkam, grinste Leo breit: »Verrückt, Matti ist schwanger, und du musst kotzen. Das ist echtes Teamwork.«

»Das ist nicht lustig, Leo«, murmelte ich schwach.

»Mutsch, hast du das denn all die Jahre wirklich so verdrängt?« Matti schien die Einzige zu sein, die so etwas wie Mitleid mit mir empfand.

»Es gab für mich nichts zu verdrängen!« Ich brüllte regelrecht. »Solange Drafi und ich zusammen waren, also bevor es dann zwischen uns schwierig wurde und er in die Wohnung unterm Dach umgezogen ist, so lange habe ich ganz sicher keine anderen Männer gehabt. Ich möchte wissen, was Drafi sich dabei denkt. Wir rufen ihn jetzt zusammen an!«

Schon beim zweiten Klingeln hob er ab. »Mila, ich habe damit gerechnet, dass du mich anrufst. Also hat Matti inzwischen mit dir gesprochen.« Seine Stimme klang sanft und beschwichtigend.

Meine nicht. »Ich weiß nicht, was der ganze Hokuspokus soll, Drafi«, keifte ich. »Was denkst du dir eigentlich dabei, mir so was zu unterstellen! Ich habe dich nicht betrogen. Nie!«

»Mila, nun reg dich doch nicht auf. Ich mache dir doch keinen Vorwurf. Habe ich nie gemacht. Wir haben doch damals alle etwas wilder gelebt.«

»Aber *ich* nicht!« Inzwischen war ich verzweifelt.

»Komm, Emilia. Jetzt fahr mal das System runter. Was hältst du davon, wenn du mich besuchen kommst, und wir reden in Ruhe. Alles halb so wild. Und ganz ehrlich: Ich bleibe natürlich trotzdem Mattis Vater. Opa werden finde ich cool. Und wenigstens kann der kleine Furzknoten diese blöde Krankheit nicht geerbt haben, das ist doch das Allerbeste an diesem Wirrwarr.«

Nach dem Telefonat schaute ich in die neugierigen Augen meiner Kinder. Ich weiß nicht, warum, aber auf einmal kamen mir die Tränen. Sie flossen in Strömen, und ich konnte nichts dagegen tun.

Ich bin keine Heulsuse, das müsst ihr mir glauben. Und wehleidig bin ich auch nicht. Aber nach diesen Gesprächen war ich einfach nur noch geschreddert und in Einzelteile zerlegt. Ich musste das alles erst mal im Kopf für mich sortieren. Außerdem hatte ich das Gefühl, die Erkältung wurde schlimmer.

»Ich muss mich hinlegen«, murmelte ich also, »mir geht es nicht gut. Natürlich freue ich mich für dich, Matti. Und den Rest besprechen wir später.«

Ich wankte Richtung Schlafzimmer, rollte mich unter meiner Bettdecke zusammen und ließ den Tränen freien Lauf.

Nach einer ganzen Weile kam Marieluise leise herein. Sie hatte ein Kanne frisch aufgebrühten Tee dabei und zog sich einen Stuhl an mein Bett. Dabei wollte ich sie am allerwenigsten um mich haben.

»Komm, trink mal einen Tee, Emmi«, sagte sie leise. »Du fühlst dich natürlich überrollt. Das wollten wir nicht. Tut mir leid, wirklich, Emmi. Das musst du mir glauben.« Ihr versöhnlicher Ton löste in mir die nächste Welle aus.

»Du sollst mich nicht immer Emmi nennen«, heulte ich. »Das hat nur Mama getan, und das konnte ich noch nie leiden. Und wenn du mich Emmi nennst, dann klingst du wie Mama, das ist fürchterlich.«

Sie ließ mich eine ganze Weile hemmungslos vor mich hin schluchzen. »Ich weiß nicht, warum du dich nach all den Jahren immer noch so gegen unsere Mutter stellst«, sagte sie dann. »Erst recht, wo sie schon so lange tot ist. Ja, Mama war schwierig und manchmal tyrannisch, aber sie hatte ein schweres Leben, und sie hat wie die meisten Frauen im und nach dem Krieg einfach nur versucht, irgendwie das Beste daraus zu machen. Und du hast mit deinem Namen immerhin noch Glück gehabt. Was soll ich denn sagen! Marieluise ist so ziemlich das Schlimmste, was man sich vorstellen kann.«

Gegen meinen Willen musste ich grinsen. Sofort wurde die Stimmung versöhnlicher. Ich nahm mir eine Tasse Tee, putzte mir die Nase und setzte mich im Bett auf. »Wie hättest du denn gerne geheißen?«, fragte ich.

»Ach, irgendwie so, wie sie damals alle hießen. Sabine, Susanne, Andrea, Bettina ... alles, was ein bisschen moderner klingt. Marieluise fand ich schlimm, zumindest bis ich irgendwann von Mama erfahren habe, dass Papa den Namen ausgesucht hat. Es gab da wohl eine Lieblingstante, die so hieß, und er war so stolz, als er ein eigenes Töchterchen hatte. So hatte Mama mir das irgendwann einmal erzählt. Dann habe ich mich halt mit dem Namen ... na ja, nicht angefreundet, aber arrangiert.«

»Und meinen Namen durfte dann Mama aussuchen. Dass sie mich ausgerechnet nach dieser komischen Fliegerheldin, dieser Amelia Earhart benannt hat, hat mich von Anfang an unter Druck gesetzt. Sie hätte so gerne eine Heldentochter gehabt. In ihren Augen war ich verkorkst.«

»Trotzdem war sie traurig, dass du sie in den letzten Jahren vor ihrem Tod kaum besucht hast.«

»Jetzt schmier mir nicht das auch noch aufs Butterbrot!«, sagte ich anklagend. »Es reicht für heute.«

Dabei hatte sie nicht ganz unrecht. Marieluise hatte meine Mutter in den letzten Jahren ihres Lebens gepflegt. Ich wäre dazu nicht in der Lage gewesen. Zu dem Zeitpunkt war mein eigenes Leben mit zwei kleinen Kindern kompliziert genug, und bis zum letzten Moment habe ich mich immer vor den Schimpftiraden meiner Mutter gefürchtet. Sie litt an Multipler Sklerose und wurde immer bewegungsunfähiger, bis sie schließlich ihr Bett gar nicht mehr verlassen konnte und irgendwann ausgerechnet an einer Lungenentzündung starb. Ich hatte ein schlechtes Gewissen, dass ich Marieluise mit der Pflege unserer Mutter alleingelassen hatte. Aber Mama war schon vor ihrer Erkrankung extrem wehleidig gewesen und jammerte gern. Als sie dann körperlich in so schlechter Verfassung war, sich nur noch beklagte und allen anderen die Schuld an ihrem Elend zuwies, konnte ich mich zu Besuchen kaum noch aufraffen. Zu beschäftigt war ich mit mir und damit, in meinem Leben nicht unterzugehen.

Marieluise blieb milde und sanft in ihrem Tonfall. »Lass uns jetzt heute nicht dieses Fass auch noch aufmachen. Du klingst wirklich nicht gut. Vielleicht solltest du eine Paracetamol nehmen und über alles einmal richtig schlafen.«

»Ich versuch's, versprochen. Und morgen gehe ich zu Drafi

und rede mit ihm, auch versprochen. Und danach spreche ich noch einmal mit den Kindern. Eins nach dem anderen«, murmelte ich.

»Ich gehe dann mal, Emmi ... oder, entschuldige, Mila, von mir aus. Schlaf gut.« Sie schickte sich an, leise mein Schlafzimmer zu verlassen.

»Sag Leo, er soll nachher noch einmal mit dem Hund gehen!«, rief ich ihr hinterher. Dann sank ich in meine Kissen zurück und fiel in einen unruhigen Schlaf voller wirrer Träume.

* * *

Am nächsten Morgen fühlte ich mich grässlich. Der Hals brannte wie Feuer, die Nase war verstopft, und meine Gelenke taten mir weh. Trotzdem quälte ich mich aus dem Bett und beschloss, direkt nach dem Frühstück zu Drafi zu fahren.

Das Wetter passte zu meiner Stimmung, denn es regnete ununterbrochen. Die Scheibe meines kleinen Opels beschlug, und immer wieder musste ich das Gebläse einschalten, um einigermaßen sehen zu können. Dadurch aber kratzte mein Hals noch mehr, und die Nasenschleimhäute trockneten aus.

Ich muss ein Bild des Elends abgegeben haben, denn Drafi begrüßte mich mit den Worten: »Hi, Mila. Du siehst ja richtig schön scheiße aus.«

»Immer noch der alte Charmeur«, versuchte ich zu witzeln.

Neugierig sah ich mich um. Drafi wohnte mit seiner Lebensgefährtin Elke in einem kleinen Häuschen am Rande von Olfen im Münsterland. Elke arbeitet als Altenpflegerin, und ich wurde den Verdacht nicht los, dass sie sich allein aus diesem Grund vom schlechten körperlichen Zustand ihres Freundes nicht hatte abschrecken lassen. Drafis Krankheit verläuft in Schüben, und manchmal hat er furchtbare Schmerzen. Mein Ex war schon immer ein begeisterter Kiffer gewesen, aber nun hatte er wegen der schmerzlindernden Wirkung des THC natürlich erst recht ein Argument für seinen Haschischkonsum.

An diesem Tag aber wirkte er auf mich nicht bekifft. Er bat mich ins Esszimmer, bot mir Kaffee an und warf mir immer wieder einen unsicheren Seitenblick zu.

Ich hatte keine Lust, lange um den heißen Brei herumzureden. »Also, dann lass mal die Katze aus dem Sack«, sagte ich. »Wie kommst du nur auf die bekloppte Idee, Matti sei nicht von dir?«

Die Bedächtigkeit, mit der sich Drafi einen Joint drehte, brachte mich innerlich auf die Palme. Ich weiß nicht, ob ihr schon mal mit einem Kiffer zusammen gewesen seid. Wenn nicht: Man muss ihnen zugutehalten, dass sie sich meistens über nichts wirklich aufregen. Anlasten kann man ihnen, dass sie sich über so gut wie nichts aufregen. Was ich damit sagen will: Das ewig Unterspannte, das die meisten Kiffer an sich haben, kann einen wahnsinnig machen. Mich jedenfalls hatte es in meiner Zeit mit Drafi wahnsinnig gemacht. Egal, worum es ging – ob er vergessen hatte, rechtzeitig die Steuerunterlagen abzugeben, Rechnungen zu bezahlen, Einkäufe für die Küche zu veranlassen oder was auch immer Drafi als Chef des *Traumschiffs* hätte machen müssen –, es blieb oft *versehentlich* so lange liegen, bis ich mich erbarmte. Auf der anderen Seite konnte man mit ihm auch nicht ernsthaft aneinandergeraten. Wenn ich wegen irgendetwas wirklich sauer war, hat er sich einfach so lange aus meinem Aktionsradius ferngehalten, bis meine Wut verraucht war.

Aus Erfahrung wusste ich: Drängeln hilft nicht. Ich sah ihm also dabei zu, wie er in professioneller Gelassenheit seinen Joint rollte und sich ansteckte. Dann zog er einmal kräftig und reichte ihn mir.

»Nein, danke! Bin krank«, sagte ich.

»Ich auch. Deshalb rauche ich.« Er zwinkerte mir zu. Als er

sah, dass ich ernsthaft zum Thema kommen wollte, lehnte er sich genüsslich zurück. »Ich habe es schon lange geahnt. Matti sieht mir nicht ähnlich. Und ernsthaft, Mila: Du hast keine Locken, ich hab keine Locken. Woher hat Matti wohl ihre wilde Mähne? Aber, wie gesagt, das war mir nicht wichtig. Ich wollte auch nie zu viel Alarm machen. Keine unnötige Unruhe, verstehst du?«

»Danke, Drafi. Ist dir gelungen«, sagte ich mit deutlicher Ironie in der Stimme.

»Ja, tut mir leid.« Er zog die Schultern hoch. »Aber als ich von Mattis Schwangerschaft erfahren habe und von ihren Sorgen wegen meines Sharp-Syndroms, da dachte ich, jetzt ist der Zeitpunkt wohl ganz günstig, der Sache auf den Grund zu gehen. Tja, und der Test hat meinen Verdacht ja auch bestätigt.«

»Ich hatte aber doch definitiv keinen anderen Mann«, wandte ich ein und hatte vor lauter Entrüstung Mühe sitzen zu bleiben. »Herrgott noch mal, wie oft soll ich das denn noch sagen! Locken, Haare, Augenfarben! Das ist doch albern. Man weiß doch, dass Gene über Generationen springen können, und überhaupt –«

»Mila, das ist doch Quatsch«, unterbrach Drafi mich. »Du warst damals mit Kiki in der Kiste. Hat er mir selbst erzählt. Er ist fast vor Stolz geplatzt, als er mir das unter die Nase rieb. Der war ja immer schon scharf auf dich. Haben alle gemerkt, nur du nicht.«

»Kiki?« Irgendwo in meinem Hirn dämmerte es leise. *Da war mal was*, ja, das stimmte. So unbedeutend, dass ich es total vergessen hatte.

Kiki war damals, um die Zeit, zu der Matti gezeugt worden sein muss, Koch im *Traumschiff* gewesen. Er hieß eigentlich Christian, nannte sich selbst Kiki und wurde von uns Frauen gemeinerweise heimlich Quickie genannt, weil er bei bestimmten körperlichen Betätigungen ein außergewöhnliches Tempo an den Tag legte. Ihr wisst schon, was ich meine. So schnell konnte frau gar nicht gucken, wie Quickie zum Höhepunkt kam. Schade für ihn, ich weiß. Aber für die Frauen, mit denen er ins Bett ging, absolut unattraktiv. Ich wusste das, weil meine Freundin Judith mir von dieser Besonderheit erzählt hatte. Schon allein aus dem Grund hätte ich damals seine Avancen, so es die denn wirklich gegeben haben sollte, nicht ernst genommen. Dass es trotzdem zwischen uns ein Mal – wirklich nur ein einziges Mal! – zu Fummeleien gekommen ist, hatte einen Grund.

Alles hatte damit angefangen, dass meine Schwester mir zum Geburtstag Karten für das Festival Rock am Ring schenkte. Dort sollten Fleetwood Mac auftreten, die ich glühend verehrte. Ich war außer mir vor Vorfreude und bat Drafi schon Wochen vor dem Termin, an diesem Wochenende das *Traumschiff* entweder dichtzumachen oder in der Obhut von Judith und Kiki zu lassen. Er versprach es mir. Bei einem Kumpel von ihm organisierten wir uns in Köln einen Schlafplatz in einer WG, auch wenn wir nicht davon ausgingen, dass wir viel schlafen würden. Als ich ihn dann wenige Tage vorher erinnerte, dass wir Judith und Kiki Bescheid sagen müssten, dass wir am Wochenende auf dem Festival sein würden, sah Drafi mich seltsam verhuscht an und nuschelte scheinbar nebenbei: »Ach sooo, hatte ich ganz vergessen zu erzählen. Ich kann da doch nicht. Hab 'ner Band versprochen, dass die an dem Tag bei uns spielen können. Ganz neu, echt vielversprechend. Muttertag Deluxe heißen die. Super Leadsängerin, tolle Texte. Ich mixe denen den Ton. Mila, guck nicht so, die verdienen 'ne Chance! Wird bestimmt besser als so 'n riesen Festival. Wirst du nicht bereuen, echt prima, die Truppe.«

Ich dachte erst, er wollte mich veräppeln. Als ich dann merkte, dass es ihm wirklich ernst war, machte ich ihm eine gewaltige Szene. Das war zwischen uns bis dahin nicht häufig vorgekommen, aber dieses Mal war mir der Kragen geplatzt.

Anschließend fragte ich in meinem Freundinnenkreis herum, ob eine von ihnen mit mir zu dem Festival fahren würde. Keine hatte Zeit. Ich war verzweifelt, denn allein macht so was keinen Spaß. An dieser Stelle kam nun Kiki ins Spiel. Er hatte mitbekommen, wie alles gelaufen war, und fragte, ob nicht er mit mir ...

Anfangs war ich von der Idee wenig begeistert, aber als ich wirklich nur Absagen kassierte, war mir alles egal. Ich würde Kiki mitnehmen.

Er war gleich Feuer und Flamme und erklärte, er würde seinen VW-Bus flottmachen, darin könnten wir schlafen, wenn wir mal 'ne Pause bräuchten. Er war ganz euphorisch und beteuerte, er habe schon immer einmal Fleetwood Mac live erleben wollen.

Also war das geklärt. Drafi stresste anfangs, er bräuchte Kiki in der Küche, aber weil er mir gegenüber ein schlechtes Gewissen hatte, gab er schnell klein bei.

Das Festival war tatsächlich unglaublich. Dreißigtausend Zuschauer, ich war richtig in Fahrt, und das Wetter war kühl, aber trocken. Als es abends dann auf einmal sehr frisch wurde, stellte Kiki sich hinter mich und nahm mich mit in seinen zweimannzeltgroßen Parka. Eine Stimme warnte zwar leise in meinem Hinterkopf: *Fehler, Fehler, Fehler! Das könnte er jetzt falsch verstehen!* Aber, hey! Die Stimmung war toll, ich war euphorisiert, und natürlich hatten wir bereits die ein oder andere Flasche billigen Rotweins miteinander geleert. Als wir irgendwann völlig erschöpft in Kikis Bus landeten, war ich von der Musik und vom Wein gleichermaßen besoffen. Kiki wollte unbedingt noch eine Haschischpfeife mit mir rauchen. Obwohl ich mich insgesamt vom Kiffen eher fernhielt und noch nie eine Bong geraucht hatte, wollte ich keine Spielverderberin sein. Die Folgen sind schnell erzählt: Die Bong pustete mich völlig um; ich war, zusätzlich zum Alkoholrausch, völlig high.

Daran, dass Kiki und ich irgendwann gefummelt haben, erinnere ich mich noch schemenhaft. Dass es aber zwischen uns zu regelrechtem, amtlichem Verkehr gekommen sein sollte – das hätte ich bis zu Drafis heutiger Enthüllung völlig ausgeschlossen. Wir waren ein bisschen aufeinander herumgerutscht, hatten geknutscht, was ich eher unangenehm fand, da mein Mund furchtbar ausgetrocknet war, und als ich am nächsten Morgen wach wurde, war ich zu meiner eigenen Erleichterung angezogen. Ich fühlte mich noch wackelig auf den Beinen, und als Kiki nach einiger Zeit in den Bus kam und richtigen Kaffee und ein paar Sandwiches aufgetrieben hatte, stürzte ich mich begeistert darauf.

Unbehaglich fühlte ich mich, weil Kiki mich mit einer Zärtlichkeit und Vertrautheit behandelte, als seien wir ein richtiges Paar. Aber ich nahm es hin, denn ich wollte die Stimmung nicht verderben.

Das geht mir oft so. Ich mache viel Quatsch mit, und das oft nur, weil ich Stress vermeiden will. Feige, ich weiß! Damals allerdings lag schließlich noch ein weiterer Festivaltag vor uns, und ich war in gewisser Hinsicht auf Kiki angewiesen. Und so sprach ich das heikle Thema erst auf dem Heimweg vorsichtig an. Wir waren beide völlig kaputt, aber Kiki war bestens aufgelegt, und so versuchte ich, ihm möglichst sanft beizubringen, dass das, was am Ring zwischen uns passiert war, keine Bedeutung hatte, dass Drafi das nicht unbedingt wissen müsste. *Bla, bla, bla.* Ihr kennt solche Gespräche. Was man halt so sagt, wenn man einen Fehler gemacht hat und nicht weiß, wie man zurückrudern soll.

Kiki versprach Stillschweigen. Und ich selbst hatte oft genug betont, dass zwischen uns auch eigentlich nichts Richtiges passiert war. Damit war die Sache für mich vom Tisch.

Während mir das alles durch den Kopf ging, sah mir Drafi beim Denken zu.

»Und du meinst, dass dieser eine, kleine Zwischenfall ...«
Ich raufte mir die Haare. »Oh Gott, ich kann mich noch nicht
mal an alles genau erinnern. Also, dass wir richtig miteinander ... Und das hat Kiki dir brühwarm erzählt? Und du hast nie
was gesagt, warst nicht sauer oder so?«

Meine Unsicherheit schien Drafi zu amüsieren. »Hat mich
nicht völlig kaltgelassen, sagen wir mal so«, antwortete er.
»Umso schöner zu hören, dass es für dich ein Erlebnis war, das
sich offensichtlich nicht auf deiner Best-of-Sex-Liste platzieren
konnte.« Er grinste selbstzufrieden. »Aber nein, im Ernst. Was
hätte ich denn großartig sagen sollen? Ich hatte ja auch kein
ganz sauberes Gewissen. Diese Sängerin von dieser komischen
Band damals ... Also, ich hatte schon ein persönliches Interesse
daran, dass die bei uns aufgetreten sind ...«

»Was? Du Arsch! Ernsthaft? Du hast mir damals das Festival
versaut, weil du diese komische Suzi Quatro für Arme vögeln
wolltest? Boah, ist das mies!« Am liebsten wäre ich sofort gegangen.

»Sinnlos, sich jetzt noch aufzuregen«, wiegelte Drafi ab. »Ist
ja auch nicht lange gegangen mit dieser Rena. Als du mir ein
paar Wochen später mitgeteilt hast, dass du schwanger bist,
war es vorbei. Ehrlich, Mila, ich hatte mir vorgenommen, dass
ich das alles gut machen wollte. So mit Familie und so. Ich hab
diese Rena dann abgeschossen und natürlich den Ball flachge-
halten, was deinen Ausrutscher mit Kiki anging.«

»Ausrutscher? War wohl eher ein Reinrutscher. So wenig,
wie ich davon mitbekommen habe!«

Jetzt mussten wir beide grinsen.

»Nur gut«, meinte Drafi, »dass Kiki nie erfahren hat, wie
wenig dir das im Gedächtnis geblieben ist. Du hast ihm ohnehin das Herz gebrochen.«

»Ach komm, jetzt hör aber auf«, sagte ich. »Der kann diese
kurze Episode doch auch nicht richtig ernst genommen haben.«

Drafi zog ein letztes Mal an seinem Joint und machte den Rest dann aus. Seine Augen waren rot gerändert. »Vertu dich da mal nicht, Mila. Hast du nie darüber nachgedacht, warum Kiki gekündigt hat, als wir mit deiner Schwangerschaft plötzlich auf Happy Family gemacht haben?«

Nein, da hatte ich, ehrlich gesagt, nie drüber nachgedacht. Ich war damals so beschäftigt gewesen mit Kotzen – zu Anfang der Schwangerschaft – und Fressen, im späteren Stadium, dass ich alles einfach als gegeben hingenommen hatte. Kiki ging weg, und ich vertrat ihn bis kurz vor der Geburt in der Küche, weil die Arbeitszeiten für mich günstiger waren. Judith schob währenddessen eine Schicht nach der anderen, weil ich beim Kellnern fehlte und sie auf eine große Reise sparte. Also schien alles gut zu sein.

Plötzlich fiel mir ein, warum Matti mich das alles gefragt hatte. Bestimmt wollte sie nun wissen, wer ihr leiblicher Vater ist. Am Ende wollte sie ihn sogar kennenlernen. »Sag mal, Drafi«, setzte ich nach. »Weißt du denn, was aus Kiki geworden ist? Also, habt ihr noch Kontakt oder so was?« Ich hoffte sehr auf ein Nein.

»Also, sporadisch hören wir mal was voneinander.«

Schade!

»Er hat ja lange Zeit im Odenwald gelebt. Da kam seine Frau her. Er hat irgendwann mal geheiratet. Eine gewisse Edith. War, glaub ich, Musiklehrerin. Die ist aber irgendwann gestorben. Ich glaube, an Krebs. Jetzt lebt er irgendwo in Duisburg. Macht da mit seinem Schwager einen auf alte Möbel und so. Und im Winter haben die einen Stand auf dem Weihnachtsmarkt. Mit Biobackwaren. Warum? Hast du nach all den Jahren Sehnsucht?«

Die Mischung aus schlechtem Gewissen, Empörung und Nervosität machte mich ganz unruhig. »Hör auf, mich so schadenfroh anzugrinsen. Mir tut das alles unfassbar leid, das kannst du mir glauben. Aber wenn Matti wissen will, wer ihr Vater –«

»Mattis Vater bin ich. Und das bleibe ich auch. Kein Grund, in alten Geschichten zu wühlen.«

»Da kennst du unsere Tochter aber schlecht.« Wie selbstverständlich mir dieses »unsere Tochter« immer noch über die Lippen ging! »Matti ist doch immer so genau mit allem. Sie wird zumindest wissen wollen, wer ihr Erzeuger ist.«

Bei der Vorstellung, mich auf die Suche nach Kiki zu machen und ihn mit dieser peinlichen Geschichte überfallen zu müssen, war mir ganz klamm. »Ich fahre jetzt nach Hause. Ich glaube, ich bekomme Fieber. Mich hat's richtig erwischt.«

Auf der Rückfahrt tobte ein gewaltiger Gedankentsunami in meinem Kopf. Warum war ich dummes Huhn damals so oberflächlich gewesen! Nicht zu merken, dass ich mit Kiki geschlafen hatte: *peinlich!* Das jetzt auch noch vor meinen Kindern ausbreiten zu müssen: *oberpeinlich.* Am schlimmsten aber stellte ich mir das Wiedersehen mit Kiki vor.

Dazu sollte es allerdings in den nächsten Wochen gar nicht kommen. Eine heftige Grippe streckte mich regelrecht nieder. Die nächsten Tage verbrachte ich fast durchgehend im Bett. Ich schlief viel. Nur ab und zu tauchte ich aus verschwitzten Fieberträumen auf, weil entweder Marieluise, Judith oder Orhan an meinem Bett saßen und versuchten, mir Tee, Suppe und/oder Medikamente einzuflößen.

Gundi traute sich zwar nicht, persönlich vorbeizukommen, da sie Angst hatte, sich anzustecken und ihre Enkel zu gefährden. Aber sie führte während meiner Krankheit meine kleine Firma weiter und kümmerte sich auch darum, dass Pi von Leo ausgeführt und von ihrer Bekannten erzogen wurde.

Als ich nach mehr als einer Woche endlich völlig wackelig und taumelig zum ersten Mal das Bett verließ, war ich unendlich dankbar, so viele gute, zuverlässige Freunde zu haben. Selbst Leo schien die letzten Tage und Nächte sein wildes Leben etwas eingestellt zu haben und war, falls er Damenbesuch gehabt hatte, ausgesprochen rücksichtsvoll und leise gewesen.

Kaum konnte ich die ersten vorsichtigen Schritte nach draußen und damit in die Normalität zurück machen, rief ich Matti an, um ihr ein Gespräch unter vier Augen anzubieten.

»Ach, Mutsch! Ich bin ja so froh, dass es dir endlich wieder besser geht!«, rief sie. »Bist du denn jetzt auch ganz bestimmt nicht mehr ansteckend?«

»Nein«, antwortete ich. »Ich denke nicht, aber warum fragst du?«

»Ähm, weißt du … Ich würde eigentlich …«, druckste sie. »Sag mal, würde es dir etwas ausmachen, wenn ich ein paar Tage zu dir käme? Akki macht mir gerade wirklich Stress. Die ist noch zickiger als normal, und das ist gerade das Letzte, was ich brauchen kann.«

Dass Akki keine besonders einfache Mitbewohnerin war, hatte Matti schon oft genug erzählt. Aber dass sie deswegen nun gleich bei mir einziehen wollte … »Ach, weißt du«, sagte ich mit Bedauern in der Stimme. »Du bist mir ja normalerweise jederzeit willkommen, aber ich habe gerade eigentlich gar keinen Platz für dich. Du weißt schon, Leo und der große Hund, und das ehemalige Kinderzimmer ist mein Arbeitszimmer …«

Sie lachte. »Ach, Mutsch! Da mach dir keine Gedanken. Das habe ich schon mit Leo besprochen. Nachts penne ich auf einer Matratze in deinem Arbeitszimmer, und tagsüber teile ich mir dein Yogazimmer mit Leo. Wird doch lustig. Wir alle mal wieder in einer Wohnung. Und dann noch mit Mister oder Miss X.«

»Mister oder Miss X?« Ich stand auf dem Schlauch. Panik macht ja bekanntlich nicht intelligenter. Wen wollte sie denn noch anschleppen?

»Mama!« Matti lachte erneut. »Ich meine dein Enkelkind. Er oder sie, verstehst du? Da kannst du gleich anfangen, dein künftiges Enkelkind nach Herzenslust zu verwöhnen!«

Na, herzlichen Dank! Besser hätte man meine geheimsten Wünsche kaum formulieren können, dachte ich sarkastisch. *Tschüss, März, du Verräter.*

Hatte nicht eigentlich alles besser werden sollen?

APRIL

Zögerlich hatte sich ein wenig Frühlingsgefühl in meinem Leben breitgemacht. Draußen wurde es heller, morgens zwitscherte und zirpte es vor meinem Fenster. Ich hielt so oft wie möglich das Fenster geöffnet, und die Luft war nicht mehr schneidend kalt, sondern angenehm frisch. Pi verlor ordentlich Fell und räkelte sich häufig auf dem Teppich. In mir kehrten die Lebensgeister auch langsam zurück. Ich war zwar noch ziemlich wackelig auf den Beinen, und ein hartnäckiger trockener Husten hielt mich nachts noch stundenlang wach. Aber das Schlimmste schien überstanden.

Der 1. April war ein Montag. Ich hatte eine meiner Honorarkräfte, Betti, eine handfeste Mittvierzigerin mit einem ansteckenden, lauten Lachen, gebeten, an diesem Tag meine Wohnung von oben bis unten auf den Kopf zu stellen. Kurzum: Frühjahrsputz bis in den letzten Winkel. Ich selbst fühlte mich dazu noch viel zu schlapp, doch mein Bedürfnis nach Sauberkeit, nach Ordnung und Frische war riesig.

Sobald Betti eingetroffen war, schnappte ich mir Laptop und Mobiltelefon und verzog mich in mein Stammcafé. Bei einem Minztee – Kaffee mit Milch wollte ich meinen Bronchien noch nicht zumuten – arbeitete ich mich durch liegengebliebene Anfragen, schrieb Kostenvoranschläge und Rechnungen, und seltsamerweise störte mich das geschäftige Summen um mich herum kein bisschen. Im Gegenteil: Ich genoss die geschäftige Geräuschkulisse. Anders als die Geräusche in meiner Wohnung, die seit Leos Wiedereinzug stets die Gefahr einer herannahenden Katastrophe in sich bargen, ging mich der Lärm um mich herum hier nichts an.

Gegen Mittag bestellte ich mir eine Suppe, lehnte mich entspannt zurück und sah mich um. Am Nebentisch saßen zwei Mütter mit ihren relativ frisch geschlüpften Babys. Ich versuchte vorsichtig, die Babys süß zu finden und die Mütter nett. Schließlich war das ja irgendwie bald auch mein Thema. Aber je mehr ich den jungen Müttern zuhörte, desto schlechter wurde meine Laune. Die beiden Frauen unterhielten sich in durchaus raumübergreifender Lautstärke über die Verdauung ihrer Kinder. Nach kurzer Zeit wusste ich so, von welchem Gemüse Lasse besonders starke Blähungen bekam und wie sehr er sich nach dem Verzehr von Topinambur beim Stuhlgang quälte. Da hatte es die andere Mama offensichtlich leichter, denn die kleine Mia-Celine vertrug alles, was man ihr vorsetzte. Zudem hatte sie die unglaubliche Fähigkeit entwickelt, am Geruch des Windelinhalts feststellen zu können, ob der nächste Zahn im Anmarsch war.

Ich starrte genervt auf mein Möhren-Ingwer-Süppchen und versuchte standhaft, mich nicht zu ekeln. Als sich dann aber ein inhaltsschweres Milchbäuerchen von Lasse auf meine Ledertasche ergoss und die Mutter – »Entschuldigung! Lasse trinkt immer so hastig und dann kommt die Hälfte wieder raus. Aber ist ja nur Muttermilch. Tut mir leid, aber das haben wir gleich wieder!« – mit einem fleckigen Spucktuch an meiner Tasche herumwischte, beschloss ich, meine omamilden Toleranzgefühle auf später zu verschieben.

Schon oft hatte ich mich daran gestoßen, wie raumgreifend die jungen Mütter von heute agieren. Sie sind allem Anschein nach so begeistert von ihrer unglaublichen Leistung, sich ihre hyperintelligenten Ausnahmewesen aus dem Leib gepresst zu haben, dass sie wohl finden, dass sich die ganze Welt an der Frucht ihres Leibes mindestens ebenso ergötzen müsste. Schamfrei werden ausladende Kinderwagen mit praktischen Millionenfunktionssitzen in engen Gängen geparkt, und während die kleinen halslosen Kaiser und Königinnen das gesamte Cafépublikum wie nervige Wellensittiche mit ihrem Dauergeknöter erfreuen, lassen sich die Mütter bei Latte macchiato und Rüblikuchen über günstige Babyklamottentauschbörsen aus. Natürlich ebenso lautstark, weil sie ja das Gequengel von Paul, Lasse, Emil, Mia, Paulina, Ida oder Wer-weiß-ich-denn-noch übertönen müssen.

Ich weiß, ich klinge jetzt genauso bitter und säuerlich wie die verschrobenen alten Schachteln, die wir früher selbst so verachtet haben. Aber für mich ist und war das Muttersein nur eine Phase im Leben, die man mal genießt, mal verabscheut. Aber das alles muss doch nicht so penetrant in die ganze Welt trompetet werden! Und seit ich wusste, dass dieses ganze Programm durch Matti bald auch wieder auf mich zukommen würde, hatte ich beschlossen, mir wenigstens für die verbleibenden acht Monate diese Garstigkeit zu erhalten.

Also erlaubte ich mir, mit genervtem Schnauben meine Siebensachen zusammenzupacken, zu zahlen und erhobenen Hauptes das Café zu verlassen. Mehr Aggression ist von mir nicht zu erwarten. Ich weiß, das ist für einen richtigen Wutausbruch alles etwas schwach. Ich hatte, was das betrifft, schon immer eine Ladehemmung. Und darum nahmen die beiden Supermamis meinen Abmarsch jetzt auch nicht wirklich zur Kenntnis, sondern breiteten sich, im Gegenteil, erleichtert noch weiter aus.

Ich aber atmete auf, als ich an der frischen Luft war. Da ich noch nicht nach Hause wollte, beschloss ich, der Baustelle einen Überraschungsbesuch abzustatten, auf der Orhan und sein Bruder zurzeit tätig waren. Nicht um zu kontrollieren, das war in meinen Augen nicht nötig, denn Orhan hatte mir versichert, dort liefe alles rund und sie rechneten damit, dass die Arbeit in Kürze abgeschlossen sein würde.

Als ich vor dem Haus in der Teutoburger Straße stand, stellte ich erstaunt fest, dass das gar nicht weit von meiner Wohnung entfernt war. Das Haus war groß, eine blau gestrichene Gründerzeitvilla, und machte einen sehr einladenden Eindruck.

Es gab nur zwei Klingelschilder. Da der Name auf dem oberen durchgestrichen war, klingelte ich unten bei *Johannes Schollberg – Praxis für Naturheilkunde und Psychotherapie*. Ja, Schollberg war der Name des Auftraggebers. Dass es sich bei ihm um einen Psychoonkel handelte, hatte ich allerdings nicht gewusst.

Schon nach meinem zweiten Klingeln wurde geöffnet. In der Tür stand ein schlanker, hochgewachsener älterer Mann mit Vollglatze. Er hatte ein erstaunlich glattes und frisches Gesicht, viele Lachfältchen um die Augen und einen sehr klaren und freundlichen Blick.

»Guten Tag. Emilia Erhardt, ich bin die Chefin von *We4you*«, stellte ich mich vor.

Ich wollte gerade ansetzen zu erklären, warum ich persönlich vorbeischaute, als Schollberg das Wort ergriff: »Das ist gut, dass Sie persönlich vorbeikommen. Ich habe gar nicht mehr gehofft, dass Sie sich meine Bitte zu Herzen nehmen könnten. Ich hörte, Sie waren sehr krank.«

Danke, Orhan, für deine Indiskretion!

»Eigentlich können wir uns auch duzen«, fuhr Schollberg mit einem breiten Lächeln fort, »wir kennen uns nämlich noch von früher. Ich war Stammgast im *Traumschiff*. Du wirst mich nur nicht erkannt haben – damals hatte ich nämlich noch Haare! Ich bin der Hannes.« Er hielt mir seine Hand entgegen.

Ich reichte ihm überrascht meine Hand, und er bat mich hinein. Tatsächlich konnte ich mich nicht an ihn erinnern. Dass er mich erkannt hatte, wunderte mich. Unabhängig davon, dass der Zahn der Zeit sich bereits vor meiner Grippe heftig an mir zu schaffen gemacht hatte, hatte die Krankheit noch mal ganze Arbeit geleistet. Ich war blass, hatte dunkle Ringe unter den Augen, und auf meinem Kopf hatte sich eine breite graue Straße gebildet. Normalerweise färbe ich meinen Haaransatz etwa alle vier Wochen nach. Dazu aber war ich in meiner Rekonvaleszenz noch nicht gekommen. Kurzum, ich sah richtig beschissen aus.

Ich bin nicht übertrieben eitel, das müsst ihr mir glauben, aber wenn man jemanden trifft, der einen von früher kennt, dann möchte man doch nicht ganz so schlecht abschneiden. Ich hatte mich auch in *Traumschiff*-Zeiten nie für einen Kopfkissenzerwühler gehalten, eine Frau, die Männer um ihren Nachtschlaf bringt und wilde Träume auslöst. Meine Haare, dunkelbraun von Natur, waren glatt, aber extrem widerspenstig. Ich trug damals die Frisur, die so gut wie alle in den 1980er-Jahren trugen: kurzes Deckhaar, langes Resthaar. Das stand fast niemandem, außer vielleicht Nena, deren Musik ich nicht mochte. So sah ich mit meinen widerspenstigen Haaren leider aus wie ein Kakadu, der in die Steckdose geraten war. Damit hatte ich mich abgefunden, denn meine Haare ließen sich einfach nicht bändigen. Besonders unzufrieden war ich stattdessen mit meiner Figur. Ich hatte die stämmigen Beine und den eher ausladenden Hintern meiner Mutter geerbt, und was ich am Hintern zu viel hatte, fehlte mir an der Brust.

Jetzt, in fortgeschrittenem Alter, habe ich mich mit meinem Äußeren versöhnt. Eine Brust, die nicht zu groß ist, habe ich mich immer getröstet, hängt im Alter auch nicht so runter. Wenigstens das hat sich bewahrheitet. Eine Zeit lang hatte ich auch versucht, sehr figurbewusst zu leben. Ich hatte mir viele Genüsse verkniffen und monatelang auf freudlosem Salat herumgekaut, bis ich merkte, dass meine damals pubertäre Tochter anfing, diesen Quatsch zu übernehmen. Sie hungerte und mäkelte ständig an ihrer Figur herum, und aus Angst, sie mit einer Essstörung zu infizieren, hatte ich damals meine Körperwaage aus dem Bad verbannt und war zu normalem Essverhalten zurückgekehrt. Schnell hatten sowohl Matti als auch ich wieder die Figur, die die Natur offensichtlich für uns vorgesehen hat. Jetzt, im Alter, habe ich natürlich erst recht keine Lust mehr, ständig meine Figur, meinen Appetit und mein Aussehen im Fokus zu haben. So abgehalftert, wie ich allerdings nach meiner Krankheit aussah – das war selbst mir zu viel.

Als mich Schollberg – Hannes, ich vergaß – in eine große Sitzküche führte, war ich daher leicht verlegen. »Ich habe gar nicht darauf geachtet, ob wir uns von früher kennen könnten«, sagte ich. »Ich kannte deinen Namen ja auch nur aus unserem Mailverkehr, und der sagte mir natürlich nichts.«

»Mach dir keine Mühe, Mila!«, lachte Hannes. »Du hättest mich ohnehin nicht erkannt. Mein Gott, fünfundzwanzig, wenn nicht sogar dreißig Jahre, da verändert man sich schon ganz schön!«

Ich strich mir nervös durch mein strohiges, mattes Haar.

»Dich allerdings hätte ich sofort wiedererkannt. Ich habe, ehrlich gesagt, den Auftrag auch deswegen an deine Firma gegeben, weil ich wusste, wer du bist. Du hast dich erstaunlich gut gehalten. Und dein zauberhaftes Lächeln hat sich gar nicht verändert.«

Flirtete der etwa mit mir? Ich war irritiert. *Das sollte er mal besser bleiben lassen*, dachte ich. Erstens versuchte ich grundsätzlich, Privates von Beruflichem zu trennen, zweitens war er absolut nicht mein Typ. Ich stehe nun mal nicht so sehr auf große, dünne Männer mit ... nein, *ohne* Haare.

»Kaffee? Tee?«

Ich war so verwirrt, dass ich automatisch, meiner Gewohnheit folgend, »Kaffee« sagte. Erst als der Kaffee vor mir stand, fiel mir auf, dass ich den ja nun schwarz trinken musste, weil Milch meiner ausklingenden Bronchitis nicht bekam. Und schwarzer Kaffee ist eklig. Aber egal.

Für sich hatte Hannes einen Tee aufgebrüht. Mit der Tasse

in der Hand setzte er sich zu mir an den großen Tisch, lächelte mich an und sagte nichts.

Die Stille war mir unangenehm. »Warum hattest du denn gebetet, dass ich persönlich vorbeikomme?«, fragte ich deshalb schnell. »Bist du mit meinen Mitarbeitern nicht zufrieden?«

Erst jetzt fiel mir auf, dass es sehr ruhig im Haus war. Zu ruhig, um ehrlich zu sein. So ruhig, wie es während Renovierungsarbeiten nicht zugehen sollte.

Hannes trank einen Schluck Tee und sah mich an. »Dachte ich mir doch, dass Herr Ekinci nicht mit dir gesprochen hat!«

»Welcher der beiden?«, hakte ich nach. »Der jüngere oder Orhan, der ältere Bruder? Und was genau hätte er denn mit mir besprechen sollen?«

Hannes rutschte unruhig auf seinem Stuhl herum. Schließlich sah er mir aber doch offen ins Gesicht. »Es hat ein paar ... äh ... Probleme hier gegeben. Die beiden Herren Ekinci haben sich wohl nicht mit Herrn Bott verstanden. Es gab Streit, und Herr Bott kam dann schon nach zwei Tagen nicht mehr. Der ältere Herr Ekinci hat mir aber versichert, er könne die Arbeiten auch sehr gut ohne Herrn Bott ausführen und ich solle mich besser nicht an dich wenden, da es dir so schlecht ging. Schließlich fehlte aber oben in der Wohnung, die renoviert werden sollte, ein Schwingschleifer. Der gehört mir, musst du wissen. Ich hab früher gerne alles selbst gemacht. Daher bin ich ganz gut ausgerüstet. Als ich fragte, wo der abgeblieben ist, versprach Herr Ekinci ... also dieser Orhan, der versprach, sich darum zu kümmern. Den habe sein Bruder wahrscheinlich versehentlich eingepackt, behauptete er. Das ist jetzt zwei Tage her. Seitdem ist keiner der beiden mehr hierhergekommen.«

Ich spürte, wie mir der Schweiß ausbrach. Das durfte doch einfach nicht wahr sein! Da klaute Orhans kleiner Bruder seinen Arbeitsplatz leer, und Orhan sagte mir nichts. Und was fiel überhaupt Freddie ein, die Baustelle ohne Absprache mit mir den beiden zu überlassen? Ich zog mein Handy aus der Jacken-tasche. »Ich kläre das, Hannes, keine Sorge. Ich bin entsetzt.«

Als ich Orhans Nummer wählte, rannen mir Rinnsale von Schweiß aus der Achselhöhle. Gerade als Orhan sich meldete, bekam ich einen Hustenanfall und konnte nicht mehr sprechen.

»Später«, röchelte ich ins Handy und legte wieder auf.

Mein Hustenanfall steigerte sich mehr und mehr. Mein Kopf lief puterrot an, ich bekam kaum Luft, und ich spürte sogar einen Würgreflex. »Toilette?« Mehr brachte ich nicht heraus.

Ohne zu zögern, nahm mich Hannes an der Hand und zeigte auf eine Tür im Flur. Immer noch hustend machte ich mich frei und zog rasch die Tür hinter mir zu. Sobald ich allein war, klatschte ich mir kaltes Wasser ins Gesicht. Nach einer Weile ließ der Hustenkrampf nach, und ich konnte in die Küche zurückkehren.

Hannes sah mich mitfühlend an. »Hustenattacke durch Stress – kenn ich.«

»Nein, nein«, wehrte ich verlegen ab, »das ist noch der Rest meiner Grippe. Ich war krank, und übrig geblieben ist dieser eklige trockene Husten.«

Hannes stand auf und ging wortlos in ein Nebenzimmer. Nach einer Weile kam er mit einem kleinen Röhrchen zurück und bedeutete mir, die Hand zu öffnen.

Ich sah, was in dem Röhrchen war, und schüttelte abwehrend den Kopf. »Ich glaube nicht an Homöopathie, tut mir leid.«

»Das ist gut«, antwortete er zu meiner Verblüffung. »Der Homöopathie ist es nämlich egal, ob man an sie glaubt oder nicht. Und wer nicht dran glaubt, unterstellt mir anschließend wenigstens keinen Placeboeffekt.« Damit schüttete er mir einige Kügelchen in die Handfläche und forderte mich auf, sie unter der Zunge zergehen zu lassen.

Ich wollte nicht unhöflich sein und tat, wie mir geheißen.

Währenddessen nahm Hannes wortlos meine Kaffeetasse, schüttete den Rest in die Spüle und brachte mir stattdessen einen heißen Tee. »Kaffee und Homöopathie passen nicht zusammen«, erklärte er.

»Ich und Homöopathie aber auch nicht«, sagte ich. In mir rief alles nach Rückzug. Es gab zu viel zu klären, vor allem mit Orhan. »Hannes, es hat mich echt gefreut, dich wiederzutreffen. Für den Mist, den meine Leute bei dir gebaut haben, kann ich mich nur entschuldigen. Ich gehe jetzt nach Hause und kümmere mich um alles. Den beiden Ekincis werde ich erst mal was husten. Das kann ich ja zurzeit besonders gut.«

»Alles wird sich aufklären, ganz bestimmt. Und bitte gib mir Bescheid, ob die Globuli geholfen haben.«

»Ich bin nicht deine Patientin, das ist dir schon klar?« Mein Lächeln war wahrscheinlich etwas bemüht. Um unbeschwert mit ihm scherzen zu können, war mir mein Auftritt bei ihm insgesamt dann doch zu peinlich.

»Die Globuli gingen heute aufs Haus. Sozusagen ein Akt der Humanität.« Er zwinkerte mir zu. »Ich möchte ja nicht, dass du den beiden Ekincis beim Husten Angst machst.«

Echt netter Typ, dachte ich und verabschiedete mich.

Als ich nach Hause kam, war die Wohnung picobello sauber und ordentlich. Es roch geradezu nach Frische. In der Küche saßen Betti und Orhan zusammen und tranken Kaffee. Beide sprangen erschrocken auf, als ich den Raum betrat.

»Ich bin gerade fertig geworden«, beeilte sich Betti, mir zu versichern.

»Das sieht und riecht man.« Lächelnd zog ich meinen Geldbeutel aus der Tasche. »Hast du großartig gemacht. Danke!«

Betti wehrte ab: »Nein, nein. Das war ein Freundschaftsdienst. Du musst ja momentan ein bisschen aufpassen mit dem Geld. Hattest durch deine Ausfallzeit bestimmt Probleme.«

Mit ängstlichem Blick fügte sie hinzu: »Stimmt es, dass du die Firma vielleicht an Gundi übergibst?«

»Was?« Ich war fassungslos. »Wer sagt denn so was?«

Betti sah betreten zum Boden. »Ach, das wird nur so gemunkelt. Stimmt also nicht? Ganz sicher?«

»Nein! Also ja. Stimmt *nicht*. Ganz sicher. Es geht mir schon wieder viel besser, und jetzt nimm bitte das Geld, und glaub mir, ich kann es mir leisten. Wenn du es nicht nimmst, bitte ich dich nie wieder um etwas. Geschäft ist Geschäft, und so soll es bleiben.«

Erleichtert schob sich Betti die Scheine in die Tasche ihrer Jeans und verabschiedete sich. In der Küche zurück blieb Orhan. Ich sah ihm an, dass er sich unbehaglich fühlte. Trotzdem ergriff er als Erster das Wort: »Du hast versucht, mich anzurufen. Da habe ich gedacht, ich komme besser einfach vorbei.«

»Orhan«, ich seufzte laut, »du weißt, wie sehr ich dich mag. Und du weißt, dass unsere Beziehung eindeutig mehr ist als eine Geschäftsbeziehung. Aber was bitte hast du dir dabei gedacht, mir nichts davon zu sagen, dass auf der Baustelle in der Teutoburger Straße alles schiefgelaufen und jetzt auch noch ein Schwingschleifer auf mysteriöse Weise verschwunden ist? Und warum hat sich Freddie einfach aus dem Projekt verabschiedet, ohne dass mir jemand was gesagt hat?«

»Guck mal, Mila …« Orhan sah mich schuldbewusst an und klammerte sich an seine Kaffeetasse. »Wir wollten dich erst mal in Ruhe gesund werden lassen. Stress hilft nun wirklich gar nicht beim Gesundwerden. Die Sache ist die: Es hat zwischen Freddie und meinem Bruder geknallt. Sowohl Freddie als auch Emre sind Hitzköpfe, und da dachte ich mir, es ist besser, wenn Emre und ich die Renovierung allein übernehmen. War ja auch nicht viel Vorkenntnis erforderlich. Ist ja auch bis vor ein paar Tagen alles gut gegangen. Dann kam Emre aber nicht mehr so regelmäßig und hat sich auch mir gegenüber nicht so ganz …

äh ... fair verhalten. Mila, ich glaube, er spielt wieder. Ich werde ihn mir aber vorknöpfen, und den Schwingschleifer ... ich schwöre, den bringe ich zurück.«

»Orhan, so geht das aber trotzdem alles nicht.« Obwohl ich ihm eigentlich nur schlecht böse sein konnte, bemühte ich mich um einen strengen Tonfall. »Ich muss mich doch auf die Leute verlassen können, die ich zu meinen Kunden schicke. Sonst ist meine Firma im Nullkommanichts in Verruf, und das ist dann der erste Schritt zum Untergang.«

»Mila, das weiß ich doch alles. Tut mir leid. Ich wollte dich nicht in meine Probleme reinziehen.«

»Die Probleme deines Bruders sind nicht deine Probleme, Orhan. Wenn jemand wirklich spielsüchtig ist, dann reichen Liebe und gute Ermahnungen nicht. Im Gegenteil: Du musst deinen Bruder sich selbst überlassen. Nur so spürt er im besten Fall, dass er ein Problem hat. Und das ist der einzige Weg, ihn zu einer Therapie zu bringen. Alles andere ist nichts weiter als eine Verschleppung des Problems. Ich glaube Co-Abhängigkeit nennt man das dann irgendwann im Fachjargon.«

Ich sah, dass Orhan sich von mir wegdrehte. Ich kannte ihn gut genug, um zu ahnen, dass er versuchte, Tränen vor mir zu verbergen. Ich ging um seinen Stuhl herum und vor ihm in die Hocke. Tatsächlich, es liefen Tränen über sein Gesicht. Spontan nahm ich ihn fest in den Arm.

In diesem Moment kam Leo in die Küche. »Oh, Mama! Dir geht's ja offensichtlich wieder besser«, platzte er raus. »Ich will die filmreife Liebesszene hier nur ungern stören, aber hast du vielleicht eingekauft?«

Ich zog Orhan an der Hand nach oben und in Richtung meines Schlafzimmers. An Leo gewandt sagte ich brüsk: »Leo, du störst tatsächlich. Sehr sogar. Der Einkaufszettel liegt auf der Kommode, mein Portemonnaie ist in meiner Handtasche. Beeil dich, nachher kommt deine Schwester, und wir wollen zusammen etwas kochen.« Damit zog ich Orhan in mein Zimmer und die Tür hinter mir zu.

»Wie lange braucht ihr denn für euer Schäferstündchen?«, rief Leo. »Nur damit ich weiß, wann man die Wohnung wieder betreten kann, ohne sich wie im Pornokino zu fühlen!«

Ich beachtete ihn nicht. Kurz darauf fiel die Tür ins Schloss.

Orhan konnte sich ein Grinsen nicht verkneifen. Der Tränenstrom war schon wieder versiegt. »Pornokino. Schöne Idee. Vielleicht sollte ich in meinem Beruf einfach mal das Genre wechseln.« Dann wurde er wieder ernst: »Ich bringe das mit Emre wieder in Ordnung, versprochen. Mila, zwischen uns ist doch trotzdem noch alles gut, oder?«

»Klar, Orhan. Das ist ja keine Frage. Aber in Zukunft möchte ich in alle Schwierigkeiten unverzüglich eingeweiht werden.«

Als Matti gegen Abend in meiner Wohnung eintrudelte, ließ sie so viel Gepäck im Flur fallen, dass mir sofort klar war, sie hatte dieses Mal einen längeren Aufenthalt geplant.

Sie fiel mir spontan um den Hals und stöhnte: »Uff, ich bin so froh, hier zu sein. Ehrlich, Mama, das mit Akki geht gar nicht mehr. Seit sie weiß, dass ich schwanger bin, mobbt sie mich regelrecht und zickt mich nur noch an. Und immer wenn ich mich gerade etwas hingelegt habe, weil ich dauernd so müde bin, macht sie extralaut Musik oder telefoniert ganz laut im Flur. Ich habe mich ja erst mal krankschreiben lassen, weil es mir oft so übel ist und ich dauernd im Stehen schlafen könnte. Aber was nützt mir das, wenn ich in meiner eigenen Wohnung nicht zur Ruhe komme. Ich glaube, Akki ist im Grunde neidisch und lässt das nach allen Regeln der Kunst an mir aus. Normalerweise kann ich mich ja ganz gut wehren, aber momentan bin ich so nah am Wasser gebaut und muss ständig heulen. Da kann ich mir so eine Kriegsstimmung einfach nicht ziehen. Aber wir machen es uns jetzt hier erst mal richtig gemütlich. Hat doch vor ein paar Tagen schon ganz gut geklappt mit uns, oder? Ich nerv auch ganz bestimmt nicht rum. Ich darf doch bleiben, *right?*«

Wenn deine eigene Tochter so mit dir spricht und dazu auch noch schwanger ist, ja, was machst du da? Genau, richtig! Du fügst dich erst mal in dein Schicksal und machst gute Miene zum schwierigen Spiel. Also zog ich Matti hinter mir her in die Küche und sagte: »Wir kriegen das alles schon irgendwie zusammen hin. Jetzt kochen wir erst mal was Leckeres. Leo hat eingekauft, und wir beide machen uns jetzt an die Arbeit.«

»Super, Mama. Ich hab so einen Hunger: Was soll's denn geben?«

»Ich hatte an ein Ratatouille gedacht, du brauchst doch jetzt Vitamine.«

»Das stimmt«, gab sie zu. »Aber sobald was Gesundes vor mir auf dem Tisch steht, wird mir schlecht, und ich bring nichts runter. Das Einzige, was zurzeit immer geht, ist Lakritz. Davon könnte ich mich quasi ernähren. Verrückt, oder? Hoffentlich wird das Kind kein Junkfoodfan!«

»Da mach dir mal keine Sorgen«, tröstete ich sie. »Das hört bestimmt in den nächsten Wochen irgendwann wieder auf. Als ich mit dir schwanger war, hätte ich mich ausschließlich von Fisch und Nussschokolade ernähren können. Immer im Wechsel. Irgendwann wurde das aber besser, wenn ich mich recht erinnere, nach den ersten zwölf Wochen. Danach konnte ich fast wieder alles essen. Nur halt in Riesenportionen. Und wie du siehst, ist ein echtes Prachtexemplar dabei herausgekommen!«

Wir hatten begonnen, Gemüse zu putzen und zu schneiden. Matti schaute mich scheu an. »Magst du mir jetzt vielleicht von meinem leiblichen Vater erzählen?«

»Matti, mein Schatz, keine Sorge. Ich werde dir alles nach bestem Wissen und Gewissen erzählen, auch wenn das für mich eine ziemlich peinliche Geschichte wird. Aber lass uns das nach dem Essen machen und vorläufig ohne Leo. Der darf natürlich auch alles erfahren, schließlich sind wir eine Familie. Aber lass uns das erst mal unter vier Augen von Mutter zu Tochter besprechen!«

Das Essen schmeckte köstlich. Die Ratatouille war uns perfekt gelungen, und ich hatte spontan sogar noch ein Baguette dazu aufgebacken. Allein Matti stocherte lustlos in ihrer Portion herum. Nachdem sie tapfer ein paar Gabeln gegessen hatte, holte sie aus ihrem Rucksack eine Familienpackung Lakritzschnecken und machte sich stattdessen darüber her.

»Bist du dir sicher, dass du ein weißes Baby erwartest?«, witzelte Leo. »Wenn du nur Lakritz isst, bekommst du vielleicht ein süßes schwarzes Kind. Die sind sowieso viel hübscher.«

»Was für ein dämlicher Rassistenwitz ist das denn, Leo?« Matti sah ihren Bruder entsetzt an.

»Leo, das war echt nicht witzig«, sagte ich »Außerdem kennen wir doch den Vater von Mattis Baby. Oder …« Ich erschrak. »Ist das Kind vielleicht gar nicht von Georg? Weiß Leo etwas, das ich nicht weiß?«

»Mama!« Matti war aufrichtig empört »Ich bin nicht du. Ich weiß genau, wer der Vater meines Kindes ist.«

»Und warum bist du dann nicht vorübergehend zu Georg gezogen, um dich vor Akki in Sicherheit zu bringen?«

»Georg ist nicht der Typ für Zusammenwohnen und Familie und so.«

»Aha, aber der Typ fürs Kindermachen und so ist er schon. Sehr konsequent, der Vater deines Kindes.« Ich merkte, dass meine Stimme ärgerlicher klang, als ich eigentlich wollte.

»Können wir das Thema Georg bitte außen vor lassen? Zumindest, bis das Thema ›Mein Vater und wie ich entstanden bin‹ geklärt ist?«

Ich seufzte. Wenn Matti Lust hat zurückzuschießen, sind die Treffer meistens auf ihrer Seite. Niemand kennt einen nun einmal so gut wie die eigenen Kinder, und darum weiß auch niemand so perfekt, wo man am verletzlichsten ist. Ich war nicht an einem Gemetzel interessiert und lenkte daher sofort ein. »Wir wollen uns nicht gegenseitig an die Gurgel gehen, oder? Das bringt ja nichts«, sagte ich. »Jemand noch Lust auf einen Nachtisch?«

Leo stand auf. »Ich überlasse euch dann mal eurem Schicksal. Ich bin noch verabredet.«

»Geh vorher noch mit Pi raus!«, rief ich ihm hinterher.

Er steckte seinen Kopf noch einmal zur Tür herein und grinste in Mattis Richtung: »Was ist, Schwesterlein? Müssen Schwangere nicht dauernd an die frische Luft? Gehst du nachher noch mit Vieh?«

Er betonte »Vieh« und sah mich dabei aufreizend an. Bevor Matti Ja oder Nein sagen konnte, war er bereits aus der Tür verschwunden, und wir hörten die Wohnungstür zuschlagen.

Ich zuckte mit den Schultern. »So ist das immer mit ihm. Man bekommt ihn einfach nicht zu fassen. Sobald es um Verantwortung geht, flutscht er einem aus der Hand wie Seife.«

»Gräm dich nicht«, sagte Matti. »Irgendwann wird auch Leo mal erwachsen, und mir macht es nichts aus, nachher noch eine kleine Runde mit dem Hund zu gehen.«

Und dann kamen wir zum Thema.

Bei Apple Crumble und Kakao für Matti und Apple Crumble mit Tee für mich beichtete ich Matti alles, was ich bisher über ihre Zeugung herausbekommen hatte. »Und so ist es wohl passiert«, endete ich schließlich. »Du musst mir glauben, dass ich dich nicht absichtlich angelogen habe. Ich wusste es ja selbst nicht, und dein Vater … Drafi … hat mir nie etwas von seinem Verdacht gesagt.«

Matti hatte einfach zugehört, ohne mir Vorwürfe zu machen. Ich war erleichtert. Nun lagen die Karten auf dem Tisch, und es war letztlich nicht ganz so unangenehm gewesen, wie ich gedacht hatte. Ich machte mich daran, das Geschirr in die Spülmaschine zu räumen. Als ich danach zum Tisch zurückkehrte, war Matti auf der Küchenbank eingeschlafen.

Mein großes Mädchen! Ich weckte sie vorsichtig und schickte sie ins Bett.

Wer danach mit dem Hund um die Häuser zog? Dreimal dürft ihr raten.

Spät am Abend kam Matti verschlafen in mein Schlafzimmer und fragte, ob sie ausnahmsweise bei mir im Bett schlafen könne. Ich hob wortlos meine Decke an, und Matti rollte sich zufrieden neben mir zusammen. Während ihr warmer Atem mir sanft in den Nacken blies, merkte ich, dass ich im Gegensatz zu meiner Tochter hellwach war. Ich drehte mich auf den Rücken und betrachtete Matti. Im Mondlicht, das mein Bett in mattes Licht tauchte, sah sie unglaublich jung und schön aus.

Wann ist eigentlich der Zeitpunkt gekommen, fragte ich mich, *wo dir die körperliche Nähe deiner eigenen Kinder nicht mehr selbstverständlich war? Wann sind sie so groß, so erwachsen geworden?*

Früher hatte Matti dauernd in meinem Bett geschlafen. Wie oft war sie nachts schlaftrunken in mein Zimmer getapst und hatte sich in meinem Bett breitgemacht? Während sie schwitzend und wühlend mal auf meinem Bauch landete, mal mit ihren Füßen in meinem Gesicht und wie ein kleiner Maulwurf mein Bett durchpflügte, war ich meistens nur in oberflächlichen Schlaf gefallen. Aber das hatte mir nie etwas ausgemacht. Vom ersten langen Blick ihrer tiefblauen Augen in meine, direkt nach ihrer Geburt, war ich völlig verzückt von diesem kleinen Wesen. Die Geburt hatte lange gedauert und war sehr anstrengend gewesen. Drafi, der tapfer versucht hatte, mir im Kreißsaal beizustehen, war vom Ablauf einer Geburt sichtlich überfordert. Als es nach vielen, vielen Stunden fast so weit war, dass ich pressen durfte, und ich mich stöhnend und schreiend mit den letzten Übergangswehen plagte, hat er sich nur noch die Haare gerauft und ununterbrochen »Oh Gott, oh Gott!« gesagt.

Irgendwann merkte die Hebamme damals wohl, dass er kurz davor war schlappzumachen und uns damit eher störte als nutzte. Mit der Raffinesse einer erfahrenen Geburtshelferin bat sie Drafi, für uns alle in die Krankenhaus-Cafeteria zu gehen und Apfelsaft zu besorgen. Kaum hatte er den Kreißsaal verlassen, ging alles ziemlich schnell, und als er etwa eine halbe Stunde später mit dem Apfelsaft auftauchte, lag Matti, die damals noch Mathilde Josephine hieß, nackt und noch angenabelt auf meinem Bauch und blinzelte mit verklebten Äugelchen in unsere staunenden Gesichter.

»Hallo, du kleines Wunder«, stammelte Drafi mit rauer Stimme. Tränen liefen über seine Wangen, und ich war freudig überrascht, dass ihn die Geburt unserer Tochter offensichtlich ebenso berührt hatte wie mich.

Die erste Zeit war er ein begeisterter Vater. Später aber arbeitete er wieder so viel wie in der Zeit vor seiner Vaterschaft, vielleicht sogar eher noch mehr. Doch auch als er beinahe sein ganzes Leben wieder in seiner Kneipe verbrachte und zunehmend anderen Frauen hinterherstieg, war er für Matti der uneingeschränkte Held ihrer Kindertage. Wenn ich sie ins Bett brachte, kam er meistens noch für einige Minuten aus dem *Traumschiff* nach oben. Während ich versuchte, Matti zur Ruhe zu bringen, fing er oft noch an, mit ihr zu toben und zu rangeln. Matti krähte vor Glück, wenn er so tat, als habe er sie nicht gesehen und wolle sich in ihrem Bett zum Schlafen ausbreiten. »Was ein gemütliches, schönes Bett«, pflegte er dann zu sagen, »gut, dass meine kleine Mathilda nicht da ist. Da kann ich endlich mal allein in ihrem schönen Bett schlafen!«

Matti quiekte dann begeistert, und als sie anfing zu sprechen, rief sie als Antwort auf Drafis Sätze immer wieder laut und glücklich: »Matti da, Matti da!«

Ihr Spitzname war in der Welt, und sie hat ihn ihr Leben lang beibehalten.

Irgendwann kam Drafi immer seltener hoch, um Matti mit ins Bett zu bringen. Als wir dann eine Zeit lang Judith bei uns unterbringen mussten, weil sie mit unerträglichem Liebeskummer und gebrochenem Herzen um Asyl bat, nutzte Drafi den Anlass, um sich die obere Wohnung im Dachgeschoss so auszubauen, dass er sich dorthin zurückziehen konnte. Angeblich, weil er dort mehr Ruhe hatte und nach den langen Schichten im *Traumschiff* ausschlafen konnte. Ich habe aber recht schnell gespürt, dass er vor allem Sehnsucht nach seinem alten Leben hatte. Offiziell getrennt haben wir uns nie. Trotzdem war uns beiden irgendwann klar, dass wir nur noch Eltern, aber kein Paar mehr waren. Wir waren quasi versehentlich auseinandergerutscht.

Matti seufzte tief im Schlaf. Ihre Augäpfel rollten unter den geschlossenen Lidern hin und her. Sie träumte.

Hoffentlich wird ihre gemeinsame Mutter-Vater-Kind-Zeit nicht ähnlich anstrengend, dachte ich.

Draußen auf der Straße hörte ich eine Autotür zuschlagen. Eine Frauenstimme rief laut: »Danke, du Arschloch!« Ein Auto fuhr mit quietschenden Reifen davon.

Überall, dachte ich, *wird gerade geliebt, gelitten, gehofft und gezankt.*

Nachts wirken Gefühle seltsam verstärkt. Ich spürte die sentimentale Sehnsucht, Matti vor aller Unbill zu beschützen. Sachte, ohne sie zu wecken, strich ich ihr eine Haarsträhne aus dem Gesicht. Ein kleiner Spuckefaden sabberte seitlich aus ihrem Mundwinkel. Mir wurde ganz warm vor Liebe.

Irgendwann müssen mir die Augen dann doch zugefallen sein, bis ich sie und natürlich mich selbst mit einem gewaltigen Hustenanfall aus dem Schlaf riss. So viel zum Thema: Homöopathie. *Vielen Dank, Hannes Schollberg! Das hat ja prächtig funktioniert*, dachte ich, bevor ich wieder eindämmerte.

Als ich einige Stunden später, nach dem Frühstück, Hannes anrief, um ihm mitzuteilen, dass ich bezüglich seines Schwingschleifers und der Brüder Ekinci tätig geworden war, konnte ich mir nicht verkneifen, ihm von meiner durchgehusteten Nacht zu erzählen.

»Das bedeutet erst mal gar nichts«, antwortete er, »das kann auch eine Erstverschlimmerung gewesen sein. Das ist in der Homöopathie eher ein gutes Zeichen.«

»Ah, verstehe«, wandte ich sarkastisch ein. »Schlimmer bedeutet für euch besser. Klingt ausgesprochen verlockend, dieser Ansatz.«

Hannes lachte. Er ließ sich nicht aus der Fassung bringen. »Ich hatte ja keine Gelegenheit für eine ordentliche Anamnese«, sagte er. »Wenn's nicht besser wird, können wir das gerne nachholen.«

»Weißt du eigentlich, dass meine Schwester eine beinharte Schulmedizinerin ist?«, gab ich zurück.

»Na, in deinem Fall scheint sie mit ihrer Kunst ja auch nicht so weit gekommen zu sein«, konterte er. »Aber ich will dich zu nichts überreden. Es wäre nur schön, wenn die Herren Ekinci und mein Schwingschleifer mal wieder aufkreuzen könnten.«

Sofort schlug mein schlechtes Gewissen wieder an. »Das Problem habe ich ganz bestimmt schneller geregelt, als deine Kügelchen meinen Husten geheilt haben«, sagte ich trotzdem etwas schnippisch.

Blöd! Schnippischkeit stand mir ja nun tatsächlich überhaupt nicht zu.

* * *

Tja, ich gebe es nur ungern zu, aber mein Husten hat sich dann tatsächlich innerhalb weniger Tage ganz und gar aus dem Staub gemacht. Es ist mir selbst zuerst noch nicht einmal aufgefallen, so beschäftigt war ich, das Leben in unserer neuen Dreier-WG zu ordnen und zu strukturieren. Matti, die entweder müde oder hungrig oder schlecht gelaunt war, nahm viel Raum ein, und Leo kehrte postwendend zu seinem alten Casanovaleben zurück. Zwar war er bei seinen nächtlichen Eskapaden ziemlich leise, trotzdem bekam ich mit, dass er von Zeit zu Zeit Damenbesuch hatte.

Ich selbst schien in den Augen meiner Kinder offenbar ebenso mein vorgrippales Liebesleben wiederaufgenommen zu haben. Da Orhan fast täglich vorbeikam, um mit mir über die Probleme mit seinem Bruder Emre zu sprechen, dachten Matti und Leo wohl, ich sei aufgrund meiner angeschlagenen Gesundheit nur leiser als früher.

Kurzum, wir versuchten, einigermaßen friedlich nebeneinanderher zu leben.

Matti war es schließlich, der auffiel, dass mein Husten verschwunden war. »Mama, du hustest gar nicht mehr!«, bemerkte sie erfreut. »Du bist also wieder richtig gesund. Dann hast du ja eigentlich jetzt keinen Grund mehr, dich vor dem Kontakt mit meinem Erzeuger zu drücken.«

In welchem Ton sprach sie da schon wieder mit mir? Ich war entsetzt. Überhaupt versuchte sie zunehmend, mich zu erziehen. Ständig ermahnte sie mich, weniger Wasser zu verbrauchen und mehr im Unverpacktladen einzukaufen. Sie hatte mir vor einigen Tagen sogar eine Liste hingelegt, welche Lebensmittel aus Umwelt- und Tierschutzgründen zu boykottieren seien, und als sie mich dann auch noch verhört hatte, warum ich eigentlich nicht an den Fridays-for-Future-Demonstrationen teilnehme, war mir der Kragen geplatzt.

»Matti«, sagte ich, »ich habe in meinem Leben wirklich viel

demonstriert. Gegen den Paragrafen 218, gegen Atomkraft, gegen Unterdrückung der Frauen in der Ehe und am Arbeitsplatz. Ich bin auf Friedensmärschen mitgelatscht ... Wenn ich heutzutage Lust habe, auf eine Demo zu gehen, dann werde ich das auch machen. Dafür aber brauche ich Energie. Energie, die ich momentan nicht übrig habe. Ich schmeiße hier plötzlich wieder einen Dreieinhalbpersonenhaushalt mit Hund, mache meinen Job und versuche gleichzeitig, wieder zu meiner alten Kraft zurückzukommen. Geh du demonstrieren, mach, was immer du für richtig hältst, aber verschleudere das bisschen Restenergie, das du zurzeit hast, nicht mit Predigen.«

Nach Auseinandersetzungen wie dieser schwiegen wir uns immer erst einmal eine Weile an. Diesmal aber hatte sie recht: Ich drückte mich davor, Kontakt zu Kiki aufzunehmen. Ich hatte seine Telefonnummer, und es gab keinen Grund, diesen Anruf nicht endlich hinter mich zu bringen. Und so schüttete ich mir am nächsten Abend, den ich allein in der Wohnung war, den ersten Rotwein nach meiner Krankheit ein, setzte mich in meinen gemütlichen Relaxsessel und wählte die Telefonnummer, die mir Drafi aufgeschrieben hatte.

Ich ließ tapfer das Telefon immer wieder klingeln, obwohl ich insgeheim hoffte, es würde sich niemand melden. Doch dann hörte ich eine unfreundliche Stimme am anderen Ende der Leitung: »*Antik-Tick* hier. Wir haben Feierabend. Rufen Sie –«

»Stopp, nicht auflegen!« Ich nahm allen Mut zusammen. »Ich rufe nicht als Kundin an, Entschuldigung. Ich möchte gerne mit Christian sprechen.«

»Der ist nicht da – wer ist denn da überhaupt?«

»Ich bin eine alte ... äh ... Freundin von Christian.« Ich merkte, wie unseriös mein Stammeln wirken musste. Darum riss ich mich zusammen. »Ich heiße Emilia Erhardt. Sorry, dass ich das nicht sofort gesagt habe. Ich habe früher mit Christian zusammengearbeitet und habe etwas Wichtiges mit ihm zu besprechen.«

»Der ist trotzdem nicht da«, knurrte die Stimme am anderen Ende der Leitung.

Puh, was für ein unerfreulicher Zeitgenosse!

»Würden Sie ihm bitte ausrichten, dass ich ihn gerne sprechen möchte?«

»Würde ich«, brummte er.

Sofort nachdem ich ihm meine Telefonnummer hinterlassen hatte, legte er auf. Ich wurde den Verdacht nicht los, dass er Kiki meine Nachricht nicht übermitteln würde.

Ich sollte mich täuschen. Kaum hatte ich den Schrecken mit einem kräftigen Glas Rotwein heruntergespült, klingelte mein Telefon. Das Display zeigte eine mir unbekannte Nummer.

»Hallo?«, meldete ich mich vorsichtig.

»Mila! Bist du das wirklich?« Kikis Stimme wirkte noch immer jung und freundlich. Zumindest Letzteres würde sich bald ändern, vermutete ich.

»Kiki, das ist ja toll, dass du sofort zurückrufst. Ich hoffe, ich störe nicht. Ich glaube, dein Chef oder Mitarbeiter oder wer auch immer gerade am Telefon war, war ziemlich genervt.«

Kiki lachte. »Das war Erwin, mein Schwager. Also mein Ex-Schwager. Nein ... äh ... Quatsch. Der Bruder meiner ... äh, also meiner verstorbenen Frau. Der ist immer so.«

Ich wusste nicht recht, was ich mit den vielen Informationen anfangen sollte, und entschied mich zunächst für Höflichkeit. »Das tut mir leid!«, sagte ich. »Also nicht, dass dieser Erwin immer so ist ... äh, also, das mit deiner Frau meine ich. Dass die tot ist.«

»Kein Problem, Mila! Ist schon 'ne ganze Weile her. Also alles gut. Aber dass du dich meldest ... Damit hätte ich ja nie gerechnet. Woher hast du eigentlich meine Nummer? Wer hat dir erzählt ...«

Ich entschloss mich, lieber gleich ehrlich zu sein. »Drafi hat mir erzählt, wo du jetzt lebst und was du so machst. Ich muss was mit dir besprechen, Kiki.«

»Mein Gott, Kiki hat mich ja ewig schon niemand mehr genannt! Eigentlich nennt mich inzwischen jeder nur noch Christian. Aber das kannst du ja nicht wissen. Wir hatten ja wirklich sehr lange keinen Kontakt mehr. Das muss sich ändern, Mila. Ich freue mich total, von dir zu hören. Erzähl mal, wie geht es dir, was machst du so? Wie lebst du? Mit wem lebst du? Oder ist das jetzt indiskret? Ich bin einfach so neugierig.«

Ich streifte erst einmal ein paar Fakten bei ihm ab, berichtete, dass ich in Dortmund lebte und eine kleine Agentur hatte, dass ich derzeit Single war. Ich konnte ja schlecht sagen: »Ich rufe nur an, um dir mitzuteilen, dass du eine dreißigjährige Tochter hast.« Also gab ich erst mal einen kurzen Überblick über meine derzeitige Lebenssituation. Schwitzend, weil ich wusste, irgendwann musste ich trotzdem mit dem eigentlichen Grund meines Anrufs rausrücken.

Im Laufe des Gesprächs merkte ich, wie lange ich keinen Wein mehr getrunken hatte. Mir war gleichzeitig heiß und schummerig, und meine Zunge lockerte sich zunehmend. Als Kiki … also, als Christian mich dann einlud, ihn zu besuchen, damit wir das Gespräch persönlich fortsetzen konnten, war ich beschwipst genug, um die Einladung anzunehmen. Wahrscheinlich wäre es ohnehin leichter, ihm alles von Angesicht zu Angesicht und möglichst schonend beizubringen.

* * *

Etliche Tage später fuhr ich nach Duisburg. Ich war ohnehin nervös, doch als ich in den Hinterhof einbog, der offensichtlich zu Christians Firma gehörte, stieg mein Puls weiter an. Überall im Hof standen alte Möbel herum. Auf einem großen

Jugendstil-Standspiegel mit vielen Blindflecken saß ein Spatz und musterte mich gespannt. Es nieselte. Dennoch betrachtete ich erst den Spatz auf und danach mich selbst in dem Spiegel. Die Frau, die mir entgegensah, hatte nur noch wenig mit der jungen Frau gemeinsam, mit der Kiki, aus dem nun ein Christian geworden war, seinerzeit in seinem VW-Bus erst eine Bong geraucht und dann offensichtlich eine Tochter gezeugt hatte. Zwar war ich inzwischen beim Friseur gewesen und hatte mir den Grauschleier im Scheitelbereich wegfärben und mir einen flotten Bob schneiden lassen, aber davon abgesehen ähnelte ich einer ziemlich erschöpften Vogelscheuche. Nicht, dass ich vorhatte, Christian mit meiner Erscheinung umzuhauen, versteht mich nicht falsch. Aber ich finde, schwierige Gespräche führt man leichter, wenn man sich wohl in seiner Haut fühlt.

Der Spatz ließ ganz nonchalant einen Klecks Vogelkacke fallen und flatterte dann unbeschwert davon. Ich sah mich um und suchte nach dem Eingang.

Im nächsten Moment wurde eine Tür aufgerissen, und vor mir stand ein durchaus attraktiver Mittfünfziger. Mit seinen kurzen grauen Locken und den ausgebildeten Muskeln sah er aus wie eine gereifte Variante unseres damaligen Kochs aus dem *Traumschiff.*

»Mila!« Christian kam mit weit geöffneten Armen auf mich zu. Mir blieb kaum Zeit für Verlegenheit. Schon zog er mich in seine Arme. Er roch sehr gepflegt und hielt mich lange in seinen Armen fest.

Als ich mich löste, hielt er meine rechte Hand, trat ein wenig zurück und musterte mich. »Ich fasse es nicht, Mila! Nach all den Jahren. Toll siehst du aus, richtig toll.«

»Hör auf«, sagte ich und entzog ihm vorsichtig meine Hand. »Ich bin momentan die reinste Vogelscheuche. Brauchst mir gar nicht zu schmeicheln. Ich hab Augen im Kopf. Ich bin in den letzten Wochen um Jahre gealtert.«

Mein Gott, was für einen dramatisch klingenden Mist redete ich denn da?

»Warum? Was ist passiert? Du bist doch nicht etwa krank!« Christan wirkte mit einem Mal besorgt.

»Nein, nein, nichts Ernstes.« Mir war inzwischen wieder eingefallen, dass er seine Frau durch Krankheit verloren hatte, und ich kam mir noch blöder vor als eben. »Ich hatte so eine dämliche Grippe oder einen grippalen Infekt, wer weiß das schon. Und das hat mich ziemlich mitgenommen.«

»Und dann stehen wir hier im Nieselregen und reden dummes Zeug! Wie doof von mir. Komm rein, Mila.«

Christian winkte mir, ihm zu folgen, und führte mich in sein Wohnzimmer. Der Raum war vollgestellt mit alten, aufgearbeiteten Möbeln, und es roch nach Holz. In einem schlanken schwedischen Holzofen knisterte ein Feuer. Alles wirkte behaglich und ordentlich.

»Schön hast du's hier«, sagte ich.

Christian nickte kurz. »Was kann ich dir anbieten? Kaffee? Tee? Etwas Kaltes?«

Ich entschied mich für einen Kräutertee, schließlich war ich mit dem Auto hier. Christan hingegen trank Bier. Das tat er offensichtlich öfter – sein leichter Bauchansatz, der klassische Gerstenspoiler, den ältere Männer oft haben, war nicht zu übersehen.

Er hatte mir einen Schaukelstuhl vor den Holzofen gestellt und setzte sich in einen Sessel direkt neben mich. Dass wir uns auf diese Weise nicht anschauen mussten, erschien mir strategisch als ausgesprochen hilfreich. So würde es mir vielleicht nicht ganz so schwerfallen, ihm von Mattis Existenz zu erzählen.

Das Feuer knisterte und knackte. Es tat gut, in die Flammen zu schauen. Christian hatte zusammen mit den Getränken auch eine Platte mit belegten Broten mitgebracht. Das Brot sei selbst gebacken, hatte er gesagt. Spontan fiel mir ein, dass er vor seiner Zeit im *Traumschiff* als Bäcker gearbeitet hatte.

Während wir uns die köstlichen Brote schmecken ließen, tasteten wir uns smalltalkend langsam vor. Ich erzählte ihm von meiner Firma, von meinen beiden Kindern. Von Judith, mit der ich immer noch befreundet war. Die Stimmung zwischen uns war entspannt und angenehm. Irgendwo im Haus übte jemand Bass und spielte immer wieder den gleichen Lauf. Als ich meine Kinder erwähnte, hoffte ich, dass er nachfragen würde, sich nach ihrem Alter erkundigte, irgendeine Frage stellte, die mir meine Eröffnung erleichtert hätte. Stattdessen erzählte er, dass er mit seiner Frau Edith auch gerne Kinder gehabt hätte.

»Sie war sehr kinderlieb, Lehrerin für Musik, weißt du.« Er starrte ins Feuer. »Aber nach einigen Fehlgeburten haben wir den Plan aufgegeben. Uns das Leben anderweitig schön gestaltet. Ich mit einer Biobäckerei, sie mit ihrer Liebe zur Musik. Dann kam der Krebs. Gebärmutterhalskrebs. Ein Schock, dann die Therapie. Nach einem Jahr galt sie als geheilt, nach vier Jahren war der Krebs zurück. Aggressiv, dieses Mal. Ihr blieb nach dem zweiten Ausbruch nur ein Jahr.«

»Ach, Christian!« Ich sah ihn rasch von der Seite an. »Das tut mir alles unglaublich leid.«

»Ich bin inzwischen drüber weg, Mila«, antwortete er ruhig. »Nur im Odenwald, wo wir gelebt haben, wollte ich nicht mehr bleiben. Darum bin ich mit Erwin, ihrem Zwillingsbruder, wieder zurück ins Ruhrgebiet. Ein Cousin von mir hatte diesen Hinterhof, die Werkräume und den unteren Teil des Hauses zu vermieten.« Er lächelte mich an und stand auf, um Holz nachzulegen. »Ich bin halt ein echter Ruhri.«

»Und die Werkstatt?«, fragte ich.

Er nickte und setzte sich wieder. »Erwin ist Fachmann für Möbelrestauration und hat mir das Nötigste beigebracht. Im Winter lebe ich von meinen Biobackwaren, den Rest des Jahres von den Möbeln. Verschafft mir ein sehr gutes Auskommen.«

»Ihr wohnt hier auch?«

»Eine waschechte Männer-WG sind wir, Erwin wohnt inzwischen oben. Er ist in Wirklichkeit nicht annähernd so harsch, wie er auf den ersten Blick scheint. Aber denk jetzt nicht, ich wär inzwischen schwul.« Er sah mich schief von der Seite an.

»Und wenn schon«, antwortete ich. »Was wäre dagegen einzuwenden?«

Er ging auf meine Frage nicht ein. »Erzähl von dir, Mila«, forderte er mich stattdessen auf. »Was ist denn aus deinem wilden Liebesleben geworden?«

»Wildes Liebesleben? Ich?« Ich war ehrlich erstaunt. »Ich war doch immer ein ziemlich braves Mäuschen. Das mit uns auf diesem Festival, Kiki … äh, entschuldige, Christian, das war eine absolute Ausnahme, ein Ausrutscher. Ganz ehrlich. Wir waren doch beide total betrunken und bekifft damals.« Endlich näherten wir uns dem Punkt, an dem ich Gelegenheit für meine Beichte bekommen würde.

»Ich nicht«, widersprach er. »Ich war sehr verknallt in dich und hätte alles getan, um dich Gernot auszuspannen.«

»Gernot! Drafi würde dich umbringen, wenn er hören könnte, dass du ihn bei seinem richtigen Namen nennst!«

»Ich habe ihn heimlich immer schon so genannt. Sogar noch schlimmer.« Christian grinste. »*Gernotgeil* habe ich ihn genannt, weil er damals alles gevögelt hat, was nicht schnell genug auf den Baum kam. Alle haben das gewusst – nur du nicht. Und wo wir schon bei gemeinen Spitznamen sind: Dass ihr Mädels mich hinter meinem Rücken Quickie genannt habt, wusste ich. War nicht gerade erfreulich für mich, das kannst du mir glauben. Aber unrecht hattet ihr nicht, das muss ich zugeben. Ich war damals eine Katastrophe im Bett, das ist mir heute klar. Darum habe ich mir auch keine ernsthafte Chance bei dir ausgerechnet, Mila. Aber inzwischen sind wir ja alle älter. Und ich habe dazugelernt – auch in diesem Bereich.«

Seine Anspielung sollte vermutlich leicht wirken. Ich spürte aber eine gewisse Dringlichkeit hinter seinen Worten. Bevor das Ganze damit in die völlig falsche Richtung abrutschte, fasste ich mir daher ein Herz.

»Christian«, sagte ich mit Nachdruck, »ob du eine Katastrophe im Bett warst oder nicht, kann ich letztlich gar nicht beurteilen. Ich war damals nämlich so bedröhnt, dass ich von unserem kurzen Intermezzo so gut wie nichts mitbekommen habe. Ich wusste bis vor Kurzem noch nicht einmal, dass wir damals miteinander geschlafen haben –«

»Und dann fiel es dir plötzlich wieder ein.« Seine Stimme klang auf einmal scharf.

»Mir ist gar nichts *plötzlich* eingefallen, Christian«, entgegnete ich. »Meine Tochter Matti hat aus Gründen, die zu erklären jetzt zu weit führen würde, einen Vaterschaftstest machen lassen, und Drafi kommt als Erzeuger nicht infrage. Um ehrlich zu sein, bin ich deswegen hier. Um dir das zu sagen. Der Einzige, der infrage kommt, bist du!«

Schweigen. Dann ein langes, deutliches Ausatmen.

Christian verließ den Raum und kam erst nach einer ganzen Weile mit einer neuen Flasche Bier wieder. Er setzte sich aber nicht, sondern blieb vor meinem Schaukelstuhl stehen. Er trank einen langen Schluck aus der Bierflasche und lachte bitter. »Da hat dieses Arschloch von Gernot mir also genau genommen nicht nur meine Traumfrau, sondern auch meine Tochter geklaut. Das hat schon eine gewisse Komik, Mila. Das musst du zugeben.«

Und dann fing er plötzlich an zu weinen. Erst leise und unterdrückt, dann lauter und wütend.

Ich stand auf und legte meine Arme um ihn. Ich konnte

mir vorstellen, wie geschockt und überfordert er sich mit dieser Neuigkeit fühlen musste, und ließ ihn einfach weinen. Erst nach einer ganzen Weile hörte er auf zu schluchzen.

»Ich bin also tatsächlich Papa«, murmelte er an meinem Hals. »Wie ist sie denn so, unsere Tochter? Sieht sie mir wenigstens ein bisschen ähnlich? Kann ich sie kennenlernen?« Sein tränennasses Gesicht hinterließ feuchte Spuren an meinem Hals.

»Sie ist eine sehr selbstbewusste junge Frau. Und sie wird bald auch Mutter.«

Christian trat einen Schritt zurück, hielt mich aber noch an den Handgelenken fest. »Das heißt, ich werde Opa?« Er fing an zu lachen. »Und du Oma. Das ist irgendwie witzig.«

Ich musste mitlachen. Er hatte ja recht. Die Situation war trotz allem irgendwie auch sehr komisch. So standen wir beide lachend vor dem viel zu warmen Ofen und japsten und schnappten nach Luft. Plötzlich zog er mich in seine Arme und küsste mich. Fordernd, sicher und selbstbewusst.

So, wer mir jetzt die Moralkeule um die Ohren hauen möchte, überspringt am besten einfach die nächsten Seiten. Genau wie diejenigen, die finden, dass Sex im fortgeschrittenen Alter etwas Unappetitliches ist, etwas, das man heimlich und verschämt tut, wenn es sich gar nicht vermeiden lässt. Diejenigen, die finden, dass altes Fleisch sich höchstens heimlich und im Dunkeln mit altem Fleisch vergnügen sollte – auch ihr lest hier am besten einfach nicht weiter.

Fakt ist: Ja, ich habe mich von Christian in dieser blödsinnig vertrackten Situation küssen lassen. Nennt es eine Mischung aus schlechtem Gewissen und dem Bedürfnis, sich noch einmal in jugendliche Zeiten zurückzuversetzen. Wahrscheinlich habt ihr mit beidem recht. Aber es fühlte sich gut an. Und in diesem Moment auch irgendwie richtig. Als seine Hände unter meinen Pullover wanderten und meine Brüste streichelten, antwortete mein Unterleib ausgesprochen deutlich und intensiv. Ich drängte mich näher an Christian und spürte seine Erregung.

Noch als wir uns voreinander auszogen, gingen mir zwei Gedanken durch den Kopf. Erstens: *Hoffentlich sieht er mir im Feuerschein meinen Verfall nicht so an, und hoffentlich habe ich keine allzu peinliche Unterhose an.*

Zweitens: *Das alles ist mit Sicherheit ein Riesenfehler.*

Zumindest mit dem zweiten Gedanken lag ich absolut richtig. Es war ein Fehler. Wir taumelten nackt zu seiner Couch, und ich spürte, dass er tatsächlich inzwischen ein erfahrener Liebhaber war. Ich kam schnell in Fahrt, und als ich ihn fragte, ob er ein Kondom habe, merkte ich, dass er sich von mir zurückzog. Erst da registrierte ich, dass er offensichtlich ein Problem mit seinem »Standing« hatte.

Was dann folgte, war einfach nur noch peinlich. Sosehr er mir verzweifelt versicherte, dass ihm das noch nie passiert sei und es ganz, ganz bestimmt nicht an mir liege, so sehr verfluchte ich mich innerlich für meine Schwäche.

Ich griff nach einer Decke, die auf dem Sofa lag, und legte sie mir über die Schultern. »Alles kein Problem«, bemühte ich mich, so cool wie möglich zu wirken. »Hey, Christian! Wirklich. Mach dir bitte keinen Kopf. Das war doch sowieso alles ein Riesenfehler. Entschuldige, dass ich mich nicht besser unter Kontrolle hatte. Das war einfach alles ein bisschen viel Emotion auf einmal.«

»Nein, Mila. Jetzt komm mir nicht so!« Christian war sichtlich beleidigt. »Du kannst mir jetzt nicht wieder mit dieser albernen Fehler-Leier kommen. Ich war zu emotionalisiert, Mila. Da gebe ich dir recht. Aber ein Fehler war das ganz sicher nicht. Beim nächsten Mal wird das alles besser klappen, glaub mir. Du musst doch auch merken, dass das was Besonderes ist zwischen uns – immer war. Da ist 'ne Anziehung. Und jetzt hast du auch nicht die Ausrede, dass du betrunken oder bekifft warst.

Mila, stell dich endlich mal deinen Gefühlen.« Damit zog er sich seine Jeans wieder an.

Ach herrje, was ein Schlamassel! Jetzt redete er sich also ein, zwischen uns sei all die Jahre ... Ich fühlte mich plötzlich bleischwer und müde. Warum muss ausgerechnet ich immer so ein Chaos anrichten?

Langsam suchte auch ich meine Anziehsachen zusammen und zog mich an. »Lass mir Zeit, Kiki ... äh, Christian. Und nimm du dir auch Zeit. Manche Erlebnisse müssen sich erst einmal in einem setzen. Morgen sieht alles schon wieder ganz anders aus. Ich bin müde und muss jetzt mal fahren!«

Beim Zurücksetzen im inzwischen dunklen Hinterhof bretterte ich im Rückwärtsgang gegen eine Mülltonne, die scheppernd umfiel. Peinlich berührt kurbelte ich die Scheibe herunter und rief: »Entschuldigung, Christian, Entschuldigung für alles!«

Christian stand in der erleuchteten Tür und hob nur müde die Hand. »Mach ruhig alles kaputt, Mila!«, sagte er, und mir war klar, wie er das meinte.

Als ich endlich zu Hause ankam – inzwischen war später Abend –, lag Matti schon wieder in meinem Bett. Fröstelnd kroch ich neben sie unter die warme Decke.

»Und? Wie war's – isser immer noch nett?«, fragte sie verschlafen.

Ich strich ihr über den Kopf. »Ja, klar. Sehr nett!«

Nur deine Mutter ist 'ne blöde Kuh, hätte ich am liebsten hinzugefügt. Dazu kam ich aber nicht mehr. Völlig erschöpft glitt ich sanft ins Land der Träume.

Am nächsten Morgen weckte mich ein durchdringendes Klingeln an der Wohnungstür. Wer klingelte denn da Sturm? War etwas passiert? Erschrocken sprang ich aus dem Bett. Riss meinen Morgenmantel vom Haken, zog ihn über und machte die Tür auf. Sofort war ich erleichtert. Vor mir stand Traudel, braungebrannt und strahlend und mit einer Tüte frischer Brötchen in der Hand. Als wir uns lachend um den Hals fielen, wankte Matti schlaftrunken aus meinem Schlafzimmer.

»Was is'n hier los?«, murmelte sie, erkannte Traudel und fiel ihr jauchzend um den Hals.

»Meine Süße, du bist ja auch hier!« Traudel war begeistert.

Vom Lärm angelockt kam Leo aus dem Yogazimmer, vom kläffenden Pi begleitet. »Was is' hier denn los? Seid ihr eigentlich …«

In diesem Moment sah er Traudel, und mit dem gleichen begeisterten Hallo stürzten die beiden aufeinander los. Pi bellte, was das Zeug hielt.

Unerschrocken hielt Traudel dem Hund ihre Hand entgegen. »Ja, was bist denn du für eine Schönheit?«

Auf Komplimente schien Pi genauso anzuspringen wie jeder Mensch. Sofort wedelte er heftig mit dem Schwanz und tänzelte um Traudel herum.

»Na, hier scheint sich ja 'ne Menge getan zu haben«, sagte Traudel lachend. »Kaum lässt man euch mal ein paar Wochen allein … Gibt's denn hier in dieser Kelly-Family für Arme trotzdem ein anständiges Frühstück, oder muss ich meine Brötchen allein essen?«

Ich zog sie sofort weiter in die Küche und bestimmte: »Leo, du gehst mit Pi raus! Matti, du ziehst dir was an die Füße, und ich mache Frühstück!«

»Einmal Mama, immer Mama.« Traudel lachte.

»Ach, hör bloß auf, Traudel. Kaum bist du wieder da, hast du treffsicher meinen wunden Punkt getroffen. Wo ist eigentlich Ante?«

»Der muss erst mal mit seinen heiligen Pflanzen allein sein. Wie es scheint, hast du nichts verkehrt gemacht mit deiner Pflege, Mila. Bei seinem Rundgang durch die Wohnung hat er sehr zufrieden vor sich hin gebrummt.«

»Das geht diesmal nur zu einem Bruchteil auf mein Konto«, sagte ich. »Dass es den Pflanzen so gut geht, haben wir hauptsächlich Judith und Gundi zu verdanken.«

Als Traudel fragend die Augenbrauen hob, setzte ich zu einer weiteren Erklärung an. »Ich war krank, Traudel. Richtig krank. Ich kam ewig nicht aus dem Bett, und da haben Gundi und Judith netterweise meine ganzen Jobs übernommen.«

»Ach, das hört sich ja schlimm an!« Traudel schaute besorgt. »Sind deine Kinder deshalb hier? Weil sie sich um dich kümmern mussten?«

Nun musste ich gegen meinen Willen kichern. »Bevor die sich um mich kümmern, muss ich schon halb tot überm Zaun hängen. Nein, nein. Dass die beiden hier bei mir um Asyl gebeten haben, hat andere Gründe. Das können sie dir alles gleich beim Frühstück selber erzählen.«

Und das taten sie auch. Das Frühstück wurde laut, fröhlich und gemütlich. Traudel machte alles richtig. Sie schrie vor Begeisterung regelrecht auf, als sie von Mattis Schwangerschaft erfuhr, und Matti strahlte. Als ich ihr dann beichtete, dass Matti einen anderen Erzeuger hatte als Drafi, und sie in die Hintergründe einweihte, lachte sie so sehr, dass ihr die Tränen die Wange herunterkullerten. Traudel haut eben so leicht nichts um. Als schließlich Leo von seiner Pleite berichtete, nahm sie ihn in den Arm und streichelte ihm die Wange wie einem kleinen Kind.

»Mein armer, armer Kleiner!«, sagte sie, und es hätte nicht viel gefehlt, und Leo hätte geschnurrt wie ein Kater.

Auch ich hatte mich schon lange nicht mehr so wohl, geborgen und glücklich gefühlt wie an diesem Morgen. Traudel ist und bleibt einfach ein wichtiger Seelenofen unserer Familie. Als kurz darauf mein Handy klingelte, ging ich deswegen gut gelaunt ran.

Aber so ist das im Leben: Kaum bist du auf Wolke sieben,

kommt ein Vogel, der noch höher fliegen kann, und kackt dir auf den Kopf.

Es war Christian, der ankündigte vorbeizukommen. Um zu reden. Mit mir und Matti.

Mit Mühe konnte ich ihn auf einen späteren Zeitpunkt vertrösten. Aber mir war klar, lange würde er nicht zögern. Er hatte einen Fuß in der Tür, und das würde er nutzen.

April, April, der macht was er will. In diesem Jahr traf diese Redensart auf jeden Fall zu.

MAI

Die ersten Maitage verwöhnten uns mit herrlichem Wetter. Wenngleich mir Christians bevorstehender Besuch Unbehagen bereitete, war meine Stimmung bestens.

Die Arbeiten auf der Baustelle in Hannes' Haus waren fast abgeschlossen, und auch der Schwingschleifer war wieder aufgetaucht. Ich wurde zwar den Verdacht nicht los, dass Orhan dafür die alleinige Verantwortung übernommen hatte, aber wenigstens war das Problem für mich vom Tisch. Orhan hatte mir gegenüber angedeutet, dass sein Bruder den Schwingschleifer aus finanzieller Not mitgenommen und illegal veräußert hatte. Ich vermutete, Orhan hatte ihn anschließend von seinem Geld zurückgekauft. Das aber gab er mir gegenüber nicht zu. Ich hatte außerdem darauf bestanden, dass sich sein Bruder Emre persönlich bei Hannes entschuldigte. Das hatte er wohl getan, und Hannes schien ihn sich in diesem Gespräch richtig vorgeknöpft zu haben. So zumindest war Orhans Eindruck. War Hannes mir ohnehin schon sympathisch gewesen, so stieg er dadurch noch einmal in meinem Ansehen, und ich nahm mir vor, ihm bald einen Besuch abzustatten und mich zu bedanken. Vielleicht würde er mir ja im Gegenzug seine Version der Geschichte präsentieren.

Zunächst aber freute ich mich auf den ersten gemeinsamen Sauna-Mädelsabend seit Wochen. Ich fühlte mich inzwischen wieder topfit und war bereit, meine selbst auferlegten Einschränkungen endlich aufzugeben. Viel zu lange hatten wir drei uns schon nicht mehr getroffen.

Schwitzend und schwatzend saßen wir auf unseren Handtüchern, und natürlich versuchten Gundi und Judith, mir Details über meinen Besuch bei Christian zu entlocken. Ich versprach, sie später mit den peinlichen Details dieses Abends zu verzücken. Noch wollte ich die Hitze genießen und mich entspannen, und die Geheimnistuerei machte mir zugegebenermaßen auch Spaß.

Dieses Mal ließen wir uns nach dem dritten Saunagang nicht im Bistro nieder, sondern fuhren gemeinsam zu Gundi, die uns in ihr Haus eingeladen hatte. Ihr Tommy war gerade auf Geschäftsreise, und so hatte sie sturmfreie Bude.

Es gibt in Dortmund ja durchaus einige Vororte, in denen das Geld wohnt, und in solch einem wohnen auch Gundi und ihr Mann – deutlich vornehmer als Judith und ich. Anders als meine Wohnung könnte ihr Haus in jedem *Schöner Wohnen*-Magazin gezeigt werden. Alle Möbel passen zueinander, und die geschmackvolle Deko ist sparsam und auf den Einrichtungsstil abgestimmt. Am meisten irritiert mich aber bei jedem Besuch, dass es immer ordentlich und völlig clean ist. Außerdem ist das Haus von einem großzügigen Grundstück umgeben, das im Westen an einen großen Wald grenzt.

Gundi führte uns in ihren verglasten, urgemütlichen Wintergarten, entzündete einige Kerzen und versprach, sofort mit einem »kleinen Snack« bei uns zu sein. Kleine Snacks sind in Gundis Fall in der Regel üppige, kalorienreiche Köstlichkeiten. Gundi ist nämlich eine hervorragende Köchin und bewirtet für ihr Leben gern. Also war es nicht verwunderlich, dass sie auch an diesem Abend mit einem Tablett mit Sektgläsern und einem exquisiten, gekühlten Crémant wiederkam. Aus der Küche duftete es köstlich. Gundi hatte eine Spargelquiche vorbereitet. Ich ließ es mir richtig schmecken, Judith hingegen aß wieder ihr übliches Vogelportiönchen.

Schon beim Essen fiel mir auf, dass Gundi abwesend wirkte. Als wir aufgegessen hatten, fragte ich deshalb, ob bei ihr alles in Ordnung sei. Doch sie schien meine Frage gar nicht gehört zu haben. Eifrig räumte sie den Tisch ab, wehrte jede Mithilfe ab, füllte unsere Gläser nach, und als sie wieder saß, zupfte sie an den Fäden ihres Umhängetuchs herum.

»Gundi! Jetzt drucks doch nicht so rum!«, ermunterte ich sie. »Was ist denn los? Hat Tommy 'ne Geliebte, hat er seinen Job verloren? Oder hat seine ätzende Halbschwester wieder einen Besuch angedroht?«

Ich grinste. Tommys Halbschwester Carola lebt in San Francisco, kommt aber alle paar Jahre zu Besuch und will dann von Gundi dauerbespaßt werden. Gundi hasst diese Besuche und hatte uns in der Vergangenheit immer ausführlich über die Widerwärtigkeiten ihrer Schwägerin auf dem Laufenden gehalten.

»Quatsch, Carola war doch erst in der Weihnachtszeit hier, um mich über sämtliche überfüllte Weihnachtsmärkte NRWs zu schleifen«, antwortete sie.

»Also geht Tommy fremd?«, bohrte ich weiter.

»Ach«, Gundi lachte, »das tut er bestimmt immer mal wieder. Aber das macht mir nichts aus. Du weißt, dass ich nicht so sexversessen bin, und jetzt im Alter schon gar nicht mehr. Da kann man doch froh sein, wenn der Mann sich anderweitig entspannen lässt. Nein, Mila, ehrlich! Zwischen Tommy und mir, das ist schon seit Jahren eine völlig eingespielte Sache. Er lebt sein Leben und ich meins. Zweimal im Jahr fahren wir zusammen in Urlaub, und das ist auch meistens schön. Mehr brauche ich von einem Mann nicht.«

»Aber irgendwas ist doch mit dir«, beharrte ich, »das habe ich schon in der Sauna gemerkt. Du bist so still.«

Auch jetzt antwortete sie nicht sofort. Judith schien es unangenehm zu sein, dass ich so in Gundi drang. Scheinbar desinteressiert hämmerte sie auf ihrem Smartphone herum. Aus der Küche hörte man den Wasserhahn leise tropfen.

Nach einer Weile rückte Gundi dann doch mit ihrem Problem heraus. »Ich habe vor ein paar Tagen zufällig ein Telefonat von Katja und ihrem Dennis mitbekommen. Es ging um ein Jobangebot, das Dennis bekommen hat …« Wieder stockte sie und zupfte an den Fransen ihres Schals herum.

»Was ist daran denn so schlimm? Immerhin hat er Arbeit und verdient so gut, dass Katja ihre Kinderpause in Ruhe genießen kann.« Ich verstand nicht, warum Gundi deshalb so gedrückter Stimmung war.

Gundi sah mich jetzt direkt an, und ihre Augen waren weit aufgerissen und verschreckt. »Aber dieses Jobangebot, das ist nicht hier, verstehst du? Wenn ich das richtig verstanden habe, geht es um einen Job in Cuxhaven. Und zum 1. Mai waren sie für ein verlängertes Wochenende an der Nordsee. Katja fährt mit dem kleinen Malte eigentlich nicht so gerne für ein paar Tage irgendwohin. Der schläft ja in der Fremde immer so schlecht. Versteht ihr? Da ist was faul. Ich fürchte, die planen, an die Nordsee zu ziehen, und wollen mir das erst sagen, wenn alles in trockenen Tüchern ist. Von Dortmund nach Cuxhaven, das sind dreihundertvierzig Kilometer. Ich hab das schon nachgeschaut. Das ist weit. Da werde ich die Kleinen kaum noch sehen. Und das, obwohl ich doch so an den Kindern hänge!«

Jetzt sah sie richtig verzweifelt aus.

Während ich in meinem Kopf schon nach Argumenten suchte, mit denen ich sie trösten könnte, dachte ein anderer Teil von mir: *Da sieht man, was dabei herauskommt, wenn man sich zu sehr auf die Enkelkinder einlässt!* Ein Grund mehr für mich, mich von Mattis Baby nicht zu sehr um den Finger wickeln zu lassen.

Schließlich sagte ich: »Gundi! Jetzt warte doch erst mal ab. Das sind doch alles nur Vermutungen. Weißt du nicht mehr, was immer unser Motto war? *Heulen lohnt sich immer erst, wenn das Porzellan wirklich kaputt ist.* Das galt in unserer Jugend, und das ist auch heute noch ein guter Leitsatz. Warte doch einfach, bis du Katja mal allein erwischst, und dann sprichst du sie ganz offen drauf an. Und selbst wenn sie nach Cuxhaven oder Posemuckel oder sonst wohin ziehen sollte: Was bitte ist dein Problem? Du bist gesund, du hast ein Auto, du hast Zeit. Niemand wird dich daran hindern, dich, sooft dein Herz Sehnsucht bekommt, in dein Auto zu setzen. Du kannst dir 'ne Ferienwohnung dort nehmen, wo auch immer dieses Dort dann sein mag.« Ich nahm ihre Hand. »Glaubst du denn allen Ernstes, Katja würde freiwillig auf den Luxus verzichten, eine unermüdlich einsatzbereite Oma in der Hinterhand zu haben? Jetzt bleib mal schön gelassen.«

»Vielleicht hast du recht«, seufzte Gundi. »Wenn es um die Kleinen geht, bin ich einfach immer sofort ganz aufgelöst. Ihr könnt euch nicht vorstellen, wie sehr einem diese kleinen Wesen ans Herz gehen. Warte nur ab, Mila. Das wird dir mit Mattis Baby nicht anders gehen!«

»Ich hoffe nicht, dass ich mich auf das Omasein so sehr draufschaffe wie du«, sagte ich und zog meine Hand zurück. »Momentan wäre es mir ziemlich lieb, wenn ich weniger in die Entstehung meines Enkelkindes eingebunden würde. Matti ist fast seit Beginn der Schwangerschaft krankgeschrieben. Ihr ist oft extrem übel, und außerdem hatte sie anfangs leichte Blutungen und soll viel liegen. Jetzt hängt sie bei mir zu Hause rum und brütet. Und das lässt ihr viel Zeit, mir vorzuschreiben, wie ich mein Leben optimieren soll. Das ist nicht immer angenehm, wisst ihr. Und jetzt will sie natürlich unbedingt ihren leiblichen Vater kennenlernen. Und offen gestanden bin ich an einem zu engen Kontakt mit Christian nicht interessiert.«

»Ach ja.« Judith schnellte, plötzlich wieder sehr interessiert, in ihrem Sessel nach vorn. »Du wolltest uns ja erzählen, wie die Begegnung mit Quickie war. Wie ist er denn inzwischen so? Alt, fett und hässlich?«

»Judith, lass das mit dem ›Quickie‹ in Zukunft bitte unbedingt sein! Stell dir nur vor, Matti bekommt das mit. Das wäre nicht gerade ein schöner Einstieg in eine Tochter-Vater-Begegnung! Außerdem ist Christian alles andere als alt, fett und hässlich. Ehrlich gesagt hat er sich ziemlich gut gehalten. Ihr würdet euch wundern.«

»Oh, là, là!« Judith witterte eine Sensation. Sie ist die Feinsinnigste von uns. »Hat die Dame sich vielleicht doch auf ihre alten Tage noch mal nach einem Quickie gesehnt?«

»Mann, Judith, hör auf!« Ich spürte, wie ich rot wurde, und hoffte, dass das im Kerzenlicht keine meiner Freundinnen sehen würde. Aber meine Stimme schien mich verraten zu haben. Judith macht man nichts vor.

»Also doch!«, sagte sie. »Du hast dich wieder auf ihn eingelassen, stimmt's? Ich fasse es nicht. Unsere eiserne Lady wandelt wieder auf Freiersfüßen. Wie war's? Bist du verknallt? Ist er süß?«

Das waren so typische Judith-Fragen, dass ich lachen musste. Da ich wusste, dass es ohnehin kein Entrinnen gab, erzählte ich unter dem begeisterten Gequietsche meiner Freundinnen die ganze Episode in allen peinlichen Details – vom Spatz auf dem Spiegel bis zu meinem polternden Abgang. So sind wir Frauen, da braucht ihr euch jetzt gar nicht moralisch aufzuplustern. Gebt es doch zu: Jedes Ereignis, und sei es noch so pikant oder peinlich, wird erst wirklich wahr, wenn wir es vor Freundinnen ausgebreitet und von allen Seiten gründlich beleuchtet und analysiert haben.

Das Fazit unseres Gesprächs war darum Folgendes: Judith fand mich gemein, weil ich Christian keine weitere Chance geben wollte, seine Schlappe wieder wettzumachen. Das könne, so war ihre Überzeugung, tiefe, traumatische Spuren in seinem Ego hinterlassen.

»Ich soll also noch mal mit ihm in die Kiste gehen, um sein Ego und sein damit verbundenes Gottesteilchen wieder aufzurichten? Judith, du spinnst einfach! Seit wann bin ich für die sexuellen Traumata meiner Ex-Männer verantwortlich?« Ich war ehrlich empört.

Gundi hingegen fand, ich solle Christian gegenüber das Märchen einer Liebesbeziehung mit Orhan aufrechterhalten. Dann sei er bald kuriert und könne sich ohne Ablenkung auf seine neu entdeckte Vaterschaft stürzen.

»Ich denke, auch das ist keine gute Idee«, sagte ich zerknirscht. »Ich hatte ohnehin vor, meinen Kindern zu beichten, was hinter der Scharade mit Orhan steckt. Es hat ja letztlich auch nicht bewirkt, was es sollte. Im Gegenteil: Statt einem Kind plus Hund habe ich nun auch noch das zweite Kind plus Embryo zu versorgen. Und beiden Kindern tue ich leid, weil sie glauben, ich sei mittlerweile so alt und vertrocknet, dass ich mir Orhans Liebesdienste erkaufen muss. Nein, das ist wirklich keine so gute Idee. Ich werde den Kindern reinen Wein einschenken, und Christian halte ich mir so gut wie möglich vom Hals.«

»Wann kommt er denn?« Judith war deutlich interessierter an dieser Geschichte als Gundi.

»Ich habe ihn am Sonntag zu Kaffee und Kuchen eingeladen.«

»Dann komme ich auch.« Das war keine Frage, das war eine Feststellung. Wenn Judith zu irgendetwas entschlossen ist, dann ist sie nur schwer davon abzubringen.

»Schade«, sagte Gundi, »am Sonntag kann ich leider nicht. Da kommen Katja und Dennis mit den Kindern. Sonst wäre ich auch gekommen. Schließlich müssen wir dich vor weiteren Dummheiten bewahren.«

»Nein!« Ich war entrüstet. »Keine von euch beiden kommt am Sonntag. Matti möchte ganz in Ruhe ihren Erzeuger kennenlernen, und da will ich keine neugierigen, sensationslüsternen Schwestern um mich haben!«

Es sollte anders kommen, und Judiths Beistand sollte sich sogar als wertvolle Hilfe entpuppen. Aber alles der Reihe nach!

* * *

Ich habe eine Marotte, oder nennt es eine Krankheit – wie ihr wollt. Ich bin, ohne es zu wollen, permanent von einer inneren Musik begleitet. Egal, was ich mache, egal, wie meine Laune ist, in mir klingt immer eine Melodie. Dagegen kann ich mich nicht wehren. Es handelt sich dabei – leider – auch nicht etwa um ein Lieblingslied oder einen aktuellen Song aus den Charts. Nein. Es ist, als würde ein innerer DJ nach einer mir unbekannten Regel auflegen, was seiner Meinung nach gerade passt. Manchmal summe ich auch, ohne es zu merken. Das finden manche aus meinem Umfeld nervig, manche halten es für lustig oder eben: krank. Ich habe mich damit abgefunden.

Seit ich wieder völlig genesen war, hatte ich mir angewöhnt, morgens in aller Herrgottsfrühe einen ausgedehnten Spaziergang mit Pi zu machen. Der war inzwischen sehr gut erzogen, doch ich besuchte mit ihm zusammen weiterhin die Hundeschule, damit ich alles, was die Hundetrainerin ihm beigebracht hatte, auch abrufen konnte.

Kaum hatte ich morgens die Augen aufgeschlagen, schlüpfte ich leise in Jeans und Sweatshirt, um als Allererstes mit Pi zu gehen. Leo hatte sich angewöhnt, den Hund nachts in mein Zimmer zu lassen, wenn er die letzte Runde mit ihm gedreht hatte. Wohl nicht ohne Hintergedanken. Es war ihm nämlich äußerst unangenehm, wenn ich mir den Hund morgens aus seinem Schlafbereich holte. Ich sollte wohl nicht sehen, mit wem er sich nachts auf seinem Lager geräkelt hatte.

Pi wiederum schlief gern vor meinem Bett. Aus gewachsener Anhänglichkeit holte er sich dazu in unbeobachteten Momenten ein getragenes Kleidungsstück von mir aus dem Sessel und legte sich darauf. So hatten meine Klamotten inzwischen alle ein bisschen Fell.

Da Matti ihre nächtliche Anhänglichkeit an mich mittlerweile wieder aufgegeben hatte und in ihrem eigenen Bett im Arbeitszimmer schlief, war mir die Anwesenheit des Hundes ganz lieb. Es beruhigt ungemein, wenn nachts ein anderes Lebewesen im Zimmer schnauft und träumt. Pi allerdings furzte. Ich weiß nicht, ob das normal ist, dieser Hund jedenfalls hätte eine Goldmedaille im Kunstfurzen verdient. Hatte er eine ganz besonders intensive Stinkbombe losgelassen, stand er empörenderweise auf, um sich woanders hinzulegen. Ihn selbst störte der Gestank, was ich dabei empfand, ließ ihn aber völlig kalt. Nun ja. Ich bin letztlich hart im Nehmen, und furzende Hunde sind immer noch besser als schnarchende Männer. Das zumindest redete ich mir in solchen Momenten gerne ein.

An diesem Sonntagmorgen – es war der Sonntag, an dem Matti Christian kennenlernen sollte – war ich besonders früh auf den Beinen. Pi war begeistert. Es war noch sehr kühl draußen, und wir marschierten straffen Schrittes durch den unberührten Morgen. Wir steuerten ein nahe gelegenes Naturschutzgebiet an. Direkt dahinter war ein kleiner, sehr verwilderter Wald, in dem Hunde frei laufen gelassen wurden.

Meine innerliche Begleitmusik an diesem Morgen war *Teach your Children* von Crosby, Stills & Nash. *Teach your children well, you're fathers hell did slowly go by. And feed them on your dreams …* Diese Liedzeile schien mir in Anbetracht meiner bevorstehenden Großmutterschaft besonders passend. Die Vögel gaben ihr eigenes Morgenkonzert dazu. Pi trug stolz sein Bällchen in der Schnauze und umtänzelte mich glücklich, wissend, dass er bald von der Leine gelassen würde. Ich fühlte mich leicht und voller Energie, und meine Denkmaschine lief auf Hochtouren. Das ist das Schöne beim Spazierengehen: Man kann seine Gedanken ordnen, Diskussionen führen, Streitigkeiten beenden, bei denen man in der Realität vielleicht eine schlechte Figur gemacht hat ... Kurzum: Dieses schnelle Gehen ist wie ein seelischer Hausputz.

Ich war innerlich gerade damit beschäftigt, Christian souverän und dennoch liebevoll klarzumachen, dass es bei unserem frisch aufgeflackerten Kontakt ausschließlich um Matti ging und keinesfalls um uns beide. Ich würde ihm mit klarer und unmissverständlicher Deutlichkeit sagen, dass ich nicht auf der Suche nach einem Partner war. Gerade war ich an der Stelle angelangt, an der ich ihm erläuterte, dass Menschen unseres Alters nicht mehr so ohne Weiteres miteinander kompatibel seien und dass Freundschaften in reifen Jahren wertvoller würden als jede Beziehung. Ich war von meiner Argumentationskunst begeistert.

In dem Moment hörte ich ein lautes, bedrohliches Bellen, und ein dicker, hässlicher Schäferhund stürzte auf Pi zu. Vorbei war es mit meiner Souveränität.

»Halten Sie gefälligst Ihren Hund fest!« Meine Stimme überschlug sich vor Angst. Eine Beißerei war das Letzte, was ich hier in diesem einsamen Wäldchen gebrauchen konnte.

Wenn ich jetzt sage, dass die Besitzerin dieses Raubtiers – eine ebenso verfettete, unattraktive Frau mit dämlichem Fischerhütchen auf grauer Dauerwelle – mir zurief: »Der will nur spielen!«, dann denkt ihr: So ein blödes Klischee – das hat die doch jetzt erfunden.

Ich weiß, es ist ein Klischee. Aber genau das rief mir diese alte Schachtel zu.

Mir blieb also nichts anderes übrig, als angstvoll die Augen zuzukneifen. Vor meinem inneren Auge sah ich Ströme von Blut. Ich überlegte bereits, mit welchen Worten ich Leo über den Verlust seines Hundes hinwegtrösten sollte. Dann merkte ich, dass das Bellen verstummt war. Statt ihn aufzufressen, umtanzte der schäbige dicke Schäferhund meinen wohlerzogenen, hübschen und schlanken Pi. Ja, ihr merkt es, ich bin noch recht neu in der Hundebesitzerwelt. Genau genommen war ich ja auch keine Hundebesitzerin. Ich war eine zur Adoption gezwungene Hundemutter und empfand trotzdem genau wie die Muttis, die auf den Spielplätzen konkurrieren, wessen Kind das niedlichste, intelligenteste und kreativste ist.

In diesem Fall müsst ihr mir aber glauben. Der andere Hund war wirklich hässlich. Seine Besitzerin sagte auch sofort anerkennend: »Ihrer ist aber eine Schönheit. Ist das ein Dalmatinermix?«

Was ich sofort mit stolzgeschwellter Brust bestätigte. Die beiden Hunde tobten und spielten und waren völlig aus dem Häuschen. Der Schäferhund hieß Ede, und seine Besitzerin stellte sich als Margot vor. Sie war nett. Sie sah blöde aus, aber sie war es nicht, und binnen Minuten entwickelte sich zwischen uns ein interessantes Gespräch über Tiere und Psychologie. So kann der erste Eindruck täuschen!

Margot war vor ihrer Rente Dozentin für Psychologie an der TU in Dortmund gewesen. Sie war witzig, klug, ironisch und unglaublich tierlieb. Sie erzählte, dass Ede aus dem Tierheim stammte und sie nun seit fünf Jahren, seit dem Tod ihres Mannes, regelmäßig auch mit anderen Tieren aus dem Heim spazieren ginge.

»Ich brauchte 'ne Aufgabe«, sagte sie, »und zwar eine, bei der ich nicht dauernd reden muss. Tiere verstehen einen auch ohne Worte. Das hat mir in meiner ersten Zeit der Trauer viel gegeben.«

Um ein völlig überflüssiges Vorurteil leichter, verabredete ich mit Margot, dass wir uns hier öfter mal um diese Zeit mit den Hunden treffen würden. Damit wir uns nicht aus den Augen verloren, tauschten wir auch unsere Telefonnummern.

Als ich später gut gelaunt summend nach Hause zurückkam, saß Judith schon vor unserer Wohnung auf der Treppe.

Traudel hätte sie mit ihrem Schlüssel in meine Wohnung lassen können, aber Judith hatte Hemmungen gehabt, so früh bei ihr zu schellen. Schließlich war sie in den Flur geschlüpft, als ein Nachbar das Haus verlassen hatte. Ich war ein bisschen spät dran.

»Ach herrje«, sagte ich, »entschuldige, ich habe mich verquatscht. Warum hast du nicht geklingelt? Leo müsste doch zu Hause sein.«

»Ich *habe* geklingelt«, erwiderte Judith »Immer und immer wieder. Ich glaube kaum, dass Leo zu Hause ist.«

Ich schloss uns die Wohnungstür auf und schaute nach. Tatsächlich, weder Leo noch Matti lagen auf ihren provisorischen Betten. Da hatte ich tatsächlich einmal sturmfreie Bude gehabt und es noch nicht einmal gemerkt.

Wir gingen in die Küche, und ich zauberte uns ein leckeres Frühstück. Ich buk Brötchen und Croissants auf, bereitete aus frischen Früchten ein köstliches Müsli und zauberte uns zuletzt eine ordentliche Portion Rührei, während der Kaffeeduft durch die Küche zog. Wie herrlich! Endlich hatte ich die Wohnung und meine Freundin mal ganz für mich.

Wenn ich weiß, dass mir ein unangenehmes Gespräch oder Erlebnis bevorsteht, bin ich oft besonders aufgedreht und lustig. Das ist wohl das berühmte Pfeifen im Wald. Da mir vor der neuerlichen Begegnung mit Christian am Nachmittag recht beklommen zumute war, alberten und blödelten Judith und ich herum, bis wir aus dem Lachen nicht mehr herauskamen. Irgendwann gesellte sich auch Traudel auf einen zweiten Kaffee dazu. Ante war mit jemandem aus der nahe gelegenen Kleingartenkolonie verabredet, und so hatte auch sie Zeit.

»Und, Judith?«, fragte Traudel gut gelaunt. »Was macht die Partnersuche? Was Interessantes dabei gewesen?«

Ich kenne niemanden, der sich nicht gerne en détail von Kuppelevents wie Blind Dates erzählen lässt, und ich kenne auch niemanden, der andere so großzügig und freimütig an diesen skurrilen Geschichten teilhaben lässt wie Judith. Ihre neueste Eroberung war ein Schönheitschirurg, und genau wegen dieses Berufs hatte sich Judith mit ihm verabredet. Wenn es zwischen ihnen beiden funkte, so war ihr Plan, dann könne er ja zu seinem eigenen Vorteil Verbesserungen an ihr vornehmen. Judith ist da unbelehrbar.

»Aber der war wieder ein Schuss in den Ofen!« Judith winkte ab. »Der Herr Schönheitschirurg hat mir als Allererstes gestanden, dass er brustfixiert ist, weil er als Baby viel zu kurz gestillt wurde. Tatsächlich erinnerte er von der Optik her auch an einen gealterten Säugling. Keine Haare auf dem Kopf, aber das Gesicht so glatt wie ein Kinderpopo.«

Wir lachten bei der Vorstellung, wie er Judiths Brust fixiert hatte, um zu sehen, ob mit ihrer Hilfe entgangene Geborgenheitsgefühle zu generieren waren.

»Da hast du ihm bestimmt gestanden, dass dir vor Rührung direkt die Milch eingeschossen ist«, kicherte ich.

Sie schüttelte den Kopf. »Bei der Vorstellung, wie dieses schönheitsanbetende Riesenbaby stundenlang an meiner von ihm modellierten Silikontitte nuckelt, ist mir ganz anders geworden. Deshalb habe ich ihm gesagt, dass ich als Kind zu lange die Flasche bekommen und jetzt eine Phobie gegen Phallussymbole hätte.«

Wir gackerten wie die Hennen. Traudel war die Erste, die wieder sprechen konnte. »Warum tust du dir das alles nur an, Judith?«, fragte sie. »Du hast doch ein schönes Leben. Warum willst du dir das denn jetzt mit Hilfe eines Mannes verkomplizieren?«

»Sagt ausgerechnet die, die als Einzige von uns seit Jahrzehnten glücklich verheiratet ist«, antwortete Judith.

»Ich habe ja auch das große Glück, dass ich einen der ganz wenigen Männer erwischt habe, die so gut wie gar nicht reden.

Das erleichtert das Miteinander ungemein.« Traudel zwinkerte mir zu.

»Aber man sagt doch, dass Männer allgemein nicht gern reden. Da ist deiner dann doch gar keine Ausnahme«, insistierte Judith.

»Das ist ein Märchen, das die Männer wahrscheinlich selbst in die Welt gesetzt haben«, antwortete Traudel. »Männer reden durchaus sehr gern und sehr viel – wenn sie bestimmen dürfen, worüber. Über Sporterfolge, über ihren Job, über ätzende Kollegen und über ihr Motorrad können sie sich stundenlang begeistert auslassen. Auch über die schändlichen Vergehen ihrer Ex-Frauen sprechen sie ganz gern. Nur wenn es um ihre aktuelle Beziehung und um die Bedürfnisse ihrer Frau geht, verstummen sie und verstecken sich hinter dem Klischee, dass Männer halt nicht gern reden!«

»Traudel!«, entfuhr es Judith und mir überrascht. »Du bist ja eine waschechte Feministin!«

»Nur weil ich alt bin, heißt das noch lange nicht, dass ich Sperrmüll im Hirn habe. Ich habe während meiner Zeit als Sprechstundenhilfe in einer urologischen Praxis gegen meinen Willen mehr als genug Erfahrungen damit machen dürfen. Frauen wie wir sind für viele Männer mütterliche Ratgeberinnen, mit denen sie alles besprechen. Ins Bett gehen sie aber lieber mit den dummen Gänschen, die ihnen geistig nicht gefährlich werden können. Mein Ante ist da die Ausnahme, die berühmte Nadel im Heuhaufen.«

Wir lachten. Traudel sah auf die Uhr und verabschiedete sich: »So, ihr Lieben, dann werde ich mich mal ganz unfeministisch hinter den Herd schwingen.«

Als sie weg war, sagte Judith: »Guck mich nicht so an, Mila. Ich habe nicht vor zu gehen. Ich habe dir am Montag gesagt, dass ich bleibe und einen Blick auf Christian werfe. Du solltest mich gut genug kennen, dass du weißt, ich drohe nichts an, was ich nicht auch in die Tat umsetze. Ich bleibe hier und passe auf, dass hier keiner Mist baut. Schließlich bin ich Leos Patentante und damit fast ein Teil der Familie. Und Quickie …«

Ich sah sie böse an.

»Äh, Christian, natürlich«, korrigierte sie sich. »Sorry, kommt nicht wieder vor. Jedenfalls ist Christian auch ein alter Arbeitskollege von mir. Also finde dich damit ab, Milchen. Tante Judith bleibt!«

Und damit war für sie die Sache erledigt.

Als Christian nachmittags dann tatsächlich klingelte, sah ich ihm an, dass auch er furchtbar aufgeregt war. Für mich hatte er einen riesigen Blumenstrauß und für Matti einen Geschenkekorb mit lauter Leckereien und Säften aus dem Bioladen. Ich gebe zu, das fand ich süß. Er trug Jeans und ein hellblaues Hemd und hatte gigantische Schwitzflecken unter den Achseln. Wie mutig von ihm, sich dieser ungewissen Situation zu stellen!

In diesem Moment war ich doch froh, dass Judith hier war. Mitleid macht mich ja immer sofort ganz weich. Die beiden begrüßten einander mit großem Hallo, und das entkrampfte die Situation ungemein. Matti selbst war noch gar nicht da. Wo steckte sie bloß? Während ich das Waffeleisen warm werden ließ – ich hatte für uns alle Waffelteig vorbereitet –, versuchte ich, ihr möglichst unauffällig eine Nachricht zu schicken:

Matti, wo bleibst du? Er ist schon da.

Keine Antwort.

Matti, was ist los? Der Mann ist EXTRA wegen dir hier, und DU wolltest ihn schließlich kennenlernen!

Keine Antwort.

Ich befürchtete schon, dass Matti nun doch kalte Füße bekommen hatte, als ich den Schlüssel in der Wohnungstür hörte.

Ich ging in den Flur. Matti stand in der Tür und las offensichtlich gerade meine SMS.

»Alles in Ordnung bei dir?«, fragte ich.

»Ja klar. Chill mal! Du hast mir drei Jahrzehnte lang meinen Erzeuger vorenthalten, da wird es wohl auf ein paar Minuten nicht ankommen!«

Oha, Matti hatte schlechte Laune. Sie sah übernächtigt und genervt aus. Ich muss zu ihrer Verteidigung sagen, dass sie so gut wie nie schlechte Laune hat. Eigentlich ist sie ein echter Sonnenschein. Aber wenn dann wirklich einmal dunkle Wolken vor der Sonne sind, dann kann sie sehr unangenehm sein. Mir tat Christian nun noch mehr leid.

Gemeinsam gingen wir in die Küche. Judith und Christian saßen auf meiner Küchenbank. Es roch nach angebranntem Fett, ein untrügliches Zeichen dafür, dass das Waffeleisen nun heiß war. Matti und Christian fixierten sich schweigend.

Dann sagte Matti: »Was stinkt das hier so?«

Ich stürzte zum Waffeleisen und gab hektisch Waffelteig in das aufgewärmte Eisen. Nicht auch das noch!

Judith sprang auf und umarmte Matti. Sie hat einfach ein untrügliches Gespür für unangenehme Situationen und dafür, wie man sie entspannt. »Matti, meine Süße«, sagte sie. »Jetzt wird unser Küken tatsächlich selbst Mama! Ich freue mich so. Zeig mal, hast du schon einen Bauch?«

Widerstrebend streckte Matti ihr winziges Bäuchlein nach vorne.

»Total süß«, sagte Judith. »So eine kleine Kugel. Ich bin gespannt, wie du in ein paar Monaten aussiehst.«

Mit einem feindseligen Blick in meine Richtung sagte Matti: »Ich habe noch nicht viel zugenommen. Mir war immer voll schlecht. Und wenn ich jetzt den Gestank hier rieche, dreht sich mir schon wieder der Magen rum!«

Autsch! Warum nur war sie so sauer auf mich?

Mit nicht minder grimmigem Gesichtsausdruck wandte sie sich an Christian: »Und du bist jetzt also der ominöse Samenspender, dem ich meine Existenz zu verdanken habe.«

Christian war aufgestanden und streckte Matti die Hand entgegen. »Hallo, Matti«, sagte er. »Freut mich, dich kennenzulernen.«

Matti übersah geflissentlich seine Hand und fragte in meine Richtung: »Gibt es noch was anderes als diesen stinkenden, fettigen Zuckerkram?«

Ich konnte mir denken, dass sie sich mit der Situation überfordert fühlte und deshalb ihre Unsicherheit an mir auslassen wollte. Trotzdem war mir ihr unverschämtes Verhalten peinlich. »Matti«, entgegnete ich gereizt, »wenn du keine Lust hast auf Waffeln, dann mach dir ein Brot. Hättest ja selbst was mitbringen können, wenn dir der Sinn nach was Bestimmtem steht. Aber das ist kein Grund, jetzt hier herumzuölen.« Mein Ton war schärfer, als ich beabsichtigt hatte.

Christian versuchte, die Stimmung zu retten. Er hielt Matti den Geschenkkorb entgegen. »Vielleicht ist ja hier irgendetwas, worauf du Appetit hast. Ich kenne dich ja noch nicht, deshalb habe ich einfach mal ein kleines Sortiment zusammengestellt.«

Matti nahm den Korb hoheitsvoll entgegen und antwortete, ohne sich großartig zu bedanken: »Was meinst du mit: Du kennst mich ja *noch* nicht? Du hast jetzt nicht vor, hier mit uns einen auf Happy Family zu machen, oder? Ich habe bereits einen Vater, falls dir das entfallen sein sollte. Das Biologische ist mir persönlich erst mal egal!«

Mir blieb bei so viel Unhöflichkeit und Unverschämtheit regelrecht die Spucke weg. »Matti, jetzt mach aber mal 'n Punkt!

Du wolltest schließlich Christian kennenlernen, und jetzt benimmst du dich wie der letzte Stinkstiefel!«

»Kein Problem, Mila! Ehrlich, reg dich nicht auf.« Christian setzte sich wieder und schaute mir in die Augen. »Wir sind alle aufgeregt und ein bisschen überfordert. Da macht und sagt man schon mal Dinge, die man nicht so meint!« Er drehte sich zu Matti, hob einen Arm hoch und zeigte seinen riesigen Schwitzfleck: »Guck, Matti. Ich bin so aufgeregt, dass ich schon ein richtiges Feuchtbiotop unter der Achsel habe. Und natürlich will ich Drafi nicht von seinem Platz als Vater verdrängen. Das hast du falsch verstanden. Ich würde mich nur freuen, dich und später dann irgendwann dein Baby kennenzulernen. Mehr nicht, ehrlich.«

Matti schien ein bisschen besänftigt und ließ sich ebenfalls auf einen Stuhl fallen. Sie durchwühlte den Geschenkkorb und fischte eine Packung Zimt-Honig-Waffeln hervor. »Mega«, sagte sie. »Danke. Das sind meine Lieblingskekse.«

»Puh! Glück gehabt.« Christian wischte sich imaginären Schweiß von der Stirn.

»Ja, toll, und wer isst jetzt meine Waffeln?«, fragte ich.

Judith und Christian hielten mir gleichzeitig ihre Teller entgegen. Wahrscheinlich hätten meine Waffeln an diesem Nachmittag nach Sägemehl und Pferdeäpfeln schmecken können, die beiden hätten sich nichts anmerken lassen. Sie lobten sie stattdessen über den grünen Klee.

Als wir uns wenig später über alte *Traumschiff*-Zeiten unterhielten, sah ich, dass Matti immer wieder neugierig zu Christian hinüberschielte. Schließlich klingelte ihr Handy, sie ging damit in den Flur, und wir hörten sie telefonieren. Danach schnappte sie sich ihre Tasche, nahm sich noch eine Zimt-Honig-Waffel und sagte in Christians Richtung: »Echt lecker, die Dinger. Also, danke noch mal. Ich muss jetzt weg, hab noch was vor. Hat mich gefreut.« Sprach's, und weg war sie.

Nach ihrem Abgang war es bedrückend still in der Küche. Von unten hörte ich Traudel laut lachen. Wenigstens ihr schien es gut zu gehen.

»Nicht gut gelaufen, oder?«, fragte Christian unsicher.

»Lass ihr Zeit, Christian! Sie ist sonst nicht so. Das hatte bestimmt nicht das Geringste mit dir zu tun. Sie kann schon mal eklig sein, aber das ist nicht ihr Normalzustand.«

»Quatsch jetzt! Ehrlich«, unterbrach Judith meine Rechtfertigungsversuche. »Was habt ihr denn erwartet? Matti ist eine zauberhafte junge Frau, aber heute war sie überfordert und verunsichert, und das hasst sie. Matti ist ein Angstbeißer – immer schon gewesen. Ich würde das nicht zu hoch hängen. Außerdem ist sie schwanger, und Schwangere sind launisch!«

Ich musste lachen. »Da spricht unsere Fachfrau für alle Fragen rund ums Thema Kinderkriegen«, sagte ich und an Christian gewandt: »Judith hat selbst nie Kinder gekriegt, darum kennt sie sich besonders gut aus.«

Wir alle mussten lachen, und die Stimmung fing an, sich zu entspannen.

Als Christian mich fragte, ob er über Nacht hierbleiben könne, und ich vor lauter Schreck nicht wusste, was ich sagen sollte, eilte Judith mir zur Rettung. »Christian, ich merke, du bist nicht richtig im Thema«, erklärte sie. »Zurzeit schlafen hier Leo, Matti und außerdem dieses riesige Hundevieh, das da so faul und zufrieden in der Ecke liegt. Ich glaube nicht, dass Mila noch Wert auf weitere Übernachtungsgäste legt. Es sei denn, sie möchte ihre Firma dichtmachen und eine Pension eröffnen. Nein, Christian, im Ernst, das geht nicht. Ich muss dir Mila leider sowieso gleich klauen. Wir sind nämlich heute Abend zum Kino verabredet. Und wenn ich versetzt werde, dann werde ich mindestens so ungemütlich wie Matti vorhin!«

Ich war einfach nur dankbar. Wie gut, dass Judith sich durchgesetzt hatte und geblieben war!

Christian sah unsicher in meine Richtung. »Ich würde aber gerne noch mit dir reden, Mila!«

Hatte er es immer noch nicht verstanden? Jetzt war ich gereizt. »Klar, Christian. Gar kein Problem«, sagte ich so ruhig, wie ich konnte. »Aber das muss ja nicht heute sein. Wir werden uns ja noch öfter über den Weg laufen, wenn du dein Versprechen halten willst und die Kratzbürste Matti besser kennenlernen möchtest.«

Selbst Christian merkte, dass seine Audienz damit erst einmal beendet war. Als er mir zum Abschied einen Kuss auf den Mund geben wollte, drehte ich mich rasch weg, sodass der Kuss auf meiner Wange landete.

Judith und ich gingen an dem Abend wirklich noch ins Kino. Aber glaubt bloß nicht, dass ich vom Film auch nur das Geringste mitbekam. In meinem Kopf ratterte es, und ich war meinem Gedankenkarussell völlig ausgeliefert.

* * *

Als ich zu Hause das Handy wieder anschaltete, fand ich direkt mehrere SMS von Christian vor. Er wollte wissen, ob ich irgendwie sauer auf ihn sei. Er bat mich, ihn noch zurückzurufen, egal, wie spät ich zu Hause sei. Außerdem wurden mir mehrere verpasste Anrufe von ihm im Display angezeigt. Und das, obwohl wir ihm doch gesagt hatten, dass wir ins Kino wollten. Das nervte mich schon wieder.

Bin müde, melde mich in den nächsten Tagen, schrieb ich zurück.

Als sofort danach mein Handy schon wieder klingelte, drückte ich den Anruf weg. Aus dem Wohnzimmer hörte ich leises Murmeln. Da ich neugierig war, welches meiner Kinder sich herabließ, heute Nacht im Hotel Mama zu nächtigen, ging ich nachschauen.

Matti saß auf dem Sofa. Sie sah verheult aus. Gegenüber hockte Georg, der Vater ihres Kindes, auf dem Teppich.

»Ach, hallo«, sagte ich. »Ich wusste nicht, dass du Besuch hast, Matti. Ich will nicht stören.«

Georg sprang sofort auf. Er wirkte erleichtert, mich zu sehen. »Nein, nein, Emilia«, antwortete er »Ich wollte ohnehin jetzt gehen. Ist ja schon spät, und ich muss morgen sehr früh in der Praxis sein.«

»Ja, toll!« Matti war sichtlich aufgebracht. »Jetzt verpisst du dich. Tolles Gespräch war das, Georg, ehrlich. Du hast mir immer noch nicht gesagt, wie es jetzt weitergehen soll.«

Oha, ich war offensichtlich in einen Beziehungsstreit hineingeraten. Dazu hatte ich überhaupt keine Lust. »Ich gehe ins Bett«, verabschiedete ich mich schnell. »Ihr scheint ja noch einiges zu besprechen zu haben.«

Ich wollte durch die Tür entwischen, aber Matti kam mir zuvor. »Nein, Mama, bleib bitte hier. Sag du doch auch was dazu. Georg hat überhaupt keinen Vorschlag, wie das mit uns jetzt als Familie gehen soll. Ich verlange ja gar nicht von ihm, dass er seinen Lebensstil aufgibt, aber ich will trotzdem, dass er sich Gedanken macht, wie er das als Vater hinbekommen möchte.«

»Matti, jetzt mach aber mal einen Punkt!« Georgs Stimme hatte eine Schärfe, die ich an ihm noch nicht kennengelernt hatte. »Du hast mir ja überhaupt keine Chance gelassen, mir darüber klar zu werden, ob ich überhaupt Vater werden *will*. Du hast mir einfach mitgeteilt, dass du das Kind auf jeden Fall bekommst, egal, wie ich dazu stehe. Vielleicht bin ich als Vater gar nicht der Richtige. Schon mal darüber nachgedacht? Vielleicht ist es für das Kind besser, gar nicht erst geboren zu werden, als mit einer überforderten Mutter und einem Vater wider Willen aufzuwachsen.«

Ich war entgeistert. »Georg, ich denke, diese Gedanken hättest du dir machen müssen, bevor du Matti geschwängert hast«, sagte ich bestimmt. »Wenn ein Kind einmal entstanden ist, ist es tatsächlich ein bisschen zu spät für kalte Füße. Jedenfalls kann man eine Frau nicht zu einer Abtreibung zwingen oder sie von ihr verlangen. Zumal der Zeitpunkt jetzt ohnehin längst verpasst ist.«

Georgs Blicke schossen Pfeile in meine Richtung. »Hätte ich mir ja denken können, dass du so was sagst. Wenn es um dieses Thema geht, sind Frauen einfach völlig irrational. Jede Frau weiß doch, dass keine Verhütung der Welt zu hundert Prozent sicher ist. Ich habe Matti immer klargemacht, dass ich an meinem Leben nichts ändern werde. Und jetzt soll ich plötzlich alles über den Haufen werfen, weil Matti von Hormonen überschwemmt wird und nicht mehr klar entscheiden kann?«

»Niemand wurde hier von irgendetwas überschwemmt«, stellte ich klar. »Matti ist ungeplant schwanger geworden, und du bist offensichtlich nicht von Hormonen, sondern von Panik ›überschwemmt‹, wie du dich so nett ausgedrückt hast. Panik ist eine normale Reaktion, wenn sich plötzlich eine große Verantwortung vor einem auftut. Gib dir doch wenigstens die Chance, dich mit diesem Gedanken und der Verantwortung anzufreunden!«

»Mir scheint, liebe Mila, du bist nicht ganz die richtige Person, um mir Vorträge über Verantwortung zu halten. Diesbezüglich bist du nicht gerade ein Vorbild. Hättest du einen besseren Überblick über dein Liebesleben gehabt, hätte Matti jetzt nicht noch zusätzlich den Stress, einen neuen Vater präsentiert zu bekommen. Wäre Drafi ihr leiblicher Vater, wie wir alle offensichtlich bis vor Kurzem glauben sollten, hätte Matti das Kind wegen dieser Erbkrankheit auch ganz bestimmt nicht ausgetragen. Davon bin ich bisher immer ausgegangen. Also komm ausgerechnet du mir jetzt nicht mit der Moralkeule.«

»Was bist du doch für ein ekelhaftes egomanes Arschloch!« Heiße Wut kochte in mir hoch.

»Mama!« Ausgerechnet Matti war empört. »Hört auf! Es bringt doch nichts, wenn ihr euch jetzt auch noch streitet. Außerdem sprichst du vom Vater meines Kindes.« Sie heulte schon wieder.

Georg stand auf, nahm seine teure Lederjacke vom Stuhl und ging Richtung Tür. »Es wäre wirklich besser, wenn wir solche Gespräche demnächst allein führen, Matti. Wenn ich gewusst hätte, dass du immer noch so an deiner Mutter klebst, hätte ich mich gar nicht auf dich eingelassen. Ich hatte dich für reifer gehalten.« Er knallte die Wohnzimmertür hinter sich zu, und kurz darauf fiel auch die Wohnungstür ins Schloss.

Matti schluchzte herzzerreißend.

Ich setzte mich zu ihr und nahm sie in den Arm. »Oje, jetzt habe ich bestimmt alles noch schlimmer gemacht. Das wollte ich nicht!«

Matti hob den Kopf und sah mich mit verquollenen Augen an. »Schlimmer geht gar nicht, Mama. Du hattest ja mit allem recht. Georg ist so ein Arsch. Wenn ich das vorher gewusst hätte!«

»Matti, das hat er bestimmt nicht alles so gemeint. Männer geraten schon mal in Panik, wenn sie überraschend Vater werden«, versuchte ich, sie zu trösten. »Und in Panik benimmt man sich leider oft fies und irrational. Warte einfach ab, was die nächsten Tage so bringen. Bestimmt steht er in ein paar Tagen mit einem dicken Blumenstrauß vor der Tür.«

»Da merkt man, wie wenig du Georg kennst, Mama!«, schnaubte Matti. »Wenn der sauer ist, dauert es ewig, bis er sich wieder einkriegt. Wir streiten uns ja jetzt quasi schon seit Wochen immer wieder darüber. Und er gibt nie auch nur ein Quäntchen nach. Der ist stur wie ein Esel und meint sowieso, immer im Recht zu sein.«

»Na, wenigstens in dem Punkt passt er bestens zu dir.«

Wir mussten beide ein bisschen lachen.

In diesem Moment hörten wir den Schlüssel in der Wohnungstür. Kurz darauf fegte Pi begeistert ins Wohnzimmer und begrüßte uns mit aufgeregtem Schwanzwedeln. Matti musste gegen ihren Willen noch mehr lachen.

Direkt hinter dem Hund trat Leo ins Wohnzimmer. Im Schlepptau hatte er die Schönheit, die ich vor einer gefühlten Ewigkeit mit ihm unter der Dusche überrascht hatte. Entsprechend verlegen lächelnd folgte sie ihm.

Leo hingegen war schmerzfrei. »Hallo, zusammen. Kleine Familienkonferenz? Sollen wir mitkonferieren? Hey, Eule«, er wandte sich zu Matti, »du siehst ja richtig scheiße aus. Stress mit Mama? Muss ich einschreiten?«

Damit ließ er sich gemeinsam mit der jungen Frau, deren Namen ich vergessen hatte, neben Matti auf der Couch nieder. Pi sprang begeistert dazu und schmiegte sich an Matti. Hunde spüren immer sofort, wo seelischer Beistand nötig ist.

Matti grinste schief. »Keinen Stress mit Mama, Beziehungsstress. Und da bist du ja nicht so ganz der Experte, nicht wahr? Oder hätte ich das im Beisein deiner neuen Freundin gar nicht sagen dürfen?«

»Keine Angst«, antwortete die junge Frau. »Ich kenne Leos Sprunghaftigkeit inzwischen. Ich bin übrigens Aurélie, wir kennen uns ja noch nicht!« Damit streckte sie Matti die Hand entgegen.

Matti nahm sie und nickte. »Matti, Leos Schwester.«

Als Aurélie unsicher in meine Richtung sah, entschloss ich mich für den friedlichen Weg. »Mich kannst du gerne Mila nennen, Aurélie. Gesehen haben wir uns ja schon mal.«

Sie senkte kurz den Blick, fing sich dann aber wieder. »Freut mich. Also, dann Mila.« Sie reichte mir die Hand. »War ein etwas missratener Start, unser Kennenlernen. Tut mir leid.«

»Wollt ihr was trinken?«, fragte ich.

Zu meinem großen Erstaunen stand Leo sofort auf und bot

an: »Ich hole uns was. Auri, für dich ein Bier? Und du, Mama? Rotwein? Und Matti? Vielleicht ein Tässchen Milch?«

Matti warf ein Kissen nach ihm. »Bring mir 'n Saft. Egal, welchen.«

»Für mich auch lieber Saft«, sagte ich. »Ich hab morgen einen anstrengenden Tag vor mir.«

Als Leo mit den Getränken zurückkam, hatte Aurélie sich schon bei Matti nach dem Stand ihrer Schwangerschaft erkundigt und war mit ihr in ein Gespräch vertieft. Die beiden schienen sich gut zu verstehen. Leo setzte sich dazu und erkundigte sich bei Matti nach ihren Problemen mit Georg.

»Ich kann ihm ja mal ein bisschen die Fresse polieren!«, bot er an, nachdem sie ihm den Anlass für ihren letzten Streit verraten hatte.

Matti lachte. »Genau, ausgerechnet du halbes Hähnchen!«

Da ich merkte, dass Matti im Beisein der beiden jungen Leute wieder Boden unter die Füße bekam, verabschiedete ich mich schnell in Richtung Bett. Ein kleines bisschen mehr Langeweile dürfte es in meinem Leben wirklich geben.

* * *

Wann immer in den nächsten Tagen mein Handy klingelte, befürchtete ich, Christian in der Leitung zu haben. Ich hatte mich immer noch nicht bei ihm gemeldet und kam mir dabei selbst feige und lieblos vor. Irgendwann würde ich das klärende Gespräch mit ihm führen müssen, damit das ungute Ende unserer ersten Wiederbegegnung nicht künftig zwischen uns stand. Schließlich war ich durchaus daran interessiert, dass sich das Verhältnis zwischen ihm und Matti normalisierte.

Deshalb freute ich mich auch, als ich wenige Tage später Hannes' Nummer auf meinem Display erkannte. Er wollte nichts weiter von mir, als mir das Ergebnis von Orhans und

Emres Renovierungsarbeiten zu zeigen und mich als krönenden Abschluss dieser erfreulichen Entwicklung bei sich zu Hause bekochen. Wie schön, einfach mal einen Abend fernab jeglicher Probleme zu verbringen!

Genau das fehlte mir zurzeit, denn auch unsere Mädelsabende in der Sauna hatten eine leicht bluesige Note bekommen. Gundi war völlig geknickt, weil nun feststand, dass ihre Tochter tatsächlich mit Mann und Maus nach Norddeutschland ziehen würde. Dennis hatte ein Jobangebot von einem Versicherungsunternehmen bekommen, das so interessant war, dass er es kaum ausschlagen konnte. Gundi war deshalb untröstlich. Aber auch Judith war nicht sonderlich gut auf mich zu sprechen. Sie fand mein Verhalten Christian gegenüber unfair und gemein. Ich war es nicht gewohnt, dass sie nicht bedingungslos meine Partei ergriff, und war insgeheim regelrecht beleidigt. Also kam mir Hannes' Einladung sehr gelegen.

Nachdem er geklärt hatte, was ich auf keinen Fall mag oder vertrage, lud er mich für den kommenden Montag zu sich zum Abendessen ein. Ich hatte zwar ein schlechtes Gewissen, weil ich den Saunaabend mit Gundi und Judith sofort begeistert cancelte, aber ich fand, eine Abwechslung von den ganzen emotionalen Verwirrungen würde mir guttun.

Es war natürlich naiv von mir zu glauben, dass ich einfach leicht wie ein Schmetterling in Hannes' Leben hineinschweben und ein bisschen Nektar aufnehmen könnte, um dann ebenso leicht wieder von dannen zu schweben.

Der Abend war sehr schön, das mal ganz vorab, doch wenn man die Kunst des Smalltalks nicht wirklich beherrscht, kommen bei einem gemeinsamen Essen unweigerlich sofort Gespräche zustande. Also richtige Gespräche. Nicht das allgemein übliche »Und dann habe ich dies gemacht, und dann habe ich das gemacht«, sondern echte Gespräche mit echtem Interesse. Und das bleibt einfach nie schmetterlingsleicht.

So kam es, dass ich nach dem Abend mit Hannes sehr nachdenklich durch die maiwarme Nacht nach Hause marschierte.

Der Abend hatte mit einer Besichtigung der frisch renovierten Wohnung begonnen. Ich war angenehm überrascht gewesen, wie schön hell und ordentlich renoviert die Räume waren. Einzig das Bad war noch nicht gemacht, und Hannes erklärte mir, dass er es in diesem speziellen Fall vorgezogen hatte, einen professionellen Fliesenleger mit der Arbeit zu beauftragen. Wer hätte es ihm verdenken können. Alles in allem war ich erleichtert, dass Orhan und sein Bruder offensichtlich doch ganz gut gearbeitet hatten.

Als wir uns dann in den unteren Teil des Hauses begaben, Hannes' Wohn- und Arbeitsbereich, fragte ich, was er eigentlich mit der oberen Wohnung geplant habe. Er erzählte, dass er mit seinen fast sechsundsechzig Jahren vorhabe, weniger zu arbeiten und sich nur noch mit den Teilen seiner Arbeit zu befassen, die ihm echte Freude bereiteten. Daher habe er beschlossen, die obere Wohnung zu vermieten, um seine eher karge Rente aufzubessern.

Eine weise Entscheidung, wie ich fand.

Bis dahin war unser Gespräch eher leicht und relativ wenig persönlich. Doch schon bei der Frage, was ich trinken wollte, kam die erste Irritation. Hannes bot mir Rot- oder Weißwein an und empfahl mir aufgrund des geplanten Menüs den weißen. Ich fragte, welchen er denn trinken würde, und er antwortete, dass er nur selten Alkohol trinke.

Als ich überrascht die Augenbrauen hob, betonte er sofort: »Nicht, was du denkst, Mila! Ich bin kein trockener Alkoholiker oder so. Ich habe auch kein Problem mit Alkohol. Aber es gab eine Zeit in meinem Leben, in der ich mich diesbezüglich überhaupt nicht mehr im Griff hatte. Um ehrlich zu sein, habe ich gesoffen wie ein Loch. In dieser Zeit war ich übrigens Stammgast im *Traumschiff*. Aber da sah ich natürlich noch sehr anders aus. Darum wundert es mich nicht, dass du mich nicht erkannt hast. Aber genau wegen dieser Sauferei bin ich ehrlich gesagt richtig froh, dass du dich nicht mehr an mich erinnerst.«

Während er das sagte, servierte er den ersten Gang. Es gab gefüllte Riesenchampignons mit frisch gebackenem Baguette. Mir lief das Wasser im Mund zusammen. Kauend sagte ich: »Wir haben doch damals alle zu viel getrunken. Einige sogar noch Schlimmeres.«

»Aber bei mir war es wirklich extrem bedenklich«, beharrte er. »Hätte mich damals nicht meine Schwester gegen meinen Willen aus diesem Sumpf gezerrt, ich möchte nicht wissen, wo ich heute wäre. Zumal ich damals bereits eine kleine Tochter hatte und eigentlich für sie hätte da sein müssen.«

Oha, das klang nicht gut. Ich traute mich kaum, an meinem Wein zu nippen.

Hannes schien das gemerkt zu haben, denn er fuhr fort: »Trink ruhig. Ich habe das inzwischen so lange hinter mir, dass ich mich kaum noch in meinen damaligen Zustand hineinversetzen kann. Und ich will dir mit diesen dunklen Themen nicht den Appetit verderben. Wäre sehr schade um den schönen Spargel, den es gleich gibt.«

»Ich habe kein Problem mit ernsten Themen, und um mir den Appetit zu verderben, da braucht es schon 'ne Menge. Zumal, wenn es um Spargel geht. Ich liebe Spargel.«

»Na, dann habe ich ja Glück gehabt. Dann werkle ich jetzt mal ein bisschen am Herd herum, und du lehnst dich entspannt zurück.«

Während er den nächsten Gang vorbereitete, sah ich ihm beim Hantieren zu. Wir saßen in seiner großen, gemütlichen Küche, die ich von meinem ersten Besuch schon kannte. An seinen geübten Handgriffen erkannte ich, dass er ein versierter Koch war. Am meisten beeindruckte mich, wie gelassen er im

Wasserbad die Sauce Hollandaise anrührte. Die gab es bei mir zu Hause immer nur aus der Packung.

Als wir wieder gemeinsam am Tisch saßen, nahm ich das Gespräch wieder auf. »Offensichtlich hast du dein Leben inzwischen längst in den Griff bekommen. Du wohnst wunderschön, kannst supergut kochen und siehst ausgesprochen entspannt aus.«

»Danke für die Komplimente.« Er lächelte. »Und ja, ich habe mein Leben wieder auf die richtige Schiene gebracht. Aber das habe ich wirklich ausschließlich meiner Schwester zu verdanken. Wenn sie sich damals nicht so um mich und Rebecca gekümmert hätte ... Rebecca ist meine Tochter, musst du wissen.«

»Und wo war Rebeccas Mutter? Oder bin ich dir jetzt zu neugierig?«

»Quatsch. Ist nur kein schönes Thema. Theresa, Rebeccas Mutter, hat sich umgebracht, als Rebecca drei Jahre alt war. Das war für uns alle ein unglaublicher Schock, auch wenn Rebecca das mit dem Suizid natürlich nicht wusste. Wir haben ihr nur gesagt, dass Mama tot ist, und das war für sie schon tragisch genug. Ich bin damals emotional überhaupt nicht klargekommen. Als Angehöriger fragst du dich natürlich immer, ob du irgendetwas hättest anders machen können, ob du sie hättest retten können.«

»Zumal du ja quasi vom Fach bist«, warf ich ein.

»Damals noch nicht. Ich habe zu der Zeit noch als Architekt in einem Gemeinschaftsbüro gearbeitet. Und ich habe viel zu viel gearbeitet. Ich wollte vorankommen. Bevor Theresa schwanger wurde, war das auch kein Problem. Theresa war Journalistin, arbeitete in Düsseldorf für den WDR. Sie war extrem ehrgeizig und zielstrebig. Die Schwangerschaft hat dann alles geändert. Es ging ihr von Anfang an ziemlich schlecht. Sie musste beinahe die ganze Zeit liegen. Das war natürlich hart.

Aber da war sie, soweit ich das beurteilen kann, noch nicht depressiv. Das fing nach Beccis Geburt an. Sie hatte schwere Wochenbettdepressionen. Nur, die hörten dann auch nach dem Wochenbett nicht auf. Irgendwie kam sie nach Beccis Geburt nicht wieder richtig auf die Beine. Ich dachte damals noch, sie müsste sich einfach ein bisschen mehr ans Muttersein gewöhnen, und habe ihr Rebecca so oft abgenommen, wie es ging. Gleichzeitig haben wir dieses Haus umgebaut, Theresas Elternhaus. Vielleicht war es ein Fehler, hier einzuziehen.«

Gedankenverloren schenkte Hannes mir Weißwein nach. »In diesem Haus hat sich schon einmal ein Familiendrama abgespielt: Theresa war als Dreijährige dabei, als ihr kleiner Bruder aus dem Fenster gefallen ist. Der war zu dem Zeitpunkt erst ein Jahr alt und hatte gemeinsam mit ihr am offenen Fenster im oberen Stock gespielt. Er war nach dem Sturz sofort tot. Und Theresa hat jahrelang geglaubt, sie sei schuld. Sie war sehr eifersüchtig auf ihr kleines Brüderchen gewesen, was normal ist. Aber das weiß ein Kind ja noch nicht.«

Hannes hatte während seines Berichts seine Kartoffeln in der Sauce hin- und hergeschoben. Es war nicht zu übersehen, wie nah ihm das Ganze immer noch ging. Dann aß er schnell und ohne aufzusehen seinen Teller leer.

»Oje, ich bin ein schlechter Gastgeber«, sagte er dann. »Geschichten wie diese sind wirklich nichts, wenn man sein Essen genießen will.« Er räumte die Teller ab und stellte sie in die Spülmaschine. »Passt noch ein Dessert, oder wollen wir vorher ein paar Schritte laufen, um Platz zu schaffen? Der Abend ist so schön.«

»Gerne laufen«, sagte ich. »Es war so lecker, aber ich platze gleich. Da kommt mir eine Pause wirklich sehr gelegen.«

Als wir nebeneinander durch den lauen Abend schlenderten, sagte Hannes: »Ich wollte das alles eigentlich gar nicht erzählen. Schon gar nicht beim Essen. Und erst recht wollte ich nicht den ganzen Abend über mich reden. Ich hoffe, du glaubst mir, wenn ich dir sage, dass das nicht meine Art ist.«

In der Luft lag ein Hauch von Jasminduft. Eine Amsel sang sich selbst in den Schlaf. Der Abend wirkte völlig friedlich.

»Ich finde es gut, dass du mir das erzählt hast. Ich habe bis eben gedacht, du wärst ein völlig abgeklärter, erfolgreicher Mann, den nichts erschüttern kann. Dagegen bin ich mir mit meiner Dauerüberforderung in allen möglichen Bereichen schrecklich inkompetent und chaotisch vorgekommen«, gab ich zu. »Und ich bin froh, dass wir nicht über mich geredet haben. Mein Leben geht mir momentan nämlich ziemlich auf die Nerven. Lass uns da heute nicht drüber reden. Du sagst, dass deine Tochter drei Jahre alt war, als sie ihre Mutter verlor. Dann muss sie inzwischen eine erwachsene Frau sein. Hat sie den Verlust ihrer Mutter denn gut verkraftet?«

Hannes' Augen strahlten auf einmal. »Oh ja, Becci ist rundum gesund und zufrieden. Sie ist schon vor acht Jahren nach Neuseeland ausgewandert. Nach dem Studium hat sie dort ein Jahr als Au-pair in einer Familie gearbeitet und sich Hals über Kopf in den Bruder ihrer Gastmutter verliebt. Schlecht für mich, schön für sie. Sie ist inzwischen zweifache Mutter und, soweit ich das beurteilen kann, sehr glücklich. Alle zwei Jahre, meistens im Herbst oder Winter, besuche ich sie.«

»Wow, das klingt toll. Eine völlig abgenabelte und selbstbewusste junge Frau! Davon bin ich mit meinen Kindern noch Lichtjahre entfernt.« Da ich damit, ohne es eigentlich zu wollen, dieses Fass nun doch aufgemacht hatte, kam ich nicht mehr drum herum zu erzählen, wo bei mir und meinen Kindern momentan der Schuh drückte.

Zu meiner Überraschung lachte Hannes bei meinen Schilderungen von Herzen. Er schien das alles eher von der komischen Seite zu sehen. »Entschuldige, dass ich so lachen muss«, sagte er dann auch, »aber du schilderst das alles, bei aller Tragik, doch so komisch, dass ich nicht anders kann. Mila, du hast so eine herrlich selbstironische Art. Bewahr dir das, dann kommst du heil durch jeden Sturm.«

Weil er mich fragte, ob Drafi meine Sicht auf unsere Familie teilte, klärte ich ihn über die Verwirrungen rund um die Vaterschaft ebenfalls auf. »Und um dich noch mehr zu erheitern«, erklärte ich schließlich: »Leo hat noch einen ganz anderen Vater. Dessen Gastspiele in Leos Leben sind allerdings ausgesprochen sporadisch. Ich habe also zwei Kinder von drei Vätern. Toll, oder?«

Hannes grinste breit. »Und spielt irgendeiner dieser Väter in deinem Leben noch ein Rolle? Oder hast du dir dafür noch einen vierten Mann gegönnt?«

»Nein, ich bin Single, falls du darauf anspielst. Und habe auch vor, das zu bleiben. Ich und Beziehung – das passt nicht. Mir kommt eine Beziehung irgendwie vor, als wollte ich ein zu großes Auto in eine zu kleine Parklücke einparken. Ich kurble und mache und drehe, und die Einparkhilfe piept ununterbrochen hektisch. Und ich gebe mir Mühe, und der Schweiß fließt in Strömen, und wenn ich endlich denke, ich hätte es geschafft: Bumms, krache ich irgendwo vor, und das Auto ist kaputt und der Schaden groß.«

Hannes lachte schon wieder Tränen. Was, um Himmels willen, war daran jetzt bitte komisch?

»Sorry«, sagte er. »Ich wirke völlig herzlos, ich weiß. Aber dieser Vergleich ist einfach zu köstlich. Hast du's schon mal mit 'nem Fahrrad versucht?«

»Geht nicht«, antwortete ich. »Mir sind schon fünf Fahrräder geklaut worden. Wenn wir das auf das Beziehungsthema übertragen, ist das erst recht keine verlockende Perspektive.«

Hannes lachte immer noch. Ich musste mitlachen. Seine Heiterkeit war ansteckend.

Nachdem ich mich bei ihm zu Hause noch mit einem Erdbeertiramisu und Espresso hatte verwöhnen lassen, machte ich mich auf den Heimweg. Jetzt hatte mein innerer DJ *Let her go* von Passenger aufgelegt. *You only need the light when it's burning low, only miss the sun when it starts to snow …* Obwohl der Abend trotz der ernsthaften Gespräche sehr schön gewesen war, machte sich eine subtile Traurigkeit in mir breit. Sie legte sich wie ein dichter Nebel über meine Seele.

Warum hatte Hannes so interessiert geschaut, als er mich nach einem möglichen Partner fragte? Ich hoffte von ganzem Herzen, dass er sich keinerlei Hoffnungen machte. So nett ich ihn fand – ein Mann zum Verlieben war er für mich nicht. Außerdem hatte ich genug damit zu tun, mir Christian vom Leib zu halten.

Plötzlich kam mir eine Idee. Ich musste Christian ja gar nicht anrufen, um ihm meine Gefühle darzulegen. Ich konnte ihm ebenso gut eine E-Mail schreiben. Dann hatte er keine Gelegenheit, mir dazwischenzuquatschen, und gleichzeitig automatisch mehr Zeit, die Kröte zu schlucken. Vielleicht konnte ich das Problem Christian so endgültig von meiner To-do-Liste streichen.

Schöner Plan. Wie sang John Lennon seinerzeit? *Life is what happens while you busy making other plans* – Leben ist, was passiert, während du damit beschäftigt bist, andere Pläne zu schmieden. Das wäre die passende Begleitmusik für die nächsten Wochen gewesen. Aber mein innerer DJ hört ja nicht auf mich. Noch einer, der einfach macht, was er will.

Dass im kommenden Monat noch ein weiterer Mann nach einem Ankerplatz in meinem Leben suchen würde, konnte ich zu dem Zeitpunkt wirklich nicht ahnen. Das hat frau wohl davon, wenn sie versucht, sich das andere Geschlecht möglichst weit vom Hals zu halten.

JUNI

Darf ich an dieser Stelle allen Frauen einen Tipp geben, die sich eine neue Partnerschaft wünschen? Ihr müsst euch einfach ganz fest vornehmen, niemanden mehr in euer Leben hineinzulassen. Das funktioniert – jedenfalls, wenn ihr auf Männer steht. Bei Frauen bin ich mir nicht ganz so sicher. Wir Frauen ticken schon sehr anders. Aber für Männer scheint es immens anziehend zu sein, wenn sie einer Frau begegnen, die auf keinen Fall eine Beziehung möchte. Ob das mit dem Jagdtrieb zusammenhängt? Ich weiß es nicht.

Zu keiner Zeit in meinem Leben hatte ich mich so von Männern umschwärmt gefühlt wie in den letzten Monaten. Seit ich mir vorgenommen hatte, dass Beziehung ab jetzt nicht mehr mein Ziel ist, wurde ich bedrängt. Und, hey! Wir sprechen von einer Frau, die auf die sechzig zugeht. Also von einer Frau, die man, unter uns, durchaus in der Kategorie »gut abgehangen« verorten könnte. Ihr dürft mir glauben, wenn ich mich ausziehe, folgt mein Fleisch inzwischen stark der Erdanziehung, und auch mein Kinn hat sich in sanfte Falten gelegt. Meine Körpermitte ist in den letzten Jahren expandiert; wo früher Bauch und Hüften waren, ist nun reichlich Wellfleisch. Bei uns Frauen findet die wundersame Fleischvermehrung ja in sanften Wellen statt: Eine Welle schwappt zärtlich über die nächste, und ab einem gewissen Alter brauchen wir keinen Gürtel mehr. Weil wir den Rock- oder Hosenbund einfach zwischen zwei Wellen feststecken können.

Anders ist das, wenn die Frauen so eitel sind wie meine Freundin Judith. Die quält sich seit Jahren mit den verrücktesten Ernährungsstilen herum: Intervallfasten, ketogene Ernährung oder zumindest abends keine Kohlehydrate. Und ich finde ja tatsächlich, Kohlehydrate schmecken abends am besten. Zurzeit geht sie nach der Sauna nicht mehr gern mit Gundi und mir ins Bistro. Sie sagt, dass der Geruch von Pommes ihr schon auf die Hüften schlägt. Ich glaube, momentan ist sie bei einer Eiweißdiät. Jedenfalls isst sie Berge von Quark, und ich ziehe sie immer damit auf, dass sie schon ein bisschen riecht wie eine Molkerei. Aber da ist Judith unbeirrbar. Auch was ihre Folterbereitschaft bei der Kleidung angeht.

Weil sich trotz ihres gut diäteten und sportgequälten Körpers dennoch *über* den Muskeln kleine Röllchen gebildet haben, quetscht sie sich in sogenannte Shape-Underwear. Das sind sehr unbequeme Fleischgefängnisse aus einem Material, das nichts hinein- und nichts herauslässt. Die Folge: In diesem Fleischgefängnis schwitzt du dich kaputt. Obendrüber zieht sich die Frau von Welt ein figurbetontes Kleid und strahlt über ihre Qual hinweg. Warum man so etwas macht, habe ich nie verstanden. Denn wenn ich mir mit diesen ermogelten Traummaßen einen tollen Hecht gefangen habe, muss ich mein verschwitztes Gammelfleisch doch im günstigsten Fall irgendwann aus der Verpackung holen. Und gequetschtes Fleisch rächt sich, indem es nach der Befreiung zu ganz besonderer Ausdehnung neigt.

Das alles tue ich mir nicht an. Ich kleide mich lieber etwas weniger figurbetont, esse und trinke, was mir schmeckt, und lasse meinen Körper ganz entspannt seinen Job machen. Es kann doch nicht unser Ziel sein, irgendwann ins Grab zu sinken und alle Welt staunt, dass wir in einen winzigen italienischen Designersarg Größe 32 passen. (Ich weiß nicht, ob es diese italienischen Designersärge gibt – ich könnte es mir aber vorstellen. In Italien gibt es ja lauter Klamotten, in die eine normalgewichtige Frau nicht hineinpasst.)

Aber, wie gesagt, ich empfand mich ja auch nicht als Suchende. Dass der Juni dennoch zu einem Monat werden sollte, in dem ich mich vor interessierten Männern regelrecht verbarrikadieren musste, kam mir deshalb wirklich nicht gut aus.

Mai, Juni und manchmal auch noch der Juli – das sind Monate, in denen ich besonders viel zu tun habe. Im Mai wird bevorzugt geheiratet, und von Juni bis in den Juli hinein sind unzählige Abi-Bälle geplant. Und da komme ich zum Zug, denn ich habe mich auf das Beschaffen außergewöhnlicher Locations spezialisiert. Schon im Vorjahr buche ich auf gut Glück viele ungewöhnliche Orte, an denen gefeiert werden kann. Natürlich immer in der Hoffnung, dass ich im Folgesommer voll ausgebucht bin. Das ist zwar ein kleines Risikogeschäft, aber bisher hat sich meine Entscheidung für das Risiko immer gelohnt. Wenn die Festivitäten dann stattfinden, ist jede helfende Hand gefragt.

Judith, die schon seit vielen Jahren gemeinsam mit ihrem Freund Per – nein, ihr habt richtig gehört, es ist *ein* Freund – eine Cateringfirma betreibt, arbeitet eng mit mir zusammen und beliefert die Hochzeiten und Abi-Bälle mit den Gourmet-Kreationen, für die häufig Per verantwortlich ist. Sie selbst ist eine Meisterin im Planen, Organisieren und Dekorieren und geht in ihrer Arbeit auf. Ohnehin haben wir in diesen Wochen, in denen bei uns Hochsaison ist, für nichts anderes Zeit. Auch in diesem Jahr war schon der Mai heftig gewesen, für Juni aber explodierte mein Terminkalender nahezu.

Darum war ich ganz froh, dass Matti wieder arbeiten ging. Zwar wohnte sie noch bei mir, aber tagsüber war sie im Labor. Sie kam allerdings oft schlecht gelaunt und erschöpft zurück, da zwei Damen aus Georgs polyamourösem Liebeskarussell Arbeitskolleginnen von ihr waren. Ich kenne mich mit der Arbeit in einem Dentallabor nicht aus, aber sie schienen sich dort nicht wirklich aus dem Weg gehen zu können, und Matti fühlte sich von den beiden wegen ihrer Schwangerschaft gemobbt. Das tat mir zwar leid, aber wirklich trösten konnte ich

Matti nicht, denn wenn sie abends von der Arbeit kam, war ich meistens unterwegs, um auf den Events zu überprüfen, ob alles funktionierte wie geplant. So liefen wir uns kaum noch über den Weg.

Anders als sie zog ich Leo in dieser stressigen Zeit zur Hilfe heran. Da der Trend in diesem Sommer zur veganen Küche ging, hatten Judith und ich ihn gebeten, sich mit seinem Know-how Judiths Firma zur Verfügung zu stellen. Weil er dringend Geld brauchte, war ich über seine Zusage wenig überrascht. Umso mehr staunte ich, dass er darauf bestand, Mitte Juni zwei Wochen frei zu bekommen, und mit dem Grund nicht herausrücken wollte. Er grinste nur zufrieden und sagte: »Wartet es einfach ab, vielleicht habe ich eine Überraschung für euch.«

Habe ich schon erwähnt, dass ich kein Fan von Überraschungen bin? Die meisten Überraschungen sind ja dann nicht wirklich erfreulich, meiner Meinung nach. Und so war es auch mit dieser Überraschung.

Was sich hinter ihr verbarg, erfuhr ich Mitte Juni, als ich eines nachts ziemlich erledigt von einer Hochzeitsfeier zurückkam. Leo kam mir bereits im Flur entgegen, strahlte wie Tschernobyl '86 und verkündete: »Ich gehe noch mal eine kleine Runde mit Pi. Im Wohnzimmer ist die Überraschung, die ich dir angekündigt habe.«

Neugierig ging ich dorthin – und fand auf der Couch einen grauhaarigen, schmuddeligen Kerl, der aus Leibeskräften schnarchte. Ich dachte schon, Leo hätte plötzlich ein Herz für Streuner entdeckt, aber als ich näher herantrat, erkannte ich den vermeintlichen Streuner. Es war Henk, Leos Vater.

Henk ist ein Weltenbummler. Immer schon gewesen. Als Fotograf nimmt er bevorzugt Aufträge im Ausland an. Je exotischer, desto besser. Das Gefühl, irgendwo fremd zu sein, kennt er nicht. Wie viele andere Holländer auch ist er sehr sprachbegabt und kommt in allen Teilen der Welt gut zurecht.

Kennengelernt hatte ich ihn in den Neunzigerjahren im *Traumschiff*. Matti war damals drei Jahre alt, und um möglichst viel Zeit mit ihr verbringen zu können, arbeitete ich nach wie vor hauptsächlich in der Küche. Eines Tages bat mich Judith, die wie üblich kellnerte, mich der Kritik eines »schwierigen« Gastes zu stellen. Kampfesmutig ging ich in den Gastraum. Den Hünen mit blonden Rastalocken, der mich provozierend anblickte, sah ich sofort. Er deutete auf seine Pommes mit Spiegelei und Salat und sagte in seinem entzückenden holländischen Akzent: »Hey, warum könnt ihr Deutschen einfach nicht richtig lecker mit Kartoffeln umgehen?«

Ich fühlte mich schwer in meiner Ehre gekränkt. Na gut, die Pommes waren Tiefkühlware und wirklich nichts Besonderes. Aber ich war Spezialistin für Kartoffelsalat, und auch meine Reibekuchen konnten sich sehen lassen. Das knallte ich ihm dann auch sofort um die Ohren.

Statt sich mit mir zu streiten, lachte er sofort los. »Na, da bin ich aber gespannt. Ich habe noch nie Kartoffelsalat von einer beleidigten Leberwurst serviert bekommen. Da bring mir doch mal eine Portion von deiner Sensation.«

Jetzt war ich wirklich sauer. Beleidigte Leberwurst! Pfffff!

»Tut mir leid«, gab ich deshalb spitz zurück, »aber wenn dir die Pommes nicht schmecken, ist das nicht mein Problem. Bezahlen musst du die trotzdem. Nur damit das klar ist.«

Er schien sich regelrecht an meinem säuerlichen Ton zu ergötzen. Nach einem weiteren kleinen Verbalscharmützel knallte ich ihm eine Portion meines berühmten Kartoffelsalats vor die Nase. Er probierte und schnalzte anerkennend mit der Zunge. »Schade«, bemerkte er, »der ist wirklich zum Niederknien. Da haben wir jetzt gar keinen Grund, uns weiter so schön zu streiten. Dabei siehst du so niedlich aus, wenn dir Feuerblitze aus den Augen schießen.«

Niedlich. Wenn ich etwas nicht ausstehen kann, dann sind

das Männer, die Frauen mit Attributen wie »niedlich«, »süß« oder »putzig« belegen.

Ich wollte mich schon wütend auf dem Absatz umdrehen, als er meine Hand nahm, mich festhielt und sagte: »Entschuldige. Du kennst meinen Humor noch nicht. Ich mache einfach gerne Späße über alles und jeden. Ich heiße übrigens Henk.«

»Hallo, Henk«, sagte ich. »Mich nennt man hier Emilia Spaßbremse. Daher brauche ich keine weiteren Kostproben deines Humors. Ich bin nämlich nicht niedlich, und jetzt entschuldige mich, ich muss noch ein paar Kartoffeln misshandeln!« Damit machte ich kehrt.

Nach Feierabend saß dieser seltsame Vogel noch immer im Gastraum und bestand darauf, mir das Trinkgeld für den weltbesten Kartoffelsalat persönlich zu geben. Und er bot an, mir sein Geheimnis für den ebenfalls weltbesten Pfannkuchen zu verraten.

Tja, was soll ich sagen: Ich war damals quasi wieder Single, denn Drafi gab keine Gastspiele mehr in meinem Bett. Und Pfannkuchen konnte ich einfach noch nie widerstehen. Und so kam es, dass ich nicht nur sensationellen Kartoffelsalat, sondern irgendwann auch gnadenlos gute Pfannkuchen backen konnte. Diese Liebe zu Pfannkuchen habe ich Leo wohl vererbt. Er liebt sie bis zum heutigen Tag. Ebenso wie den provozierenden Humor seines vergötterten Vaters Henk, der jetzt abgerissen und schnarchend wie ein alter grauer Wolf auf meiner Couch lag. Eine typische Leo-Überraschung. Hätte er mir gesagt, dass Henk plante, eines seiner seltenen Gastspiele in unserem Leben zu geben, ich hätte dankend abgelehnt. Das wusste Leo natürlich. Er weiß, wie sehr ich in diesen Monaten unter Strom stehe, und auch, dass meine Begeisterung für Henk sich im Laufe der letzten siebenundzwanzig Jahre ziemlich reduziert hat.

Was aber blieb mir nun anderes übrig, als gute Miene zu

bösem Spiel zu machen? Ich fasste Henk vorsichtig bei der Schulter.

Er schreckte hoch und stand sofort, vom Schlaf noch völlig verwirrt, auf. Der Unterschied zwischen uns hatte etwas Groteskes. Ich war noch im Arbeitsdress, was bedeutete: kleines Schwarzes und Jackett. Er hingegen trug eine völlig verdreckte halblange Treckinghose und ein ausgeleiertes T-Shirt. Außerdem roch er, als hätte er seit Wochen keine Dusche gesehen.

Das schien ihn allerdings nicht zu stören. Er strahlte mich an und zog mich an sich. »Mila, wie schön! Fantastisch siehst du aus!«

»Du nicht«, antwortete ich.

Henk lachte. »Ich sehe sogar richtig schlimm aus«, gab er schamfrei zu. »Ich bin erst heute Abend in Düsseldorf gelandet. Ich war in den Anden, und ich stinke wie ein Puma.«

Wo er recht hatte …

»Ich gehe davon aus, dass du hoffst, hier schlafen zu können«, sagte ich. »Das ist aber leider gerade –«

Wieder umarmte er mich. »Mila, mach dir bloß wegen einem alten Globetrotter wie mir keinen Stress. Ich schlafe natürlich bei dir im Bett. Hauptsache, du verbannst mich nicht auf diese Foltercouch. Mir tut jetzt schon jeder Knochen weh, ich bin ja nicht mehr der Jüngste.«

»Da wäre ich jetzt gar nicht drauf gekommen«, seufzte ich. »Wenn du wirklich in meinem Bett schlafen willst, musst du duschen. Handtücher sind im Schrank direkt neben dem Bad.«

Während im Bad das Wasser rauschte, kam Leo mit Pi zurück. Er strahlte mich so uneingeschränkt glücklich an, dass ich es nicht übers Herz brachte, ihm den Kopf zu waschen.

»Duscht er?«

»Ja, und danach bin ich im Bad und mache mich fertig. Morgen früh musst du mit Pi gehen«, bestimmte ich. »Ich bin erledigt.«

»Kein Problem.«

Ich staunte. Solche Antworten bekomme ich von Leo wirklich nur, wenn er im Ausnahmezustand ist.

Als ich einige Zeit später ebenfalls gewaschen, abgeschminkt und mit geputzten Zähnen unter meine Bettdecke schlüpfte, war Henk schon wieder eingeschlafen. Er schnarchte. Als ich neben ihm lag, rutschte er trotzdem ganz nah an mich heran, kuschelte sich an meinen Rücken und raunte mir ins Ohr: »Heute Nacht kein Sex, Milchen. Dafür bin ich zu müde. Da musst du dich bis morgen gedulden.« Und schon schnarchte er weiter.

Hach! Diese Dreistigkeit ist so typisch für Henk. Da landet er völlig abgerissen nach Jahren wieder mal bei mir und denkt sofort, ich verzehrte mich danach, ihm im Rausch meiner aufgestauten Lust die schmuddelige Unterhose vom Leib zu reißen. Auf so viel grundloses Selbstbewusstsein kann man nur neidisch sein.

Am nächsten Morgen wachte ich für meine Verhältnisse spät und völlig gerädert auf. Henk war offensichtlich bereits aufgestanden, denn das Bett neben mir war leer. So quälte ich mich übermüdet in die Küche. Am liebsten wäre ich rückwärts wieder hinaus- und stehenden Fußes zurück in mein Bett getaumelt. Die Küche sah aus wie ein Jugendherbergsspeisesaal zur Hauptsaison. Henk, Matti, Traudel, Leo und seine neue Freundin Aurélie saßen um den Frühstückstisch und plapperten fröhlich durcheinander.

Als Leo mich bemerkte, sprang er diensteifrig auf, machte mir auf der Bank Platz und schob mir sofort eine Tasse heißen Kaffees zu. So aufmerksam kenne ich ihn kaum. Die Einzige, die ähnlich erschlagen von der Überfüllung der Küche zu sein schien, war Matti. Sie kaute lustlos an einer Laugenbrezel herum und wirkte blass und erschöpft.

»Matti«, wunderte ich mich, »bist du heute nicht arbeiten?«

»Ich lasse mich noch mal krankschreiben. Mir geht das Mobbing gegen mich total an die Nieren. Schlecht fürs Baby!«

Unaufgefordert stellte Henk mir einen von ihm frisch gebackenen Pfannkuchen hin. Ich nickte ihm zu. *Frische Pfannkuchen als Entschädigung für das Schnarchkonzert in der Nacht,* dachte ich mir. *Immerhin.* »Und Georg?«, nahm ich den Faden wieder auf. »Habt ihr noch mal geredet?«

Matti stierte wütend auf ihre Brezel. »Ja, aber das bringt nichts. Der hat mich und das Baby gar nicht verdient. Soll der seine ganzen Tussen doch vögeln, bis der Arzt kommt. Ich bin da raus! Hab Schluss gemacht.« Prompt flossen schon wieder die Tränen.

Traudel zog sie an sich. Plötzlich war es still in der Küche. Durch das geöffnete Küchenfenster hörte man ein Martinshorn. Pi, der es offensichtlich genoss, dass seine Lieblingsmenschen alle zusammen waren, schnaufte zufrieden auf seiner Decke.

Henk war der Erste, der seine Sprache wiederfand: »Recht hast du, Matti. Eine so tolle Frau wie du hat was Besseres verdient. Du hast einen Mann verdient, der dich anbetet. Jede Frau hat einen Mann verdient, der sie anbetet!«

»Ach ja?«, fragte ich.

»Natürlich!« Henk hatte meinen sarkastischen Unterton, wahrscheinlich absichtlich, überhört. »So, wie ich dich all die Jahre immer angebetet habe.«

»Ah ja, stimmt«, antwortete ich. »So sehr angebetet, dass du meine Göttlichkeit offensichtlich nicht aus der Nähe ertragen konntest.«

Henk war noch immer weder schuldbewusst noch betroffen. »Um eine Frau anzubeten, muss man nicht ununterbrochen in ihrer Nähe sein«, sagte er. »Es reicht vollkommen, wenn man immer wieder den Weg zu ihr zurückfindet.«

Aurélie, die sich bisher aus dem Gespräch rausgehalten

hatte, grinste süffisant. »So wohlklingende Worte, da schmilzt ja jeder Frau sofort das Herz«, sagte sie und fuhr sodann mit deutlich ironischem Blick auf Henk, der in T-Shirt und Boxershorts tatsächlich kein allzu verlockender Anblick war, fort: »Leider bemerken Männer häufig den Zeitpunkt nicht, wo bei Frauen aus erotischem Interesse mehr und mehr Mitleid geworden ist. Ich mache zurzeit ein Praktikum im Altenheim. Ausgerechnet die armseligsten Ruinen halten sich offensichtlich oft bis zum letzten Atemzug für erotische Schiffschaukelbremser.«

Autsch! Treffer versenkt.

Mit diesen Sätzen hatte es Aurélie geschafft, sich bei Henk unbeliebt zu machen. Seine Augen verengten sich, und er sah sie feindselig an. An Leo gerichtet sagte er: »Achtung, Leo. Da hast du dir eine gefährliche Raubkatze geschossen. Die schnurrt, wenn sie mit dir zufrieden ist, aber wehe, du machst nicht, was sie will … Dann kommen erst die Krallen und dann der Angriff.«

Leo fühlte sich ganz offensichtlich unbehaglich. Aurélie hingegen lehnte sich ganz entspannt zurück, hielt Henk ihren Teller entgegen und fragte: »Ob der berühmte Großwildjäger der gefährlichen Raubkatze wohl noch einen Pfannkuchen anbietet?«

Alle Achtung! Die Kleine hatte wirklich Format. Mein Respekt für sie stieg noch einmal sprunghaft an.

Henk legte ihr mit betonter Nonchalance einen weiteren Pfannkuchen auf den Teller.

»Wenn du wie Aurélie über viele Wochen in einem Altenheim Pisspötte schieben musst, entwickelst du natürlich einen zynischeren Blick auf die menschliche Spezies«, versuchte Leo, die Wogen zu glätten.

»Natürlich«, sagte Henk, aber ich merkte, dass er das kein bisschen so meinte.

Bei der Aussicht darauf, mich in den nächsten Tagen, vielleicht sogar Wochen, ständig im Kreuzfeuer dieser unterschiedlichen Gemüter und Stimmungslagen zu befinden, sank mir der Mut. Ich bekam schon wieder leichte Kopfschmerzen.

Zuerst musste die Frage der Unterbringung für die nächsten Tage geklärt werden. Matti würde künftig wohl wieder dauerhaft im Arbeitszimmer hocken, traurig, schlecht gelaunt und brütend. Mein Yogaraum war ohnehin bereits in Leos Dauerbesitz übergegangen, der sich zudem von Aurélie wohl etwas Festeres versprach. Also war mit ihr als Übernachtungsgästin häufiger zu rechnen. So würde ich mir mein eigenes heiliges Bett, meinen Rückzugsort und meine Krafttankstelle, wohl oder übel mit Henk teilen müssen.

Als mein Handy klingelte, war ich erleichtert, einen Grund zu haben, um mich in mein Schlafzimmer zurückzuziehen. Das Display zeigte Hannes' Nummer. *Ein Glück!*

»Hannes!«, begrüßte ich ihn. »Möchtest du vielleicht auch noch bei mir einziehen? Ich bin gerade dabei, mich mit einer Massenunterkunft für Gestrandete selbstständig zu machen.«

»Danke, dass du mich als gestrandet bezeichnest.«

»So habe ich das nicht gemeint«, wich ich aus. »Aber ich habe seit gestern noch einen weiteren Mitbewohner.« Ich berichtete ihm, welche Überraschung mich in der Nacht erwartet hatte, und spürte sofort echtes Mitgefühl bei ihm. Und wer hätte gedacht, dass ausgerechnet die Person, die ich von all meinen Freunden am wenigsten kannte, mir nun einen tauglichen Lösungsvorschlag unterbreiten würde?

* * *

Ameisen, so habe ich einmal gelesen, verfügen nicht unbedingt über eine große Individualintelligenz, dafür haben sie eine immense Schwarmintelligenz. Nach dem Hurrikan Harvey in den USA hat man beispielsweise einen ineinander verklumpten Haufen Ameisen gefunden, die so perfekt miteinander verhakt waren, dass sie im Kampf gegen die Überschwemmung ein großes Rettungsfloß gebildet hatten. Böse formuliert könnte man sagen, dass viele dumme Ameisen durchaus einen schlauen Haufen bilden können, ein Haufen schlauer Menschen dagegen ziemlichen Blödsinn anstellen kann.

Das ging mir durch den Kopf, als ich, auf der Fensterbank meines neuen Arbeitszimmers sitzend, das geschäftige Hin und Her einiger Ameisen auf dem Fenstersims beobachtete. Wobei ich es schwierig finde, Aussagen über den IQ einer einzelnen Ameise zu tätigen. Es kann also durchaus sein, dass auch eine einzelne Ameise schlau ist und *trotzdem* klug mit der Gruppe funktioniert. Andererseits war ich mir bei der Verklumpung der Lebewesen, die zurzeit meine Wohnung bevölkerten, nicht so sicher, ob wir als Einzelne besser funktionierten als im Haufen.

Meine Familie war überrascht und sogar leicht konsterniert gewesen, als ich am Vormittag mit Orhans Unterstützung meine Siebensachen aus dem Arbeitszimmer geräumt hatte, um mich in Hannes' Haus niederzulassen. Genau das hatte er mir nämlich angeboten. »Ich habe noch ein Zimmer frei, direkt gegenüber meiner Wohnung«, hatte er erklärt. »Meine kalte Pracht. Nutze ich so gut wie nie. Wenn du möchtest, kannst du es als Arbeitszimmer haben. Musst mir auch nicht viel Miete zahlen«, hatte er schnell hinterhergeschoben, als ich nicht sofort antwortete. Dazu war dieser Moment zu überraschend gewesen. Aber die Vorstellung, mich dem ganzen Familienwahnsinn wenigstens zum Arbeiten entziehen zu können, hatte mich letztlich überzeugt. So hatte ich schnell angenommen, bevor Hannes es sich noch anders überlegen konnte.

Nun saß ich also in meinem neuen Refugium und versuchte, die neue Umgebung mit allen Sinnen in mich aufzunehmen.

Das Fenster ging nach Westen raus und ließ den Blick in ein Stück leicht verwilderten Kräutergarten zu. Irgendwo brummte ein Rasenmäher, die Vögel zwitscherten, und aus irgendeinem Garten weiter weg hörte ich Kinderlachen. Ansonsten war es völlig ruhig. Im Zimmer hing noch die Ahnung eines Duftes nach Räucherstäbchen. Das war nicht von mir, musste also eine Hinterlassenschaft von Hannes sein. Sonst sah und hörte ich wenig von ihm. Vor wenigen Minuten hatte es an meine Tür geklopft, und als ich öffnete, standen eine große Kanne kalten Minztees mit Zitrone und ein Glas vor der Tür. Von Hannes war nichts zu sehen. Er wenigstens schien mein Bedürfnis nach Ungestörtheit zu respektieren.

Ich überlegte, warum ausgerechnet Leo so verletzt auf meinen räumlichen Rückzug reagiert hatte. Er selbst war immer penibel auf seinen Freiraum bedacht, aber von mir schien er zu erwarten, dass ich wie eine zufriedene Glucke wohlwollend meinen großen Küken beim Leben zuschaute, um gegebenenfalls mit helfender Hand einzugreifen, wenn es in ihrem Leben gerade irgendwo klemmte. Dabei war er zurzeit völlig beseelt, seinen Vater um sich zu haben. Leo hatte Henk schon immer unglaublich verehrt. Manchmal meine ich, je weniger die Väter im Alltag ihrer Kinder eine Rolle spielen, umso mehr werden sie von ihren Kindern angebetet. Das fand ich ungerecht, und Leo schien sich momentan geradezu mit Vaterenergie vollzusaugen.

Ich beobachtete eine Amsel, die einen dicken Wurm aus der Erde zog und damit eilig im Geäst verschwand. Bestimmt um ihrem Nachwuchs das gierige Schnäbelchen zu stopfen. *Überall das Gleiche*, seufzte ich.

Leos und mein Verhältnis war immer sehr eng. Bestimmt war die Anwesenheit Henks für ihn ein willkommener Ausgleich gewesen. Ich war als Mutter halt sehr behütend. Zu behütend, wie Henk fand. Heute würde man mich wahrscheinlich als Helikoptermutter bezeichnen. Obwohl ich den Ausdruck blöde finde. Ich habe meinen Sohn nicht überwacht. Nie! Aber er war immer viel zu zart und kränklich gewesen, und da ist es ja nur natürlich, dass man sich als Mutter mehr sorgt als bei einem robusten Kind.

Schon seine Geburt war für mich eine Überraschung. Er kam drei Wochen vor dem errechneten Geburtstermin, und sobald ich meine Wehen überhaupt als ernst zu nehmende Wehen wahrgenommen hatte, trommelte ich Judith herbei, um mich in die Klinik zu bringen. Sie wollte bei der Geburt unbedingt dabei sein, denn von Henk war schon lange nichts mehr zu hören und zu sehen. So sorglos er insgesamt ans Thema Verhütung herangegangen war, so geschockt war er, als ich ihm mitteilte, dass seine Sorglosigkeit in etwa neun Monaten Windeln brauchen würde. Er hatte mir nie explizit gesagt, dass er keine Kinder wollte, und da er sich gegenüber Matti sehr lieb verhalten hatte und insgesamt auch richtig verliebt in mich zu sein schien, war ich naiverweise davon ausgegangen, dass er sich über ein gemeinsames Kind freuen würde.

Als ich ihm dann von meiner Schwangerschaft berichtete, sagte er nur einen Satz: »Das hätte ich mir denken können, dass ich so fruchtbar bin.« Was für ein Narzissmus!

Das allerdings fiel mir erst so richtig auf, als er sich in ziemlichem Tempo einen Auftrag am anderen Ende der Welt verschaffte. Zuerst war ich noch davon ausgegangen, dass er danach wieder in mein Nest einflattern würde, um seine Vaterschaft anzutreten. Doch falsch gedacht. Wiedersehen sollte ich ihn erst, als Leo schon drei Jahre alt war.

Also war es irgendwie logisch, dass ich für die Geburt die Unterstützung einer Freundin brauchte. Judith war begeistert. Allerdings hatte sie sich den Vorgang insgesamt wohl schöner vorgestellt. Dabei konnte sie sich tatsächlich gar nicht beschweren. Kaum hatten wir die Klinik erreicht, wurde ich schon von heftigen Presswehen überrollt. Davon war ich selbst völlig überrascht, denn ich erinnerte mich noch zu gut daran, wie ewig lang sich Mattis Geburt hingezogen hatte. Im Kreißsaal hatte die Hebamme dann auch ihre liebe Not, mir schnell genug die Klamotten vom Leib zu reißen und mich aufs Geburtsbett zu verfrachten. Obwohl Gundi als bereits erfahrene Mutter Judith eingeschärft hatte, während der Geburt möglichst immer nur an meinem Kopf zu bleiben, siegte bei ihr die Neugierde, und sie stand neben der Hebamme, als Leo mit einer kräftigen Presswehe aus mir herausrutschte.

Noch Jahre später wurde Judith nicht müde, mir zu erzählen, wie unfassbar gruselig der Anblick gewesen wäre. »Mein Gott, Mila! Du hast ausgesehen, als ob du einen Elefanten gebären würdest. Grauenvoll!«

Vielleicht war dieser für sie schockierende Anblick auch der Grund dafür, dass Judith selbst später nie Kinder wollte.

»Du bist auseinandergeflogen wie nach einem Bombeneinschlag. Ich glaube nicht, dass eine Frau danach jemals wieder untenrum normal wird«, meinte sie.

Ich habe deswegen noch heute ein schlechtes Gewissen. Vielleicht wäre Judith ja eine ganz zauberhafte Mutter geworden. Für Leo war sie jedenfalls die beste Patentante, die ein Kind sich nur wünschen konnte. Und das konnte Leo wahrhaftig brauchen.

Er selbst hat natürlich von dem schockierenden Anblick, den sein Austritt aus der Innenwelt für Judith bot, nichts mitbekommen. Er wurde mit einer sogenannten »Glückshaube« geboren, und ein Kind, das so zur Welt kommt, also mit geschlossener Fruchtblase, soll im Leben ein besonderer Glückspilz sein. Auf Leos erste Lebensjahre traf das allerdings nicht zu. Er war bei der Geburt winzig. Wog nur zweitausendachthundert Gramm und war von Anfang an ziemlich zart. Seine ersten Versuche, an meiner Brust zu trinken, waren für beide

Seiten eine Quälerei. Immer wieder schlief er dabei ein, und anfangs nahm er sogar ab statt zu. Irgendwann konnte die Hebamme das Elend nicht mehr mitansehen und überredete mich zur Flasche. Das würde man heutzutage wahrscheinlich nicht mehr machen, denke ich. Aber so wurde Leo halt viel zu früh entwöhnt. Ob seine schlimmen Anfälle von Neurodermitis daher rührten, weiß ich nicht. Aber Kinder, die keine oder kaum Muttermilch bekommen haben, haben angeblich eine viel größere Allergiebereitschaft.

Als Leo in den Kindergarten kam, hatte er die ersten Anzeichen von Neurodermitis. Es gab Zeiten, in denen er sich so schlimm kratzte, dass ich neben ihm schlief, um ihn zu wecken oder ihn festzuhalten, wenn er im Schlaf kratzte. Später in der Schule wurde er gehänselt, was seine Symptome sicherlich noch verstärkte. Wir hatten eine ermüdende Odyssee durch die unterschiedlichsten Arztpraxen hinter uns, als es in der Pubertät dann irgendwann an einen Punkt kam, an dem wir beide einfach nur noch fertig und mutlos waren. Und genau da kam überraschenderweise wieder Henk ins Spiel.

Auch wenn er sich eher sporadisch in unserem Leben blicken ließ, war er völlig vernarrt in Leo. Ihm zu helfen war auch Henk ein Anliegen. So kam er schließlich auf die Idee, mit Leo über die Sommerferien nach Kerala in Indien zu fahren. Seine Schwester arbeitete dort in einer Ayurvedaklinik und hatte behauptet, im Ayurveda gebe es Hilfe. Ich hatte große Bedenken. Erstens hatte Leo noch nie so viel Zeit am Stück mit seinem Vater verbracht. Zweitens fand ich Indien nun auch wirklich sehr weit weg.

Henk lachte mich aus. Ich solle endlich mal lernen, unseren Sohn nicht wie ein Baby zu behandeln, beharrte er. Aus Erschöpfung und Ratlosigkeit gab ich schließlich nach.

Die sechs Wochen, während deren die beiden allein unterwegs waren, erschienen mir quälend lang. Ich hörte während dieser Zeit nicht ein einziges Mal etwas von ihnen. Ich malte mir die schlimmsten Szenarien aus, die passieren könnten. Die Einzige, die meine Panik verstand, war Matti. Sie war in diesem Sommer schon achtzehn Jahre alt und brach ihren ersten Urlaub mit ihrem damaligen Freund vorzeitig ab, um mir in meiner Angst beizustehen.

Aber, oh Wunder, nach sechs Wochen kam das Vater-Sohn-Gespann völlig unversehrt zurück. Leo sah ganz anders aus. Nicht nur war seine Neurodermitis tatsächlich abgeheilt, er hatte mir gegenüber plötzlich auch einen abweisenden und distanzierten Blick. Offenbar hatte er die ersten Schritte in Richtung Ablösung getan. Seitdem reagiert er auf alle vermeintlichen Bevormundungsversuche meinerseits gereizt und aggressiv. Wenn er sich kratzt und ich deshalb besorgt gucke, schnauzt er mich sogar regelrecht an. Seinen Vater hingegen himmelt er seither noch mehr an. Ich konnte das irgendwie verstehen, hatte aber den Verdacht, dass er immer noch den kindlichen Wunsch in sich nährte, aus Henk und mir könne nach all den Jahren ein richtiges Paar werden.

Während mir all diese Gedanken durch den Kopf geisterten, hatte ich meinen Kopf in die Hände gestützt. Ich schrak deshalb leicht zusammen, als es an der Tür klopfte.

»Komm einfach rein, Hannes«, sagte ich.

Hannes blieb zögernd in der Tür stehen. »Ich will dir nicht auch noch auf die Pelle rücken, wo du zu Hause schon so einen Belagerungszustand hast. Aber vielleicht hast du Lust auf einen kleinen Abendimbiss, bevor du dich wieder in deinen familiären Ameisenhaufen zurückbegibst.«

Interessant. Wie kam er gerade jetzt auf Ameisen?

Mit Blick auf meinen aufgestützten Kopf fuhr er fort: »Oje, schon wieder Kopfschmerzen?«

Ich nickte und stand seufzend auf. »Den Abendimbiss nehme ich gerne an. Und danke auch für den Minztee mit

Zitrone. Du darfst mich nicht so verwöhnen, sonst gerate ich noch in Abhängigkeit.«

Der »kleine« Abendimbiss entpuppte sich als ein wundervolles Omelett mit Tomaten, gemischtem Salat und Brot. Wir saßen schweigend und kauend in Hannes' Küche. Vor der Tür zankten sich lautstark zwei Katzen.

»Schade, dass hier in der Nachbarschaft Katzen wohnen«, sagte ich und schob satt und zufrieden meinen Teller von mir. »Dann kann ich leider Pi nicht mit herbringen.«

»Klar kannst du das«, entgegnete Hannes. »Du kannst dich hier ausbreiten, wie du möchtest. Sogar schlafen könntest du hier.« Als er meinen erschreckten Blick wahrnahm, fuhr er eilig fort: »Nicht, was du denkst. Ich könnte dir meinen Schlafsessel borgen. Der ist echt bequem, und ich brauche ihn einfach zu selten. Dann hättest du mal richtig Ruhe.«

»Danke, das ist ein verlockendes Angebot«, ich seufzte, »aber ich glaube, das würden Matti und Leo mir ziemlich verübeln. Leo träumt, glaube ich, sogar insgeheim davon, dass es zwischen Henk und mir zu einer finalen Reunion kommen könnte. Ich kann es ihm nicht mal verdenken. Henk schläft ja völlig selbstverständlich bei mir im Bett, und ich habe keine Lust, meinen Kindern zu erklären, dass das meinerseits ein purer Akt des Mitleids ist.«

»Mitleid?« Hannes' Augenbrauen waren fragend in die Höhe gezogen.

Also erzählte ich ihm, dass Henk ganz offensichtlich große Probleme mit seinen Gelenken hatte. Wegen einer starken Arthrose konnte er sich nur unter Schmerzen bewegen. »Da kann ich ihn doch nicht auf meine unbequeme Wohnzimmercouch verbannen«, erklärte ich. »Henk tut zwar Abend für Abend so, als würde mich in absehbarer Zeit der alles entscheidende Supersex erwarten, aber stattdessen höre ich ihn bei jeder Bewegung im Bett stöhnen und ächzen, und findet er dann endlich in den Schlaf, folgt ein Schnarchkonzert der Sonderklasse.«

»Und an dem alles entscheidenden Supersex wärest du tatsächlich interessiert? Das heißt, du würdest wirklich mit ihm schlafen, wenn sein desolater Gesundheitsstatus euch nicht einen Strich durch die Rechnung machen würde?« Ich spürte eine leichte Schärfe in Hannes' Stimme.

»Quatsch«, antwortete ich. »Ich habe mir seit meinem unglücklichen Ausrutscher mit Mattis leiblichem Vater geschworen: Sex nur noch, wenn für beide Seiten völlig geklärt ist, was beide Seiten sich genau davon versprechen.«

»Ach, mit Mattis Vater gab es einen ›Ausrutscher‹ in sexueller Hinsicht?«

Oh, meine Ausführungen warfen offenbar gerade ein etwas seltsames Licht auf mich. »War doof von mir«, räumte ich ein. »Ist mir klar. Guck mich nicht so entgeistert an! Ich reite mich manchmal einfach in ziemlich schwierige Situationen rein. Aber das mit Christian habe ich inzwischen geklärt. Dem habe ich eine lange Mail geschrieben und erklärt, dass ich an keinerlei Fortsetzung interessiert bin. Seitdem meldet der sich gar nicht mehr.«

»Reinreiten ist in diesem Zusammenhang eine drollige Formulierung«, sagte Hannes. In diesem Moment piepte sein Handy. Als er es in die Hand nahm, um die eingegangene Nachricht zu lesen, hoffte ich, dass ihn das ablenken würde.

Und so war es offensichtlich auch. Er strahlte mich an und fragte: »Schon was vor heute Nacht? Etwas, das mit Reinreiten und Ausrutschern gar nichts zu tun hat?« Er sah meinen fragenden Blick und fuhr fort: »Ich habe gerade eine Nachricht von meiner *Fireflies-Watch*-Gruppe erhalten. Heute Nacht soll es spektakulär werden.«

»Aha.« Ich verstand nur Bahnhof.

»*Fireflies*? Sagt dir nichts? Der englische Ausdruck für

Glühwürmchen. Wir haben eine Gruppe, die sich gegenseitig informiert, wenn es Glühwürmchen im Wald gibt. Und ich kenne eine Stelle hier am Rande von Dortmund, da ist es, wenn man Glück hat, echt spektakulär. Lust mitzukommen?«

Okay, dachte ich, warum nicht. Auf zum Glühwürmchen-watching.

* * *

Wir hatten Hannes' Auto am Straßenrand unterhalb des Waldes abgestellt. Da dort einige Autos geparkt waren, ging ich davon aus, dass uns nun eine Art Gruppentreffen erwartete.

Auf die Autos deutend fragte ich deshalb auch: »Macht ihr jetzt hier im Wald so eine Art Watch-Party?«

»Kein Angst«, Hannes lächelte, »von den anderen, falls sie denn auch im Wald sind, werden wir kaum etwas mitbekommen. Wir sind alle im Dunkeln verstreut und möglichst leise. Aus Respekt gegenüber dem Nachtleben im Wald. Wenigstens nachts haben der Wald und seine Bewohner Ruhe verdient!«

Also gingen wir schweigend in die Dunkelheit hinein. Kaum waren wir einige Schritte gegangen, wurde es etwas kühler. Bäume und Sträucher waren in schwärzlichen Umrissen zu sehen. Ich war, meiner Erinnerung nach, noch nie nachts in einem Wald gewesen. Die Geräusche sind ganz anders als am Tag. Oder man nimmt sie anders wahr. Jedenfalls hörte man ein Rascheln und Huschen, ein Knacken und Knistern, ab und an den Flügelschlag eines großen Vogels, ein verzweifeltes Fiepen, wenn ein kleineres Tier dem Raubvogel zum Opfer gefallen war. Ich konzentrierte mich darauf, nicht zu stolpern, denn ich bin ein bisschen nachtblind, und tastete mich hinter Hannes her. Als wir tiefer im Wald waren, tauchten vereinzelt kleine Leuchtpunkte zwischen den Büschen auf. Ich war davon ausgegangen, dass wir uns nun irgendwo hinsetzen und beobachten würden, aber Hannes ging immer weiter. Schließlich kamen wir an eine Art Weggabelung.

»Hier kommt gleich ein umgestürzter Baum«, flüsterte Hannes nah an meinem Ohr, »von da aus kann man wunderbar in die Senke schauen. Da unten fließt ein keines Bächlein. Feuchtigkeit haben sie gern, du wirst sehen.«

Er nahm vorsichtig meine Hand und dirigierte mich zu einem umgestürzten Baum. Wir setzten uns. Ich war erstaunt, wie viel Wärme das Holz noch gespeichert hatte, obwohl es im Wald nun ziemlich kühl war. Von hier aus sah man in ein winziges, sumpfiges Dickicht hinab. Und tatsächlich! Unter uns tanzten Hunderte, vielleicht Tausende kleiner Leuchtpunkte schweigend durch die schwarze Nacht. Es war wie eine Märcheninszenierung. Unwirklich und wunderschön.

Wir saßen einfach nebeneinander. Jeder in diesen zauberhaften Anblick vertieft und seinen eigenen Gedanken nachhängend.

Ich spürte, wie ich mit jedem Atemzug mehr und mehr entspannte. Plötzlich fühlte ich mich nicht mehr als Eindringling in diese eigene Welt. Im Gegenteil, ich wurde mehr und mehr zum Teil davon. Ich konnte mir ausmalen, wie eifrig kleine Tiere durchs Unterholz huschten, immer darauf bedacht, keinem jagenden Vogel in die Fänge zu geraten. Etwas entfernt hörte ich das leise Glucksen des Bächleins. Wenn ich meine Augen schloss, konnte ich noch eine ganze Weile diese wundersamen Leuchtpunkte hinter meinen geschlossenen Lidern sehen. Ich war Hannes unendlich dankbar, dass er mich zu diesem Naturschauspiel überredet hatte. Nach einer gefühlten Ewigkeit hörte ich ihn neben mir leise gähnen.

»Müde?«, wisperte ich.

»So langsam schon ein bisschen«, flüsterte er zurück.

»Das war wunderschön«, hauchte ich. »Danke, dass du mir das gezeigt hast.«

Ohne uns ein Zeichen zu geben, standen wir beide auf und suchten uns langsam unseren Weg durch die Finsternis. Als Hannes registrierte, wie unsicher ich mich vorantastete, nahm er meine Hand. »Keine Angst«, sagte er. »Rein freundschaftliche Hilfestellung!«

»Danke«, antwortete ich. Nach viel Gespräch stand mir nicht der Sinn.

Als wir zurück im Auto waren, saßen wir eine ganze Weile schweigend nebeneinander, ohne loszufahren. Schließlich fragte ich: »Das ist doch so eine Art Paarungstanz, den die Glühwürmchen da aufführen, oder?« Als Hannes bejahte, fuhr ich fort: »Beneidenswert, welche Mühe sich die Männchen geben, um die Weibchen zu verzaubern.«

»Ich weiß nicht, ob ich die Glühwürmchen da wirklich beneiden soll.« Hannes lachte. »Die Männchen sterben kurz nach der Paarung und die Weibchen nach der Eiablage. Ein zauberhaftes und hübsches Ende – aber leider eben ein Ende. Ich würde nach der anstrengenden Balzerei und der Paarung ja ganz gerne noch mit dem Weibchen frühstücken und zusammenwohnen und in Ruhe alt werden. Ohne dabei leuchten zu müssen.«

Ich mochte seinen Humor.

»Apropos Frühstück«, sagte ich. »Bringst du mich noch nach Hause? Es ist schon ganz schön spät!«

»Selbstverständlich«, antwortete Hannes, »wenn du dich mit dem Glühen meiner Autoscheinwerfer zufriedengibst. Mehr bringe ich leider nicht zustande.«

Als wir vor meiner Haustür angekommen waren, bedankte ich mich aufrichtigen Herzens bei Hannes – für die Möglichkeit, bei ihm in Ruhe zu arbeiten, für das leckere Abendessen und für die wundervolle Entführung in den nächtlichen Wald. Spontan gab ich ihm zur guten Nacht ein Küsschen auf die Wange. Ich hatte das Gefühl, dies bei Hannes tun zu können, ohne missverstanden zu werden. In ihm hatte ich einen echten Freund gefunden – ohne Hintergedanken. Was für ein Geschenk!

Noch völlig erfüllt von diesem herrlichen Abend schloss ich die Tür zu meiner Wohnung auf. Da nirgends Licht brannte und sowohl die Tür zu meinem Yogaraum als auch die zu meinem ehemaligen Arbeitszimmer aufstand, glaubte ich mich allein in meinen vier Wänden. Ich kickte meine Sandalen von den Füßen und ging in die Küche, um mir vor dem Schlafengehen noch ein Glas Apfelsaft zu holen. Als ich in der Küche das Licht anschaltete, erschrak ich. Auf der Küchenbank saß Henk mit einem gefüllten Rotweinglas. Er blinzelte in das Licht hinein.

»Hast du mich erschreckt!«, sagte ich.

»Wo warst du? Ich habe die ganze Zeit auf dich gewartet. Ich habe extra was gekocht.« Henks vorwurfsvoller Unterton war nicht zu überhören.

Ach, du lieber Himmel, was sollte das denn jetzt schon wieder bedeuten? Musste ich mich neuerdings abmelden, wenn ich meine Abendmahlzeit außer Haus einnahm? Oder waren wir verabredet gewesen? Irgendetwas hatte entweder Henk falsch verstanden oder ich nicht mitbekommen.

»Henk, wir waren nicht verabredet«, sagte ich deshalb auch. »Ich konnte ja nicht ahnen, dass du kochen würdest.«

»Ich dachte, wenn man zusammenwohnt, dann ist das so eine Art Verabredung«, knurrte er.

Ich merkte, dass er zu viel getrunken hatte. Also beschloss ich, mich auf keine Diskussion einzulassen. Ich goss mir den Apfelsaft ein und sagte im Hinausgehen: »Wir wohnen nicht zusammen, Henk. Du bist bei mir zu Gast, und weil du Probleme mit deiner Arthrose hast, darfst du sehr netterweise in meinem Bett schlafen. Wenn du dich dafür künftig mit einem Essen dafür bei mir bedanken willst, sag mir einfach rechtzeitig Bescheid!« Damit ging ich ins Schlafzimmer.

Im Hinausgehen hörte ich noch, wie er mir ein »Zicke« hinterherzischte. Ich seufzte. Vielleicht ist es mit Männern und Frauen im Alter auch wie bei Fliegen: Alles, was schon leicht nach Vergänglichkeit duftet, ist besonders attraktiv.

Irgendwann nachts musste Henk dann wohl noch ins Bett gekommen sein. In meinen tiefsten Träumen registrierte ich das laute Schnarchen direkt neben mir. Aber Müdigkeit hilft in solchen Fällen sehr. Ich schlief tief und fest.

Darum war ich auch völlig desorientiert, als plötzlich Leo neben meinem Bett stand und heftig an meiner Schulter rüttelte. Es musste noch Nacht sein, denn es war nicht hell.

»Mama! Mama, bitte wach auf!« Er hatte ein Dringlichkeit in der Stimme, die nichts Gutes verheißen konnte.

Ich setzte mich auf. »Ist was passiert?«, fragte ich mit klopfendem Herzen. »Ist was mit Matti?«

»Nein«, seine Stimme war nun laut und verzweifelt, »mit Traudel! Du musst unbedingt kommen. Sie braucht deine Hilfe.«

Mein Puls raste. Jetzt erst registrierte ich, dass mein Schlafzimmer rhythmisch von Blaulicht erleuchtet wurde. Ich war mit einem Schlag hellwach, zog mir in fliegender Hast den Bademantel über und lief in den Hausflur.

Im Treppenhaus saß Traudel zusammengesackt auf einer Stufe vor ihrer geöffneten Wohnungstür. Durch die ebenfalls geöffnete Schlafzimmertür sah ich, dass sich ein Notarzt über das Bett beugte.

Ich setzte mich neben Traudel und zog sie an mich. »Traudel, was ist los? Ist was mit Ante?«

Hemmungslos schluchzend stammelte sie: »Er ... Er hat so komisch geatmet und gehustet ... und dann wurde das immer schlimmer, und dann habe ich den Notarzt gerufen. Der ist jetzt schon ewig dadrin ... Hat mich rausgeschickt. Mila, ich hab so Angst!«

Ich zog Traudel noch fester an mich. »Alles wird gut, Traudel. Du hast alles richtig gemacht. Keine Angst, der Notarzt kann bestimmt helfen. Ante ist stark!« Als ich aufschaute, sah ich, dass Leo die ganze Zeit nur den Kopf schüttelte. In diesem Moment kam der Notarzt zu uns. Es war ihm anzusehen, dass er keine gute Nachricht brachte.

Sie hatten Ante nicht mehr helfen können.

* * *

Am Tag von Antes Beerdigung war es schwül. Schon die Tage davor hatte es immer wieder heftige Gewitter gegeben, ohne dass die Luft danach frischer oder gereinigt wirkte. Es blieb einfach feuchtwarm und unangenehm. Das Wetter passte zu unserer Stimmung. Meine ganze Familie schien unter einer Dunstglocke zu leben, in der kaum Luft zum Atmen war. Wir sprachen nur das Nötigste miteinander, und wenn, dann war der Unterton stets gereizt und verhalten aggressiv. Wir hätten uns in der Trauer besonders nah sein sollen, aber genau das war nicht der Fall.

Henk verhielt sich ruhig und unauffällig und versuchte, uns mit selbst gekochtem Essen und ruhiger Aufmerksamkeit zu unterstützen. »Mila, möchtest du gerne, dass ich mitkomme zur Beerdigung?«, fragte er mich, als wir alle gemeinsam eine stille Mahlzeit miteinander einnahmen.

»Hier geht es ja wohl kaum um dich oder um Mama. Wer mit zur Beerdigung kommt, der macht das doch, um Ante eine letzte Ehre zu erweisen. Alles andere ist doch so dermaßen unwichtig«, fauchte Matti, eh ich selbst eine Antwort geben konnte.

»Mir geht es aber auch darum, eure Mutter zu unterstützen. Das sollte euch als ihren Kindern auch wichtig sein«, hieb Henk zurück.

»Toll, dass du plötzlich ein so mitfühlendes Herz für Mama hast. Aber erzähl du mir bitte nicht, ich hätte nicht all die Jahre immer versucht, Mama zu unterstützen, während du deine spätpubertären Freiheitsbedürfnisse ausgelebt hast!« Mattis Blick sprühte Funken.

Henk setzte gerade zu seiner Verteidigung an, als Leo sich einmischte: »Ja, ganz toll, Matti! Lass uns alle einander die Köpfe einschlagen. Das hätte Ante toll gefunden.« Dabei hatte er Tränen in den Augen, stand auf und zog auch Aurélie mit hoch. Er war sowieso nur noch mit ihr im Schlepptau anzutreffen. Die junge, selbstbewusste Frau schien ihm gutzutun. Das freute mich für ihn. Besorgniserregend fand ich eher Mattis Zustand. Nicht nur ihre aggressiven Ausfälle gegen Henk machten mich nachdenklich. Auch zog sie sich häufig stundenlang zurück und hatte anschließend ein verweintes Gesicht. Wenn ich sie aber darauf ansprach oder trösten wollte, wies sie mich schroff zurück. Ich selbst hatte ständig hämmernde Kopfschmerzen. Wir alle wirkten wahrscheinlich, als trügen wir einen schweren, feuchten Wollmantel, der uns wie eine Last um die Schultern hing.

Ich versuchte, für Traudel da zu sein, aber Traudel war hinter einer dicken Mauer von Trauer und Ratlosigkeit gänzlich verschwunden. Lediglich bei der Organisation der Beerdigung und der anschließenden Trauerfeier konnte ich ihr zur Seite stehen. Ante sollte in einem Friedwald bestattet werden. Eine gute Entscheidung, wie ich fand. Nichts passte zu dem großen Pflanzenflüsterer, der er gewesen war, besser als diese Art der letzten Ruhe.

Den Platz im Friedwald, direkt in der Nähe einer großen Erle, hatten Traudel und ich gemeinsam ausgesucht. Als wir in dem Wald den richtigen Platz gefunden hatten, setzte Traudel sich einfach auf den Boden und sah aus, als wolle sie nie wieder aufstehen. »Traudel«, sprach ich sie vorsichtig an, »lass ruhig einmal den Tränen freien Lauf, du musst dich nicht für mich zusammenreißen.«

Erst sah sie mich an, als hätte sie mich noch nie gesehen, dann blaffte sie zurück: »Du hast keine Ahnung Mila. Einfach nicht die geringste Ahnung.« Ich wusste nicht genau, was sie damit meinte, traute mich aber auch nicht nachzufragen.

Am Tag der Abschiedszeremonie kam Matti heulend in die Küche. »Ich habe einfach nichts Richtiges anzuziehen.« Dabei zupfte sie verzweifelt an einer schwarzen Jeans herum, die natürlich inzwischen nicht mehr passte. Ich lieh ihr eine meiner schwarzen Leggins und ein Oversize-Shirt. Als sie damit in die Küche kam, saß Henk in seiner obligatorischen Jeans und einem schwarzen T-Shirt auf der Bank. »So willst du aber nicht mitkommen, oder?«, fragte Matti. Auch jetzt war ihr Ton wieder gereizt.

Henk setzte zu einer Erklärung an: »Es geht im Leben immer um innere Einstellung und nicht –«

»Jeder, wie er mag«, fiel ich ihm eilig ins Wort.

Auf der Fahrt ins Krematorium herrschte ein stickiger Scheinfrieden zwischen uns. Meine Hauptsorge galt nach wie vor Traudel.

Bei der Abschiedszeremonie im Krematorium und der anschließenden Trauerfeier hatte sie dann kaum geweint, hatte apathisch und fast gleichgültig gewirkt. Auch ich stand neben mir. Nach Antes plötzlichem Tod war alles so unglaublich schnell gegangen.

Zur Beisetzung waren außer Matti, Drafi, Henk, Christian, Leo, Aurélie, Judith, Gundi und mir auch viele seiner Freunde aus der Kleingartenanlage gekommen. Ich war erfreut, aber nicht überrascht, wie beliebt Ante gewesen war. Unter meinem schwarzen Kleid rann der Schweiß in Strömen. Christian und Henk drängten sich eng an meine Seite, auch das bereitete mir Unbehagen. Ein Chor, der aus Mitgliedern der

Gartenanlage bestand, sang zwei Lieder. Eines davon war das berühmte *Steigerlied*. Was mich wunderte, da Ante mit dem Bergbau eigentlich nie irgendetwas zu tun gehabt hatte. Dass er bei uns im Ruhrgebiet gelandet war, hatte er allein dem Zufall zu verdanken. Er hatte 1945 als Zweijähriger auf dem Flüchtlingstreck über die zugefrorene Ostsee seine Mutter verloren, die mit seiner gerade geborenen Schwester zu langsam vorwärtskam. Da sie von einem Dienstmädchen begleitet wurden, hatte seine Mutter dieses gebeten, sich um ihren kleinen Sohn zu kümmern, bis sie wieder zur Gruppe aufschließen könne. Dieses Dienstmädchen war damals selbst erst sechzehn Jahre alt gewesen und hatte sich mit dem kleinen Anton, wie Ante damals noch genannt wurde, mehr schlecht als recht durchgeschlagen. Anton hat seine Mutter und seine Schwester nie wiedergesehen, hat nie wieder etwas von ihnen gehört, und das Dienstmädchen hatte ihn schließlich in einem Kinderheim in Süddeutschland abgegeben. Dort hatte er gelebt, bis er dreizehn Jahre alt war. Da die Kinder dieses Heims zur Erntezeit immer als Hilfskräfte an die Bauernhöfe der Umgebung verliehen wurden und Ante sich schon damals als tüchtig und anpackend erwies, nahm eine Bauernfamilie ihn schließlich ganz bei sich auf. Bei ihr blieb er bis zu seinem neunzehnten Lebensjahr und ging beim benachbarten Hufschmied in die Lehre.

Eines Tages fand er sich nach einer hässlichen Brandverletzung am Unterarm in der Landarztpraxis des nahe gelegenen Ortes ein, um sich verarzten zu lassen. Dort traf er die fünf Jahre ältere Traudel, die dort als Sprechstundenhilfe arbeitete. Die beiden verliebten sich ineinander und gingen nach ihrer Heirat zunächst nach Regensburg, um schließlich auf der Suche nach einer besseren beruflichen Perspektive im damals wirtschaftlich boomenden Ruhrgebiet zu landen. Traudel fand Arbeit in einer Praxis für Urologie, und Ante erhielt eine Anstellung als Hausmeister und »Mädchen für alles« an einer Schule. Da Traudel und Ante selbst keine Kinder bekommen konnten, hatte Ante die Nähe zu den vielen Kindern immer als große Bereicherung empfunden.

Dass dieser stille und großherzige Kinder- und Pflanzenfreund nun als Häuflein Asche in diese winzige Urne passte, wollte nicht in meinen Kopf. Er, der immer so ein großes Herz besessen hatte, hatte offensichtlich auch ein krankes Herz gehabt. Weil er nie jammerte und ohnehin kaum sprach, hatte Traudel davon erst erfahren, als es zu spät war.

Der Chor hatte sein Lied beendet, und Leo trat an die Grube heran und zog einen Zettel aus seiner Tasche. Überrascht starrte ich ihn an. Er hatte offensichtlich ein kleine Rede vorbereitet. Richtig. Mit brüchiger Stimme und starr geradeaus gerichtetem Blick setzte er an: »Ein Mensch bleibt immer das, was er war. Er mag sterben, aber er bleibt immer der Freund, der Vertraute, der Geliebte, der Ratgeber, der Wegweiser, der er war. Du warst mein großväterlicher Freund, mein Leuchtturm, mein Wegweiser, du warst der Opa, den ich immer gerne gehabt hätte. Wo du warst, da war Ruhe, da war Sicherheit, da war Trost. Die Wege, die du vorangingst, das waren sichere Wege.«

Henk räusperte sich ein paarmal leise neben mir, und Traudel nickte versonnen. Leo sprach bereits weiter: »Als kleiner Junge schon wollte ich so sein wie du. Ich habe dich mit meinem kindlichen Unvermögen beharrlich so lange Ante genannt, bis du schließlich für alle mehr und mehr vom Anton zum Ante wurdest. Ob dir das gefallen hat? Ich weiß es nicht, denn einer, der selbst Wünsche äußert, der andere Menschen verbessert oder korrigiert, warst du nicht.«

Ich musste schlucken. Leo hatte mit allem, was er sagte, recht.

»Du warst einer, der pflegen, gießen und düngen konnte.

Sowohl uns Kinder als auch deine geliebten Pflanzen«, fuhr er fort. »So ist es auch nicht erstaunlich, dass deine Geschenke an mich keine Geschenke waren, die es im Laden zu kaufen gab. Es waren keine Playmobilfiguren, keine Rennautos. Es waren heilende Worte, liebevolle Ermahnungen, es war eine warme Hand, die ich im Rücken spürte. Und manchmal waren es kleine Funde, die du in Gärten oder Wäldern machtest. Mein wertvollstes Geschenk, eines, das mich bis heute begleitet hat, ist ein kleines Holzboot, das wir gemeinsam geschnitzt haben.«

Ja, daran erinnerte ich mich. Lange Jahre hatte es in Leos Regal gestanden. Wo es nur geblieben war?

»Als das Boot fertig war, hast du es mir geschenkt«, erinnerte Leo sich. »»Dieses Boot, Leo‹, hast du damals gesagt, ›ist für dich. In diesem Boot kannst du all deine Wünsche und Träume und Sehnsüchte übers Wasser in die Welt schicken. Ein Holzboot kann vielen Unwettern trotzen und geht selten unter, auch wenn das Wasser wild und gefährlich scheint. Eines Tages bist du groß, dann brauchen deine Wünsche kein Boot mehr, um in die Welt zu schwimmen. Dann schwimmst du selbst in die Welt. Dann bist du größer und stärker als jedes Boot. Dann werde ich sehr stolz auf dich sein, so wie ich auch jetzt immer stolz auf dich bin.‹« Ein Schluchzen unterbrach ihn, aber er fing sich schnell und sprach weiter: »Diese Worte haben mir Halt gegeben, und heute ist der Zeitpunkt gekommen, wo ich so groß sein muss, wie du es dir immer gewünscht hast. Darum gebe ich dir, geliebter Ante, nun das Boot zurück. Ich habe meine Liebe und meinen Respekt hineingelegt. Dieses Boot soll dich sicher dort hinbegleiten, wo deine Seele frei und froh sein kann. Danke für alles!«

Mit diesen Worten zog Leo das kleine Holzboot aus der Tasche und warf es in die Grube. Spätestens jetzt weinten alle, und selbst Traudel kam aus ihrer Erstarrung und schluchzte haltlos.

Leo ging zu ihr, sie fiel ihm um den Hals, und beide standen minutenlang in enger Umarmung.

Ich war unendlich stolz auf Leo. Zum ersten Mal hatte ich das Gefühl, dass er tatsächlich auf dem Weg war, erwachsen zu werden.

JULI

Nach Antes Tod schien der Sommer eine Pause zu machen. Es war zwar meistens sonnig, aber ziemlich kühl. Uns allen war ohnehin nicht nach Sommerfreude zumute. Nach wie vor funktionierten wir alle unter einer Dunstglocke von Trauer und Mutlosigkeit. Wie gerne hätte ich wenigstens Traudel getröstet! Ich bemühte mich, für sie zu kochen, aber sie rührte meine gut gemeinten Versuche kaum an. Auch Einladungen, zu uns hochzukommen, lehnte sie ab. Wenn ich zu ihr nach unten ging, wirkten sowohl sie als auch die Wohnung verwahrlost. Ich putzte, lüftete, kaufte Blumen und bemühte mich, mit Traudel in Kontakt zu kommen. Aber meistens lag sie im Bett und weigerte sich aufzustehen.

Als ich sie irgendwann überreden wollte, mit mir und Pi einen kleinen Spaziergang zu machen, raunzte sie mich zum ersten Mal in meinem Leben richtig böse an: »Lass mich doch endlich einfach in Ruhe, Mila! Was soll ich draußen, wo die ganze Welt so tut, als sei nichts geschehen. Ich will weder dein ständiges Geplapper hören, noch ertrage ich deine ewig mitleidigen Blicke. Für mich geht eben nicht einfach alles weiter. Ich bin eine einsame alte Frau, und unpassenderweise bin ich *nicht* traurig. Ich bin wütend. Wütend, weil Ante mir nicht gesagt hat, wie es um sein Herz steht, wütend, dass er mich einfach alleingelassen hat, obwohl er mit der richtigen Hilfe noch viele, viele Jahre hätte leben können. Ich bin wütend, und deshalb will ich meine Ruhe haben. Weil ihr das nicht versteht. Ihr wollt mich füttern und bedauern, und in Wirklichkeit habe ich in meinem Bauch einen Knoten von all der Wut. Das kann ich keinem zumuten, also lasst mich *bitte endlich* einfach allein!«

Völlig verstört verließ ich Traudels Wohnung. Zu blöd, dass ich niemanden hatte, mit dem ich mich hätte beratschlagen können! Nicht einmal meine Sauna-Freundinnen würde ich in der nächsten Zeit sehen: Gundi war gerade in Cuxhaven und half ihrer Tochter beim Einrichten des neuen Hauses, und Judith hatte extrem viel zu tun, da sie versuchte, mich in der Firma so gut es ging zu entlasten.

Schließlich vertraute ich mich bei einem Spaziergang mit Pi meiner Hundebekanntschaft Margot an. Während der letzten Wochen hatten wir uns immer wieder einmal verabredet, um unsere Hunde miteinander spielen zu lassen und gemeinsam eine große Runde zu laufen. Die Gespräche mit ihr waren eine große Bereicherung. Erfahren, beherzt und unsentimental, wie sie war, rückte sie mit ihren Kommentaren manches Erlebnis in ein anderes Licht, und ich hatte das Gefühl, in ihr eine echte Freundin gefunden zu haben. Auch sie traf sich gerne mit mir, da sie zu ihrer Tochter zu ihrem eigenen Bedauern keinen Kontakt hatte.

»Ich habe sie, ohne es zu wollen, nach Friedrichs Tod heftig vor den Kopf gestoßen«, hatte sie eben erzählt. »Das wollte ich natürlich nicht, aber ich habe in meinem Schmerz wohl viel Porzellan zwischen uns zerschlagen. Unsere Beziehung war ohnehin nicht einfach, aber das sind Mutter-Tochter-Beziehungen selten. Jetzt schreibe ich ihr einfach zweimal im Jahr und hoffe, dass sie mir irgendwann verzeiht und sich wieder annähert. Umso mehr freue ich mich, dass wir beiden uns angefreundet haben, Mila. Du tust mir gut.«

Das wiederum wunderte mich. Warum und wie vor allem sollte ich im Moment irgendwem guttun? Nicht einmal Traudel wollte mich in ihrer Nähe haben.

»Ach, weißt du«, seufzte ich, »da bist du im Moment wirklich die Einzige. Meine alte Freundin Traudel zum Beispiel hat mich heute Morgen mehr oder weniger vor die Tür gesetzt.«

Ich seufzte noch einmal und erzählte ihr von Traudels Wutausbruch.

Margot hörte zu. Ohne zu werten, ohne sofort zu erklären. Als ich mein Herz endlich ausgeschüttet hatte, meinte sie: »Eine Trauergruppe würde deiner Freundin guttun. Aber da geht sie wahrscheinlich freiwillig nicht hin.« Als ich bestätigend den Kopf schüttelte, fuhr sie fort: »Das hätte ich damals auch nicht getan. Trauern ist ein sehr komplexer Prozess, weißt du. Und Wut ist ein Teil davon.«

Mit Wut, vor allem bei anderen, habe ich so meine Probleme. Darum machte mir wohl Traudels Reaktion auch so zu schaffen. Margot schien mich zu durchschauen. »Wut ist einfach eine wichtige Phase in der Trauerbewältigung«, fuhr sie fort. »Wut auf den Partner, der uns alleingelassen hat, aber auch Schuldgefühle, weil wir nicht gemerkt haben, dass es dem Partner so schlecht ging. Die Abwehr von Schuldgefühlen führt dann oft wiederum zu Wut. Eine unglückliche Spirale.«

Sie blieb kurz stehen, um ihren Hund zu kraulen und noch einmal den Ball für ihn zu werfen.

»Die Isolation kann auch eine Art Selbstbestrafung sein«, fuhr sie dann fort. »Das ist natürlich nur eine Mutmaßung. Erstens kenne ich deine Freundin nicht, und zweitens ist der Trauerprozess bei jedem anders. Aber ich könnte deine Freundin mal besuchen. Ich habe keine Angst vor ihrer Kratzbürstigkeit, weil ich selbst auch so eine Kratzbürste war. Ich war manchmal sogar ein richtiges Ekel. Deswegen habe ich mich irgendwann zu den Tieren geflüchtet. Die haben mich nicht bewertet und sich einfach gefreut, wenn ich kam. Auch wenn es am Tag vorher mit mir vielleicht nicht so schön war. Tiere sind gute Therapeuten.«

»Hmm«, machte ich. Ich war mir nicht sicher, ob das wirklich eine gute Idee war. Traudel könnte das Gefühl bekommen, ich wolle sie an eine Fremde abschieben, weil sie mir selbst zu unbequem war. Auf der anderen Seite hatte ich keine bessere Idee. Ich selbst war ja auch noch mit meiner Trauer beschäftigt. Außerdem machte ich mir nach wie vor Sorgen um Matti, die in sich zurückgezogen blieb. Das Einzige, was mir momentan guttat, war meine Arbeit. Ich genoss es, in meinem neuen Arbeitszimmer in Hannes' wunderschönem Haus zu sitzen, und ging zwischendurch in den Garten und hörte den Vögeln und dem Wind in den Bäumen zu. Auch dass Hannes mich weiterhin unaufdringlich umsorgte, half ein bisschen. Nur für Traudel hatte ich kein Rezept. Darum ließ ich mich letztlich auf Margots Angebot ein.

* * *

Noch bevor es zu einem Treffen zwischen Margot und Traudel kommen konnte, sorgte Matti für eine Riesenüberraschung. Bei einem gemeinsamen Frühstück ließ sie die Bombe platzen: »Ich ziehe aus.«

Ich blickte erschreckt von meinem Frühstück auf.

»Ich ziehe ganz aus Dortmund weg.«

Jetzt blieb mir der Bissen im Hals stecken.

»Ich werde mich krankschreiben lassen, und dann habe ich Zeit für einen kompletten Neuanfang.«

»Aber ist das ausgerechnet jetzt der richtige Zeitpunkt für einen –«, wagte ich einzuwenden.

Doch Matti ließ mich nicht ausreden. »Alles schon geplant«, erklärte sie ruhig. »Ich ziehe nach Wuppertal. Zu Janis auf den Hof. Da ist gerade eine kleine Dachgeschosswohnung frei geworden. Gar nicht teuer, quasi ein Freundschaftspreis. Und Janis und ich haben uns immer schon gut verstanden.«

Ich nickte. Das stimmte. So schwierig es auch zwischen meiner Schwester und mir war, so herzlich und nah war das Verhältnis der beiden Cousinen zueinander. Also war Mattis

Plan gar nicht so schlecht. Sie hatte beschlossen, sich bis zum Eintreten in den Mutterschutz im September immer wieder krankschreiben zu lassen. Auch ihre Frauenärztin fand die Belastung am Arbeitsplatz zu groß, und außerdem hatte Matti ihren Ischiasnerv eingeklemmt, was recht schmerzhaft war.

Mit Janis' Unterstützung würde sie vielleicht wirklich ein völlig neues Kapitel aufschlagen können. Allerdings gab es für mich noch viele Fragezeichen. Der Hof lag ziemlich einsam, ein bisschen abseits von Wuppertal. Wie Matti es da schaffen wollte, nach Beendigung der Elternzeit jeden Tag nach Dortmund zu pendeln, war mir ein Rätsel. Aber auch dafür hatte Matti bereits einen Plan. Sie würde nach dem Ende ihrer Elternzeit kündigen und überlegte sogar, nun doch noch zu studieren. In Wuppertal gibt es schließlich eine Uni, und die Kinderbetreuung wollte sie sich mit Janis teilen.

Auch das war keine schlechte Idee, denn Janis lebt ein Leben, wie es sich in früheren Mädchenbüchern gut hätte erzählen lassen. Sie hat eine heilpädagogische Ausbildung, aber vor acht Jahren ihren Job an den Nagel gehängt, um mit ihrem Mann Robert auf ebenjenen Hof zu ziehen. Dort betreibt sie seitdem eine Ponyreitschule für Kinder. Inzwischen haben sie sechs robuste, freche kleine Ponys, und Janis' Mann Robert, der in einem Heim für geistig und körperlich beeinträchtige Kinder arbeitet, kommt mehrmals die Woche mit seinen Schützlingen zum Reiten und Ponystreicheln auf den Hof. Janis ist ein Tausendsassa. Sie betreibt diesen Ponyhof, baut Biogemüse an und hat – »nebenbei« – noch drei Kinder. Die fünfjährigen Zwillinge Per und Pia und die einjährige Jella. Dass Matti sich in dieses alternative Leben zurückziehen wollte, war zwar eine Überraschung, aber gleichzeitig leuchtete mir ihr Plan ein.

Dennoch spürte ich einen Stich in der Herzgegend. Gerade hatte ich mich ein wenig an die räumliche Enge zu Hause gewöhnt und fühlte mich in dieser Zeit der Trauer sogar geborgen durch die Enge. Jetzt wollte Matti also unser Nest wieder verlassen.

»Ihr helft mir doch alle beim Umzug?«, versicherte sie sich.

Nachdem wir diese Neuigkeiten verdaut hatten, meinte Leo: »Mama, jetzt könnte sich ja dein jugendlicher Liebhaber, dieser Orhan, mal richtig beliebt machen und beim Umzug mitanpacken! Oder hat sich dein Romeo vom Acker gemacht, weil Papa wieder aufgekreuzt ist?«

Tatsächlich hatte sich Orhan in der letzten Zeit etwas rargemacht. Das hatte aber wohl eher mit seinen eigenen Problemen bei der Überwachung seines spielsüchtigen Bruders als mit Henks Anwesenheit zu tun.

Beim Stichwort »jugendlicher Liebhaber« horchte Henk sofort auf. »Einen jugendlichen Liebhaber hast du also auch, soso«, knurrte er mürrisch. »Dann verstehe ich auch, warum du dich nachts so oft herumtreibst und mich auf den frisch gekochten Mahlzeiten sitzen lässt!«

Obwohl mich Henks unangemessene Besitzerattitüde reichlich ärgerte, beschloss ich, dass es nun an der Zeit war, meine kleine Scharade aufzuklären.

»Nein, ich habe keinen Liebhaber«, sagte ich fest. »Weder jugendlich noch altertümlich. Und zwar genau aus dem Grund: weil ich keine Beziehung mehr möchte. Das könnten sich vielleicht einfach mal alle merken. Ich bin allein besser dran. Orhan ist nichts weiter als ein Freund.« Als Leo zweifelnd die Augenbrauen hob und mich unterbrechen wollte, fuhr ich schnell fort: »Dass ich euch mit ihm ein wenig hinters Licht geführt habe, hatte vor allem damit zu tun, dass ich dir, lieber Leo, deine eigene Dreistigkeit ein bisschen vor Augen führen wollte. Ich dachte, wenn du mal gezeigt bekommst, wie unangenehm es für andere ist, wenn sie ständig am Sexleben Dritter teilhaben müssen, dann hat das auf dich einen pädagogischen Effekt! So, und nun wisst ihr Bescheid!«

An dieser Stelle entwich Henk ein deutlicher Seufzer. Dass für ihn noch lange kein Grund bestand, sich auf uns als alterndes Paar à la *Philemon und Baucis* Hoffnungen zu machen, wollte ich im Beisein der Kinder nicht klären.

Leo hingegen sah mich verletzt an. Sein Blick erinnerte mich an den Vierjährigen, den ich einst gegen seinen Willen in der Kita hatte abliefern müssen. Jeden Morgen hatte Leo mir diesen verletzten Blick zugeworfen, als wolle er sagen: Du *liebst* mich nicht mehr! Und mit genau diesem Unterton eines verletzten Kindes sagte Leo nun: »Du wolltest mich *rausekeln*? Du hast dir diesen Schwachsinn ausgedacht, nur um mich *loszuwerden*?«

»Nein, Leo«, antwortete ich, »ich wollte nicht dich loswerden, sondern nur dein rücksichtsloses Verhalten mir und den Frauen gegenüber. Es macht einer Mutter keinen Spaß, dem eigenen Sohn dabei zuzusehen, das darfst du mir glauben. Es ist, davon abgesehen, ja auch nicht gerade Standard, dass ein erwachsener Sohn mit Mama zusammenwohnt. Da könntest du Loriot fragen, wenn er noch lebte.« Bevor Leo etwas einwenden konnte, redete ich schnell weiter: »Und um noch mal auf Orhan zu sprechen zu kommen: Er würde uns mit Sicherheit sehr gerne helfen, aber er hat momentan privat viel um die Ohren und außerdem eine größere Rolle in einer Fernsehserie. Gedreht wird in Köln, und er ist darum nur selten in Dortmund. Aber mach dir keine Sorgen, Matti: Wir schaffen den Umzug auch ohne Orhan. Und zwar ohne dass du auch nur einen Umzugskarton anpacken musst.«

Und genau so kam es auch. Den größten Beitrag zu Mattis Umzug leistete Christian. Er fuhr mit dem Lieferwagen seiner Firma vor und brachte eine wunderschöne alte Kommode mit, die er für Matti aufgearbeitet und als Wickelkommode umfunktioniert hatte. Außerdem hatte er einen Schaukelstuhl für sie aufgetrieben, und auch den schenkte er ihr: »Wenn du einen schönen Platz zum Stillen brauchst oder dein Baby auf dem Arm in den Schlaf schaukeln willst.«

Ich sah, dass Matti wirklich gerührt war.

Die Schlepperei erledigten hauptsächlich Christian und Leo. Ich war mit Henk bereits nach Wuppertal vorgefahren, um dort beim Auspacken zu helfen. Schon öfter war ich auf Janis' und Roberts Bauernhof gewesen. Aber heute sah ich alles mit anderen Augen. Wenn dies der Platz sein sollte, an dem Matti ihr Baby großziehen wollte, so hätte sie sich kein romantischeres Ambiente aussuchen können.

Der Hof lag auf einer Bergkuppe am Rande eines kleinen Wäldchens. Um das Haupthaus herum standen alte Eichen. Gegenüber lagen die Pferdeställe, in denen neben Janis' eigenen Ponys auch einige Einstellpferde unterkamen. Auf den Weiden rund um den Hof herum entdeckte ich eine kleine Herde Großpferde, auf einer kleineren Weide standen sechs rundliche Ponys und wedelten in eifriger Gelassenheit mit ihren dicken Schweifen Fliegen weg. Eine Idylle.

Mattis Wohnung war winzig klein, aber ausgesprochen niedlich: ein Wohnzimmer, eine winzige Küche, ein Schlafzimmer und eine kleine Kammer, die Matti als Kinderzimmer nutzen wollte. Alle Zimmer hatten Schrägen. Das Badezimmer würde sie sich mit Janis und ihrer Familie teilen. Bis vor einigen Monaten hatte hier Roberts Papa gewohnt. Der war aber inzwischen in ein Seniorenstift gezogen, und so war die Wohnung für Matti frei geworden.

Als wir auf den Hof einfuhren, wurden wir von fröhlichem Gebell empfangen. Beim Aussteigen umtanzten uns drei dackelähnliche Hunde. Sicherlich nicht als Wachhunde gedacht.

»Da seid ihr ja!« Freudestrahlend kam Janis uns mit der kleinen Jella auf dem Arm entgegen. Sie ist ein so herzlicher Mensch, dass ich mich immer schon gefragt habe, wie meine eher steife Schwester ein so zauberhaftes Wesen hat zustande bringen können.

Ebenso gleichmütig wie die Tiere auf den Weiden wedelte Janis die Fliegen weg, die uns alle sofort umschwärmten. Jella kaute auf einem Brotkanten, der ebenfalls von Fliegen begehrt wurde. Obwohl es noch relativ früher Morgen war, war es schon richtig heiß.

»Kann ich Pi aus dem Auto lassen?«, fragte ich deshalb. »Oder legen sich deine kleinen ›Hausherren‹ dann mit ihm an?«

Janis lachte. »Hier auf unserem Hof laufen so viele Viecher rum, da kommt es auf eins mehr oder weniger kaum an. Nur meine Hühner darf er nicht scheuchen.«

Ich versprach aufzupassen, und kaum war Pi dem aufgeheizten Auto entronnen, tollte er begeistert mit den drei Möchtegerndackeln herum. Henk hatte Proviant vorbereitet und fragte nach einem Kühlschrank. Irgendwie hatte er sich in der letzten Zeit zu einem begeisterten Familienversorger entwickelt. Mir war diese Seite von ihm bisher völlig entgangen.

Als Christians Lieferwagen mit Mattis Habseligkeiten schließlich auf den Hof rollte, hatten wir alles bereits so vorbereitet, dass die Möbel nur noch ausgeladen und aufgebaut werden mussten.

Matti kam mit ihrem kleinen Smart hinterher. Der Umzug wirkte wie ein fröhliches Familienfest, und bei so vielen helfenden Händen war die Arbeit trotz der Hitze schnell geschafft. Unser Umzugspicknick nahmen wir an einem riesigen Holztisch unter den Eichen im Schatten ein. Janis hatte zur Feier des Tages einen frisch gebackenen Apfelkuchen beigesteuert, und als wir alle satt und zufrieden – und nach wie vor von Fliegen belagert – zusammensaßen, sah ich Matti zum ersten Mal seit Wochen strahlen. Eine Welle tiefer Dankbarkeit und Verbundenheit überrollte mich. Auch Christian wirkte mir gegenüber nicht mehr so angespannt und beleidigt wie bei unseren letzten Begegnungen zuvor.

Deshalb hörte ich zunächst nur mit halbem Ohr hin, als Leo sagte: »So, Mama. Kind Nummer eins bist du nun wieder los. Und in einer Woche folgt Kind Nummer zwei.«

Ich nickte träge und schläfrig. Bis mir aufging, was Leo da gerade gesagt hatte. Ich spürte ein leichtes Ziehen in der Herzgegend. »Was willst du damit sagen, Leo?«

»Das bedeutet, dass ich dir deinen Kronprinzen eine Zeit lang entführen werde«, antwortete Henk an Leos statt. »Ich habe einen großen Fotoauftrag von einem grünen Reiseunternehmen. Ich werde für sie in Nepal Werbefotos für ihren Katalog machen. Und weil mir langsam das viele Schleppen der Ausrüstung zu schwer wird, habe ich Leo als Assistenten angeheuert.«

Großes Hallo und Beifallklatschen. In meinem Kopf dagegen nur völlige Leere.

»Nepal?« Erst nach einigen Minuten gelang es mir zu sprechen.

»Ja, geil, oder?« Leos Augen glühten vor Begeisterung.

»Aber Nepal ist gefährlich«, wandte ich verzagt ein. »Hatten die nicht vor wenigen Jahren dort so ein schlimmes Erdbeben?«

»Hahaha, Mama! Du bist einfach unfassbar!«, lachte Leo. »Noch vor wenigen Tagen hast du mir erklärt, dass du alles darangesetzt hast, mich wieder loszuwerden, und jetzt behandelst du mich wieder wie ein Küken ohne Flügel.«

Henk musterte mich nachdenklich. »Keine Sorge, Mila«, sagte er schließlich. »Das Erdbeben war vor vier Jahren. Inzwischen haben die ihr Frühwarnsystem verbessert, und das meiste ist auch wieder aufgebaut. Gönn dem Jungen doch mal etwas Abenteuer!«

»Soll das etwa heißen, Bruderherz, dass du nicht da bist,

wenn mein Baby zur Welt kommt?« Mattis Frage kam mir gut aus. Ich selbst hatte mich gar nicht getraut zu fragen, wie lang die Reise dauern sollte.

»Keine Sorge, Eule!« Leo grinste. »Dich als fette Kugel durch die Gegend rollen zu sehen, lasse ich mir nicht entgehen. Im September ist Onkel Leo wieder da und passt auf dich auf. Genug Zeit, um meinen kleinen Neffen angemessen zu empfangen. Ich bringe dem Kleinen was Schönes aus Nepal mit, versprochen.«

»Dem Kleinen? Woher willst du wissen, dass es ein Junge wird?«, fragte Matti erstaunt.

»Intuition, Schwesterchen. Wirst schon sehen, den ersten Fußball kriegt er von seinem Onkel.« Als Matti lachte, fragte er weiter: »Oder weißt du schon was, was wir nicht wissen? Sag, Dicke: Weißt du etwa schon, was es wird, und hast es Onkel Leo nicht verraten?«

Matti streichelte ihren Bauch und lächelte geheimnisvoll.

Der Rest des Gesprächs rauschte an mir vorbei. Ich spürte, wie mir der Schweiß in kleinen Bächen überall am Körper herunterrann. Eine besonders penetrante Fliege versuchte, mir ins Ohr zu krabbeln. Pi lag hechelnd auf meinen Füßen. Plötzlich fand ich den Bauernhof gar nicht mehr so idyllisch. Im Laufe des Nachmittags waren mehrere Autos auf den Hof gefahren, und Menschen, hauptsächlich Frauen unterschiedlichsten Alters, hatten ihre Pferde von der Weide geholt. Da wurde gestriegelt, gelacht, gesattelt. Hufschlag klapperte vom Hof und kam wieder zurück.

Hier wird Matti ja nie ihre Ruhe finden, schoss es mir durch den Kopf. *Und diese ewigen Fliegen. Und bestimmt abends Schwärme von Mücken. Und dann diese winzige Wohnung. Viel zu heiß im Sommer.* Meine Gedanken verdüsterten sich zunehmend, als braute sich in meinem Kopf ein Gewitter zusammen. Prompt bekam ich Kopfschmerzen. Als Henk sah, dass ich mir immer wieder an den Kopf fasste, machte er mir ein Zeichen, dass wir fahren sollten.

Ich umarmte alle, was inzwischen eine klebrige Angelegenheit war, und flüchtete mit Henk und Pi ins Auto.

Auf der Rückfahrt schwiegen wir eine ganze Weile. Schließlich durchbrach Henk die Stille: »Dir gefällt es nicht, dass Leo mich nach Nepal begleitet, oder?«

»Ich weiß nicht«, antwortete ich. »Das kommt alles so plötzlich. Und Nepal ist so weit. Leo sollte sich vielleicht mal über seine weitere berufliche Perspektive Gedanken machen, statt mit dir in der Weltgeschichte herumzugondeln. Und er müsste sich auch Gedanken machen, wie er seine Schulden bei mir so langsam wieder –«

»Stopp, stopp, stopp!«, fiel mir Henk ins Wort. »Eins nach dem anderen, Mila. Denkst du, ich mache mir keine Gedanken um unseren Jungen? Ich glaube, ein kleiner Perspektivenwechsel könnte ihm helfen.«

»Nepal nennst du einen *kleinen* Perspektivenwechsel?« Meine Stimme klang gereizt.

»Er fährt nicht allein und hat einen erfahrenen Globetrotter an seiner Seite. Mila, warum fällt es dir so schwer, den Jungen loszulassen? Kannst du dich deshalb nur so schwer auf Menschen einlassen? Weil du Angst vor Trennungen und Verlust hast?«

Jetzt war ich sauer. »Du bist wohl kaum der Richtige, um zu beurteilen, was es bedeutet, sich wirklich auf jemanden einzulassen«, giftete ich. »Du hast doch immer dein Bündel geschnürt, wenn es dir zu eng wurde.« Damit drehte ich das Radio laut auf.

Gespräch beendet.

Ausgerechnet *Big in Japan* von Alphaville lief. *Crystal bits of snowflakes all around my head an in the wind* – zierliche Kristalle von Schneeflocken um meinen Kopf und im Wind …

Schnee im Himalaya, schoss es mir auch prompt durch den Kopf. *Und mein Sohn ist mit seinem verantwortungslosen Vater dort unterwegs. Und dann gibt es dort Denguefieber, Gelbfieber und Hepatitis A.*

»Du bekommst ihn heil wieder, Mila. Versprochen.« Henk unterbrach meine Gedanken und drehte das Radio leiser. »Die Indienreise hat ihm damals auch gutgetan, schon vergessen? Du willst doch nicht, dass er so ein Muttersöhnchen bleibt.«

»Muttersöhnchen?« Ich schnappte nach Luft. Gerade wollte ich loslegen und meine Wut und meine Angst an Henk auslassen, aber der fiel mir sofort ins Wort:

»Hey, Mila! Kein Vorwurf, ehrlich. Du hast deinen Job als Mutter super gemacht, und ich habe großen Respekt davor. Ich weiß, dass ich als Vater meistens eine Niete war.«

Hör an, hör an!

»Aber lass mich doch jetzt auch mal nützlich sein. Der Junge hängt dir zu sehr am Rockzipfel. Das ist kein Vorwurf, und wenn, dann eher einer an mich selbst. Ich habe euch im Stich gelassen und versuche, ein bisschen wiedergutzumachen. Wenn Leo nicht endlich erwachsen wird, dann wird ihn Aurélie auch bald in den Wind schießen. Keine Frau will ein Muttersöhnchen. So eine selbstbewusste wie Aurélie schon gar nicht. Spring über deinen Schatten, und hilf dem Jungen, sich abzunabeln. Ich passe wirklich auf ihn auf. Was für gefährliche Sachen, glaubst du denn, werde ich mir altem Mann selbst noch zumuten? Machen wir uns nichts vor: Ich bin ein Wrack, und was ich schaffe, schafft ein junger, starker Kerl doch allemal. So, und jetzt zieh deine Stirn nicht so kraus. Du hast bisher noch ziemlich wenig Falten, meine Schöne. Und das soll auch so bleiben.« Mit diesem Satz strich er mir mit der Hand über die Stirn.

»Lass das, ich sehe ja nichts mehr«, lachte ich. Henks Botschaft war bei mir angekommen. Es war offensichtlich einfach so: Die Zeiten standen auf Abschied. Erst Ante, dann Matti und in einer Woche auch noch Leo.

Mitten in der Nacht wachte ich schweißnass auf. Nach unserer Heimkehr hatte ich schnell geduscht und war dann völlig erschossen auf der Couch eingeschlafen. Irgendwann hatte Henk mich geweckt, und ich war in mein Bett umgezogen. Mühsam sortierte ich meine Sinne. Die Luft war nach wie vor drückend, aus dem Nebenzimmer drangen gedämpfte Geräusche herüber, die nicht schwer einzuordnen waren. Leo! Feierte offenbar schon einmal Abschied mit seiner Aurélie …

Na, zumindest das würde mir demnächst erspart bleiben. Erleichtert wollte ich mich auf den Rücken drehen, da spürte ich, dass Henk sich von hinten an mich herandrängte. Er roch nach Wein und Schweiß. Das war schon unangenehm genug, aber ich spürte seine Erektion im Rücken, und er fing an, sich an mir zu schaffen zu machen.

Wütend rückte ich ein Stück von ihm ab. »Lass das!«

Henk rutschte hinter mir her und raunte: »Immer noch Kopfschmerzen?«

»Nein«, antwortete ich, nun nicht mehr leise. »Keine Kopfschmerzen und trotzdem keine Lust, stell dir vor.«

Zu meinem Entsetzen schien das Henk nicht sonderlich zu stören. Er begann, sich selbst zu befriedigen, und atmete dabei laut vernehmlich. »Du bist so sexy«, murmelte er leise. »Komm, mach mit.«

»Hör auf!«, zischte ich ihn wütend an. »Sonst fliegst du endgültig aus meinem Schlafzimmer:«

Noch während ich darauf wartete, dass er sich verzog, machte er ungerührt weiter, atmete immer heftiger, und nach einer Weile hörte ich, dass er nach seinem T-Shirt neben dem Bett griff und sich offensichtlich trockenwischte. Kurz danach erklang sein nächtliches Schnarchkonzert.

Ich war empört und gleichzeitig furchtbar sauer auf mich, dass ich es immer noch nicht schaffte, ihm deutlichere Grenzen zu setzen. Hier würde ich nicht bleiben! Leise glitt ich aus dem Bett, zog mir ein dünnes Kleid über den Kopf und verließ das Schlafzimmer.

Im Flur wurde ich von einem begeistert wedelnden Pi begrüßt. Kurz entschlossen schnappte ich mir seine Leine und ging mit ihm hinaus in die warme Nacht. Mit großen Schritten lief ich ziellos umher – bis mich mein Weg schließlich zu Hannes' Haus führte. Ich wühlte in meiner Handtasche und fand tatsächlich den Schlüssel.

Vorsichtig schloss ich die Tür auf und ging auf leisen Sohlen in mein Arbeitszimmer. Dort zog ich mir den Schlafsessel aus, den Hannes mir geliehen hatte. Pi ließ sich glücklich schnaufend neben mir nieder. Im Dunkeln hörte ich, wie er sich schmatzend leckte. Ohne hinzusehen, wusste ich, an welcher Stelle er sich so begeistert abschleckte. Warum nur musste ich ständig von einer gierigen, um sich greifenden sexuellen Energie umgeben sein? Könnte ich doch endlich ein Mal meine absolute Ruhe haben!

Als ich mich am nächsten Morgen auf den Weg nach Hause machen wollte, begegnete ich Hannes im Flur. Er kam gerade vom Joggen zurück und zog überrascht die Augenbrauen hoch. »Du bist aber heute früh dran. Bist du aus dem Bett gefallen?«

»Ich bin nicht gerade erst gekommen. Eher wollte ich gerade gehen.« Ich spürte eine unerklärliche Verlegenheit.

»Oh, Stress zu Hause? Hast du im Arbeitszimmer geschlafen?«

»Ja, entschuldige, dass ich dich nicht vorher gefragt habe. Aber ich bin spontan heute Nacht von zu Hause ausgewandert. Ich hoffe, das war in Ordnung?«

»Aber genau dafür habe ich dir doch den Sessel ausgeliehen«, sagte Hannes. »Vorschlag: Ich dusche jetzt, und danach frühstücken wir beide ganz in Ruhe zusammen, und du erzählst mir alles, wenn du magst.«

Zu meinem eigenen Entsetzen wurde ich flammend rot. Die nächtlichen Sexeskapaden meiner Mitbewohner waren mir dann doch zu peinlich.

Hannes bemerkte meine Verlegenheit. »Natürlich müssen wir nicht reden. Aber frühstücken ist immer eine gute Idee.« Damit verschwand er in seinem Badezimmer.

Während Hannes duschte, bereitete ich uns Kaffee, Tee und Müsli zu. Ich kannte mich in Hannes' Küche mittlerweile gut aus.

Als wir wenig später kauend und schweigend zusammensaßen, hörte ich durch die geöffneten Fenster, wie draußen langsam das Leben erwachte. Vor dem Fenster näherten sich Schritte und entfernten sich dann wieder – wer bei dieser sommerlichen Hitze joggen wollte, musste sich früh aufraffen.

»Du warst ja auch richtig früh auf den Beinen. Joggst du immer so früh?«, fragte ich.

»Nein!« Hannes lachte. »Ich bin normalerweise nicht unbedingt ein so extremer Frühaufsteher. Aber diese Nacht war wirklich grauenhaft heiß, und ich habe nicht gut geschlafen. Guck nicht so erschreckt, Mila. Du hast mich mit deinem Auftauchen ganz sicher nicht gestört. Ich habe mit dem Kopfhörer Musik gehört. Das hilft mir manchmal beim Wiedereinschlafen. Das hat in dem Fall nur nicht viel gebracht. Irgendwann im Morgengrauen habe ich mir gedacht: *Okay, der Klügere gibt nach,* und bin losgelaufen.«

»Ja, die Hitze macht mich auch fertig«, sagte ich. »Ich bin gespannt, wie Matti das in ihrer neuen Wohnung aushält. Schwanger und dann bei Hitze unterm Dach – das erscheint mir nicht verlockend.«

Und dann erzählte ich Hannes doch noch, was sich in den letzten Tagen ereignet hatte. Nein, natürlich nicht alles. Henks nächtliches Verhalten war mir noch immer zu peinlich. Dabei hätte es ihm peinlich sein müssen. Aber ich war mir sicher, dass dem nicht so war: Henk hatte schon immer eine freizügige Art gehabt. Und er hatte noch nie gemerkt, wenn er Grenzen überschritt. Aber das wollte ich nicht mit Hannes diskutieren.

»Und nun ist demnächst auch Leo weg«, schloss ich irgendwann. »Henk nimmt ihn mit nach Nepal. Kannst dir vorstellen, dass es mir nicht ganz leichtfällt, ihn ziehen zu lassen.« Erstaunlicherweise konnte ich Hannes gegenüber problemlos zugeben, wie schwer es mir fiel, die räumliche Enge, die mir die letzten Monate aufgedrängt worden war, nun wieder zu verlieren.

»Loslösen ist ein schmerzlicher Prozess, Mila. Als meine Tochter damals nach Neuseeland ging, habe ich nächtelang Rotz und Wasser geheult. Und da wusste ich noch nicht einmal, dass sie für immer dortbleiben würde.« Hannes sah mich an. »Vergib dir diese Gefühle, und lass deinen Sohn ziehen. Kennst du eigentlich *Tanguy*?«

»Nein, wieso? Was ist das?«

»Ein französischer Film. Den musst du unbedingt mal anschauen, ist schon etwas älter – ich glaube so um 2001 oder 2002 lief der in den Kinos. *Tanguy – Der Nesthocker*. Die Franzosen haben das Phänomen der Nesthockerkinder schon viel früher thematisiert als wir hier in Deutschland. Im Film geht es um einen Sohn, der nicht ausziehen will. Es ist eine Komödie und wirklich brüllkomisch. Ich habe ihn auf DVD. Komm doch einfach heute Abend zu mir, und wir schauen uns den Film gemeinsam an. Du wirst sehen, über diesen ganze Quatsch zu lachen hilft ungemein.«

Ich sagte sofort begeistert zu. Die Vorstellung, Henk in den nächsten Tagen möglichst oft zu entkommen, war ausgesprochen attraktiv.

* * *

Der erste Kontakt zwischen Margot und Traudel verlief genauso katastrophal, wie ich befürchtet hatte. Wir hatten uns einige Tage nicht gesehen, heute aber hatte Margot Zeit, um mich nach Hause zu begleiten.

Nach einem kleinen Frühstück führte ich Margot in Traudels Wohnung. Vorsichtig betrat ich Traudels Schlafzimmer. Es war stickig und roch nach ungewaschener Wäsche. Traudel lag nur mit einem dünnen Nachthemd bekleidet auf dem Bett, die Vorhänge waren zugezogen.

»Gib es auf. Ich habe keinen Hunger!«, knurrte meine alte Freundin mich an, kaum hatte sie mich bemerkt.

»Ich bringe dir kein Frühstück, Traudel«, antwortete ich. »Ich habe dir jemanden mitgebracht. Ein Freundin, die dich gerne kennenlernen möchte.«

Traudel schoss in ihrem Bett hoch und zischte mich giftig an: »Wie kommst du nur auf die Idee, dass ich jemanden kennenlernen will! Geh weg, und nimm deine Freundin mit!«

Aus dem Augenwinkel sah ich, dass Margot das Schlafzimmer nach mir betreten hatte. »Das war nicht Milas Idee«, sagte sie mit ruhiger Stimme. »Das war meine Idee. Ich habe auch vor fünf Jahren meinen Mann verloren. Ich wollte mich mit Ihnen unterhalten, mehr nicht.«

»Raus!« Traudels Stimme bebte vor Wut. »Raus, alle beide! Es ist mir völlig egal, wen oder was Sie verloren haben. Und ich will mich ganz sicher nicht unterhalten. Macht, dass ihr rauskommt!«

Ich sah hilflos zu Margot hinüber. Die schien von Traudels Anschiss völlig unbeeindruckt. Ruhig machte sie mir ein Zeichen zum Rückzug. Im Hinausgehen sagte sie wie beiläufig: »Wir gehen dann mal. Aber ich komme ganz bestimmt wieder. Das verspreche ich. Und das mache ich einfach so lange, bis Sie mir zehn Minuten zugehört haben.« Damit schloss sie die Tür von außen.

Schweigend stiegen wir die Treppen zu meiner Wohnung hoch. Seufzend ließ ich mich auf die Küchenbank fallen. »Ein schwerer Fall, oder?«

Margot lächelte mich unbekümmert an. »Immerhin, das war doch schon mal ein Anfang.«

»Deine Gelassenheit in allen Ehren, aber ich würde das eher als Scheitern auf ganzer Ebene betrachten«, widersprach ich.

»Mila, du bist eine wunderbare Frau. Und ich liebe deine Empathiefähigkeit und deine Emotionalität. Aber wenn es um komplizierte Gefühle bei andern geht, dann hast du manchmal echt Tomaten auf den Augen«, antwortete Margot.

»Genau das ist mein Reden!«

Henk! Ich hatte gar nicht mitbekommen, dass er in die Küche gekommen war.

»Halt du dich da raus!«, fauchte ich ihn an. »Du weißt doch gar nicht, wovon wir gerade reden.«

Henk lachte nur und reichte Margot die Hand. »Darf ich mich vorstellen? Ich bin Henk.«

Margot ergriff seine Hand und antwortete: »Freut mich. Ich bin Margot, eine Freundin von Mila. Und dieses hässliche Hundemonster, das sich da gerade über Pis Futterschale hermacht, das ist mein Hund Ede.«

Als er seinen Namen hörte, wedelte Ede schwach mit dem Schwanz, ließ sich aber nicht stören.

»Wo ist Pi überhaupt?«, fragte ich Henk.

»Der ist mit Leo und Aurélie unterwegs. Die beiden sind erst spät wach geworden und waren sich nicht sicher, ob du schon deine Morgenrunde mit dem Hund gedreht hast. Nachher bin ich übrigens mit Leo in Köln. Ich kenne dort einen guten Laden, wo man sehr günstig Treckingklamotten kaufen kann. Unseren Flug haben wir jetzt auch gebucht. Übermorgen geht es von Frankfurt nach Kathmandu. Von hier nach Frankfurt fahren wir mit dem Zug, es sei denn, du legst Wert darauf, uns persönlich nach Frankfurt zu kutschieren.«

»Übermorgen schon?«

»Je eher du dich von deinem Kronprinzen losreißen musst, desto eher hast du ihn wieder zurück«, sagte Henk. »Und mich dann gleich dazu, falls dich auch das interessiert.« Er sah mir neugierig ins Gesicht.

Jetzt reichte es aber! »Henk! Vielleicht einfach mal zum Mitschreiben: Dass du in der Weltgeschichte herumgondelst, daran habe ich mich schon vor siebenundzwanzig Jahren gewöhnen müssen. Mir ist das schon lange egal. Es geht mir allein um Leo, und das ging es mir all die Jahre immer. Der hätte einfach ganz gerne einen festen männlichen Bezugspunkt in seinem Leben gehabt. Aber dafür ist es jetzt zu spät. Leo ist erwachsen, wie du nicht müde wirst, mir immer wieder unter die Nase zu reiben. Also komm oder geh, fahr nach Timbuktu oder Kathmandu, bleib, so lange du willst, und erwarte bitte nicht, dass mich das so sonderlich interessiert.«

Henk zog seine ausgelatschten Sandalen unter der Bank hervor und drehte sich zu Margot: »Komplizierte Gefühle und Tomaten auf den Augen … Ich kenne Sie ja nicht näher, aber besser hätte man Mila kaum beschreiben können. Hat mich gefreut. Sag Leo, wenn er wiederkommt, Abfahrt ist um fünfzehn Uhr von hier. Und jetzt trink mal was Kaltes, Mila. Dir kocht manchmal bei Hitze die Festplatte.« Er tippte sich an die Stirn und ging zur Tür. »Habe die Ehre!«

»Na, der ist ja 'n witziger Vogel«, meinte Margot.

»Kommt ganz darauf an, welchen Humor man so hat«, antwortete ich.

Ede kam und schnüffelte neugierig an meiner Hand. Wahrscheinlich hätte er gerne gehabt, dass ich ihm Pis Futterschale noch einmal füllte. Stattdessen holte ich einen Krug Eistee aus dem Kühlschrank und goss mir und Margot ein Glas voll.

»Lass es uns morgen bei Traudel noch einmal versuchen«, schlug Margot vor.

Ich nickte, auch wenn ich nach wie vor nicht davon überzeugt war, dass das irgendetwas bringen könnte.

Diese Einschätzung sollte sich, wie so oft in meinem Leben, als falsch erweisen. Am vierten Morgen in Folge ließ sich Traudel, abweisend wie eh und je, endlich darauf ein, Margot zehn Minuten zuzuhören, wenn sie nur danach von ihr in Ruhe gelassen würde. Ich verließ das Schlafzimmer und habe bis heute keine Ahnung, was genau Margot in diesen zehn Minuten gesagt hat. Es scheint jedoch gewirkt zu haben, denn ab diesem Tag war Traudel bereit, sich auf Margot einzulassen.

An diesem Morgen jedenfalls war ich froh, mich zurückziehen zu können. Ich hatte noch mit meinem Abschiedsschmerz zu kämpfen, denn am Vortag hatte ich Henk und Leo gemeinsam mit Aurélie zum Bahnhof gebracht. Da Aurélie tapfer nicht eine Träne vergoss und Leo liebevoll mit allen möglichen Neckereien aufheiterte, hatte ich mir nicht die Blöße geben wollen, meine Traurigkeit zu zeigen. Als der Zug einfuhr, waren Leo und Aurélie so damit beschäftigt, einander abzuknutschen, dass ich nicht dazwischenfunken wollte. Stattdessen ließ ich mich von Henk fest in die Arme nehmen.

»Wir kommen beide heil und gesund wieder, Mila«, versprach er. »Und danach werden wir beide in Ruhe über uns reden und ein neues Kapitel in unserem Leben aufschlagen.«

Im nächsten Moment hatte Leo mir ein flüchtiges Küsschen auf die Wange gedrückt, verschwand im Zug und winkte fröhlich durch das geöffnete Fenster. Der Pfiff des Schaffners, der die Abfahrt des Zuges freigab, ging mir mitten durchs Herz.

Als ich dem Zug wehmütig hinterhersah, hakte Aurélie sich bei mir unter, und sie blieb auch untergehakt, als wir durch den Bahnhof gingen. Es war immer noch unerträglich heiß. Als wir am Ausgang des Bahnhofs von einem Bettler angequatscht wurden, gab ich ihm entgegen meiner Gewohnheit einen Zehneuroschein.

»Bist du auch so abergläubisch?«, fragte Aurélie.

Ich war über ihre Feinfühligkeit erstaunt. Tatsächlich hatte ich gedacht: *Wenn mein Sohn auf der Reise einmal in Schwierigkeiten geraten sollte, wäre er auch auf Hilfe angewiesen.* Mit meiner Spende versuchte ich quasi, das Schicksal zu bestechen, dass meinem Sohn genauso großzügig geholfen werden würde.

»Leo braucht diese Zeit, Emilia«, sagte Aurélie leise. »Mir fällt der Abschied auch nicht leicht, aber Leo braucht dringend jemanden, der ihm was zutraut. Man kann zu Henk stehen, wie man will. Aber er traut Leo was zu, und das ist momentan das Beste, was Leo passieren kann. So, und jetzt zeige ich dir meine absolute Lieblingseisdiele und lade dich zum größten Eisbecher ein, den du schaffst.«

»Meine Güte, Aurélie«, sagte ich. »Wie alt bist du eigentlich?«

»Ich weiß, was du meinst«, sagte sie. »Ich wirke auf viele älter, als ich bin. Ich habe in meiner Familie immer viel Verantwortung getragen, und das prägt.«

Während ich mir den wirklich köstlichen Eisbecher in Aurélies Lieblingseisdiele schmecken ließ, erfuhr ich eine Menge über Aurélie und ihre Familie. Die Amarenakirschen hatte ich mir bis zum Schluss aufgehoben. Während ich mir nach und nach die übersüßen Kirschen in den Mund steckte, gab ich zu: »Ich habe keine wirkliche Vorstellung von Benin. Ich weiß nur, dass es irgendwo in Westafrika liegt, richtig?«

»Genau«, antwortete Aurélie. »So gut wie niemand hier in Deutschland weiß etwas über Benin. Das ist nicht erstaunlich. Erstens ist es weit vom gängigen Geschmack eines Afrikatouristen entfernt. Zweitens gilt das Land als Hochburg des Voodoo, und das macht vielen potenziellen Touristen ein bisschen

Angst. Darüber regt sich mein Vater immer wieder total auf. Er ist nicht gläubig und lehnt diesen ganzen kindischen, traditionalistischen Firlefanz, wie er sich immer ausdrückt, entschieden ab.«

»Dein Vater lebt auch hier in Deutschland, oder?«

»Ja, in Göttingen. Er hat sich vor vielen Jahren in eine Gemeinschaftspraxis dort eingekauft. Er ist Kinderarzt, hat in Dresden studiert. Weil Benin sozialistisch war, hatte mein Pa ein Stipendium und konnte in der DDR unentgeltlich studieren. Nach der Wende hatte er zunächst eine Stelle als Kinderarzt in einer Göttinger Klinik. Danach hat er sich irgendwann selbstständig gemacht.«

»Dein Vater hat in der DDR studiert?« Ich kam aus dem Staunen kaum heraus.

»Ja, wie so viele andere aus Benin auch. Es gab einen regen Austausch zwischen Russland, der DDR und Benin.« Aurélie kratzte genüsslich einen Rest Sahne aus ihrem Eisbecher. »Mein Vater ist viel älter als meine Ma. Er hatte bereits in Dresden eine Familie. Die hat er verlassen, als er in den Westen ging. Warum, weiß ich nicht genau, und ich kenne auch meine Halbgeschwister kaum. Jedenfalls hat mein Pa irgendwann bei einem Heimaturlaub meine Ma kennengelernt. Sie ist sechsundzwanzig Jahre jünger als er, was in Afrika nicht ungewöhnlich ist. Aber im Gegensatz zu Pas erster Frau hat meine Ma meinen Vater und die gesamte Familie fest im Griff.«

Ich lächelte. »Daher hast du wohl deine Durchsetzungsfähigkeit?«

Aurélie nickte kurz und erzählte dann weiter: »Das ist nicht ungewöhnlich für westafrikanische Frauen, weißt du. Da sie in der Regel den ganzen Laden allein schmeißen, tun die meisten Männer oft nur so, als könnten sie sich gegen ihre Frauen behaupten. Meine Ma kommt aus Ganvié. Das ist ein kleines Städtchen nördlich von Cotonou. Die Ansiedlung ist auf Pfählen mitten in einen See gebaut. Ganvié bedeutet in der Sprache der Fon ›Leute, die den Frieden erreicht haben‹.«

Ich schämte mich ein wenig für meine Unwissenheit. Bisher hatte ich Afrika hauptsächlich mit Hitze und Staub in Verbindung gebracht. Viel darüber gelesen hatte ich nie.

»Die Menschen haben sich vor vielen, vielen Jahren in diese Lagune geflüchtet, um sich vor den Fon-Kriegern und den portugiesischen Sklavenfängern zu schützen«, fuhr Amélie unterdessen fort. »Die Eltern meiner Ma betreiben dort ein kleines Fischrestaurant. Wenn sich überhaupt Touristen nach Benin verirren, gehört ein Besuch in dieser Pfahlbausiedlung zum absoluten Muss. Trotzdem bringt das Restaurant meiner Oma nicht viel Geld. Ich fahre alle zwei bis drei Jahre hin, um Verwandte zu besuchen. Dieses Jahr wollte ich im November fahren. Dann ist das Wetter dort relativ erträglich, weil die zweite Regenzeit vorbei ist.«

»Das hört sich ja alles unglaublich spannend an, Aurélie!« Ich nippte an meinem Espresso, den ich inzwischen bestellt hatte. Der bittere Geschmack vertrieb angenehm die klebrige Süße der Amarenakirschen.

»Komm doch einfach mit«, sagte Aurélie, »das wäre ein Spaß. Wir machen uns einfach ein paar schöne Wochen zusammen. Ich warte eh noch auf einen Studienplatz, mein Abi war ziemlich schlecht. Deshalb habe ich auch die ganzen Praktika und ein Freiwilliges Soziales Jahr hinter mich gebracht. Wenn ich im nächsten Jahr wieder keinen Studienplatz bekomme, werde ich eine Ausbildung zur Hebamme beginnen. Da passt es gut, wenn ich im Winter noch mal reise. Ich könnte dir alles in Benin zeigen, was dich interessiert – wir könnten aber auch noch ins benachbarte Togo und von da aus nach Ghana weiterreisen. Was denkst du?« Sie zündete sich eine Zigarette an.

Als sie meinen erstaunten Blick sah, wedelte sie demonstrativ den Rauch von mir weg. »Ich weiß, du hasst Rauchen. Hat mir Leo schon erzählt.«

»Na ja, wir sitzen ja hier im Freien, da ist mir das egal«, sagte ich. »Und was Afrika betrifft ... also, reizen würde mich das schon. Aber ich bin ja nicht mehr die Jüngste, und ich weiß gar nicht, ob ich mit den Reisestrapazen und dem Klima zurechtkomme. Muss man für Benin denn Malariaprophylaxe einnehmen? Die soll ja so extrem ungesund sein ...«

Aurélie lachte. »Natürlich gibt es dort Malariamücken – reichlich. Aber, hey, Mila, jetzt mach dich nicht älter, als du bist. Wenn nicht jetzt, wann dann?«

»Immerhin werde ich im Dezember sechzig.«

»Super, dann kommst du ins knackige Alter!« Aurélie lachte schon wieder. »Da fängt es langsam an, hier und da zu knacken. Also nutz die Zeit, solange du noch so fit bist, und mach die spannenden Sachen jetzt.«

»Gut«, sagte ich und schnappte mir meine Handtasche, »ich denke in Ruhe drüber nach.«

Als ich dem Kellner winkte, um zu zahlen, hielt Aurélie empört meine Hand fest. »Eingeladen ist eingeladen«, sagte sie und zückte ihr eigenes Portemonnaie.

Wie hatte mein Sohn es nur geschafft, sich diese herzerfrischende junge Frau zu angeln!

* * *

Die folgenden Tage zogen sich zäh wie Kaugummi. Außer einem fröhlichen Selfie von Leo und Henk vor dem Hyatt in Kathmandu hatte ich bisher nichts von den beiden gehört.

Dreimal am Tag schleppte ich mich erschöpft von der Dauerhitze mit Pi durch den Wald. Auch er wollte offensichtlich nicht allzu viel Bewegung. Die ganze Welt schien nur noch in Zeitlupe zu funktionieren. Ich schlurfte lustlos durch meine Wohnung, trank literweise gekühlten Eistee und war mir selbst im Weg. Nicht mal mit Arbeit konnte ich mich ablenken. In meiner Agentur war gerade absolut tote Hose.

Ich hatte nun genau das, was ich mir all die Wochen und Monate vorher gewünscht hatte: meine absolute Ruhe. Und wusste damit gar nichts anzufangen. Ab und zu ging ich ins Schwimmbad. Aber das Gras war bräunlich, das Wasser wirkte lauwarm und nicht erfrischend, und um einen Schattenplatz zu ergattern, musste man schon sehr früh morgens ankommen. Am liebsten hätte ich mich für ein paar Wochen ins Eisfach gelegt und hätte mich erst im September wieder auftauen lassen.

Eigentlich brauchte ich jetzt, da meine Kinder und mein Ex das Nest wieder verlassen hatten, mein Arbeitszimmer in Hannes' Haus nicht mehr. Doch der Gedanke, diesen angenehm ruhigen Raum aufzugeben, machte mich traurig.

»An deiner Stelle würde ich das Arbeitszimmer hier bei mir behalten, Mila«, sagte Hannes, als wir eines Abends zusammen in seinem Garten saßen. Offenbar hatte er meine Gedanken erraten. »Auch wenn dir deine Wohnung momentan zu groß ist und du keinen zusätzlichen Raum brauchst: Es kann sich alles schnell wieder ändern. Wenn dir das zu teuer ist … Ich brauche die Miete eigentlich nicht unbedingt. Und bei mir ist es wesentlich kühler als bei dir. Wenn ich nächste Woche für drei Wochen verschwinde, kannst du auch gerne das ganze Haus bewohnen.«

»Du bist ab nächster Woche für ein paar Wochen weg? Das wusste ich ja gar nicht.« Ich hatte mich in meinem Liegestuhl aufgesetzt und sah Hannes entsetzt an.

Hannes lachte. »Ich bin ja nur für zwei, drei Wochen weg. Ich dachte, das hätte ich dir schon erzählt. Ich fahre einmal im Jahr für ein paar Wochen nach Ostende. Meine Schwester hat dort mit ihrer Frau eine Ferienwohnung direkt am Strand. Aber in der Hauptsaison ist es den beiden dort zu trubelig, da überlassen sie das Feld mir.«

»Dann bin ich ja hier in Dortmund ganz alleine.« Meine Stimme klang jämmerlich, und eh ich michs versah, kamen mir die Tränen.

Hannes sprang auf und kniete sich neben mir ins Gras. »Oje, Mila! Du hast einen akuten Anflug von Katzenjammer, und ich mache das Ganze noch schlimmer. Das wollte ich nicht. Weißt du was?« Hannes strich mir liebevoll meine verschwitzten Strähnen aus dem Gesicht. »Komm einfach mit! Mila, das ist überhaupt die Idee. Dass ich da nicht schon eher drauf gekommen bin! Ich Idiot. Es gibt in der Wohnung zwei Schlafzimmer, und an der Küste ist diese elendige Hitze viel besser zu ertragen. Wir fahren zusammen hin, und du bleibst, so lange du willst. Wir essen zusammen Fisch und Pommes und laufen am Meer entlang, und wenn ich dir auf die Nerven gehe, reist du einfach wieder ab.«

Ich wischte mir die Tränen aus dem Gesicht. »Das ist jetzt schon das zweite Reiseangebot in kurzer Zeit!«, lachte ich. »Aurélie hat mich eingeladen, sie im Herbst nach Benin zu begleiten. Da war ich noch nie. Und in Ostende, ehrlich gesagt, auch nicht. Aber was sagt denn deine Schwester, wenn du ihr einfach noch jemanden anschleppst? Geht das denn so ohne Weiteres?«

Hannes lächelte. »Meiner Schwester ist das so was von egal. Sie ist wirklich gastfreundlich und ein Schatz – solange ich ihr keine randalierenden Teenager anschleppe, hat sie ganz sicher nichts gegen einen weiteren Gast. Wie auch, sie selbst ist ja gar nicht da.«

»Und Pi?«, fiel mir mit Schrecken ein.

Pi klopfte müde mit dem Schwanz.

»Den nehmen wir einfach mit. Auch das ist kein Problem. Sei spontan, und sag einfach Ja, Mila. Dann kannst du dir das mit Benin immer noch in Ruhe überlegen.«

Mein Entschluss war schneller gefasst, als ein Ferkel blinzelt. Die Aussicht, ein paar Tage dieser Gluthitze in der Stadt zu entkommen, war einfach zu verlockend.

Dass ich Pi dann letztlich doch nicht mitnehmen konnte, ahnte ich zu dem Zeitpunkt noch nicht.

* * *

Zwei Tage vor meiner und Hannes' Abreise nach Ostende saß ich in einem dünnen Seidenkleid auf meiner Couch und kühlte meine Füße in einer Babywanne mit kaltem Wasser. Trotzdem schwitzte ich.

Es war Sonntagabend, und Pi hatte sich auf dem Holzfußboden lang ausgestreckt und sah mich träge und vorwurfsvoll an, als wäre ich für diese unerträgliche Hitze verantwortlich. Im Fernsehen lief der übliche Sonntagabendkitsch. Ich sah nicht wirklich hin, aber die Geräusche aus dem Fernseher gaukelten mir Gesellschaft vor. Nebenbei schrieb ich mit Matti WhatsApp-Nachrichten.

Egal, ob wir telefonierten oder schrieben: Der Ton, in dem Matti mir von ihrem neuen Leben auf dem Hof erzählte, war immer fröhlich und positiv. Sie hatte mir Fotos geschickt, auf denen sie mit ihrem dicken Bauch unter der alten Eiche im Hof saß und ebenfalls ihre Füße in einen Eimer mit kaltem Wasser badete. Auf ihrem Schoß schlief die kleine Jella, und direkt daneben hatte sich einer der Hofdackel eingerollt. Mir brach schon bei diesem Anblick der Schweiß aus, für Matti aber schien das alles völlig in Ordnung zu sein. Bei unserem letzten Telefonat hatte sie erklärt, dass sie tagsüber Jella betreute, da Janis momentan die Ferienreitkurse für Kinder leitete. Damit es den Ponys und ihren kleinen Reitschülern nicht zu heiß wurde, unterrichtete Janis morgens recht früh und im Wald. Sie brachte die kleine Jella deshalb schon vor dem Frühstück zu Matti, und Matti schien in ihrer neuen Aufgabe richtig aufzugehen. Außerdem hatte sie mir erzählt, dass sie inzwischen einen Geburtsvorbereitungskurs bei einer örtlichen Hebamme besuchte. Sie war die einzige Frau, die ohne Partner dort aufgetaucht war. Auf meine Frage, ob ihr das was ausmachte, hatte sie nur gelacht und gesagt, dass sie im Gegenteil ganz froh sei: »Den Stress, den die anderen werdenden Mütter haben, weil ihre Männer ständig laut schnarchend einschlafen, habe ich mir schon mal erspart.«

Wir hatten beide gelacht, und ich merkte, wie erleichtert ich war, dass Matti offensichtlich zu ihrer Leichtigkeit und Lebensfreude zurückgefunden hatte. Dennoch war ich völlig überrascht, als sie mich fragte, ob ich mir vorstellen könnte, nach der Geburt ihres Babys für ein paar Tage zu ihr zu kommen, um ihr den Einstieg in das Leben einer Mama ein wenig zu erleichtern. Begeistert hatte ich zugesagt. Ich fühlte mich sehr geehrt, dass Matti mich offensichtlich als Mutter vorbildlich genug fand, um ihr in dieser Situation zu helfen.

Ich war gerade dabei, Matti eine Audiobotschaft von dem schnarchenden Pi aufzunehmen, um sie scherzhaft zu fragen, ob sie den als Ersatz für einen schnarchenden Vater in ihren Kurs mitnehmen wolle, als es an der Tür klingelte.

Ich nahm meine Füße aus der Babybadewanne und schlitterte Richtung Wohnungstür. Pi schaute mir nur träge hinterher.

Vor der Wohnungstür stand zu meiner großen Überraschung Xavier, Leos ehemals bester Freund. Ich hätte ihn fast gar nicht erkannt. Seine Haare waren im Gegensatz zu früher kurz geschnitten, und er wirkte insgesamt deutlich reifer als zu dem Zeitpunkt, als ich ihn das letzte Mal gesehen hatte. Er war ganz offensichtlich verlegen.

»Ist Leo da?«, fragte er.

»Nein, Leo ist in Nepal«, antwortete ich. Als Xavier erstaunt die Augenbrauen hochzog, fügte ich hinzu: »Er ist mit seinem Vater unterwegs. Ihr habt offensichtlich noch immer keinen Kontakt, sonst wüsstest du das.«

»Nein, darum bin ich hier. Ich wollte mit Leo reden. Es gibt einiges zu klären, und jetzt, wo so viel Gras über alles gewachsen ist, da dachte ich …« Er zögerte und fuhr dann fort: »Außerdem wollte ich Vieh abholen. Den hat Leo ja einfach mitgenommen.«

»Den Hund abholen?« Ich war empört. »Komm erst mal rein.« Ich öffnete die Wohnungstür ganz und winkte Xavier herein.

Kaum hatte Pi den eintretenden Xavier entdeckt, machte er ein wahres Freudentänzchen. Er winselte und hüpfte begeistert um Xavier herum. Der ließ sich auf dem Boden nieder und tollte sofort mit Pi herum. Ich spürte einen Stich in der Herzgegend. Auch Leo hatte immer so gerne mit Pi herumgetobt.

Als die beiden sich von ihrer Wiedersehensfreude erholt hatten, setzte sich Xavier mir gegenüber in einen Sessel. Kommentarlos schob er den Sessel näher zu mir, schnippte seine Flipflops von den Füßen und stellte seine Füße neben meine in den Wassereimer. Diese Nähe war nicht ungewöhnlich, denn ich hatte eigentlich immer ein gutes Verhältnis zu den Freunden meiner Kinder gehabt. Sehr zum Leidwesen von Leo, der zur Eifersucht neigte. Zum einen wollte er seine Freunde ganz für sich haben, zum anderen wollte er aber auch mich offensichtlich nicht mit seinen Freunden teilen.

Ich erinnere mich noch gut an eine Situation an einem der Kindergeburtstage. Ich glaube, es war Leos sechster Geburtstag, und einer seiner Freunde hatte plötzlich Durchfall bekommen und es nicht rechtzeitig zum Klo geschafft. Was also blieb mir anderes übrig, als das verzweifelte Kerlchen aus der verschissenen Hose zu ziehen und unter die Dusche zu stellen. Schon dieser Vorgang wurde von Leo mit zusammengezogenen Augenbrauen beobachtet. Als ich dann aber für den kleinen Wim frische Anziehsachen aus seinem Kleiderschrank holen wollte, bekam Leo einen Tobsuchtsanfall der Sonderklasse. Er warf sich immer wieder gegen die Schranktür und schrie mit hochrotem Kopf: »Der kriegt meine Sachen nicht! Der soll nicht in meine Sachen kacken!«

Ich versuchte, Leo zu beruhigen, und erklärte ihm, dass seinem Freund doch nur ausnahmsweise dieses Malheurchen passiert sei und wir ihm Anziehsachen borgen müssten, weil er doch nicht nackt nach Hause gehen könne. Da regte sich Leo noch mehr auf und schrie: »Der soll aber nackig nach Hause gehen! Der soll sofort gehen, der hat doch 'ne eigene Mama!«

Da erst war mir klar, woher der Wind wehte. Leo war eifersüchtig, weil ich mich so sehr um seinen Freund kümmerte. Die Vorstellung, es könnte für mich ein Hochgenuss sein, ein fremdes Kind aus einer Durchfallhose zu ziehen, war für mich so abstrus, dass ich dummerweise lachen musste. Dazu war Leo nämlich überhaupt nicht zumute. Er schrie und tobte weiter, bis Matti diese schreckliche Situation löste, indem sie aus ihren viel zu großen Anziehsachen einigermaßen passende für den armen, verschämten Wim heraussuchte.

Genau an diese Situation musste ich gerade denken. Wie ich Leo kannte, würde es ihm ganz bestimmt nicht gefallen, wenn er wüsste, dass ich hier mit seinem ehemals besten Freund saß und über dessen Probleme mit ihm reden wollte. Ich aber wollte Pi nicht einfach so herausrücken, also blieb mir nichts anderes übrig.

Xavier strich sich verlegen durch die kurz geschnittenen Haare. »Mila, du weißt bestimmt, dass Vieh eigentlich Thea gehört. Leo hat ihn bei seinem überstürzten … äh … Abgang einfach mitgenommen. Thea und ich haben jetzt eine Wohnung mit Garten, da können wir Vieh wieder zu uns nehmen.«

Ich bemühte mich, möglichst ruhig zu bleiben. Schließlich kannte ich bisher ja nur Leos Version der Geschichte, und Leo hat durchaus manchmal die Tendenz, die Dinge so zu erzählen, wie er sie gerne hätte. Also lehnte ich mich etwas zurück, nahm die Füße aus der Badewanne und sagte: »Erstens: Ich weiß, dass Leo die ein oder andere Riesenscheiße gebaut hat und dass er sich vor allem dir gegenüber extrem unfein benommen hat. Also, das schon mal ganz vorneweg, aber, und jetzt kommen wir zu zweitens: Leo hat mir gesagt, dass Thea den Hund aufgrund ihrer Schwangerschaft nicht mehr haben wollte. Angeblich aus Angst vor Toxoplasmose. Drittens: Ein Garten wird euch bei einem Hund dieser Größe nicht viel nützen. Er braucht mindestens zweimal am Tag einen richtigen Spaziergang von mindestens einer Stunde. Viertens: Ich habe den Hund von einer Hundetrainerin erziehen lassen. Er war völlig unerzogen und dadurch eine Zumutung für die Menschheit. Außerdem habe ich ihn beim Tierarzt chippen und impfen lassen. Das alles war übrigens nicht billig, obwohl es mir bei allem am wenigsten um Geld geht. Und fünftens: Vieh heißt inzwischen nicht mehr Vieh, sondern Pi.«

»Ah, echt? Pi? So wie in *Life of Pi Patel?* Cool!«

»Du kennst das Buch?«

»Den Film, ja, den kenne ich. Ich habe mir den doofen Namen für Vieh … äh … jetzt Pi, natürlich, auch nicht ausgedacht. Das war Thea. Und das mit der Toxoplasmose war natürlich Quatsch. Hunde übertragen das ja gar nicht.« Er lehnte sich ebenfalls zurück, ließ die Füße aber im Wasser. »Weißt du, Thea ist, seit sie schwanger ist, ein bisschen … äh … hysterisch, würde ich sagen. Das ist auch der Grund, warum ich Pi zurückholen will. Thea liegt nur noch rum und langweilt sich. Ich dachte, es wäre für sie und das Baby vielleicht schön, wenn sie durch den Hund einen Grund hätte, sich ein bisschen zu bewegen. Die weiteren Spaziergänge mache ich dann vor und nach der Arbeit. Und das Geld, das du für Hundeerziehung und Tierarzt ausgegeben hast, erstatte ich dir natürlich.«

Ich seufzte. So einfach würde ich Pi nicht wieder rausrücken. »Xavier, wir kennen uns nun schon so lange. Ich weiß, dass du ein feiner Kerl bist und es gut mit deiner Freundin meinst. Aber ein Hund ist kein Spielzeug gegen Langeweile. Deine Thea hatte offensichtlich schon vorher keine richtige Vorstellung davon, was ein Hund braucht. Da habe ich meine Zweifel, dass das jetzt im hochschwangeren Zustand anders sein sollte.« Ich richtete mich ein wenig auf. »Das Geld für Tierarzt und Hundetrainerin ist zwischen uns ja ohnehin das geringste Problem. Du weißt, dass die vierzigtausend Euro, die Leo in euer Geschäft investiert hat, eigentlich von mir kamen. Ich glaube durchaus, dass Leo auch als Geschäftspartner keine … sagen wir mal … Idealbesetzung war. Aber du wirst nicht umhinkommen, ihm, beziehungsweise mir, das Geld irgendwann zurückzuzahlen.«

Ich merkte, dass Xavier die Situation nun wirklich unangenehm war. Er kratzte sich am Bein, ruckelte unruhig hin und her und holte tief Luft. »Ich würde das eigentlich am liebsten mit Leo selbst besprechen«, sagte er. »Aber da Leo es vorgezogen hat, sich zu verpissen, muss ich wohl mit dir sprechen. Ich hatte nicht vor, das Geld einfach zu behalten aber –«

»Stopp, stopp!«, ging ich dazwischen. »Leo hat sich nicht einfach *verpisst*, wie du dich ausdrückst. Er wurde von seinem Vater gebeten, ihn als Assistent bei einem Fotoauftrag zu begleiten. Leo hat, wie du sehr wohl weißt, inzwischen keinen Job mehr, und ich denke, vor diesem Hintergrund war er ziemlich froh über dieses Angebot.«

Pi erhob sich, trank genüsslich ein paar Schluck Wasser aus dem Fußbad und ließ sich dann seufzend ganz dicht neben Xavier auf den Boden fallen. *Verräter!*

Xavier kraulte Pi gedankenverloren. »Mila, ich hatte nie

vor, Leo das Geld nicht zurückzubezahlen. Aber nach der Geschichte mit Thea war ich so wütend und verletzt, dass ich im Traum nicht daran gedacht hätte, ihn einfach so davonkommen zu lassen. Mit der Freundin des besten Freundes ins Bett gehen, das ist wirklich megaübel!«

»Da gebe ich dir uneingeschränkt recht. Aber wenn ich mich richtig erinnere, gehören zu einem Schäferstündchen immer zwei. Deine Thea scheint sich ja nicht gewehrt zu haben. Aber das geht mich alles nichts an. Das müsst ihr wirklich ohne mich klären. Gefühle mit Geschäftlichem zu vermischen ist allerdings ausgesprochen kindisch und, ganz nebenbei, juristisch nicht haltbar.«

»Leo hat dem Laden auch geschäftlich geschadet.« Xavier klang inzwischen etwas kleinlauter.

»Ich weiß«, antwortete ich, »ich kenne auch diese Geschichte von der unglücklichen Namensgebung. Hättest du selbst ein bisschen mitrecherchiert, wäre das alles nicht passiert. Also habt ihr euch in dem Punkt beide nicht mit Ruhm bekleckert. Wie auch immer, alles das reicht nicht aus, damit du dir die vierzigtausend Euro einfach unter den Nagel reißen kannst.«

»Das hatte ich nicht vor«, insistierte Xavier. »Wirklich. Ich hatte nur so eine Stinkwut auf Leo ... Aber inzwischen hatte ich viel Zeit zum Nachdenken. Ich hätte Leo erst gar nicht mit ins Boot holen sollen. Der Laden war mein Traum, nicht Leos, aber ich wollte halt gerne noch jemanden an meiner Seite haben. Außerdem war ich mir ziemlich sicher, dass du Leo Geld leihen würdest.« Er sah mich mit großen Augen an. »Entschuldige, Mila, es war ziemlich link von mir, dich da indirekt vor meinen Karren zu spannen. Ist ja dann auch alles erst mal im großen Stil schiefgegangen. Aber inzwischen läuft der Laden wieder richtig gut. Natürlich nicht jetzt bei der Hitze, aber insgesamt schreibe ich schwarze Zahlen. Ich könnte dir also im Herbst die ersten zwanzigtausend Euro zurückzahlen und irgendwann den Rest, wenn das okay ist. Nur die Sache mit dem Hund …«

Pi grunzte genüsslich und rollte sich auf den Rücken, um seinen Bauch zu präsentieren. Er genoss Xaviers Zuwendung und ahnte nicht, über was da gerade verhandelt wurde.

»Also, um es kurz zu machen: Thea macht mir die Hölle heiß, wenn ich jetzt ohne Vieh … äh, entschuldige … ohne Pi zurückkomme.« Xavier räusperte sich. »Sie ist schwierig. Jetzt in der Schwangerschaft noch mehr als vorher. Aber ich möchte das hinkriegen. Ich möchte gern ein guter Vater sein, Mila, verstehst du das?«

Ich war gerührt. Von so viel Verantwortungsbewusstsein war Leo noch Lichtjahre entfernt. Trotzdem hielt ich die Idee, Pi dieser durchgeknallten Frau zu überlassen, für ziemlich dämlich. Außerdem wollte ich ihn nicht abgeben.

Den nicht auch noch, schoss es mir durch den Kopf. Aber ich verstand auch Xaviers Zwangslage. Plötzlich hatte ich eine Idee. »Lass uns einen Kompromiss schließen«, sagte ich meiner Eingebung folgend. »Ich gebe dir den Hund probeweise mit und die Telefonnummer der Hundetrainerin gleich dazu. Es ist nämlich wichtig, dass ihr mit Pi weiter regelmäßig trainiert. Ich bin ab übermorgen eh drei Wochen im Urlaub. Ihr nehmt in dieser Zeit Pi zu euch. Wenn das gut klappt und er nicht darunter leidet, können wir uns den Hund teilen. Ihr werdet kurz vor und erst recht nach der Geburt eures Kindes ohnehin kaum Zeit haben, euch ausreichend um ihn zu kümmern. Dann nehme ich Pi wieder zu mir, und dann schauen wir einfach mal, bei wem er wann am besten aufgehoben ist.«

Xavier sprang auf, um mich zu umarmen. Dabei vergaß er, wie nass und glitschig seine Füße waren. So rutschte er auf mich zu und konnte einen Sturz nur verhindern, indem er sich zu mir aufs Sofa warf.

Pi hielt das für ein lustiges Spiel und sprang laut bellend und begeistert mit aufs Sofa. Es dauerte eine Weile, bis wir uns wieder auseinandergewickelt hatten. Schließlich saßen wir lachend nebeneinander, als hätte nie etwas zwischen uns gestanden.

Und so kam es, dass Pi wenig später fröhlich mit Xavier die Wohnung verließ.

AUGUST

Am Abend vor der Abreise nach Ostende stand ich vor meinem Bücherregal und überlegte, welche zwei Bücher ich mitnehmen wollte. Für mich selbst wäre die Entscheidung leicht gewesen, aber ich war auf der Suche nach Büchern, von denen ich dachte, dass Hannes sie gerne lesen würde. Er hatte vor einer Stunde angerufen und gefragt, ob ich schon fertig gepackt habe. Als ich verneinte, fragte er, ob wir uns nicht gegenseitig mit Filmen und Literatur inspirieren wollten. Er würde zwei Bücher und zwei Lieblingsfilme aussuchen, von denen er dachte, sie könnten für mich richtig sein, und um das Gleiche bat er auch mich. Das fand ich spontan eine tolle Idee.

Urlaubslektüre ist immer etwas Besonderes, und ich liebe es, mich in Büchern zu verlieren. Das aber geht eigentlich nur, wenn man viel Zeit hat. Einige Urlaube sind für mich fest mit der Lektüre bestimmter Bücher verknüpft. *Inseln im Strom* von Hemingway habe ich sogar schon mehrfach auf Urlaubsreisen gelesen und auch die witzigen *Mma Ramotswe*-Krimis von Alexander McCall Smith.

Aber für jemand anderen die richtige Urlaubslektüre auszusuchen war schon eine Herausforderung. Ich legte den Kopf schief, um die Buchtitel besser lesen zu können, versuchte gleichzeitig, mich in Hannes hineinzuversetzen. Was würde ihm gefallen? Schließlich zog ich als Erstes J. R. Moehringers Roman *Tender Bar* aus dem Regal. In ihm geht es um einen Jungen, der ohne Vater aufwächst und in Ermangelung anderer männlicher Vorbilder hin und wieder seinen Onkel Charlie zu seinem Arbeitsplatz begleitet, einer Bar. Der Roman ist lustig, berührend und tieftraurig zugleich, und ich war mir sicher, dass er zu Hannes gut passte. Als Zweites wählte ich ein Buch einer israelischen Autorin aus: Ayelet Gundar-Goshens *Löwen wecken*. Eine Geschichte über einen Neurochirurgen, der in der Nacht einen illegalen Einwanderer überfährt und in seiner Panik Fahrerflucht begeht. Von diesem Moment an ist nichts in seinem Leben mehr wie vorher. Das Buch hatte mich regelrecht umgehauen, weil die Auseinandersetzung mit dem Thema Schuld und Gefangenschaft in eigenen Vorurteilen ausgesprochen spannend geglückt ist.

Jetzt also noch zwei Filme. Langsam ließ ich die Finger an den DVDs entlanggleiten. *Vielleicht sollte ich dieses Mal etwas weniger starke Kost wählen*, überlegte ich und nahm als Erstes *Das Labyrinth der Wörter* mit Gérard Depardieu und der wundervollen Gisèle Casadesus in den Hauptrollen. Außerdem entschied ich mich für *Die Nacht der Nächte*, eine fantastische Dokumentation über vier Paare aus unterschiedlichen Ländern und Kulturkreisen, die seit mehr als fünfzig Jahren zusammen sind.

Ich war gespannt, wie Hannes meine Auswahl finden würde, und fragte mich, was er für mich ausgesucht hatte. Wie schätzte er mich wohl ein?

Auf einmal freute ich mich unbändig auf unsere Reise. Die Leichtigkeit des Ungebundenseins löste ein Prickeln in mir aus. Ich drehte die Musik laut auf und wusste, dass ich damit niemanden stören würde. Als ich meinen Koffer gepackt hatte, ging ich in meinen Yogaraum, um meine Yogamatte zusammenzurollen. Ich hatte mir vorgenommen, im Urlaub endlich wieder mit meinen täglichen Übungen zu beginnen.

Im Zimmer lagen noch einige von Leos Sachen. Jetzt bloß nicht sentimental werden! Als ich die Yogamatte zusammenrollte, kam unter ihr ein Zettel zum Vorschein. Neugierig nahm ich ihn in die Hand. Die Schrift war eindeutig nicht Leos.

Ich weiß, ich weiß, man liest keine fremden Zettel und Notizen, ihr habt recht! Aber auf der anderen Seite lässt man auch keine wichtigen Notizen einfach in anderer Leute Zimmer liegen. Auf den Zettel war ein Herz mit Flügeln gezeichnet. Darunter stand in einer sehr hübschen weiblichen Handschrift:

Du sagst, dass du mich liebst. Das ist ein Geschenk. Ein Geschenk, das ich erst wirklich annehmen kann, wenn du es schaffst, dich selbst ebenso zu lieben. Geh in die Welt, und verlieb dich in dich, Leo. Mein Herz wartet auf dich.
Deine A.

Das musste von Aurélie sein. Was für eine wunderbare Frau! Ich hoffte sehr für Leo, dass er in Aurélie eine dauerhafte Partnerin gefunden hatte.

Spontan schrieb ich ihr eine WhatsApp-Nachricht:

Bin auf dem Weg nach Belgien – übe schon mal für Benin … vielleicht. Danke noch mal für deine Einladung. Ich denke ernsthaft drüber nach. Hab es gut.

Danach rollte ich mein Gepäck in den Flur, putzte mir die Zähne und ging ins Bett.

* * *

Schon vor Sonnenaufgang fuhren wir los. Es war noch kühl im Auto, aber man spürte bereits, dass sich das bald ändern würde. Ich hatte uns grünen Tee in einer Thermoskanne mitgenommen. Schweigend tranken wir ihn und ließen das noch verschlafene Dortmund schnell hinter uns. Hannes hatte das Köln-Konzert von Keith Jarrett aufgelegt. Er fragte, ob mich die Musik störte, ich verneinte. Mehr sprachen wir nicht.

Ich mag es, wenn Menschen im Auto wenig reden. Jedenfalls, wenn ich selbst am Steuer sitze. Deshalb schwieg ich und döste vor mich hin.

Als wir das Ruhrgebiet hinter uns ließen und am Niederrhein in Richtung Holland fuhren, stand die Sonne längst ziemlich hoch am Himmel. Es wurde heiß, und Hannes stellte die Klimaanlage an. Ich schaute aus dem Fenster und beobachtete die Unmengen schwarzer Saatkrähen, die auf den abgemähten Feldern saßen. Sobald eine von ihnen aufflog, folgte der ganze Schwarm. Es sah aus, als würden nach einem großen Feuer lauter verkohlte Papierfetzen durch die Luft gewirbelt. Etwas unheimlich.

Hannes beobachtete mich aus den Augenwinkeln und fragte: »*Die Vögel* von Hitchcock hast du mir aber nicht als Film ausgesucht, oder?«

Ich musste lachen und verneinte. »Lass dich einfach überraschen.« Mein Magen begann, unmissverständlich zu knurren. Kein Wunder, denn ich hatte nicht gefrühstückt.

Hannes deutete auf eine Sporttasche auf der Rückbank. »Brote und Obst. Nimm, wenn du magst. Mir kannst du auch ein Brot geben.«

Glücklich versorgte ich uns mit belegten Broten aus Hannes' Vorrat, mit Avocado und Tomaten. Lecker. Kaum war ich satt, wurde ich wieder schläfrig. »Wenn du möchtest, dass ich dich am Steuer ablöse, kannst du das ruhig sagen«, behauptete ich, aber es war, um ehrlich zu sein, ein etwas halbherziges Angebot. Hannes fuhr routiniert und völlig entspannt. Er fuhr nicht zu dicht auf, bremste nicht plötzlich, und er wirkte wach und gelöst. So hätte ich mich bis ans Ende der Welt kutschieren lassen können.

Er lächelte nur. »Schlaf ruhig ein bisschen. Du hast im Unterschied zu mir schließlich eine aufregende Zeit hinter dir. Außerdem fahre ich gern.«

Als ich wieder wach wurde, standen wir im Stau. Hannes

hatte die Musik gewechselt. Zu einem Sänger, den ich nicht kannte. Ich reckte mich, fuhr mir durch das Haar und versuchte, mich wieder zu orientieren. »Wer ist das?«, fragte ich und deutete auf seine Musikanlage.

»Das ist Stromae, ein belgischer Künstler. Ich dachte, es ist schön, sich musikalisch schon mal auf Belgien einzustellen. Gut geschlafen?«

»Ja, sehr gut. Ich hoffe, ich habe nicht geschnarcht? Das ist ja ein superätzender Stau. Das wird bestimmt dauern, oder?«

Hannes machte das Fenster etwas auf und stellte die Klimaanlage aus. »Das ist ganz normal. Wir sind auf dem Ring um Antwerpen. Da staut es immer. Da muss man einfach durch. Jedenfalls habe ich das noch nie anders erlebt, und ich fahre diese Strecke jetzt schon bestimmt seit zwanzig Jahren jeden Sommer und manchmal auch im Winter um die Weihnachtszeit.«

»Wow«, sagte ich, »so lange. Und bist du immer allein gefahren?«

»Nein«, antwortete Hannes. Mehr nicht. Einfach nur »Nein«. *Aha*, dachte ich, *Sperrgebiet. Er redet nicht gerne über seine Vergangenheit.* So neugierig ich auch eigentlich war, respektierte ich diese Grenze. Schließlich mag ich auch nicht, wenn mir jemand im Inneren herumbohrt. Also ließ ich es dabei.

Erst als ich schon gar nicht mehr damit rechnete, nahm er den Gesprächsfaden wieder auf: »Die letzten drei Jahre fahre ich wieder allein. Davor war ich ein paarmal mit meiner Freundin Inez hier, meiner Ex-Freundin. Wir sind nicht mehr zusammen.«

»Wer von euch beiden hat sich denn getrennt? Oder habt ihr euch im gegenseitigen Einvernehmen getrennt, wie man das so schön nennt?«

Hannes lachte laut heraus. »*Gegenseitiges Einvernehmen* ist im Zusammenhang mit Inez ein Oxymoron.« Als er sah, dass ich fragend die Augenbrauen hochzog, fuhr er fort: »Ein

Oxymoron ist ein Gegensatz in sich. So wie schwarzer Schimmel oder beredtes Schweigen. Ich will damit sagen, dass Inez in jeder Hinsicht eine echte Troublemakerin war. Sie hat mir das Leben ganz schön zur Hölle gemacht. In mehrerlei Hinsicht. Also habe ich mich getrennt, um deine Frage zu beantworten. Sie hat das aber nicht akzeptiert und mich noch ewig danach regelrecht bedrängt und gestalkt. Das hat erst vor Kurzem aufgehört. Wahrscheinlich hat sie inzwischen ein neues Opfer.«

Ich war überrascht. Ein Biest als Partnerin an Hannes' Seite – das konnte ich mir so gar nicht vorstellen, denn Hannes wirkte immer souverän und ausgeglichen. Das war auch der Grund, warum er so gar nicht mein Typ war. Ich komme mir neben ausgeglichenen Menschen immer nervig und kindisch vor, und das ist nun mal nicht sexy. Darum habe ich eher eine Affinität zu chaotischen Typen. Was mich natürlich auch nicht wirklich weitergebracht hat. *Hannes in den Fängen einer dominanten Nervensäge!* Unwillkürlich schüttelte ich den Kopf.

Hannes spürte meine Verwunderung. »Ich weiß, dass du überrascht bist. Das sehe ich dir aus den Augenwinkeln an. Und du bist zu feinfühlig, um mich zu fragen, wie mir das passieren konnte. Das Ganze ist allerdings auch wirklich ein absolut peinliches Kapitel meines Lebens. Anders peinlich als mein Säuferabsturz nach Theresas Tod. Es kostet mich echt Überwindung, dir davon zu erzählen. Und ich mache das auch nur, wenn du mir versprichst, mir im Gegenzug auch eine peinliche Geschichte aus deinem Leben zu erzählen.«

»Du stehst wohl auf Tauschgeschäfte«, sagte ich und lächelte schief, »aber das ist für mich ein leichter Deal. Mein Leben ist eine Aneinanderreihung peinlicher Geschichten. Ich dachte, die besten hätte ich dir schon erzählt.«

»Die gelten nicht«, widersprach er. »Ich meine eine peinliche Geschichte, die nicht gleichzeitig lustig ist. Eine Geschichte, bei der du wirklich nicht gut wegkommst. Am besten auch eine Beziehungsgeschichte. Hast du so was vielleicht auf Lager?«

»Klar, kann ich mit dienen. Wie gesagt: Man nennt mich auch Misses Missgriff. Also erzähl mir von deiner peinlichen Inez-Geschichte, und ich werde dich nur unterbrechen, wenn ich was nicht verstehe, versprochen.«

Hannes schwieg erst noch eine ganze Weile. Er beobachtete konzentriert den Verkehr und fuhr im Schritttempo immer ein Stück weiter. Schließlich seufzte er und sagte: »Schade, dass ich nicht rauche! Das wär jetzt der beste Moment für eine Zigarette. Also: Sie hören die peinliche Geschichte eines alternden Mannes, der sich den Klassiker nicht verkneifen konnte, sich eine sehr viel jüngere Frau ans Bein zu binden. Darum ist sie mir auch so peinlich. Irgendwie stolpern wir alten Kerle doch alle in die gleichen Geschichten. Es ist ein Klischee, und das kann ich mir nur schlecht verzeihen.«

Er atmete noch einmal tief durch. »Als ich Inez kennenlernte, war ich seit sechs Jahren Single. Ich habe schon gedacht, dass mir keine Frau mehr begegnen würde, die mich vom Hocker reißen könnte. Die Frauen in meinem Alter, oder unwesentlich jünger, waren entweder Krankheitssymptome sammelnde Klagevögel, oder sie waren selbstbewusst, lustig und unternehmungslustig und – leider – null an mir interessiert. Ich scheine wehleidige Frauen anzuziehen. Wahrscheinlich, weil sie denken, dass ich berufsbedingt ein guter Zuhörer und Kümmerer bin. Also war ich ziemlich ratlos, wie und ob es für mich beziehungsmäßig noch irgendwann weitergehen würde. Und dann kam Inez.

Inez war Physiotherapeutin und hatte zusätzlich die Ausbildung zur Heilpraktikerin gemacht. Wir haben einmal im Monat einen Round Table für Heilpraktiker. Dort tauschen wir uns aus und besprechen besonders schwierige Fälle. Inez kam neu in die Gruppe. Sie sah umwerfend aus. Dunkle, wilde lange Mähne, atemberaubende Figur, gebürtige Spanierin, in Deutschland aufgewachsen. Ich merkte, dass alle Jungs in unserer Gruppe von Anfang an auf Hormonschub waren. Ich auch, das gebe ich zu. Aber Inez war Ende dreißig und ich bereits Ende fünfzig. Also rechnete ich mir natürlich keine Chancen aus. Zu meiner Überraschung hatte sie es aber ganz offensichtlich vom ersten Moment an auf mich abgesehen. Das hat mir natürlich geschmeichelt, das kannst du mir glauben. Plötzlich war ich nicht mehr der langweilige Loser, den interessante Frauen immer links liegen lassen. Ich war der rassige, begehrenswerte, gut erhaltene Traumtyp, den jeder Mann, vor allem fortgeschrittenen Alters, gerne in sich sehen würde.«

Er sah einen Moment versonnen auf das Auto vor uns. Dann sprach er weiter: »Schon nach dem zweiten Abend fragte Inez mich, ob ich mit ihr etwas trinken gehen würde. Ich sah die neidischen Blicke der Kollegen und war natürlich begeistert. Wir gingen zusammen in eine Bar, und schon auf der Heimfahrt fiel Inez regelrecht über mich her. Ich erspare dir die Details. Jedenfalls landeten wir sofort im Bett, und es war sensationell. Ich war sexuell ausgehungert und konnte die erste Zeit nicht genug von Inez bekommen – und sie nicht von mir. Ich war für ein paar Monate der Größte, der Erotischste, der Tollste. Irgendwann fiel mir jedoch auf, dass wir kaum wirklich miteinander sprachen. Inez wollte auch fast nie ausgehen – weder ins Kino noch ins Theater noch in Konzerte. Sie wollte mit mir schlafen. Immer und immer wieder. Am liebsten mehrmals am Tag. Da kam ich dann langsam an meine Grenzen. Selbst in jungen Jahren war ich keiner, der permanent nur auf Sex aus war. Aber jetzt, im fortgeschrittenen Alter, wurde ich diesem extremen Hunger schon allein kraftmäßig nicht gerecht.«

Er schüttelte den Kopf und sah mich von der Seite an. Ich nickte, um ihm zu zeigen, dass ich ihm zuhörte, sagte aber nichts.

»Ich versuchte immer wieder, Inez auf andere Pfade zu locken, sie für anderes zu interessieren«, erzählte Hannes weiter. »Aber das war aussichtslos. Sie wollte meinen Freundeskreis nicht kennenlernen; soweit ich weiß, hatte sie selbst auch kaum Freunde. Wenn ich mal nicht mit ihr schlafen wollte, weil ich müde war oder es mir einfach zu viel wurde, machte sie mir Szenen, die sich gewaschen hatten. Sie heulte und schrie mich an, warf mir vor, eine andere zu haben, sie nicht mehr zu begehren. Das war so anstrengend, dass ich oft schließlich doch mit ihr schlief. Aber auch das war für Inez nicht genug. Kurzum, ich merkte, dass Inez ein echtes psychisches Problem hatte. Ich hielt sie für sexsüchtig. Aber auch darüber konnte ich mit ihr nicht reden. Wenn nur annähernd die Sprache darauf kam, fing sie an zu weinen und zu zetern und unterstellte mir, dass ich sie nicht lieben würde. Und ich hatte ein mordsschlechtes Gewissen. Denn in gewisser Weise hatte sie ja recht. Ich hatte ja auch gar keine Gelegenheit gehabt, mich wirklich auf sie einzulassen oder sie richtig kennenzulernen. Wir hatten ja außer Sex kaum echten Austausch. Vielleicht war ich anfangs etwas verliebt gewesen, aber von Liebe konnte meinerseits wirklich keine Rede sein.«

Er seufzte und setzte den Blinker, um die Spur zu wechseln. »Als ich merkte, dass mich das Ganze nur noch fertigmachte, beschloss ich, mich zu trennen. Aber das war mit Inez einfach nicht machbar. Sie akzeptierte die Trennung nicht, saß heulend vor meiner Haustür, und ich kam mir vor wie ein Monster. Wir haben es immer wieder miteinander versucht. Wir hatten über eine lange Strecke das, was man heute wohl eine On-off-Beziehung nennt. Sie versprach, sich zu ändern. Sie ging mit mir ins Theater oder ins Kino, aber sobald wir im Dunkeln saßen, ging sie mir an die Hose. Ich war ratlos. Eine Therapie kam für sie nicht infrage, das hat sie immer wieder betont. Ihrer Überzeugung nach will man einfach miteinander ins Bett, wenn man sich liebt. Vielleicht gibt es genug Männer, die diese Art von Beziehung genießen würden. Keine Ahnung. Ich jedenfalls kam mir ausgelaugt und irgendwie benutzt vor. Für mich wurde es mehr und mehr zum Albtraum.

Schließlich habe ich den Absprung geschafft und mich für etliche Wochen ins Sauerland zu einem Freund geflüchtet. Den kannte Inez nicht, und dort hätte sie mich nicht gefunden.«

Er lächelte schief. »Mein Freund verstand mich allerdings nicht. Für viele Männer hört sich so eine Frau ja erst mal nach einer Traumfrau an. Auch ich hätte vor wenigen Jahren nicht geglaubt, dass zu viel Sex sich zu so einem grauenhaften Problem auswachsen könnte. Ich habe damals alle Verbindungen abgebrochen, die ich in irgendeiner Form zu Inez hatte. Ich bin nicht mehr zu unserem Round Table gegangen und habe mich völlig zurückgezogen. Inez kam trotzdem immer und immer wieder zu mir. Sie rief an, sie schrieb … Ach, was soll ich sagen, das volle Programm. Eine echte Stalkerin. Aber seit einiger Zeit ist Ruhe, ich hoffe, endgültig. Ich bin aber immer noch vorsichtig und gehe wenig aus. Nach Belgien wird Inez mich aber auf keinen Fall verfolgen. Da musst du dir keine Sorgen machen, Mila. Sie hat die Wohnung meiner Schwester gehasst. Die war ihr zu einfach. Inez ist ein Luxusweibchen.«

Er atmete durch und sah mich an. »So, jetzt weißt du so ziemlich das Peinlichste von mir, was ich zu erzählen habe. Ich bin jetzt nass geschwitzt. Was denkst du, kleine Trink- und Pinkelpause?«

Ich konnte nur stumm nicken. Seine Geschichte hatte mich regelrecht überrollt. Eine sexbesessene Geliebte, das war mir an sich schon fremd genug. Aber dass es auch Männer gibt, die sich aus der Umklammerung einer Stalkerin kaum lösen können, darüber hatte ich vorher nie nachgedacht. Hannes ist ein so sanfter und ruhiger Mann. Diese Geschichte schien kaum zu ihm zu passen. Und ich gebe zu, so etwas hatte ich vorher auch noch nie gehört! Als wir wenig später auf einem Rastplatz hinter Antwerpen anhielten und ausstiegen, ging ich wortlos auf Hannes zu und nahm ihn ganz fest in den Arm. »Danke, dass du mir das erzählt hast«, sagte ich leise.

Wir standen eine Weile stumm umarmt, bis Hannes mich von sich schob und sagte: »So, jetzt brauche ich aber wirklich eine Toilette. Meine Blase platzt. Danach kannst du mich gerne wieder umarmen. Stundenlang, fühlt sich wirklich schön an.« Damit verschwand er in Richtung der Toiletten.

Auch ich erleichterte mich auf dem Frauenklo, kaufte mir danach einen Cappuccino to go, und weiter ging die Fahrt.

»Du bist immer noch so still«, sagte Hannes. »Habe ich dich geschockt?«

»Nein, im Gegenteil«, antwortete ich. »Ich fühle mich viel verbundener mit dir. Bauchlandungen sind, wie gesagt, eigentlich mein Fachgebiet. Auch wenn mir deine Erfahrung für dich leidtut, bin ich froh, dass du nicht so perfekt bist, wie ich befürchtet habe.«

Hannes lächelte. »Gibst du mir auch einen Schluck?«, fragte er und deutete auf meinen Cappuccino.

»Was?«, staunte ich. »Du und Kaffee? Jetzt willst du mich aber völlig aus der Fassung bringen.« Damit reichte ich ihm meinen Pappbecher.

Hannes nippte an dem Kaffee und grinste jetzt richtig. »Schön, dass ich dich ein bisschen überraschen kann. Ich bin nicht ausschließlich der Gesundheitsapostel, für den du mich hältst. Im Urlaub erlaube ich mir durchaus auch mal Kaffee oder Alkohol. So ein Wilder bin ich.« Er reichte mir den Kaffee zurück, und wir mussten beide lachen.

Als wir endlich in Ostende ankamen, war ich erst einmal enttäuscht. Ich hatte mir ein altertümliches kleines Badeörtchen mit alten Häusern vorgestellt und nicht darüber nachgedacht, dass Küstenorte auch ganz anders aussehen können.

Deshalb war die Skyline für mich ein echter Schock. Direkt am Strand reihten sich Hochhäuser in hässlichster Form aneinander. Davon unbeeindruckt drängte sich auf der Promenade davor der übliche Touristenwahnsinn. Der Strand war voll, und im unteren Teil der Hochhäuser waren Cafés, Hotelfoyers, Geschäfte und Restaurants angesiedelt.

Mir rutschte das Herz in die Hose. So stellte ich mir einen schönen Urlaub nicht vor. Hannes schien mein Entsetzen nicht zu bemerken. Er war völlig darauf konzentriert, eine freie Parkbucht zu ergattern. Schließlich quetschte er sich in eine Parklücke, stieg aus und warf Geld in eine Parkuhr.

Ich stieg ebenfalls aus. Die Luft war erfüllt vom Gelächter und Gekreisch der Möwen. Am Strand tollten und quietschten Kinder. Lenkdrachen knatterten im Wind. Es wehte kräftig, und die unangenehme Hitze, die uns in den letzten Wochen im Ruhrgebiet, ja, in ganz Deutschland, so zu schaffen gemacht hatte, wirkte sofort erträglicher.

Hannes hatte inzwischen den Parkzettel hinter der Windschutzscheibe deponiert. »Wir können das Auto nicht lange hier stehen lassen«, sagte er an mich gewandt, »die Parkgebühren sind exorbitant, und außerdem darf man hier ohnehin nie lange parken. Aber zum Ausladen bin ich erst mal so nah an die Wohnung herangefahren, wie es ging. Wenn wir ausgepackt haben, bringe ich den Wagen an den Stadtrand und komme zu Fuß zurück.«

»Die Wohnung deiner Schwester ist hier, in den Hochhäusern?«

Erst jetzt bemerkte Hannes meine Skepsis. »Wart's ab, Mila. Außen pfui, innen hui. Genau umgekehrt wie bei den meisten anderen Dingen. Komm, wir laden aus, gleich siehst du, was ich meine.«

Damit schnappte er sich zwei Koffer und seinen Rucksack und ließ mir das Handgepäck und meine Yogamatte. Der Aufzug des Hauses, zu dem er mich führte, war so eng, dass wir uns mit dem ganzen Gepäck regelrecht aneinanderquetschen mussten.

Als Hannes wenig später die Wohnung – im vierzehnten Stock! – aufschloss, folgte ich ihm neugierig ins Innere. Ich musste nur das riesige Panoramafenster mit Blick aufs Meer sehen, um zu wissen, was Hannes gemeint hatte. Der Blick auf die tosende See und den Strand war einfach unglaublich.

Hannes öffnete die Tür zu einem winzigen Balkon und alle übrigen Fenster, und ein leichter Wind durchstrich das Innere der Wohnung. Das Tosen des Meeres war so laut, dass es bis hier oben deutlich zu hören war. Binnen weniger Minuten war die abgestandene Luft aus der Wohnung hinausgepustet. *Ja*, dachte ich, *hier kann man eine gute Zeit haben.*

»Es gibt zwei Schlafzimmer«, unterbrach Hannes meine Gedanken. »Such dir einfach eins aus, und richte dich schon mal ein bisschen ein. Ich bringe das Auto weg und bin in etwa einer halben Stunde wieder da. Danach rücken wir gemeinsam die Couch direkt vor das Panoramafenster. Dann sitzen wir direkt über dem Meer. Die Sonnenuntergänge von hier oben sind spektakulär.«

Er sah mich an. Als ich nickte, griff er nach seinen Autoschlüsseln. »Fühl dich wie zu Hause, bis gleich.«

Damit zog er die Tür hinter sich zu, und ich war allein. Ich stand auf dem winzigen Balkon und genoss die frische Luft und den Blick auf den Strand. Die Stimmen der Menschen auf der Promenade und am Strand waren weit weg. Jedes Geräusch war vom gleichmäßigen Rauschen der See untermalt.

Nach einer Weile sah ich Hannes winzig klein auf sein Auto zugehen. Er blickte zu mir hoch und winkte fröhlich. Ein breites Lächeln machte sich auf meinem Gesicht breit. Ja, das würden schöne Tage werden.

Die Wohnung war sehr gemütlich. Die Küche bestand aus einer Küchenzeile und einem Tresen, der die Küche vom großen Wohnzimmer abgrenzte. Alles war ordentlich, und das Mobiliar war weniger auf Design ausgerichtet als auf Bequemlichkeit und Originalität. An den Wänden hingen Kunstdrucke und Plakate von Musikfestivals, an der Pinnwand einige Fotos, darunter ein Hochzeitsfoto von zwei Frauen. Neugierig trat ich näher heran. Eine der Frauen sah Hannes sehr ähnlich, das musste seine Schwester sein. Die andere war hochgewachsen, hatte kurze blonde Haare und ein strahlendes Lächeln. Beide Frauen trugen einen weißen Hosenanzug. Daneben hing ein Foto, auf dem ich Hannes zusammen mit seiner Schwester erkannte. Das musste neueren Datums sein, denn im Gegensatz zum Hochzeitsfoto hatte seine Schwester hier graue Haare und deutlich mehr Falten. Hannes hatte mir gesagt, dass seine Schwester älter sei als er. Also musste sie etwa Ende sechzig sein.

Dann gab es ein Foto, auf dem Hannes, seine Schwester mit Frau und eine junge Frau mit Baby auf dem Arm zu sehen waren. Das musste Hannes' Tochter Rebecca sein. Ich nahm mir vor, ihn zu fragen, wenn er zurück war.

Ich sah mir rasch die beiden Schlafzimmer an und entschied mich kurz entschlossen für das kleinere Schlafzimmer, in dem zwei Einzelbetten aufgebaut waren. Das Zimmer mit dem Kingsize-Bett überließ ich selbstverständlich Hannes.

Danach kehrte ich ins Wohnzimmer zurück und betrachtete das gut bestückte Bücherregal. Romane, Bildbände und Bücher über Kunst, davon etliche Bücher in französischer Sprache. Wer sprach da so gut Französisch? Was sonst wusste ich nicht über Hannes und seine Familie?

Ich bin eine egomane blöde Ziege, dachte ich. *Vielleicht interessiere ich mich ja grundsätzlich nicht genug für andere. Müsste mehr fragen.*

Ich unterdrückte einen Seufzer. Auch wenn ihr das vielleicht nicht glauben mögt: Oft bin ich zu schüchtern, um Leuten Löcher in den Bauch zu fragen. Ich habe immer Angst, als aufdringlich oder distanzlos empfunden zu werden. Deswegen gebe ich mich oft mit meinen ziemlich oberflächlichen ersten Eindrücken zufrieden; das hatte mir die Bekanntschaft mit Margot deutlich vor Augen geführt. Auch Hannes schien noch viele unentdeckte Seiten zu haben, und ich nahm mir vor, mich ihm gegenüber etwas mehr aus meinem Schneckenhaus zu wagen.

Als ich den Schlüssel im Schloss hörte, hatte ich es mir gerade auf meinem Bett gemütlich gemacht, nachdem ich meinen Koffer ausgepackt und das Bett bezogen hatte.

Hannes schaute durch die offen stehende Tür. »Habe ich mir fast gedacht, dass du dir das kleinere Schlafzimmer aussuchst, Mila. Bist wieder mal zu bescheiden. Alle anderen Frauen, die ich kenne, hätten sich auf das andere Zimmer gestürzt. Komm, hilf mir ein bisschen beim Ausräumen.« Er wies auf die beiden Einkaufstaschen, die er zu seinen Füßen abgestellt hatte. »Ich habe eingekauft, wir könnten uns einen Salat machen.«

* * *

Schnell richteten Hannes und ich uns in unserer Urlaubs-WG aufeinander ein. Morgens ging Hannes joggen, und ich machte Yoga. Danach tranken wir zusammen einen Tee und warteten, bis sich genug Hunger einstellte, um gemeinsam zu frühstücken. Zwischendurch arbeitete ich ein bisschen an meinem Laptop, vergab den ein oder anderen kleineren Auftrag an einen meiner freien Mitarbeiter, aber eigentlich war in der brütenden Sommerhitze für meine kleine Agentur ohnehin kaum was zu tun. Ich schrieb Mails an Gundi, die sich empört hatte, dass wir alle aus Dortmund verschwunden waren, ohne uns bei ihr abzumelden, und an meine Schwester, der gegenüber ich ein schlechtes Gewissen hatte, mich so lange nicht gemeldet zu haben.

Ansonsten suchten wir uns gerne ein Plätzchen fernab des wilden Strandgetöses, um zu schwimmen und zu lesen. Hannes kannte sich gut aus und wusste, dass wir nur ein wenig an der Küste entlang Richtung De Haan und Brügge fahren mussten, um zwischen den Dünen etwas abgelegenere Plätzchen zu finden, wo wir uns entspannen konnten.

Der erste Roman, den Hannes mir mitgebracht hatte, stammte von einem schwedischen Schriftsteller. Sein Titel hatte mich aus naheliegenden Gründen sofort interessiert: *Oma lässt grüßen und sagt, es tut ihr leid.* Es geht es um eine sehr, sehr unangepasste Oma und drei Generationen von Frauen. Das Buch hatte mich sofort am Wickel.

Hannes hatte mit *Tender Bar* begonnen und wirkte ebenfalls angetan.

Wenn wir genug hatten vom Lesen, Sonnenbaden oder Schwimmen, unternahmen wir an weniger heißen Tagen kleine Ausflüge: nach Brügge, nach Dünkirchen oder einmal auch zum Fort Napoleon.

Am liebsten aber waren mir die Tage, die einfach völlig unspektakulär und scheinbar ereignislos dahinplätscherten. Abends saßen wir auf der riesigen Ledercouch, die wir vor das Panoramafenster gestellt hatten, warteten auf den Sonnenuntergang und tranken eiskalten Weißwein. Danach gingen wir oft noch stundenlang am Strand spazieren. Bei einem dieser Strandspaziergänge sagte Hannes für mich völlig zusammenhanglos und unvermittelt: »So, Mila, jetzt du!«

»Was? Ich?« Ich verstand nur Bahnhof.

»Jetzt bist du endlich mit deiner peinlichen Beziehungsgeschichte dran. Ich habe gedacht, du kommst von allein darauf zurück!«

»Ach so, das habe ich tatsächlich völlig vergessen.«

»Vergessen oder verdrängt?«

»Ich denke mal Letzteres«, gab ich zu. »Ich will mich auch nicht drücken, ehrlich. Aber wollen wir das nicht lieber auf nachher verschieben, wenn wir wieder zu Hause sind?«

»Mila!«

»Okay, ja. Ist schon gut. Dann lass uns langsamer gehen, damit ich dabei nicht so japsen muss.«

Wir verlangsamten unser Tempo, und ich überlegte, wie ich beginnen sollte. Peinliche oder unangenehme Liebesgeschichten hatte ich reichlich zu erzählen. Doch bei einer komme ich tatsächlich besonders schlecht weg. Genau, die würde ich erzählen.

Also holte ich einmal tief Luft und begann: »Du hast mich vor ein paar Tagen gefragt, warum ich so gut Yoga kann und wie lange ich das schon mache. Tja, genau damit hat meine peinliche Geschichte zu tun.« Wir mussten inzwischen ziemlich weit oben am Strand gehen. Die Flut begann bereits, sich den Strand zu erobern. »Vor etlichen Jahren habe ich mich gemeinsam mit Gundi und Judith in einem Fitnessclub angemeldet. Kein normaler Fitnessclub, wo man schwitzt und Muskeln stählt und Gewichte hebt oder so, sondern etwas Besonderes. Dieser Club hieß und heißt auch noch *BoSo*. Das steht für ›Body and Soul‹. Dort wurde ein sanftes Sportprogramm angeboten. Es geht dort nicht um Schneller, Höher, Besser, sondern um Achtsamkeit mit sich und seinem Körper. Das schien uns gut geeignet.«

Ich stockte und ging eine Weile still weiter. Hannes nickte mir aufmunternd zu.

»Dieser Club wurde von einer gewissen Carola betrieben«, erzählte ich weiter. »Sie war eine wandelnde Reklame für ihr Konzept: schlank, strahlend, gut gelaunt und freundlich. Ihr Mann unterrichtete bei ihr Yoga, und Gundi, Judith und ich beschlossen, bei ihm einen Kurs zu belegen. Gregor war ein Traum von einem Yogalehrer: sanft, freundlich, humorvoll und zugewandt. Die Kurse waren immer proppenvoll, und ich glaube, viele der Teilnehmerinnen waren heimlich ein bisschen in Gregor verliebt. Ich auch. Aber nur platonisch. Dass er seine Frau anbetete, war unübersehbar.«

Ich sah Hannes ins Gesicht, aber er verzog keine Miene, sondern hörte einfach aufmerksam zu. »Irgendwann kam seine Frau in eine klassische Midlifecrisis. Wie so viele Frauen in den Wechseljahren nahm sie etwas zu, obwohl sie sich weiter sportlich betätigte. Das hat wohl an ihrer Eitelkeit gekratzt. Jedenfalls hat sie sich immer mehr zum Sportmaniac entwickelt. Sie fing an, erst Halbmarathon, dann Marathon zu laufen. Ihre Fröhlichkeit wirkte auf einmal aufgesetzt. Kurzum, man merkte ihr ihre Unzufriedenheit richtig an. Auch das Konzept ihres Clubs veränderte sich mehr und mehr. Es war auf einmal weniger entspannt, der ganz große Renner waren Zumba- und Salsakurse. Mich hat das alles nicht so interessiert, aber Judith, die es mit ihrem Körperkult ebenfalls gern übertreibt, machte bei diesen Kursen mit. Der Trainer war ein gewisser Louis, ein eitler und sehr hübscher Senegalese. Er ähnelte optisch ein bisschen Omar Sy, dem Hauptdarsteller aus *Ziemlich beste Freunde*. Ein Womanizer vor dem Herrn.« Ich seufzte. »Ab jetzt ist die Geschichte leider ein ebensolcher Klassiker wie deine Inez-Geschichte. Nur mit umgekehrten Vorzeichen. Carola verliebte sich Hals über Kopf in Louis, und ehe Gregor sichs versah, waren er und ihre achtzehnjährige Ehe Geschichte. Es war eine ähnliche Trennung wie in dem Witz über die Scheidungsbarbie. Kennst du den?«

Hannes schüttelte den Kopf.

Ich fuhr fort: »Ein Vater will für seine Tochter im Spielzeuggeschäft eine Barbie kaufen. Alle Barbies kosten das Gleiche, nur eine Barbie kostet dreihundertneunundneunzig Euro. Das verwundert den Vater, und er fragt nach. Die Verkäuferin erklärt ihm, dass diese Barbie die Scheidungsbarbie sei; bei der gehörten Kens Haus, Kens Auto, Kens Stereoanlage und Kens Motorrad mit dazu.

Eigentlich ist das ein blöder, frauenfeindlicher Witz, aber im Fall von Carolas und Gregors Trennung war es so. Sie warf ihn aus dem Haus, fuhr das gemeinsame Auto allein, und Gregor musste dankbar sein, dass er überhaupt noch in Carolas Studio unterrichten durfte.« Ich hielt an, um mir die Schuhe auszuziehen. Im tiefen Sand war das Laufen barfuß leichter. »Gregor war völlig am Boden zerstört. Und wo landen Männer gerne, wenn sie völlig am Boden zerstört sind? Richtig. Bei irgendeiner blöden Kuh, die sich vor lauter Mitleid kaum noch halten kann. Wer diese blöde Kuh in Gregors Fall war, kannst du dir denken.«

Da Hannes schwieg, sprach ich weiter: »Die ersten Wochen habe ich einfach nur zugehört und getröstet. Wir landeten miteinander im Bett, was aber kein großes Vergnügen war, denn Gregor musste nach dem Vögeln oft heulen. Er zog bei mir ein. Der Sex blieb belanglos, auch wenn Gregor nicht mehr weinen musste. Dafür war er aufmerksam, zärtlich, und an Tagen, an denen es ihm gut ging, war es schön mit ihm. Er konnte gut zuhören und schien sich für alles in meinem Leben zu interessieren. Irgendwann war ich der festen Überzeugung, dass er nach und nach über die Trennung von Carola hinwegkommen würde. Er hörte auch auf, für sie zu arbeiten, und ging wieder seinem alten Beruf als Grafikdesigner nach. Ich gebe es ungern zu: Ich war eine Zeit lang wirklich sehr verliebt.«

Hannes zog sich den Reißverschluss seiner Jacke zu. Es war kühler geworden. Ich allerdings schwitzte. Trotzdem fuhr ich tapfer fort: »Aber dann kamen erste Anrufe von Carola. Es ging ihr nicht gut. Sie hatte Probleme mit Louis – und suchte ausgerechnet bei Gregor Trost. Das fand ich schon heftig ge-

nug. Doch das Schlimmste war: Kaum hatte Carola ihn ange-
funkt, ließ er alles stehen und liegen, um sie zu unterstützen.
Ich konnte das einfach nicht fassen. Er rechtfertigte sich damit,
dass eine so lange Verbindung wie die zwischen ihm und Carola eine Chance auf echte Freundschaft verdient habe. Sobald
es mit ihrem Lover wieder lief, war Gregor bei Carola allerdings wieder abgemeldet, weil Louis extrem eifersüchtig war.
Also wurde der Kontakt wieder abgebrochen, und Gregor war
wieder am Boden zerstört. Ich war genervt und witterte schon,
dass das wohl eine Never Ending Story werden könnte. Aber
Gregor nun auch noch vor die Tür zu setzen, das brachte ich
nicht über mich.«

Ich schwieg und atmete tief durch. Es fiel mir wirklich nicht
leicht, das alles zu erzählen. »Also ging der ganze Quatsch wieder von vorne los.« Ich war entschlossen, den Rest nun auch
hinter mich zu bringen, und redete weiter: »Tränen, Trösten,
schlechter Sex, Hoffnung auf Besserung … Bla, bla, bla. Ich will
dich nicht langweilen. Irgendwann fand Carola heraus, dass
Louis im Senegal tatsächlich noch ein bisschen verheiratet war.
Er hatte immer wieder Geld von ihr bekommen, und er war
dumm genug, Fotos, die seine Frau vom fortschreitenden Bau
ihres gemeinsamen Hauses geschickt hatte, auf seinem Handy
zu lassen. Carola konnte sich ausrechnen, dass sie wohl einen
Großteil des Hausbaus mitfinanziert hatte. Sie war *not amused*.

Ich hätte vorher ja gesagt, dass solche Geschichten immer
rassistische Märchen sind, die erzählt werden, um afrikanische
Männer schlechtzumachen. Nur leider stimmen sie ab und zu
doch. Das entwürdigende Ende dieser aufregenden Beziehung
mit ihrem Salsero hat Carola jedenfalls nur ganz schlecht verkraftet. Sie hatte in der Zeit nach ihrer Trennung von Louis viel
emotionale Wiederaufbauarbeit und Trost nötig. Das war Gregors große Stunde.« Ich unterbrach mich. »Nein, entschuldige,
das klingt jetzt bitter. Aber ich hätte jedes Mal kotzen können,

wenn Gregor mir wieder einmal erzählte, er und Carola hätten unglaublich viel durch diese Krise gelernt, und jeder habe eine weitere Chance verdient, und beide fühlten sich verbundener als je zuvor – bah, wie ekelhaft! Ich dumme Gans heulte mir die Augen aus dem Kopf, hatte ernsthaft Liebeskummer. Mich zu trösten wäre für diesen Arsch aber nicht infrage gekommen. Er hat stattdessen immer über den grünen Klee gelobt, wie unglaublich stark ich doch sei. Ich versuchte auch ganz tapfer, mir nicht allzu viel anmerken zu lassen. Aber wenn dich noch nicht mal deine eigenen Kinder aufziehen oder ankacken, dann bist du offensichtlich wirklich im Arsch.«

Ich beobachtete einen Moment, wie die Wellen gegen das Ufer rollten. Dann erst redete ich weiter. »Meine Kinder behandelten mich plötzlich so vorsichtig, als wäre ich aus Glas. Sie sahen mich immer furchtbar mitleidig an und sprachen nur noch ganz sanft mit mir. Ich hing weiter durch, und zwar richtig. Weil ich mir meine unglaubliche Bescheuertheit nicht verzeihen konnte. Weil Gundi und Judith mich genau vor diesem Desaster schon lange gewarnt hatten. Ich habe wirklich lange gebraucht, um wieder aus dem Tal der Scham herauszukriechen. Da war nix mit ›Rotz abwischen – Krönchen richten‹. Ich bin durch diese Geschichte echt gebeutelt, und jetzt weißt du auch, warum ich keinen Bock mehr auf Beziehung habe: Ich bin offensichtlich einfach zu blöd, um zu merken, wenn ich mir eine Pfeife aufgegabelt habe. Mir fehlt wohl Menschenkenntnis. Ich denke, ich bin alleine einfach besser dran.« Ich hatte automatisch das Tempo beim Laufen angezogen.

»Oder du versuchst es vielleicht mal mit einem viel kleineren Auto!« Hannes lächelte zwar, aber ich sah in seinen Augen, dass er traurig war.

»Auto?«

»Du hast mal gesagt, dass dir Beziehungen oft vorkommen wie eine zu kleine Parklücke. Du kurbelst und drehst, und immer wenn du glaubst, du bist drin, dann macht's plötzlich RUMMS. Hast du gesagt.«

»Ja, das stimmt.« Ich musste trotz meiner angeschlagenen Stimmung lachen. »Vielleicht muss ich aber auch einfach gar nicht mehr parken. Oder ich parke nur noch auf großen Freiflächen.«

»Oder wir gehen jetzt nach Hause und schauen uns eine meiner mitgebrachten DVDs an. *Brügge sehen und sterben.* Das ist das totale Kontrastprogramm, und du kommst mit Sicherheit auf andere Gedanken. Und als Begleitung empfehle ich ein oder zwei oder drei leckere belgische Biere.«

Und genau so haben wir es dann gemacht. Der Film war völlig verrückt, aber ich war schließlich so blau, dass ich mir nicht sicher bin, ob ich die Handlung wirklich verstanden habe. Seitdem bin ich jedenfalls verliebt.

Sehr verliebt.

In belgisches Bier.

* * *

Für den nächsten Abend hatten wir einen Platz im begehrtesten Fischrestaurant Ostendes reserviert. Es war gar nicht leicht gewesen, jetzt in der Hauptsaison überhaupt einen Platz für zwei Personen zu bekommen. Ich esse als Vegetarierin selten Fisch. Schließlich sind Fische auch Tiere. Aber ab und zu mache ich eine Ausnahme, schon allein aus gesundheitlichen Gründen. Und wenn ich eine Ausnahme mache, dann hoffe ich natürlich, dass mir auch Besonderes geboten wird. Dieses Restaurant übertraf alle Erwartungen. Schon das Ambiente war unvergesslich: Der fangfrische Fisch liegt dort auf Eis in einem großen Verkaufstresen. Man kann sich seinen Fisch aussuchen, der dann frisch zubereitet wird, und sitzt in kleinen Sitznischen auf Sofas oder Sesseln, wo man sich die Wartezeit mit

Brot und einem herrlich frischen, leichten Weißwein verkürzen kann.

Als unsere Gerichte serviert wurden, war ich begeistert. Die Wartezeit hatte sich wirklich gelohnt. Für mich hatte ich Meerforelle mit grüner Kürbiskernsauce und roten Perlzwiebeln bestellt. Hannes hatte sich für Schellfisch mit Pestokruste im Gemüsebett entschieden. Dazu gab es natürlich die in Belgien obligatorischen Pommes frites. So knusprig, dass mir fast schon die gereicht hätten. Unser Gespräch war nahezu verstummt. Ehrfürchtig genossen wir unser Mahl und brummten uns nur ab und zu anerkennende Bemerkungen zu. Schließlich waren wir pappsatt und hochzufrieden. Gut gelaunt gingen wir am Strand zurück in Richtung unserer Wohnung.

Als wir gerade an dem Hotel Albert II., der ehemaligen Sommerresidenz des belgischen Königshauses, vorbeikamen, stürzte plötzlich eine beleibte Frau mit zwei Pekinesen auf dem Arm auf Hannes zu. »Ich fass et nich! Dat is doch der Johannes, der beste Medizinmann aus Dortmund!«, kreischte sie. Sie klang, als hätte sie statt Stimmbändern einen versotteten Kamin im Hals.

Ich merkte, wie Hannes zusammenzuckte. Noch bevor diese Lawine von Frau uns erreicht hatte, legte er den Arm um mich und zog mich eng an sich. Ich war zunächst etwas überrumpelt von der plötzlichen Nähe, begriff aber, dass er sich mit dieser Geste einer Umarmung dieses Fleischbergs entziehen wollte.

So blieb die Frau vor uns stehen und sagte im härtesten Ruhrpottslang: »Da is der Herr hier im Urlaub und sacht kein' Ton. Weiße doch genau, Schätzeken, dat ich und de Silvia auch immer um diese Zeit hier sind. Hätteste dich ja au ma melden können. Aber ich seh ja schon, du hass dir 'n Täubken mitgebracht, da bin ich alte Schachtel natürlich abgemeldet.«

Sie wandte sich zu mir. »Nein, Quatsch, ich mach nur Spaß. Ich tu dem Hannes das doch gönnen, dat er sich endlich ma widda 'ne Perle geangelt hat. Mich wollter ja nich. Ich bin ihm zu dick.« Dabei lachte sie scheppernd.

Ich sah Hannes neben mir regelrecht schrumpfen.

»Getz musse mir dein Schätzken aber ma vorstellen, wonnich?« Sie streckte mir ihre Hand entgegen, und ich reichte ihr meine. »Ich bin de Helga, und diese beiden Schönheiten, dat sind Siechfried und Roy.« Dabei deutete sie auf die ebenfalls sehr wohlgenährten Pekinesen.

»Freut mich«, lächelte ich. »Ich bin die Mila.«

»Wie? Milla? Bisse keine Deutsche? Schöner Name, Milla.«

»Mi-la«, verbesserte ich, »eine Abkürzung von Emilia.«

»Auch schön. Kehr der Hannes, kuck sich dat ma einer an. Da hatter sich ganz klammheimlich ma widda von 'ner Perle einwickeln lassen. Nein, Quatsch, ich mach Spaß, woll! Musse nich' ernst nehmen, wat ich allet so sage, Milla. Ich bin mehr so 'ne Lustige, woll. Aber den Hannes, den hätte ich au gerne gehabt. Is dat nich' 'n Leckerchen? Aber mich hätter ja nich' genommen, woll? Doch, Hannes lüch nich! Hab ich immer gemerkt, dat de mich nich' wolltest. Ich bin ihm zu fett, dat hatter nich' so gerne. Nich' fett werden, Milla, das rate ich dir. Sons bisse 'ne gleich widda los. Ich war ihm zu füllig.«

Ich holte tief Luft. Mein Bauch war nach diesem üppigen Essen auch nicht gerade konkav. Dieses seltsame Urgestein machte unterdessen unbeirrt weiter: »Und dat ich rauchen tu, dat kanner au nich' ab. Er is ja mehr son Gesundheitsfanatisten. Is ja klar, is berufsbedingt bei ihm. Und, seider glücklich, ihr zwei Turteltäubkes? Kommt mich doch ma besuchen. Weiß doch, wo ich und de Silvia wohnen. Kennse doch noch, Hannes, du untreue Tomate. Ja, de Silvia is ja gar nich' gut zurecht. Der ham se im letzten Herbst 'ne neue Hüfte gebastelt, getz isse ers recht nich' mehr gut auffe Pinne unterwegs. Deshalb muss ich auch immer mit diese beiden Stinkers vor de Tür. Aber is ja gut, sons hätte ich euch ja au gar nich' getroffen. Komm, lass uns ma eben hier in diesem vornehmen Schuppen zusammen einen zur Brust nehmen. Ich lad euch ein. Ja, kuck nich' so, Milla.« Meinen panischen Blick hatte sie völlig missdeutet. »Geld hab ich genuch. Ich hab ja in Dortmund den Kiosk von unseren Vatter damals übernommen. Is aber heutzutage keine Goldgrube mehr, so 'n Kiosk. Musse dir wat einfallen lassen. Dat ham de Silvia, wat meine Schwester is, und ich, dat ham wir wirklich hingekriecht. Bei uns kannze inzwischen au wat essen. Den beste Kartoffelsalat von ganz Doatmund und lecker Würstkes. Musse ma kommen. Milla. Bisse au aus Doatmund? Kommse ma bei uns vorbei. Dann tu ich au ma für dich inne Katen kucken. Ja, da staunse, wat? Ich bin de beste Wahrsagerin vom ganzen Pott. Kann ich ma kucken, ob dat mit den Hannes und dir, ob dat mit euch überhaupt wat für auffe Dauer is. Kann nich' schaden, wenn man sich rechtzeitig Klarheit verschafft, wonnich? Wenn dat nich' passen tut mit euch beide, wenn ich dat inne Katen sehe, dann nehme ich ihn mir. Nein, komm! War nur 'n Spaß, Milla. Musse nich' ernst nehmen. Ich red gerne son bisken blödes Zeuch. Muss man doch. Wenn man allet immer so ernst nehmen täte, dann würde man doch bekloppt. Komm, wir setzen uns, und dann erzählste mir ma 'n bisken wat von dir, Milla. Schönet Mädken bisse. Bis aber au nich' mehr de Jüngste, woll? Seh ich doch. Is aber gut. Er is ja nu auch 'n schicken Oldtimer, wat willer da mit son junget Püppken.«

Endlich ging ihr kurzfristig die Puste aus. Hannes nutzte die Atempause, um sofort reinzugrätschen: »Helga, jetzt hör aber auf. Du machst meiner Freundin Angst. Zusammen was trinken können wir bestimmt ein anderes Mal. Ist ja gerade gar kein Platz frei hier draußen, und drinnen muss man was essen. Das haben wir gerade hinter uns. Wir müssen jetzt mal weiter. Wir laufen uns ja mit Sicherheit noch mal über den Weg. Mila und ich haben jetzt jedenfalls noch was vor.«

»Da brauch ich nich' lange drüber nachdenken, wat dat wohl sein könnte«, antwortete Helga mit einem überdeutlichen Augenzwinkern. »Dann geht ma schön zusammen inne Kiste, ihr beiden Turteltäubkes. Is dat Beste, wat ma machen kann. Ich hab ja keinen mehr für so 'ne schöne sportliche Übung, woll. Dabei steh ich auch noch ganz gut im Fell, kannze mir glauben, Milla.«

Hannes zerrte mich hastig mit sich und rief, schon im Weggehen: »Mach's gut Helga, man sieht sich.«

»Wat hatter dat eilig!«, rief uns Helga noch hinterher, dann verschwand sie aus unserem Sichtfeld.

Ohne mich loszulassen, flüchtete Hannes im Sturmschritt in Richtung unserer Wohnung. Ich konnte mich vor Lachen kaum halten.

»Was, bitte, war das denn?«, japste ich.

Hannes lachte inzwischen auch, allerdings weniger herzlich als ich. »Mein Gott, war das peinlich!«, stöhnte er. »Du hast es ja erlebt: Helga ist 'ne echte Naturgewalt. Sie war mal 'ne Zeit lang meine Patientin, und dann hat sie sich in den Kopf gesetzt, wir wären das perfekte Paar. Sie hatte für uns Karten gelegt, und die Konstellation war offensichtlich kosmisch perfekt. Ich konnte sie nur mit Mühe davon überzeugen, dass sie sich in diesem Fall einen anderen Heilpraktiker suchen müsste, da ich Privates und Berufliches immer strikt trenne. Immer wenn ich hier im Urlaub war, hat sie sich mir regelrecht an den Hals geschmissen. Ihre Schwester und sie haben hier irgendwo im Hinterland ein kleines Ferienhäuschen von ihrem Vater geerbt. Oh Gott, was ist mir das unangenehm! Aber ich musste so tun, als wären wir ein Paar, Mila. Sonst stellt sie mir wieder nach.« Er löste sich von mir. »Ich hoffe, du fühlst dich nicht allzu bedrängt.«

»Im Gegenteil!« Ich lachte noch immer. »Ich habe mich schon lange nicht mehr so köstlich amüsiert. Bis aber auch 'n

Leckerchen, Hannes, da kann de alte Milla doch froh sein, dat se so 'n schicken Oldtimer ma über de Strandprommenade kutschieren darf, woll?« Ich prustete und gackerte haltlos vor mich hin.

Irgendwann fiel Hannes schließlich in mein Lachen ein. Humor hatte er, das musste ich ihm wirklich lassen.

Als wir in der Wohnung angekommen waren, setzte ich mich auf die Couch und sah den Möwen bei ihrem allabendlichen Tanz auf dem Wind zu. Das Wasser zog sich gerade zurück, und dadurch tauchten die in regelmäßigen Abständen gebauten Wellenbrecher auf. Sie erinnerten mich an gemütlich dösende Krokodile, die von den Möwen den Panzer geputzt bekommen. Die Sonne hatte sich inzwischen ihr schönstes rötliches Nachtkleid angezogen.

Ohne zu wissen, warum, überrollte mich plötzlich eine tiefe Traurigkeit. Eigentlich war in meinem Leben gerade alles richtig gut: Aurélie hatte mir geschrieben, dass sie Nachricht von Leo bekommen hatte. Es ging ihm gut. Er und Henk bereisten gerade das Landesinnere, um eine Fairtrade-Kaffeeplantage zu fotografieren. Matti schickte immer wieder fröhliche Selfies von ihrem voluminösen Bauch. Und auch mit Xavier hatte ich vor wenigen Tagen telefoniert, und er hatte mir versichert, dass mit Pi alles im grünen Bereich sei. Außerdem hatte er mich gefragt, ob ich mir vorstellen könnte, nach meiner Rückkehr Pi für ein paar Wochen wieder zu mir zu nehmen. Das konnte ich mir natürlich sehr gut vorstellen. Selbst Margot meldete sich von Zeit zu Zeit mit der Nachricht, dass es mit Traudel langsam, aber stetig bergauf ging und mein Postkasten geleert und meine Wohnung nach wie vor in tadellosem Zustand war.

Die Ferien hier in Ostende hatten mir unglaublich gutgetan, und mit Hannes zusammen zu sein war eine große Bereicherung. Ich hätte also jeden Grund gehabt, froh und leichtherzig zu sein. Trotzdem hätte ich gerade eher heulen können. Ich fühlte mich in meinem eigenen Leben so … überflüssig.

Plötzlich wurde mir von hinten ein Glas Weißwein gereicht. Hannes setzte sich neben mich, sah mich von der Seite an und fragte: »Erinnere ich dich eigentlich ein bisschen an diesen Yoga-Gregor?«

Ich zog erstaunt die Augenbrauen nach oben. »Wie kommst du da denn ausgerechnet jetzt drauf?«

»Das würde erklären, warum du mich immer ein bisschen auf Abstand hältst.«

»Ich halte dich auf Abstand? Ich hatte eher den Eindruck, dass das genau fünfzig zu fünfzig von uns beiden gleich ausgeht«, antwortete ich.

»Ach, Mila!« Hannes seufzte, strich mir sanft mit dem Zeigefinger über die Wange und stand auf. »Ich lese noch ein bisschen«, sagte er und verschwand in sein Schlafzimmer.

Ich trank meinen Wein in kleinen Schlucken aus. Im Dämmerlicht tollten einige Hunde glücklich über den Strand, während ihre Herrchen und Frauchen sich miteinander unterhielten. Nächstes Mal – sollte es denn ein nächstes Mal geben – würde ich unbedingt Pi mitnehmen.

Als ich meinen Wein ausgetrunken hatte, ging ich gerade ins Bad, um mich für die Nacht fertig zu machen, als ich aus Hannes' Zimmer ein Kichern hörte. Durch die geöffnete Tür spähte ich zu ihm hinein. »Was kicherst du denn so?«

Hannes schaute von seinem Buch auf und antwortete: »Ich lese gerade die Stelle, als der Junge sein erstes Mal erlebt. Das ist mit Sicherheit die witzigste Beschreibung eines ersten Mals überhaupt.«

»Ich kann mich gar nicht mehr genau daran erinnern«, sagte ich, ließ mich auf Hannes' Bett nieder und zog die Knie unter: »Liest du's mir vor?«

Hannes lächelte mich an. »Gerne, aber dann fange ich am

Anfang der Szene an. Das ist einfach zu gut.« Er blätterte im Buch zurück und begann vorzulesen: »›Jemand muss einen Mann aus dir machen‹, sagte Sheryl verdrossen. ›Ich schätze, es bleibt an mir hängen.‹«

Ich kann bis heute nicht genau sagen, woher der Impuls kam, aber mitten im Vorlesen nahm ich Hannes das Buch aus der Hand, legte es weg und küsste ihn auf den Mund.

Hannes erwiderte den Kuss, nachdem er seinen ersten Schrecken überwunden hatte, zunächst vorsichtig, dann immer leidenschaftlicher. Plötzlich aber schob er mich sanft von sich.

Ich war irritiert. Nein, ehrlich gesagt, ich war enttäuscht. Es hatte sich für mich so richtig angefühlt, und ich war so froh gewesen, dass ich meine Scheu endlich überwunden hatte.

»Entschuldigung, habe ich was falsch gemacht?«, flüsterte ich.

»Nein, Mila«, sagte Hannes, »im Gegenteil. Aber du hast in einem unserer ersten Gespräche mal gesagt, dass sich beide Seiten *vor* dem Sex darüber im Klaren sein sollten, was sie sich voneinander versprechen. Ich will mir sicher sein. Ich weiß ja, was *ich* will, aber was genau willst du?«

Ich fühlte mich überrumpelt. »Ich will auf keinen Fall nur Sex, falls du das meinst«, antwortete ich unsicher.

»Genau das meine ich«, sagte Hannes leise. Er zog mich wieder an sich und flüsterte: »Ich bin kein Typ für Affären. Mir ist wichtig, dass du das weißt.«

Daraufhin küsste ich ihn wieder, und, tja, was soll ich sagen … Der Rest dürfte euch klar sein.

Der Sex war keine weltbewegende Angelegenheit. Wir waren beide ein bisschen zu vorsichtig und zu unsicher. Aber es war innig und liebevoll, und verrückterweise fühlte es sich trotz unserer Unsicherheit gleichzeitig völlig vertraut an. Als wir anschließend ineinander verknäult und schwitzend auf dem zerwühlten Laken lagen, sagte ich wohlig: »Ich habet doch gewusst, dat dat Helga recht hatte. Wat bisse doch für 'n Leckerchen, du feinen Oldtimer!«

Hannes lachte leise und küsste mich wieder.

Ich merkte, dass ich schläfrig wurde, und fragte: »Kann ich heute Nacht in deinem Bett schlafen?«

»Ich bitte darum«, antwortete Hannes. »Allerdings kann es sein, dass ich schnarche.«

»Das kann bei mir nicht nur so sein, das tue ich mit Sicherheit«, antwortete ich matt. »Wenn ich trotzdem um Asyl bitten dürfte?« Kurz darauf war ich auch schon in einen tiefen, traumlosen Schlaf geglitten.

Am nächstens Morgen weckte mich Hannes mit einem frisch gebrühten Kaffee. Als ich glücklich lächelnd in der Tasse rührte, sagte Hannes: »Mila, ich will dich wirklich nicht bedrängen. Ich weiß ja, wie sehr du das hasst. Und du musst mir auch nichts versprechen, was sich für dich nach fester Beziehung anhört, wenn es dir davor so graust. Aber könntest du mir wenigstens versprechen, dass ich der einzige *nicht* feste männliche Kontakt mit Sexoption bin?«

Ich musste grinsen.

»Ich meine das ernster, als du denkst«, setzte Hannes nach. »Ich bin nämlich wirklich ziemlich heftig in dich verliebt, und zwar schon eine ganze Weile. Und ich will mir an dir nicht das Fell versengen, verstehst du?«

»Das verstehe ich vollkommen, Hannes, und ich kann dir, ohne mir auch nur den geringsten Zacken aus der Krone zu brechen, versprechen, dass du der einzige Mann in meinem derzeitigen Leben bist, für den ich mit Freuden monogam sein möchte. Reicht dir das erst mal?«

Wir kamen erst gegen Mittag aus dem Bett, und es war sehr, sehr schön.

* * *

In den nächsten Tagen merkte ich, dass ich im Glücklichsein völlig ungeübt war. Es war so leicht, fröhlich und innig mit Hannes, wir verstanden uns sowohl bei Gesprächen als auch schweigend – und doch wartete ich innerlich nur darauf, dass sich uns ein Hindernis in den Weg stellen oder ein Schatten sich über unser Zusammensein legen würde.

Am letzten Tag vor dem Ende unseres Urlaubs traf ich beim Einkaufen im Supermarkt auf Helga. Sie hatte mich vor dem Obstregal entdeckt und stürzte sich begeistert auf mich: »Kuck ma an, dem Hannes sein Täubken. Dat is aber schön, dat wir uns noch ma treffen. Ich dachte schon, ihr zwei kommt gar nich' mehr raus ausse Kiste, sonst wären wa uns doch noch ma begechnet.«

Helga trug eine Art mexikanischen Poncho und hatte sich ihre Sauerkrautwelle mit einem mindestens ebenso bunten Tuch aus dem Gesicht gebunden. Ich merkte, dass die anderen Leute uns verstohlen ansahen. Ich wollte gerade ansetzen zu erklären, dass unser Urlaub sich dem Ende zuneigte, als Helga schon fortfuhr: »Getz isses sowieso zu spät für Reue. De Silvia und ich, wir müssen heut widda zurück. Wir müssen unseren Kiosk widda aufmachen. Von nix kommt nix, wonnich? Da wirste wohl auch wat von wissen, Schätzeken. Wie war noch mal dein Name?«

Um Namensverunstaltungen à la »Milla« zu vermeiden, nannte ich ihr diesmal meinen vollständigen Namen.

»Emilia, schöner Name. Wir hätten da früher Emmi für dich gesacht. Klingt au schön, Emmi, oder? Ich hatte ma 'ne Tante Emmi, die war au so still wie du, Emmi. Aber kennt man ja, woll? Stille Wasser, die sind tief. Du hasset bestimmt au faustdick hinter de Öhrkes, Emmi. Sonst wär der Hannes au nich' so dull nach dich. Kuck nich' so verschreckt! Ich mach nur Spaß, woll? Ich freu mich doch, dat es euch beide so gut am Gehen is. Ich bin au nich' wirklich eifersüchtig. Ich tu nur so. Die Zeit, wo ich den Hannes für mich haben wollte, die is längst vorbei. Ich hab getz schon so lange mehr keinen bei mir inne Schleuse gehabt, ich glaub mein Hafen is längst stillgelecht, wenn de vastehst, wat ich meine.«

Bevor Helga mir hier mitten im Supermarkt, direkt vor der Obsttheke mehr von ihrem »Hafen« oder ihrer »Schleuse« erzählen konnte, bekräftigte ich hastig, dass ich sehr genau wusste, was Helga meinte. Ich schob noch ein eiliges »Ich muss auch unbedingt …« nach, was Helga aber null zu beeindrucken schien.

»Bis 'ne ganz 'ne Ausgeschlafene, Emmi«, unterbrach sie meine Ausflüchte. »Hab ich dir schon dat letzte Mal angesehen, als wir uns getroffen haben. Ich mach ja kluge Frauen gut leiden, woll. Da bin ich mit meinen überdurchschnittlichen IQ nich' so alleine.« Helga lachte laut und rasselnd.

Ich spürte die entgeisterten Blicke der anderen – Helga scheinbar nicht. Sie fuhr unbeirrt fort: »Ich mache nur Spaß, woll, Emmi. Dat is bei mir 'ne Lebensfillosofie. Man muss immer lachen, dann hat dat heulende Elend einfach keinen Platz. Tut er dich denn au gut behandeln, unsern putzigen Medizinmann? Isser gut zu dir, Kleinet?«

Ich wollte gerade bestätigen, dass Hannes ein wunderbarer Mann und Partner sei, aber dazu kam ich nicht.

»Getz muss ich aber machen! Getz tu mich nich' mehr länger aufhalten, Emmi. Ich bin nur noch am Proviant am Kaufen. Wenn ich nich' rechtzeitig zurück bin, krich ich Ärger mit de Regierung.« Schepperndes Lachen begleitete ihren Satz. »War nur 'n Spaß, Emmi. Aber einen mit ernsten Hintergrund. Meine Schwester, die is schon ma so 'n bisken herrisch. War se immer schon. Is älter als ich. Da tut se sich wat drauf einbilden. Aber an unseren Kiosk, da hab ich de Zügel inne Hand, dat kannste mir glauben. Dat kann se nich. Ich kann besser mit de Leute. Da hab ich 'n Händchen für. Dat mit die Kommunikation, dat is mein Fachgebiet. Ich kann de Leute Fransen anne Backe labern. Hasse noch gar nich' gemerkt, woll, Emmi? Aber dat is meine Geschäftsstrategie. Ich quatsche die Leute 'ne Schleife ins Hirn, und dann kaufen se mir de Bude leer. Muss ma kommen, wennse widda in Doatmund bis, Emmi. Dann tu ich ma für dich inne Katen kucken. Aber komm nich' montags, sons wirse von de Regierung bedient. Dat macht so eine wie du mit Sicherheit keinen Spaß, von meine Schwester mit ihre schlechte Laune abgefertigt zu werden. Aber ich hab montags meinen freien Tach. Und getz rate ma, an welchen Tach bei uns de Umsätze immer im Keller sind? Aber dat lass ich de Silvia nich' anmerken, dat se eigentlich kein Geschick mitte Leute hat. Sons isse beleidigt und ich hab gar kein freien Tach mehr, won-nich. Kommste an besten dienstags, da hat de Silvia frei. Da kucke ich dann für dich inne Katen, und wir zwitschern uns zusammen dat ein oder andere Eierlikörchen.«

Sie griff nach zwei Bananen und legte sie in ihren Einkaufs-wagen. »Getz muss ich abba, macht euch dat noch schön hier. Ich bin getz weg. Schön, dat wa gesprochen haben, Emmi. Bis 'ne ganz 'ne Nette, hab ich sofort gemerkt. Bisken still biste – aber dat kriegen wir schon noch hin. Tüsskes. Und grüß mir den Hannes. Sach ihm, ich bin ihm böse, dat er sich nie meldet. Nein, Spässken. Ich kann dem doch gar nich' böse sein. Der hat mir doch damals so ausse Patsche geholfen, wie ich so schäb-bich inne Seile hing. Muss ich dir ma erzählen, aber nich' getz. Hab mich sowieso schon zu lange verquatscht. Dat passiert mir sonst nie. Dat liecht an dir, Emmi, dat ich mich verquatscht hab. Mit dir kann man sich gut unterhalten. Dat machen wir bald ma widda, wonnich. Hier, ich geb dir ma mein Kärtken, dann weiße, wo de mich finden kannst! Gut gehen und tüss.«

Damit drückte sie mir ihre Visitenkarte in die Hand, und weg war sie. Ich konnte mein Glück kaum fassen, dass sie sich mit ihrem vollgepackten Wagen wirklich in Richtung Kasse entfernte. Welch ein Naturereignis! Originale wie sie findet man im Ruhrgebiet leider immer weniger. Waren die meisten Kioske früher regelrechte Treffpunkte für die gesamte Nachbarschaft, wo wir Kinder uns »gemischte Tüten«, die Mütter beim Einkauf vergessene Lebensmittel wie Mehl, Zucker oder Dosenmilch und die Männer ihre Overstolz oder Ernte 23 holten, so sind sie inzwischen eher optimierte, perfekt funktionierende Kleinstsupermärkte mit fast vierundzwanzig Stunden Öffnungszeit. Früher wurde an diesen Buden gesoffen und philosophiert, da wurde Tratsch ausgetauscht. Was ein Budenbetreiber oder eine Betreiberin über die Nachbarschaft nicht wusste, war quasi nicht passiert.

Auch während meiner Kindheit in Hagen hatte es eine solche Bude gegeben. Sie wurde von einem Kriegsversehrten betrieben, den wir Onkel Otto nannten. Wenn die Bude gut lief, hatte Onkel Otto gute Laune und war freundlich. Waren die Geschäfte unter seiner Erwartung, konnte er sehr unfreundlich und knarzig sein. Ich war damals regelrecht süchtig nach den süßen, klebrigen Schaumwaffeln, die mit Schokolade überzogen auch Affenbrot genannt wurden. Wenn die schon länger in Onkel Ottos Kiosk gelegen hatten, waren sie allerdings so alt und zäh, dass Tapetenkleister dagegen lecker gewesen wäre. Zurückgenommen hätte Onkel Otto sie trotzdem nie und nimmer. Einmal hat sich mein Vater stellvertretend für mich bei Onkel Otto deshalb beschwert. Das ließ Onkel Otto aber völlig unberührt.

»Wat muss dein Blag auch ständig sein Geld für diesen ganzen Zuckerkram ausgeben. Is nich' gut für de Zähne«, war seine Antwort. »Gib dat Kind zu Hause wat Gescheitet zu essen, dann hängt se auch nich' ständig hier bei mir anne Bude rum. Als wenn ich mich an den paar Kröten von de Blagen bereichern wollte.« Damit war das Thema für Onkel Otto erledigt.

Mein Vater kaufte mir zum Trost eine Stange Prickel Pit und

ein paar Salinos, und meine Welt war wieder in Ordnung. Bei beidem gab es quasi kein Verfallsdatum. Prickel Pit waren winzige Zitronenpastillen und Salinos Lakritzrauten, die ohnehin immer knallhart und zäh waren. Darum nannten wir sie auch Plombenzieher. So manche Kinderplombe hat der Zahnarzt damals nach dem Genuss von Salinos erneuern müssen, aber das war uns Kindern natürlich egal.

In Gedanken an frühere Zeiten versunken packte ich meine Einkäufe ein und machte mich auf den Heimweg. Ich hatte für ein üppiges Abendessen eingekauft, denn wir wollten unseren letzten Abend in Ostende lieber gemeinsam und zu Hause genießen, als noch einmal auszugehen. Der August war fast vorüber, und wir mussten beide wieder zurück nach Dortmund und uns um unsere Arbeit kümmern.

Als ich Hannes beim Ausräumen der Einkäufe von meiner Begegnung mit Helga erzählte, verzog er das Gesicht, als hätte er in eine Zitrone gebissen.

»Schade, dass ich sie nicht überreden konnte mitzukommen«, zog ich Hannes auf. »Aber das wäre auch langweilig geworden, weil dat Helga, dat is nämlich eigentlich 'ne ganz 'ne Verschwiegene. Der musse de Würmer regelrecht ausse Nase rausziehen, weiße Bescheid?«

Hannes grinste schief. »Wenn ich zwischen einer Woche Schlechtwetter und einer Stunde Helga wählen würde …«

»Ich weiß, mit Schlechtwetter kann er gar nich' umgehen, der Herr Gesundheitsfanatisten.«

Hannes nahm mir entschlossen den Einkaufskorb aus der Hand.

Unser Abendessen war fantastisch, die Stimmung aber ein wenig bluesig. Wir fragten uns wohl beide, ob sich unser schönes Zusammensein in dieser Form in unseren Alltag hinüberretten lassen würde.

Damit wir am nächstens Morgen wieder sehr früh losfahren

konnten, machten wir uns nach dem Abendessen daran, die Wohnung auf Vordermann zu bringen. Hannes kümmerte sich um Küche und Bad, ich um unsere Zimmer und um das Wohnzimmer. Als alles picobello war, der Müll entsorgt und mein Bett abgezogen, ließen wir uns erschöpft ein letztes Mal auf der Ledercouch vor dem großen Panoramafenster nieder, und ich öffnete für uns den Champagner, den ich von meinem Einkauf mitgebracht hatte. Schweigend sahen wir zu, wie die Sonne im Meer abtauchte und den Himmel erst rot, dann rosa verfärbte.

In die Stille hinein verkündigte mein Handy mit einem Pling, dass ich eine SMS bekommen hatte. Als ich nicht reagierte, sagte Hannes: »Mila, schau ruhig nach. Es könnte von Leo sein. Wir können die restliche Welt ohnehin nicht für immer aus unserer Zweisamkeit ausblenden.«

Ich griff zu meinem Handy und schaute nach. Es war eine SMS von Henk.

Mila, Liebes! Wir sind gerade in Kathmandu, kommen nächste Woche zurück. Leo und mir geht es gut. Sind froh und glücklich, zusammen zu reisen. Eine Frage: Hast Du nach unserer Rückkehr einen Platz für mich? Dauerhaft? Ich möchte in Zukunft nicht mehr reisen, sondern mit Dir das Familienleben genießen. Habe es lange genug vermasselt. Kuss, Henk

Hannes hatte mich offenbar beobachtet. Als er mich lächeln sah, fragte er: »Leo?«

»Nein, Henk. Sie kommen wieder. In einer Woche, und es geht ihnen super. Er fragt, ob er in Zukunft bei mir wohnen kann.«

Hannes' Gesichtsausdruck verdüsterte sich. »Das wirst du aber hoffentlich ablehnen, Mila, oder?«

Ich lehnte mich zurück und nahm einen Schluck vom Champagner. »Ich weiß es noch nicht so richtig, Hannes. Ganz so schlecht ist Henks Idee nicht. Für Leo wäre es bestimmt toll, wenn er ein bisschen Vaterenergie nachtanken könnte und dauerhaft einen männlichen Ansprechpartner hätte. Ich kann doch mein Arbeitszimmer bei dir behalten, oder?«

Ich hatte fest damit gerechnet, dass Hannes lächeln und mich an sich ziehen würde. Dass er sagen würde, dass ich *natürlich* in seinem Haus, in seinem Leben immer einen Platz haben würde. Darum kam es für mich aus heiterem Himmel, dass er abrupt aufstand und mich mit völlig entglittenen Gesichtszügen wutentbrannt anzischte: »Ich glaube, ich habe mich verhört, Mila. Du denkst allen Ernstes darüber nach, diesem Parasiten, diesem alten Schrotthaufen einen Dauerparkplatz in deinem Leben anzubieten? Dem Mann, der dich all die Jahre hat hängen lassen und der jetzt so alt und am Ende ist, dass er sich die Freuden eines intakten Familienlebens vorstellen kann? Dem willst du Tür und Tor öffnen? Und gleichzeitig bittest du mich um ein Zimmerchen in meinem Leben, in das du dich flüchten kannst, wenn dir das Leben mit dem Parasiten mal wieder zu stressig ist? Hast du vielleicht mal eine Sekunde lang darüber nachgedacht, wie ich mich dabei fühle? Ich lege dir mein Herz zu Füßen, und du latschst in Siebenmeilenstiefeln drüber, sobald dieser alte Chaot mit dem Finger schnipst?«

Ich war wie vor den Kopf geschlagen. So viel Wut und Kälte hatte ich in Hannes' Gesicht noch nie gesehen.

»Jetzt lass mal die Kirche im Dorf«, versuchte ich, die Wogen zu glätten. »Henk ist ein Teil meines Lebens, weil er der Vater meines Sohnes ist. Daran kannst du nichts ändern. Ich wusste nicht, dass du so negativ über Henk denkst, und ich denke auch nicht, dass dir ein so hartes Urteil zusteht. Du kennst ihn nicht, und er hat mit Sicherheit seine Macken, aber er ist kein Parasit, der sich in meinem Leben festsaugen will. Ich dachte, dir ginge es um mich. Um das gesamte Paket, das ich mitbringe, nicht nur um Einzelteile. Wenn du mich nicht als Ganzes, mit allem, was zu mir und meinem Leben gehört, annehmen kannst, dann bist du derjenige, der mit Siebenmeilenstiefeln durch das Vorgärtchen meines Herzens latscht und alles kaputtmacht.«

Meine Stimme war im Laufe meines Sermons höher und wackeliger geworden. Jetzt fing ich auch noch an zu weinen. »Genau das ist es, was ich an Beziehungen so grauenhaft finde«, sagte ich mühsam. »Kaum hat ein Mann einen Platz in meinem Leben, will er mir vorschreiben, wie mein Leben auszusehen hat. Das kotzt mich so an. Ich bin keine Frau, die sich mit Haut und Haaren in das Leben eines Mannes schmiegt und alles über Bord wirft, was mein durchaus chaotisches Leben bisher ausgemacht hat.«

Ich war abgrundtief traurig. Und doch war ein Teil von mir sich immer noch sicher, dass der Hannes, den ich in den letzten Wochen kennengelernt hatte, mich in den Arm nehmen, sich entschuldigen würde. Versuchen würde zu klären, was sich da so unglücklich zwischen uns aufgebaut hatte.

Hannes aber sah mich mit regelrechter Verachtung an. Seine Stimme war kalt und leise: »Hörst du dir eigentlich manchmal selbst zu, Emilia? Merkst du eigentlich, mit welch kindlichem Eifer du gerade versuchst, das zu verteidigen, was du ›dein chaotisches Leben‹ nennst? Ein Leben, das nichts weiter ist als der egoistische Versuch, dir alle Türen offenzuhalten, falls es dir irgendwo mal nicht so passen sollte. Du kannst dich nicht entscheiden, das ist dein Problem! Du kommst mir vor wie ein Hund, der zwei Stücke Fleisch gleichzeitig bekommt. Und weil er das eine nicht fallen lassen will und das andere gleichzeitig bewachen muss, kann er beide nicht genießen. Ich habe keine Lust auf solche Spielchen, Mila. Ich habe dir von Anfang an gesagt, dass ich Verbindlichkeit brauche. Bei diesem komischen Spiel, da bin ich raus. Werd mal erwachsen, Mila!«

Damit stand er auf, ging in sein Schlafzimmer, warf die Tür hinter sich zu und ließ mich auf der Couch sitzen.

Ich heulte aus Wut, aus Verletzung, aus Schmerz und weil nun tatsächlich eingetroffen war, wovor ich in den letzten Tagen Angst gehabt hatte. Ich hatte irgendwie kein Händchen fürs Glücklichsein. Ich trank den restlichen Champagner allein aus, spülte unsere Gläser und stellte sie weg. Einen kurzen Moment verharrte ich vor der geschlossenen Tür des Schlafzimmers, das in den letzten Nächten so selbstverständlich unser gemeinsames gewesen war. Kein Geräusch zu hören. Also gut, dann eben nicht. Traurig zerrte ich meinen Bettbezug aus meinem bereits gepackten Koffer, bezog mein Bett neu und warf mich schließlich heulend hinein.

Am nächstens Morgen redeten wir kein Wort miteinander. Schweigend beluden wir das Auto, schweigend machten wir einen letzten Kontrollgang durch die Wohnung, verschlossen alle Fenster und die Balkontür, legten den Wohnungsschlüssel auf den Tisch, rückten die Couch an ihren ursprünglichen Platz zurück und zogen schließlich die Wohnungstür hinter uns zu. Beim Einsteigen in Hannes' Auto hörte ich das Kreischen und Lachen der Möwen. Ich warf ihnen einen letzten Blick zu. Ich hatte das Gefühl, sie lachten mich aus.

Schweigend fuhren wir durch den beginnenden Morgen, schweigend schoben wir uns durch den Stau um Antwerpen, schweigend machten wir einen Stopp, um zu tanken und zu pinkeln.

Irgendwann hatte ich mich so an das Schweigen gewöhnt, dass ich regelrecht erschrak, als Hannes dann doch etwas sagte: »Bevor ich's vergesse. Ich glaube, ich weiß, warum du so oft Kopfschmerzen hast.«

Ich rechnete mit einem Vortrag über meine psychischen Abgründe und wappnete mich schon für einen Gegenangriff. Aber Hannes sagte nur: »Du knirschst nachts ganz gewaltig mit den Zähnen. Das habe ich in den ganzen letzten Tagen in meinem dämlichen Glück immer wieder vergessen, dir zu sagen!«

Dämliches Glück. Autsch, diese Backpfeife hatte gesessen! Ich riss die Augen weit auf, damit sich keine Tränen ihren Weg bahnen konnten, und starrte aus dem Fenster. Das war kein Friedensangebot gewesen. So viel war mir klar.

Schweigend luden wir mein Gepäck vor meiner Haustür aus dem Kofferraum. Mit brüchiger Stimme fragte ich: »Was schulde ich dir? Also, ich meine Spritgeld und so?«

Hannes sah mich etwas zu lange an und antwortete dann harsch: »Das geht alles aufs Haus. Ist sozusagen das persönliche Lehrgeld für mich alten Trottel.«

Ich bückte mich nach meinen Taschen. »Wenn etwas Gras über alles gewachsen ist, sollten wir …«

Weiter kam ich nicht. Die Autotür knallte, und schon war er weg.

Bedrückt hievte ich mein Gepäck in meine Wohnung.

September

Wake me up when September ends – das wäre der passende Titel für meinen Start in den September gewesen. Ich hatte zu nichts Lust. Meine Wohnung kam mir leer und langweilig vor. Die Kinder waren nach wie vor ausgeflogen, Pi noch nicht zurückgekehrt, und Margot hatte meine ganze Post auf den Küchentisch gelegt und den Zweitschlüssel zur Wohnung dazu.

Ich hatte nach meiner Rückkehr alle Fenster aufgerissen, um die stickige Luft rauszulassen, aber gegen meine stickige Gemütsverfassung half das nicht.

Gundi bedrängte mich, ich solle mich unbedingt wieder einmal mit ihr treffen. Auf einer lustigen Postkarte aus Hastings kündigte Judith an, dass sie Anfang September wieder im Lande sei. Matti lud mich zu sich auf den Hof ein, und in der nächsten Woche würden Leo und Henk wieder hier aufkreuzen. Bald schon wollte Xavier Pi wieder zu mir bringen. Ich hätte mich also freuen müssen. Aber der hinterste Winkel meines Herzens blieb von all dieser Vorfreude völlig unberührt. Ich war und blieb traurig und ratlos. Ein paarmal war ich kurz davor, Hannes anzurufen, aber dann rief ich mir seinen kalten Blick bei unserem Abschied wieder vor Augen, und ich ließ es bleiben.

Stattdessen versuchte ich, mich nach vorne zu orientieren. Das hilft ja meistens. Meine erste Amtshandlung war, ein neues Bett zu kaufen. Ich hatte vor, Henk zumindest vorübergehend mein Schlafzimmer zu überlassen. Wegen seiner Arthrose brauchte er nun mal ein bequemes Bett. Ich war allerdings nicht gewillt, mir weiterhin meines mit ihm zu teilen, stattdessen plante ich, mir mein ehemaliges Arbeitszimmer als

Schlafzimmer herzurichten. Nachdem ich verschiedene Möbel-häuser abgeklappert hatte, entschied ich mich schließlich für einen ähnlichen Schlafsessel wie den, den Hannes mir für mein Arbeitszimmer in seinem Haus geliehen hatte und den ich als überraschend bequem empfunden hatte. Bis der Sessel geliefert wurde, würde ich mir eine Luftmatratze von Gundi borgen. Ich wusste, dass sie so etwas besaß.

Als Gundi mit der angefragten Luftmatratze sowie mit Pflaumenkuchen bewaffnet gut gelaunt bei mir auftauchte, versuchte ich mir meine bedrückte Gemütsverfassung nicht anmerken zu lassen. Gundi war eh in absoluter Plapperlaune. Aufgeregt zeigte sie mir Fotos des neuen Hauses, das sie ge-meinsam mit ihrer Tochter Katja eingerichtet hatte. Superchic. Ebenso die kleine Wohnung, die sie für sich am Rande von Cuxhaven gekauft und eingerichtet hatte, um jederzeit Zeit mit ihren Enkelkinder verbringen zu können. Sie sprühte geradezu vor Lebensfreude und Elan und schien deswegen Gott sei Dank von meiner Bedrücktheit nichts mitzubekommen.

»Und jetzt sag mal«, forderte sie mich am Ende ihrer Schil-derungen aber dann doch auf, »wofür brauchst du denn nun die Luftmatratze?«

Als ich ihr meinen Plan erklärte, wie ich mir Henk künftig ganz eindeutig vom Hals halten könnte, gratulierte sie mir zu meiner Entscheidung: »Ehrlich, Mila. Ich habe sowieso all die Jahre nie verstanden, warum der bei dir immer diesen Open-House-Status genießen konnte. Ich weiß, ich weiß, es ging dir dabei immer um Leo, aber ich glaube, Kerle wie Henk müssen mal gründlich den Rasen gemäht bekommen, sonst kapieren die nie, dass das Leben nicht nur aus Nehmen, sondern auch aus Geben besteht. Und jetzt, wo du mit Hannes zusammen bist, wird es ja auch Zeit für klare Verhältnisse.«

Zack, einmal voll rein in den wunden Punkt.

Ich drehte mich weg. »Noch einen Cappuccino?«, fragte ich

so beiläufig wie möglich. Als Gundi verneinte, fragte ich eben so beiläufig: »Wie kommst du übrigens darauf, dass Hannes und ich fest zusammen sind?«

»Hallo? Mila, ich bitte dich! Willst du mich verarschen?« Gundi grinste breit. »Du fährst drei Wochen mit einem Mann zusammen in Urlaub, schickst mir eine begeisterte Nachricht nach der anderen und willst mir allen Ernstes weismachen, dass da nichts ist zwischen euch? Für wie naiv hältst du mich denn eigentlich?«

»Nein, ja … ist klar …«, stammelte ich. »Also … da war schon so eine gewisse … äh … Anziehung. Aber du kennst mich doch. Ich und Beziehung …« Blöderweise kamen mir schon wieder die Tränen.

Gundi stürzte sofort zu mir und nahm mich in den Arm. »Oh nein«, sagte sie, »nicht schon wieder auf einen Herzensbrecher reingefallen, oder? Mann, Mila! Wann hört denn das mit diesem ewigen Liebeskummer endlich auf? Hat er noch ein anderes Eisen im Feuer so wie dieser dreifach bescheuerte Gregor seinerzeit?«

Ich musste gegen meinen Willen lächeln. Es tut einfach gut, wenn Freundinnen so bedingungslos Partei für einen ergreifen. Also redete ich mir meinen Kummer nun doch von der Seele. »Hannes ist ganz anders als Gregor, so viel steht fest«, verteidigte ich ihn. »Aber es ist immer das Gleiche mit Männern: Entweder sie können sich nicht binden, oder sie werden selbst zur Klette.«

»Also ist Hannes 'ne Klette?«, fragte Gundi.

»Nein, das auch nicht. Ach, ich weiß auch nicht, wie ich dir das erklären soll.« Trotzdem machte ich den Versuch, vor ihren geduldigen Ohren mein inneres Chaos zu sortieren.

Gundi hörte mir zu und streichelte immer wieder anteilnehmend meine Hand. Als ich fertig erzählt hatte, sagte sie: »Mila, das kriegst du wieder hin. Lass das jetzt nicht einfach im Sande verlaufen. Ein Mann, der so heftig reagiert, meint es ernst mit dir. Jetzt bist du dran. Rede mit ihm, kämpf um euch. Das bist du dir schuldig. Ehrlich, ich will dich nicht kritisieren, aber ich kann diesen Hannes durchaus verstehen. Wie würdest du es denn finden, wenn der eine seiner Exen bei sich in der Wohnung unterbringen würde? So was kann auf Dauer nicht gut gehen.«

»Ich will doch mit Henk nicht einen auf Beziehung machen!«, widersprach ich. »Wenigstens du müsstest das doch verstehen! Ich kann ihn aber auch nicht einfach aus meinem Leben rausschubsen. Das wäre Leo gegenüber nicht fair. Und ein Mann, der mich wirklich liebt, muss doch auch meine Lebenssituation irgendwie respektieren. Ich kann Eifersucht nicht ausstehen. Soll ich künftig vor jedem Zusammentreffen mit Henk oder Drafi bei Hannes eine Anfrage stellen, ob das für ihn klargeht? Das ist doch Kindergarten!« Ich war verzweifelt, weil selbst Gundi offensichtlich mein Dilemma nicht erkannte.

»Mila, es gibt, wie immer, für alles Abstufungen. Ich glaube kaum, dass Hannes will, dass du den Kontakt zu deinen Ex-Männern völlig abbrichst. Aber zusammen zu wohnen ist schon ein starkes Stück, das musst du doch einsehen.« Sie streichelte noch einmal über meine Hand. »Außerdem geht es in der Liebe oft nicht ums Rechthaben, sondern um Verständnis, Rücksicht und Kompromisse. Ich sage das nicht, weil es mir um diesen Hannes geht. Den kenne ich ja gar nicht. Es geht mir um dich, meine Süße. Du solltest nicht alles mit dem Hintern wieder umwerfen, was du dir mühsam mit den Händen aufgebaut hast. Also sei nicht so stur, und *rede* mit dem Mann.«

»Er will ja gar nicht mit mir reden«, sagte ich kleinlaut.

»Dann bleib hartnäckig, und häng dich dran. Sei 'ne Zecke. Es wird ihm gefallen, wenn er merkt, dass du kämpfst.«

»Vielleicht hast du recht«, murmelte ich. »Vielleicht noch ein Stück Pflaumenkuchen?«

Gundi lachte. »Nur, wenn du mitmachst. Wir mästen uns jetzt, das ist immer gut für die Nerven. Und dann gibst du dir einen Ruck und überlegst dir 'ne Strategie.«

Der Pflaumenkuchen schmeckte plötzlich saftig und süß, und ich hatte das Gefühl, dass ein winziger Lichtstrahl den hintersten Winkel meines Herzes erreicht hatte. Freundinnen sind einfach Gold wert.

»Weißt du eigentlich genau, wann Judith wieder in Dortmund ist?«, fragte ich.

»Sie hat noch nicht mit dir gesprochen, oder?«

»Nein. Worüber sollte sie denn mit mir gesprochen haben?« Jetzt war ich neugierig. Warum schaute Gundi mich so merkwürdig an?

»Nichts«, wehrte sie ab. »Frag sie selbst. Sie ist eigentlich schon wieder im Lande, soweit ich weiß.«

Gundi, Judith, Pi, Leo … Langsam freute ich mich doch darauf, bald wieder richtig Leben um mich zu haben.

* * *

Das Erste, was an Leben zurückkehrte, war Pi. Als Xavier ihn mir brachte, drehte er regelrecht durch vor Freude. Winselnd und bellend sprang er um mich herum und wedelte so heftig mit dem Schwanz, dass er sich dabei kaum auf den Beinen halten konnte. Ich hatte vor Rührung feuchte Augen. *Wenn wir Menschen doch auch so unverstellt unsere Gefühle zeigen könnten!*

Xavier wirkte etwas verlegen. »Wenn du magst, dann kann Pi vielleicht doch lieber die nächste Zeit hier bei dir bleiben … also für länger … bis das Kind da ist oder so«, wand er sich. »Hat nicht wirklich harmoniert zwischen Pi und Thea.«

»Du weißt, dass ich Pi auch ganz behalten würde«, sagte ich zu Xavier.

»Wir müssen sehen ...« Xavier seufzte. »Thea ist einfach eine echt komplizierte Frau. Das war sie schon immer, und jetzt durch die Schwangerschaft ...« Er brach den Satz am Ende einfach ab.

Ich wusste auch so, was er meinte, und er tat mir leid. »Xavier, man kann auch ein guter Vater sein, ohne mit der Mutter des Kindes zusammen zu sein.«

»Oh, das mag sein. Aber nicht mit einer Frau wie Thea. Die kennt nur ganz oder gar nicht. Und ich will das einfach nicht vermasseln, Mila. Du weißt, dass mein Vater ein Oberarsch ist, entschuldige. Der hat mich immer und immer wieder wissen lassen, was für ein Spinner ich in seinen Augen bin. Ich will nicht, dass er recht behält.« Er wirkte echt bedrückt.

»Xavier, wenn Eltern Erwartungen an ihre Kinder haben, dann ist das einfach ein riesengroßer Fehler. Wir Eltern sind nicht dazu da, unseren Kindern eine bestimmte Richtung aufzudrängen. Wir sind dazu da, um unsere Kinder zu lieben. Dein Vater liegt falsch, nicht du.«

Xavier nahm mich in den Arm. »Hat Leo ein Glück«, sagte er und wandte sich dann zur Tür. »Ich muss dann mal. Muss den Einkauf für den Laden machen und später aufsperren. So langsam laufen die Geschäfte wieder, auch wenn es immer noch zu heiß ist.«

Damit lief er die Treppe hinunter. Als er schon fast unten war, hielt er noch einmal inne: »Die erste Rate überweise ich noch in diesem Monat, versprochen!«, rief er.

»Leo kommt in ein paar Tagen zurück!«, rief ich. »Sprecht miteinander.«

Ob er den letzten Satz noch gehört hatte?

Pi sah mich erwartungsvoll an, und mir ging das Herz auf. »Du hast bestimmt jetzt erst mal Hunger, mein Feiner, oder?«

Sein Schwanzwedeln war Antwort genug. Während er sich eifrig mit seiner Futterschale beschäftigte, machte ich ein Selfie von ihm beim Fressen und mir mit meiner Müslischale daneben und schickte es an Matti. »Wieder vereint«, schrieb ich dazu.

Obwohl es erst sieben Uhr morgens war, rief Matti sofort an. Sie wirkte wach und fröhlich – und teilte mir mit, dass sie nun, da alle wieder zurück seien, endlich ihren dreißigsten Geburtstag nachfeiern wolle. Am übernächsten Wochenende sollte es so weit sein, und da der Sommer bisher eine Zugabe nach der anderen gab, sollte das Fest draußen auf Janis' und Roberts Hof stattfinden. Ich freute mich für Matti und versprach, mich an dem Buffet mit ein paar Leckereien zu beteiligen.

Nach dem Frühstück rief ich Margot an. Ich hatte bisher gezögert, mich bei Traudel zu melden. Ich wollte sie nicht mit meiner trüben Stimmung zusätzlich belasten. Und Traudel ist zu feinfühlig, um nicht zu spüren, wenn mit mir etwas nicht stimmt. Also wollte ich mir vorher bei Margot ein Update verschaffen. »Hunderunde?«, fragte ich nur.

»Unbedingt«, antwortete sie »In fünfzehn Minuten im Wäldchen?«

Begeistert stimmte ich zu, und wenig später waren auch wir wieder vereint.

»Deiner Traudel geht es ja schon wieder viel besser«, berichtete Margot. »Sie hat inzwischen eine Kur beantragt und wagt sich tatsächlich zu der Trauergruppe, die ich ihr empfohlen habe.«

Ich nickte. Margot hatte mir davon schon während meines Urlaubs erzählt.

»Wir haben uns etwas angefreundet«, sagte sie nun. »Aber das wird sie dir sicher selbst noch erzählen.«

Ich war begeistert. Margot war tatsächlich eine große Bereicherung, nicht nur in meinem Leben! Wer hätte das anfangs gedacht! Pi und Ede tobten und spielten, und als ich eine gute Stunde später nach Hause ging, war mir deutlich leichter ums

Herz. Also gab ich mir einen Ruck und schrieb Hannes eine SMS:

Wir müssen unbedingt miteinander reden. Bitte!!!

Vielleicht waren die vielen Ausrufzeichen etwas albern. Aber so schlimm kann es nicht gewesen sein, denn Hannes schickte postwendend eine Antwort:

Machen wir. Aber gib mir noch etwas Zeit. Ich melde mich.

Was sollte das nun wieder bedeuten? *Etwas* Zeit? Eine Woche, ein paar Tage? Einen Monat? *Typisch Hannes*, dachte ich und merkte, dass meine Stimmung schon wieder in den Keller rutschte.

Ob es wohl in Ordnung war, wenn ich mein Arbeitszimmer bei ihm weiternutzte? Ohne mit ihm zu sprechen, konnte ich diese Frage nicht klären. Und um ihm noch einmal zu schreiben, war ich zu stolz. Seine Antwort wirkte so rigoros. So endgültig. *Ich melde mich!* – Das hieß letztlich nichts anderes als: Ruf mich nicht an!

Also ging das elende Gedankenkarussell wieder von vorne los. Wie lange wollte Hannes diesen Schwebezustand noch aushalten? Wollte er mich absichtlich abstrafen, weil er immer noch fand, dass ich völlig falschlag, dass alles allein meine Schuld war? Nach zwei unruhigen Nächten und Tagen mit Kopfschmerzen – und nein!, ich hatte nachts sicher nicht mit den Zähnen geknirscht, ich hatte nämlich so gut wie nicht geschlafen – beschloss ich, einfach mal mit Pi an Hannes' Haus vorbeizugehen. Vielleicht käme er ja zufällig gerade vom Joggen zurück und würde mich zum Frühstücken hereinbitten.

Als ich wenig später in die Teutoburger Straße einbog, hämmerte mein Herz wie wild. Pi bekam davon nichts mit, sondern tapste glücklich an meiner Seite über den Bürgersteig. Ich konnte ihn gerade noch am Halsband festhalten, als Hannes überraschenderweise tatsächlich aus der Haustür trat. Ich wollte ihm schon winken, als ich sah, dass er keine Joggingsachen trug, sondern einen Anzug. Er war auch nicht allein. Hinter ihm kam eine Frau aus dem Haus. Sie unterhielten sich und lachten. Hannes holte noch rasch eine Reisetasche aus dem Flur, packte sie in den Kofferraum, öffnete der Frau galant die Beifahrertür, stieg selbst auf der Fahrerseite ein, und schon verschwand das Auto in der Morgendämmerung.

Ich war wie gelähmt. *Na, das ging ja schnell*, dachte ich. Im nächsten Moment kochte eine unglaubliche Wut in mir hoch. *Da hat der Herr sich aber sehr schnell getröstet*, giftete ich. *Mir spielt er den integren Moralapostel vor, und kaum läuft es mit uns nicht mehr so rund, sucht er sich Ersatz. So ein mieser Kerl!*

Ich stieß die Luft aus. Kein Wunder, dass er sich noch etwas Zeit erbeten hatte! *Erst mal antesten, wie gut es mit der anderen Perle läuft*, dachte ich, *und dann entscheiden, welche besser in sein wohlgeordnetes Leben passt. Und ich dumme Kuh habe auch noch den ersten Schritt auf ihn zugemacht. Ich bin und bleibe einfach eine selten naive Ziege!*

Im Stechschritt entfernte ich mich von Hannes' Haus. Pi tänzelte völlig unberührt von meinem Gefühlschaos neben mir her.

Den ganzen Tag ließ mich die Frage nicht los, wer diese Frau wohl gewesen sein könnte. Genau hatte ich sie im Dämmerlicht nicht gesehen, nur dass sie keine langen schwarzen Haare hatte.

Also, diese sexsüchtige Inez wird er sich wohl nicht wieder klargemacht haben, überlegte ich. *Seine Schwester hat graue Haare. Jedenfalls sah das auf den Fotos in ihrer Wohnung so aus. Haare kann man natürlich färben. Und warum ist die um diese Zeit mit ihm aus dem Haus gekommen? Dann muss sie doch eigentlich da geschlafen haben ...*

Ich kam einfach mit meinen destruktiven Gedanken um keinen Millimeter weiter. Darum machte ich etwas, wofür ihr mich mit Sicherheit auslachen werdet: Ich rief Helga an, in der Hoffnung, dass sie für mich in die Karten gucken würde. Völlig bescheuert, ich weiß, und ich kam mir selbst lächerlich vor. Aber Verzweiflung treibt einen ja manchmal in seltsame Gefilde.

Helga jedenfalls war begeistert. »Klar kannze kommen, Täubken. Freut mich, datte dich meldest. Gibbet den irgendeinen Grund, oder willze nur ma so wissen, wat auf dich am zu am kommen is? Is au egal. Kommste einfach am Dienstach, wenn de Regierung ihren freien Tach hat. Aber mit meinen sensationellen Kartoffelsalat musse nich' rechnen, den gibbet ers widda, wenn et nich' mehr so heiß is. Kommste kurz vor Feierabend, dann ham wa genuch Zeit, wonnich? Freu mich auf dich, Milla.«

Damit war die Verabredung perfekt. Ich schämte mich vor mir selbst und war gleichzeitig ungeduldig. Selbst wenn die Sache mit der Kartenleserei vielleicht eine bescheuerte Idee war – eventuell konnte ich Helga unauffällig ausquetschen, ob es noch andere Frauen in Hannes' Umfeld gab.

Die Zeit bis zu unserer Verabredung versuchte ich mit Routinearbeit in der Agentur zu überbrücken. Aber ich war unkonzentriert. Dann versuchte ich Judith anzurufen, aber die ging weder ans Telefon, noch reagierte sie auf meine SMS. Vielleicht war sie ja doch noch nicht wieder zurück, und Gundi hatte sich vertan. Mit Gundi hätte ich mich auch gerne getroffen, aber ich wollte nicht über meine Angst bezüglich dieser anderen Frau reden. Jedenfalls nicht, bevor ich nicht selbst mehr wusste. Also langweilte ich mich weiter vor mich hin und dachte gegen meinen Willen immer wieder an Hannes und diese ominöse Frau.

Am Morgen vor meiner Verabredung mit Helga kam ich bei meiner Hunderunde an einem Friseursalon vorbei, den ich noch nicht kannte. So etwas geschieht, wenn man seinen Hund entscheiden lässt, wo man langgeht. Mit einem leichten Kopfschütteln betrachtete ich das Firmenschild: *Kopfkino*. Diese modernen Friseurläden haben ja meistens so alberne, pseudokreative Namen. Ich wollte schon weitergehen, als mein Blick auf eine Werbetafel im Schaufenster fiel: eine ältere Frau mit grauem Kurzhaarschnitt.

Vielleicht sollte ich auch langsam mal diese alberne Färberei lassen, dachte ich. *Und warum nicht auch mal einen völlig neuen Haarschnitt wagen?*

Ich fotografierte die Telefonnummer des Salons mit dem Handy ab und rief an, sobald er geöffnet hatte. Tatsächlich wurde mir noch für den gleichen Tag ein Termin angeboten.

Der junge Mann, der mir zugeteilt war, hörte sich mein Anliegen genau an. Er hatte selbst einen sehr trendigen Haarschnitt und duzte mich, was in solchen Läden ja heute üblich ist. Ich solle mein graues Haar nicht einfach rauswachsen lassen, riet er mir: »Du hast schönes, dichtes Haar. Aber deine Farbe ist noch nicht eindeutig genug, das sehe ich an deinem Haaransatz. Das wird dann so eine Mischfarbe. Und das tut dann gar nichts für dein Gesicht.« Er wies auf mein Kinn. »Du hast ein klares Gesicht und kannst dir einen Kurzhaarschnitt leisten. Aber bei der Farbe würde ich noch eine Weile weiterfärben. Einen Moment!«

Er verschwand im hinteren Teil des Salons und kam kurz darauf mit einer gefärbten Strähne zurück. »Schau mal. Ich würde eine etwas weniger dunkle Farbe mit leichtem Kupferstich empfehlen. Und zwischendurch nimmst du ein Shampoo, das die Farbe bis zum nächsten Färben auffrischt.«

Ich war superaufgeregt und ließ ihn einfach machen. Während er färbte und schnitt, bat ich ihn, den Spiegel zu verhängen. Ich hatte Angst, ich könnte wie ein gerupftes Huhn aussehen. Er aber umschwirrte mich wie ein aufgescheuchtes Küken und sagte immer wieder zwischendurch: »Toll wird das, ganz toll! Du wirst ein völlig neuer Typ Frau.«

Ich lächelte schief. Genau das war eigentlich nicht meine Absicht gewesen.

Als er mir dann sein fertiges Werk präsentierte, wusste ich nicht, ob ich lachen oder weinen sollte. Ich sah wirklich ziemlich anders aus und war mir nicht sicher, ob ich diese neue Frau im Spiegel mochte. Die Haare waren asymmetrisch geschnitten. Eine Seite war länger, und ein schräger Pony fiel mir ins Gesicht. Die andere Seite war richtig kurz. So kurz, wie ich meine Haare noch nie getragen hatte. Ich wirkte irgendwie viel taffer, jünger und – nicht wie ich.

Der Friseur schien meine Unsicherheit zu spüren: »Keine Angst, das ist Gewöhnungssache. Wenn du noch nie einen richtigen Kurzhaarschnitt hattest, dann bist du jetzt erst mal geschockt. Das ist normal. Aber glaub mir, du siehst toll aus. Viel frischer und irgendwie rassiger. Wart's ab, nach einer Weile bist du begeistert.« Dabei hielt er mir einen Spiegel an den Hinterkopf und zeigte mir den Haarschnitt von hinten.

Der Haarschnitt war wirklich toll, und doch kam ich mir plötzlich so nackt vor. Ich beeilte mich zu bezahlen und versuchte, mir dabei den Schreck über die geforderte Summe nicht anmerken zu lassen. Davon hätte ich mir locker ein schickes Drei-Gänge-Menü in einem Nobelrestaurant leisten können. Entsprechend benebelt taumelte ich aus dem Salon. *Was habe ich nur getan? Was sollte das denn jetzt? Mila!*

Aber da die Sache nun nicht mehr rückgängig zu machen war, beschloss ich, mir jetzt auch noch ein neues Kleid für Mattis Geburtstagsparty zu kaufen. Meine Freude auf diese Party würde ich mir nicht von meinen verkorksten Männergeschichten verderben lassen.

Schließlich fand ich in einer kleinen Boutique ein Kleid, das mir so gut stand, dass ich meinen neuen Anblick ertragen konnte. Da in den Läden bereits die Herbstkollektion angekommen war und der Sommerschlussverkauf längst vorbei, war es gar nicht so leicht gewesen, noch ein sommerliches Kleid zu finden. Mit diesem Kauf aber war ich zufrieden: ein dunkelgrünes Kleid, das oben eng anlag und ab der Taille weit und schwingend fiel. Die Verkäuferin war völlig aus dem Häuschen gewesen, wie gut mir das Kleid stand. »Ihr Kurzhaarschnitt ist wirklich sensationell, und mit dem Kleid sehen Sie wie ein echter Filmstar aus«, hatte sie mir geschmeichelt.

Na ja, dachte ich, *Filmstar mit Abo auf Gruselfilme*. Aber das sagte ich nicht laut. Zumindest das Kleid mochte ich auch sehr. Glücklich zog ich mit meiner Beute nach Hause.

* * *

Die erste Reaktion auf meinen neuen Look bekam ich dann abends von Helga. Ich bin mir allerdings nicht so sicher, ob ich sie als ermutigend bezeichnen sollte.

»Ja sach ma! Milla, Schätzeken. Getz hätte ich dich abba fast nich' erkannt. Du siehst ja ganz anders aus. Hasse dir 'n neuen Kopp verpassen lassen? Au, au, dat is kein gutet Zeichen. Bisse inne Krise?« Als sie meinen entsetzten Blick und meinen unsicheren Griff Richtung Kopf bemerkte, fuhr sie sofort fort: »Nein, komm. Vasteh mich nich' falsch. Steht dir, wonnich? Is irgendwie … apart. Also, du kannstet tragen, hass ja 'n nettes Gesichtken, wonnich. Aber Frauen, die sich plötzlich 'n neuen Kopp machen lassen, die ham eigentlich immer gerade 'ne Trennung hinter sich oder 'ne Krise. Brauchste nur inne Promenenz zu kucken. Aber getz kuck nich' so. Is allet gut. Schätzeken, getz kommste ers' ma rein, und dann trinken wir beiden ein schönet Eierlikörchen.«

Ich wehrte vehement ab. »Ich bin mit dem Auto da!«

»Ja und?«, fragte Helga. »Für sowat gibbet Taxis. Getz machen wir uns son richtich schönen Hexenabend. Da gehört 'n Eierlikörchen dazu. Keine Widdarede.«

Eh ich michs versah, hatte Helga mich auf einen Campingstuhl verfrachtet und entkorkte die Flasche Eierlikör. Ich sah mich um. Der Kiosk war genauso bunt und chaotisch wie seine Besitzerin. Zwischen den vollgestopften Regalen standen Tiere aus Gips in Lebensgröße. Ein Schaf, zwei Hühner und ein grottenhässlicher Mops. Ich fürchtete, dass sie diese Scheußlichkeiten auch verkaufte. Dazwischen in der Enge drängten sich zwei Campingtischchen und Klappstühle mit BVB-Kissen darauf. Außerdem gab es noch zwei Stehtische, und Helgas Pekinesen lagen faul und vollgefressen in ihren Hundebetten.

Helga fing meinen Blick auf. »Ja, da staunste, Milla, wa? Dat is keine Bude mehr, wie man die früher hatte und wie wir die von unsern Vatter geerbt hatten. Da kannste heute keine Mark mehr mit machen. Du muss dat Konzept erweitern.« Sichtlich stolz wies sie auf einen Zettel an der Tür: *Jeden Mittag warmet Essen!*

»Wir verdienen inzwischen am besten mit unseren kleinen Mittagstisch«, fuhr sie fort. »'ne Bekannte von uns tut sich de Rente aufbessern mit 'n 450-Euro-Job und tut für uns jeden Tach drei einfache Gerichte zaubern. Und den Kartoffelsalat, den mach immer ich. Dat wird sowat von gut angenommen vonne Kundschaft, dat sach ich dir. Is nich' nur für dat Essen, dat die Leute kommen, die kommen auch für gegen Einsamkeit und für 'n gutet Gespräch. Ich bin hier mehr so 'ne Seelentankstelle, dat kannste mir glauben. Genau wie getz mir dir. Wat haste denn auffen Herzken, Milla. Haste Probleme mit den Hannes? Isser nich' mehr gut zu dir? Is 'n Sensibelchen, der Kerl, den musse mit Samthandschuhe anpacken, wonnich? Soll ich ma für euch inne Kaaten kucken, wat so angesacht is?«

Ich hatte am Telefon mit keiner Silbe den Grund meines Kommens erwähnt. Dass Helga dennoch wusste, dass es mir um Hannes ging, war mir irgendwie unheimlich. Aber wo ich schon mal da war, sollte sie ruhig für mich in die Karten schauen. Würde ja niemand erfahren.

Ich nickte also, und Helga legte die Karten für mich aus. Mir sagte das Bild natürlich gar nichts. Aber Helga schien hocherfreut: »Ja, kuck ma da!«, sagte sie. »Da ham wir den Prinzen ja auch schon. Dat is guuut, Milla. Guuut is dat. Der Herzbube liegt ganz promenent in deiner Nachbarschaft. Dat is schon ma 'n richtig gutet Zeichen. Aber auf der andern Seite, da liecht der Karokönig, dat gefällt mir nich. Tuste zweispurig fahren, Milla? Haste noch 'n andern Kerl inne Peiplein? Musse aufpassen, mit sowat, da kann son Sensibelchen wie der Hannes nich' mit umgehen. Damit tuste 'ne verscheuchen. Ich will dir nich' mit Moral kommen, wirklich nich. Ich sach sowieso immer: Zwei Kerls kriegen mehr geschafft als wie einer. Hahahaha, war 'n Scherz. Kuck nich' so entsetzt. Weiße doch, dat ich Spässkens mache. Aber wenn de den Hannes nich' verscheuchen willst, dann muss der Karokönig weg. Mein Tipp!«

Na, vielen Dank, dachte ich. Ich war inzwischen leicht benebelt. Ohne dass ich mich hatte wehren können, hatte Helga mir einen Eierlikör nach dem anderen eingeschenkt und hingeschoben. Dass die Karten mir den gleichen Quatsch sagten wie Gundi und letztlich auch Hannes, ärgerte mich furchtbar. Ich fuhr nicht *zweigleisig*, wie Helga sich so schön ausgedrückt hatte. Ich hatte nicht vor, mich auf Henk wieder einzulassen. Herrgott noch mal! Aber irgendwie schien mir das keiner zu glauben.

Unterdessen setzte Helga bereits an, mir das Leben, die Männer und die weibliche Psyche zu erklären: »Dat Männer und Frauen nich' zusammenpassen, Milla, dat wissen wir beide. Da muss man schomma fünfe grade sein lassen als Frau. Und Sex is im Grunde wie Fußball. Einer muss dat Tor vorbereiten, und einer tut den Ball versenken. Und wer den Ball versenkt hat, der erwartet Jubel, wonnich. Wir Frauen, wir müssen de Kerls immer dat Gefühl geben, als wenn se für uns der Bauchnabel vonne Welt wären. Sons gehen se einem schonma schnell vonne Fahne, wonnich. Und loben und bewundern, dat is dat Allerwichtigste, Milla. Immer de Kerls schön bewundern und se für ihr ganzet Wissen bestaunen. Der Mann bleibt ewig Blag, und wir Frauen ham immer de Last. Aber wem sach ich dat. Dat weisse inzwischen auch, Milla, woll?«

Ich hatte mir eigentlich vorgenommen, nur kurz bei ihr vorbeizuschauen und natürlich keinen Alkohol zu trinken. Doch ich blieb sitzen, lauschte Helgas Lebensweisheiten und trank brav die mir zugeteilten Likörchen. Wenn man genug Alkohol intus hatte, war das durchaus unterhaltsam. Irgendwann – ich war schon sehr betrunken – war es deshalb tatsächlich Helga, die mich hinauswarf: »So, Milla. Getz muss ich dir 'n Taxi bestellen. Ich muss getz mit Siechfried und Roy nach Hause, und du muss im Bett. Du hass 'n ganz schönen Zuch drauf beim Eierlikör. Alle Achtung. Aber getz musse nach Hause, sonst tut dir morgen dat Köppken brummen, und dat wollen wir ja nich!« Damit bugsierte sie mich auf die Straße, hatte im Nullkommanichts ein Taxi geordert, und eh ich michs versah, saß ich im Taxi und fuhr Richtung Heimat.

Huiiii, dachte ich. *Was für ein aufregender Tag.*

* * *

Die nächsten Tage war ich mit Feuereifer damit beschäftigt, mein ehemaliges Arbeitszimmer umzubauen. Ich wollte diesen Schlaf- und Rückzugsraum unbedingt für mich geschaffen haben, bevor Henk und Leo wieder da waren. Es ist immer wichtig, von Anfang an Fakten zu schaffen. Und angesichts der getrennten Schlafräume musste selbst Henk klar sein, dass er keine andere Funktion in meinem Leben hatte, als Leo ein verspäteter Vater zu sein. Der Schlafsessel war inzwischen geliefert worden, und ich hatte bereits alle persönlichen Gegenstände und meine gesamte Kleidung aus meinem Schlafzimmer in mein Arbeitszimmer umgeräumt. Gerade war ich mit dem Aufbau zweier neuer Regale beschäftigt, als es an der Wohnungstür klingelte.

Wer mochte das sein? Neugierig legte ich den Schraubenzieher zur Seite und ging zur Tür.

Vor mir stand Traudel. Zum ersten Mal seit Antes Tod hatte sie freiwillig die Stufen zu meiner Wohnung erklommen. Und da stand sie nun, verlegen und mit einem großen Strauß Dahlien in der Hand.

Ich fiel ihr spontan um den Hals, und sofort hatten wir beide Tränen in den Augen. Als Erste fasste sich Traudel wieder: »Ich wollte mich bei dir entschuldigen – und bedanken. Beides. Du weißt schon, wofür.« Sie war unglaublich klein und mager geworden. Plötzlich sah man ihr zum ersten Mal ihr wirkliches Alter an.

Ihre Zerbrechlichkeit rührte mich. »Komm doch rein, Traudel, mein Schatz! Du brauchst dich weder zu bedanken noch zu entschuldigen, das weißt du. Komm, ich koche uns einen Kaffee.«

Pi begrüßte Traudel begeistert, und während ich Kaffee aufbrühte, sagte Traudel: »Ich bleibe aber nur kurz, Mila. Das hat nichts mit dir zu tun, aber ich bin noch etwas … äh … empfindlich im Kontakt mit Menschen, selbst mit Menschen, die eigentlich meine Familie sind. Ich muss mich langsam wieder ins Leben zurücktasten. Und ich finde sehr wohl, dass ich mich entschuldigen muss. Ich war so ein Ekel. Aber ich konnte nicht anders. Na, das wird dir Margot ja bestimmt ein bisschen erklärt haben, wie das ist mit Trauer und Schuldgefühlen und so. Ich bin dir so dankbar, dass du sie mir auf den Hals gehetzt hast. Sie ist wie ein Geschenk des Himmels. Und du bist der

Engel, der mir dieses Geschenk geschickt hat.« Sie hatte schon wieder Tränen in den Augen.

Ich schob ihr eilig die Kaffeetasse hin.

Sie nippte dankbar an dem Kaffee. »Ich werde eine Kur machen. Im Herbst. Das hat dir Margot bestimmt auch erzählt. Und ich gehe jetzt regelmäßig in eine Trauergruppe. Manche sind da komisch. Aber nette Leute sind auch dabei. Und irgendwann bin ich wieder die Alte. Sollt ihr nur sehen. Dann habt ihr eure alte Traudel wieder zurück!«

Ich setzte mich neben sie und legte ihr spontan den Arm um die Schulter. »Du warst für uns immer ein Teil der Familie. Daran haben die letzten Wochen nichts geändert, und das weißt du auch.«

Traudel nickte. »Ja, ich weiß. Matti schickt mir regelmäßig süße Textnachrichten und Fotos, und auch Leo hat mir immer geschrieben, sobald er Netz hatte.«

Soso. An Traudel und Aurélie hatte Leo also regelmäßig geschrieben, und ich hatte von ihm nur sporadisch etwas gehört. Doch ich drängte meine aufkeimende Eifersucht sofort wieder zurück. Ich freute mich ja, dass meine Kinder sich so erwachsen und verantwortungsvoll gegenüber Traudel verhalten hatten.

Traudel trank ihre Tasse mit einem großen Schluck leer und stand auf. »Ich gehe mal wieder. Nicht persönlich nehmen, Mila. Und die Dahlien musst du noch anschneiden.« Als sie schon fast in der Tür stand, drehte sie sich noch einmal um. »Deine neue Frisur steht dir gut. Siehst so jung aus. Erinnert mich irgendwie an früher.«

Und als sie dann schon durch die Tür war, schaute sie noch einmal zurück: »Ach, und noch was: Was oder wer auch immer dafür verantwortlich ist, dass du so traurig aussiehst. Lass dich nicht unterkriegen, Mila. Mach es, wie du es immer gemacht hast: Gib nicht auf!« Damit zog sie die Tür hinter sich zu.

Meine Traudel. Selbst noch völlig wackelig und verletzlich und trotzdem anderen gegenüber so feinfühlig. Ich wischte mir die Tränen aus den Augen und machte mich daran, den wunderschönen Blumenstrauß zu versorgen. Danach wurde ich noch von einem regelrechten Putzrausch überfallen, und schließlich war der ganze Staub und Schmutz eines wilden Sommers entfernt. Nicht, dass ich damit rechnete, dass Leo oder auch Henk nur das geringste bisschen davon bemerken würden ...

Tja, und dann war es auch schon so weit: Am nächsten Tag fiel Leo im Schlepptau von Aurélie und Henk wie ein Wirbelsturm bei mir ein. Aurélie hatte die beiden mit einem eigens dafür geliehenen Auto in Frankfurt abgeholt.

Leo platzte die Wiedersehensfreude aus jeder Pore. Er konnte seine Augen kaum von Aurélie lassen, umgekehrt war es nicht anders. Er sah ein wenig verwildert aus, braun gebrannt und dreckig und irgendwie echt erwachsen. Henk hingegen wirkte geschwächt. Er ließ seinen riesigen Rucksack in der Küche fallen und setzte sich stöhnend auf die Bank.

»Die Knochen, meine Schöne«, sagte er in meine Richtung, »die Knochen sind für solche Strapazen nicht mehr geeignet.«

Ich kommentierte das erst mal nicht. Leo verkündete begeistert, er brauche erst mal eine Dusche, und lud Aurélie ein, ihm dabei Gesellschaft zu leisten.

Aurélie wurde rot und sah in meine Richtung.

Ich winkte ab. »Macht schon!«, lachte ich. »Ich rühre in der Zwischenzeit noch ein bisschen in den Töpfen. Es gibt einen Fischeintopf mit Baguette. Schön scharf, wie du das liebst, Leo. Also macht nicht zu lange, wir können bald essen.« Dann schloss ich vorsorglich die Küchentür, um meine Ohren vor Geräuschen aus dem Badezimmer zu schützen.

Nach dem Abendessen, bei dem Leo begeistert von Nepal und den Nepalesen erzählt hatte, fragten er und Aurélie, ob es für mich in Ordnung sei, wenn sie sich mit ein paar Freunden auf ein Bier treffen würden. Dass er überhaupt fragte, war für mich neu, und so stimmte ich selbstverständlich zu. Ich war glücklich. Auch nachdem die beiden fort waren, fühlten sich die Wohnung und mein Leben gleich wieder so prall an.

Henk saß noch immer auf der Küchenbank. Seinen Weißwein hatte er kaum angerührt. »Na, bist du jetzt zufrieden? Habe ich dir gut auf deinen Kronprinzen aufgepasst?«

Ich lächelte nur und räumte die Spülmaschine ein. Kurz darauf verschwand auch Henk im Bad, und wenig später ging er – selbstverständlich, als wäre er nie weg gewesen – ins Schlafzimmer. Dass ich später nicht folgen würde, würde er sicherlich erst morgen früh bemerken. Er wirkte wirklich völlig erschöpft.

Spät am Abend, nachdem ich noch einen ausgedehnten Spaziergang mit Pi gemacht hatte, hob ich seufzend drei nass zusammengeknüllte Badehandtücher vom Badezimmerboden auf und hängte sie an den Handtuchhalter. Dann putzte ich mir die Zähne und freute mich sehr auf mein frisch aufgeräumtes, männerfreies Schlafzimmer.

* * *

Am nächsten Morgen erwähnte Henk meine neue Schlafordnung mit keinem Wort. Entweder er fand sich bereits damit ab, oder er wartete auf eine günstige Gelegenheit, um sie zu thematisieren. Oder er war zu angeschlagen von der Reise, um sich damit auseinanderzusetzen. Mir war das mehr als recht. Ich freute mich einfach nur auf das kommende Wochenende. Da sollte nämlich Mattis großes Fest steigen. Die Wetterprognosen waren günstig. Zwar war es längst nicht mehr so brütend heiß wie in den Tagen und Wochen zuvor, aber es sollte zumindest warm sein und nicht regnen. Also erwartete uns alle ein großes Open-Air-Fest auf dem Hof.

Den ganzen Samstag buk und brutzelte ich. Schließlich hatte ich versprochen, mich reichlich am Büfett zu beteiligen: Ich zauberte ein großes Blech Zwiebelkuchen, Blätterteigtaschen mit Spinat und Schafskäse, meinen berühmten Tortellinisalat und ein ganzes Blech frischen Kirschstreusel. Gegen Abend kam Gundi zu mir. Sie hatte ebenfalls für Matti gekocht und schleppte eine große Tasche mit Schüsseln und Dosen mit sich. Wir hatten verabredet, gemeinsam mit einem Auto zu fahren, damit eine von uns Alkohol trinken konnte, und nach dem Abend bei Helga hatte ich angeboten, mein Auto zu nehmen. Henk würde ebenfalls mitkommen.

»Habt ihr eigentlich vor, lange zu bleiben?«, fragte er nun. »Fühle mich noch immer ziemlich mies.«

Ich hatte nicht vor, mir die Party wegen seiner Befindlichkeit verderben zu lassen, und zuckte nur mit den Schultern. *Keine Vorhersage möglich.*

Leo und Aurélie waren am Vormittag mit zwei Freundinnen von Matti vorgefahren, weil sie auf dem Hof beim Dekorieren und Vorbereiten helfen wollten. Deshalb packte ich die ganzen Töpfe und Auflaufformen, Gundi, Henk und Pi ins Auto, und wir fuhren los. Ich schob eine CD von den Gipsy Kings in die Anlage und drehte laut auf. Mir war nach Party.

Als wir auf dem Hof ankamen, glich der Vorplatz schon einem Wimmelbild. Matti saß auf einem mit Girlanden geschmückten Stuhl, lachend und unglaublich dick. Sie trug ein T-Shirt, auf dem stand: *Ich habe eine Wasser-Melone getragen – und versehentlich verschluckt!* Eine Persiflage auf das berühmteste Zitat aus *Dirty Dancing.*

Ich grinste und lief auf sie zu. Sobald sie uns sah, stand sie auf und fiel mir um den Hals, so gut es bei ihrem Leibesumfang noch ging. »Mama, wie toll! Du siehst umwerfend aus! Sagenhaft. Der neue Haarschnitt und das Kleid … Da kann man ja fast neidisch werden!«

Ich freute mich. »Am umwerfendsten siehst du aus, meine Süße. Was für ein witziges T-Shirts hast du an!«

»Das ist ein Geburtstagsgeschenk von Leo und Aurélie«, lachte Matti. Sie zeigte uns, wo die Tische für das Büfett aufgebaut waren, und die nächste halbe Stunde waren wir damit beschäftig, die Köstlichkeiten auf den Tischen zu dekorieren. Darum bekam ich zunächst auch gar nicht mit, dass Judith inzwischen eingetroffen war. Auf einmal stand sie hinter mir und tippte mir auf die Schulter. Direkt hinter ihr stand Christian. Beide wirkten verlegen, was mich verwunderte. »Judith! Wie lange haben wir uns nicht mehr gesehen!«

Nachdem ich beide umarmt hatte, legte Christian besitzergreifend seinen Arm um Judith. Ich war völlig überrascht und muss wohl genau so geschaut haben.

»Ich wollte es dir eigentlich schon längst gesagt haben, aber …«, stammelte Judith.

Ich hatte die Geste also richtig interpretiert: Judith und Christian waren ein Paar. Wie war das denn passiert? Spontan umarmte ich beide noch einmal. »Aber das ist ja ganz wunderbar! Ich freue mich doch riesig für euch beide. Was guckt ihr mich denn so an? Ist doch toll!«

»Ehrlich?«, fragte Judith. »Du bist kein bisschen sauer? Ich hätte dir das schon viel eher sagen sollen, aber irgendwie wusste ich ja anfangs noch nicht, ob das wirklich … also, ich meine, ich war anfangs unsicher, ob du … Und dann waren Christian und ich zusammen drei Wochen in Hastings, und dann hat es so dermaßen zwischen uns beiden gerasselt und … tja …«

Gundi war zu uns gekommen, umarmte die beiden zur Begrüßung und lachte. »Das hättest du nicht gedacht, Judy, oder? Dass deine geschwätzige Freundin Gundi mal so richtig schön vorbildlich die Klappe gehalten hat. Aber ich kann durchaus –«

»Du hast das gewusst und mir nichts gesagt?« Ich boxte

Gundi freundschaftlich in die Seite. »Ihr seid mir ja tolle Freundinnen. Heimlichtuerinnen seid ihr.«

Judith wirkte noch immer verlegen. »Ich wollte dich ja längst anrufen, aber dann hat mir Gundi gesagt, dass bei dir und Hannes wohl dicke Wolken vor der Sonne sind, und ich wollte nicht taktlos sein …«

»Ach, guck mal an.« Nun war ich doch leicht sauer. »So verschwiegen bist du dann ja wohl doch nicht, Gundi, wenn du meine Geschichte gleich in die Freundinnenzeitung setzt. Aber Schwamm drüber. Heute ist Party, und für euch beiden, Judith und Christian, freue ich mich wirklich unglaublich. Lasst uns einfach zusammen was trinken, und gut ist.« Gerade wollte ich mich nach Gläsern für Sekt umsehen, als ich mitbekam, dass sich auf dem Hof ein kleiner Tumult anbahnte.

Im Näherkommen sah ich, dass Georg mit einem riesigen Schaukelpferd bewaffnet auf Matti zuging. Ich hatte gar nicht gewusst, dass die beiden sich wieder versöhnt hatten. Und sollte gleich darauf merken, dass das auch nicht der Fall war.

Mattis Gesichtszüge verdunkelten sich sofort. »Darf ich fragen, wer genau dich eingeladen hat, Georg?«

Georg wirkte keineswegs verunsichert, sondern ging weiter auf Matti zu. »Matti, sei nicht kindisch. Ich bin nun mal der Vater deines Kindes, und du wirst mich nicht einfach aus eurem Leben ausschließen können!«

Ein junger Mann mit Vollbart und Pferdeschwanz trat hinter Mattis Stuhl. Er wirkte zornig, aber beherrscht. »Hast du nicht gehört, was Matti gesagt hat, du Großkotz? Du bist auf dieser Feier nicht erwünscht. Das Geburtstagskind möchte nur mit Menschen feiern, die ihm was bedeuten, und du scheinst nicht dazuzugehören.«

Georg entglitten die Gesichtszüge. »Ach ja? Und wer oder was genau bist du?«

»Ich bin der, der hier aufpasst, dass das für Matti ein schönes Fest wird. Und deine Anwesenheit scheint für Matti nicht in Ordnung zu sein. Also tu mir den Gefallen, schwing dich auf dein albernes Schaukelpferd, und reite vom Hof, Cowboy. Sonst muss ich nachhelfen und dir deine gepflegte Visage polieren, und es sähe für einen Zahnarzt gar nicht gut aus, wenn er sich mit einem blauen Auge über seine Patientinnen beugen müsste.«

Matti wirkte nun doch gestresst: »Bitte, Tankred! Ich will auf keinen Fall 'ne Prügelei auf meinem Fest!«

»Mach dir keine Sorgen, Matti«, erwiderte Georg kalt, »wenigstens ich habe begriffen, dass wir nicht im Wilden Westen leben, wo man sich duelliert. Ich lasse dich jetzt mit deinem komischen Boxer und deiner tollen Party allein. Viel Spaß noch.« Und damit zog er sich wieder zu seinem Auto zurück.

»Huch, was war das denn jetzt?«, fragte ich Matti und ging neben ihr in die Hocke, damit wir leise reden konnten.

»Ach, Mama!« Matti lachte gekünstelt. »Jetzt mach dir bloß keine Sorgen. Georg und ich – wir sind uns einfach nicht mehr grün, und er erträgt es nicht, dass sein Harem um eine Frau kleiner geworden ist.«

»Aha«, antwortete ich, »und dieser junge Mann mit dem Vollbart, der sich für dich prügeln wollte? Sollte ich da irgendetwas wissen?«

»Nein, nein!« Matti lächelte. »Das war nur Tankred. Der hat sein Pferd hier auf dem Hof stehen, und wir haben uns ein wenig angefreundet. Aber nicht, was du gleich wieder denkst. Ich bin noch nicht so weit, dass ich mich in die nächste Beziehungskiste werfe. Ich will jetzt erst mal ganz in Ruhe Mama werden. Aber wenn sich daran etwas ändert, bist du die Erste, die das erfährt. So, und jetzt ...« Sie erhob ihre Stimme und sprach zu allen: »Jetzt ist das Büfett eröffnet! Ich habe einen Mordshunger und danke allen, die mich so reich bekocht und bebacken haben, und überhaupt: Danke, dass es euch alle gibt! Danke, danke, danke! Party!«

Damit stürmten alle jubelnd zum Büfett, ganz vornweg Matti mit ihrer phänomenalen Kugel.

Ich selbst kam in der nächsten Stunde kaum zum Essen. Immer wieder musste ich Freunde von Matti oder auch gemeinsame Bekannte begrüßen. Besonders freute ich mich, als Orhan auftauchte. Er hatte sich inzwischen einen Vollbart wachsen lassen und sah unglaublich glücklich und zufrieden aus. Wie lange hatten wir uns nicht mehr gesehen!

»Orhan! Was machen die Dreharbeiten«, fragte ich. »Und dein Bruder? Wie geht es dir?«

»Alles wunderbar«, sagte er. »Die Dreharbeiten waren wirklich super. Alles ganz professionell. Das muss ich dir später mal ausführlicher erzählen. Emre ist mit unserem Vater für eine Weile in die Türkei geflogen. War Hannes' Idee. Er hat mir geraten, Baba alles zu sagen. War nicht ganz einfach – riesen Drama, aber immerhin habe ich jetzt ein Problem weniger. Jetzt kümmert Baba sich.«

Als Hannes' Name fiel, huschte mir sofort ein Schatten über die Seele. Noch immer hatte er sich nicht bei mir gemeldet. Aber ich wischte jede aufkeimende trübe Gemütsregung sofort beiseite und strich Orhan über den Arm. »Mensch, das finde ich toll. Gut siehst du aus!«

Schließlich kam meine Schwester Marieluise und zog mich energisch zur Tanzfläche. Wir waren in unserer Jugend beide große Partymonster gewesen und haben immer gerne getanzt. Dass sie mich jetzt auf die Tanzfläche zog, wertete ich als Zeichen dafür, dass meine Mail, die ich ihr aus Ostende geschrieben hatte, die Wogen zwischen uns einigermaßen geglättet hatte.

Wir tanzten wild und ausgelassen, und obwohl es inzwischen fast kühl war, floss der Schweiß in Strömen. Als irgendwann die ruhige Ballade *Dust in the Wind* gespielt wurde, beschloss ich, die Tanzfläche zu verlassen, um mir ein Getränk zu besorgen und ein wenig zu verschnaufen.

Malu aber zog mich an sich, um mit mir zu schwofen. »Können wir nicht einfach wieder gute Freundinnen sein, so wie früher?«, fragte sie. »Jetzt, wo unsere Mädchen sogar zusammenwohnen? Ich würde so gerne wieder mehr Kontakt zu dir haben. Wir sind doch Schwestern, und das ist doch was Besonderes.«

Ich war gerührt und zog sie fest an mich. *Das wird uns schon irgendwie gelingen*, dachte ich. *Einfach öfter mal fünfe gerade sein lassen und den alten Quatsch vergessen.* An mir sollte das nicht scheitern.

Don't hang on, nothing lasts forever but the earth and sky. It slips away all your money won't another minute bye, sang Ronnie Patt, und ich spürte, wie ich auf angenehme Weise sentimental wurde. *Ja, unsere Zeit wird immer knapper*, dachte ich. Auch wenn ich im Dezember erst sechzig Jahre alt würde, so war damit doch mindestens das letzte Lebensdrittel angebrochen, und man sollte sich nicht mit so einem Ballast wie Übelnehmerei und Streit die Zeit vergällen.

Als die Musik wieder wilder wurde, deutete ich Malu an, dass ich nun wirklich eine Pause machen wollte. Wir trennten uns, und ich ging zum Tisch mit den Getränken hinüber. Ich stutzte. Konnte ich meinen Augen trauen? Aus den Augenwinkeln meinte ich gesehen zu haben, wie Hannes gerade Matti ein Geschenk überreichte.

Ich ging vorsichtig näher, und als ich sah, dass ich mich nicht getäuscht hatte, fing mein Herz heftig an zu hämmern. Mein Mund fühlte sich trocken an, und ich stürzte das Wasser, das ich mir gerade genommen hatte, in einem Schluck hinunter, wünschend, ich hätte mir etwas Kräftigeres eingeschüttet. Hannes hatte sich lächelnd über Matti gebeugt, als ich bei den beiden ankam.

»Was machst du denn hier?«, entfuhr es mir deutlich unfreundlicher, als ich es wollte.

Hannes drehte sich zu mir um. Er sah noch dünner aus als sonst, und auch sein Gesicht war nun, trotz Sonnenbräune, blass geworden. Sofort tat mir mein harscher Ton leid.

»Ich wurde eingeladen, schon vergessen?«, sagte er.

Matti ging ohne ein weiteres Wort weg und ließ uns allein.

Wir standen nun beide etwas ungelenk und ratlos voreinander. Zu viele Worte und Fragen purzelten gleichzeitig durch meinen Kopf. Am meisten brannte mir natürlich die Frage nach dieser Frau auf der Seele. Aber ich konnte ja schlecht gleich mit der Tür ins Haus fallen. Also fiel mir nichts anderes ein, als zu schweigen.

Hannes ging es offensichtlich nicht besser. »›Wir sollten noch mal miteinander reden. Bitte‹«, sagte er schließlich. »Das waren doch ungefähr die Worte in deiner Nachricht. Und hinter dem ›Bitte‹ etwa acht Ausrufzeichen. Also: Hier bin ich. Rede mit mir.«

»Aber doch nicht hier auf der Party!«, entfuhr es mir entgeistert.

»Dann lass uns ein bisschen spazieren gehen. Im Wald ist es ruhig. Und um diese Jahreszeit stören wir auch keine Glühwürmchen beim Balzen.«

Sofort stiegt ein wenig Wehmut in mir hoch, denn ich erinnerte mich an unseren ersten gemeinsamen Nachtspaziergang. Wortlos wandte ich mich in Richtung Wald und machte Hannes ein Zeichen, mir zu folgen.

Im Wald war es richtig kühl, und mein nass geschwitztes Kleid schmiegte sich wie ein kalter nasser Lappen an meine Haut. Außerdem musste ich aufpassen, wohin ich meine Füße setzte. Ich trug hochhackige Sandalen und wollte im Dunkeln nicht stolpern oder umknicken.

Hannes spürte offenbar, dass mir kalt war. Er selbst trug ei nen dünnen Kaschmirpullover, den er wortlos auszog und mir reichte. »Das wollte ich schon immer mal. Wie in den ganzen tollen Filmen, wo kernige, echte Kerle den Frauen ihr Jackett umhängen. Schade, dass ich keins anhabe, aber der Pullover ist bestimmt wärmer, zieh an.«

Als ich den Pullover über meinen Kopf zog, roch ich den vertrauten Hannesgeruch: eine Mischung aus frisch gemähtem Gras, nach dem sein Schweiß erstaunlicherweise immer roch, und seinem herben Rasierwasser. Der Pullover war angenehm warm.

»Und? Immer noch keinen Text?«, fragte Hannes.

Ich blieb stehen, und eh ich michs versah, rutschte mir die für mich wichtigste Frage raus: »Wer war diese Frau?«

»Frau?«

»Ich war neulich morgens auf dem Weg zu dir, und da bist du mit einer Frau aus dem Haus gekommen, und ihr seid zusammen in dein Auto gestiegen. Wer bitte war diese Frau?« Meine Stimme klang kläglich.

Hannes lachte leise. »Also habe ich dich doch gesehen. Ich war mir nicht sicher. Es war ja noch nicht ganz hell. Das war Gerlinde, eine Kollegin. Wir sind zusammen auf ein Seminar in den Schwarzwald gefahren, und weil ihr Mann sie ein bisschen zu früh zu mir gebracht hat, haben wir vor der Abfahrt noch einen Tee bei mir getrunken. Bist du etwa eifersüchtig?«

Viel zu schnell, um glaubhaft zu sein, antwortete ich: »Quatsch!«, um nach einer Weile leiser hinterherzuschieben: »Doch! War ich.«

Hannes lachte wieder leise. »Das beruhigt mich ungemein«, sagte er. »Da bin ich wenigstens nicht der Einzige. Mila, ich wollte mich bei dir entschuldigen. Ich bin ein blöder, eifersüchtiger Trottel. Und das ist jetzt im Alter irgendwie noch schlimmer geworden. Ich schäme mich dafür, dass ich dir an unserem letzten Abend in Ostende so eine Szene gemacht habe. Wenn

Eifersucht von mir Besitz ergreift, habe ich mich einfach nicht mehr im Griff. Das ist mir unglaublich peinlich, und ich hoffe, du kannst mir verzeihen.«

Dass man sich küssen und gleichzeitig heulen kann, hätte ich vor diesem Abend nicht für möglich gehalten. Aber es geht, das dürft ihr mir glauben. Nur muss man irgendwann mit einem von beiden aufhören, weil man sonst keine Luft bekommt. Beim Heulen verstopft die Nase, und beim Küssen ... na, das brauche ich nicht näher zu erläutern. Also mussten wir das Küssen unterbrechen, sonst wäre ich erstickt.

Unendlich erleichtert und glücklich löste ich mich von Hannes. Erst jetzt spürte ich richtig, wie mir dieser Streit und die damit verbundene Trennung von Hannes zugesetzt hatten.

»Wenn ich dir auch noch mein Taschentuch anbiete, bin ich schon fast ein Filmstar.« Hannes reichte mir sein Taschentuch, und ich schnäuzte mich kräftig, um wieder Luft zu bekommen.

»Ich deute deine Reaktion mal als ›Entschuldigung angenommen‹«, sagte Hannes. Auf einmal war sein Gesichtsausdruck wieder ernst. »Aber auch wenn ich mich doof benommen habe und damit die Stimmung wieder kaputt mache – in der Sache selbst hat sich meine Einstellung kein bisschen geändert. Ich finde es nicht richtig, dass du mit Henk zusammenwohnst. Ich fürchte, damit ist meine Eifersucht grundsätzlich überfordert.« Er nahm meine Hand. »Ich weiß, dass du dich nicht gerne drängen lässt. Und wir können uns alle Zeit der Welt lassen, um zu entscheiden, was genau das mit uns beiden ist und wie du das nennen möchtest, Mila. Aber wenn du gleichzeitig mit diesem ... also mit Henk zusammenwohnst, dann bin ich überfordert, und der nächste Konflikt ist vorprogrammiert. Erst recht, wenn ich im November für vier Wochen weg bin.«

»Du bist für vier Wochen weg?« Meine Stimme klang schon

wieder dünn. »Das hast du mir ja … Also, davon weiß ich ja gar nichts.«

»Ich fliege für vier Wochen nach Neuseeland, um mit Becci meinen Geburtstag zu feiern. Ich habe gerade gebucht, und wir freuen uns sehr darauf. Aber ich fürchte, ich könnte die Reise nicht wirklich genießen, wenn ich mir Sorgen machen müsste, dass du in der Zwischenzeit wieder mit Henk … Entschuldige, aber ich bin einfach so. Ich hoffe, du kannst das verstehen.«

»Ich verstehe dich«, sagte ich. »Deswegen habe ich auch schon die entsprechenden Maßnahmen ergriffen und mein altes Arbeitszimmer in ein Schlafzimmer verwandelt. Mit einem Bett, das zu schmal ist für eine weitere Person. Reicht dir das fürs Erste?«

»Fürs Erste schon.« Hannes lächelte. »Über alles andere können wir später noch reden. Wir finden bestimmt eine Lösung, die für uns beide passt. Ich brauche nicht unbedingt eine ›feste Beziehung‹, wenn du diese Bezeichnung so hasst, aber ich brauche ein Was-auch-immer mit uneingeschränkter Exklusivität. Meinst du, dass du mir wenigstens das versprechen könntest?«

Meine Nase war wieder frei genug fürs Küssen. Das war Antwort genug. Langsam gingen wir wieder Richtung Hof.

»Ich mag übrigens deine neue Frisur sehr«, sagte Hannes. »Du siehst unglaublich sexy aus. Und dein Kleid unterstreicht das noch. Meinst du, du würdest heute gerne bei mir schlafen?«

Jetzt war es an mir, leise zu lachen. Schließlich hatten wir fast einen ganzen Monat nachzuholen.

Als wir wieder auf den Hof kamen, hatte die Party mächtig an Fahrt aufgenommen. Bei vielen schien der Alkoholpegel deutlich gestiegen zu sein, und es lief eine Musik, zu der ich ohnehin nicht getanzt hätte.

Hannes und ich benahmen uns so, wie ich es früher auf Partys bei anderen Paaren absolut grauenhaft gefunden hatte: Wir waren vollkommen mit uns selbst beschäftigt und bekamen von dem, was um uns herum geschah, kaum etwas mit.

Irgendwann kam Gundi zu uns und grinste mich verschmitzt an. »So, wie ich das sehe, hast du für diese Nacht schon eine Mitfahrgelegenheit. Ich werde mich wohl auch um eine bemühen müssen.«

Ich erschrak. Ich wollte nicht unsolidarisch und wortbrüchig sein. »Nein, nein!«, widersprach ich. »Ich stehe natürlich zu meinem Wort und bringe zuerst dich nach Hause. Erst danach fahre ich zu Hannes.«

»So? Und mit welchem Auto willst du das machen? Falls du es nicht mitbekommen hast: Henk ist mit deinem Wagen längst über alle Berge. Irgendwie schien er mir nicht so richtig gut gelaunt zu sein. Er hat mich auch nicht gefragt, ob ich mitfahren wollte, sondern hat sich einfach die Schlüssel aus deiner Handtasche genommen, sich ins Auto gesetzt und ist abgebraust. Aber keine Panik. Ich kann bestimmt bei Leo und Aurélie mitfahren, und wenn mich nicht alles täuscht, ist Hannes notfalls bereit, dich mitzunehmen.« Sie zwinkerte uns zu, verabschiedete sich und machte sich auf die Suche nach Aurélie und Leo.

Für uns war es auch Zeit aufzubrechen. Zu zweit allein sein kann man dann doch in der Zurückgezogenheit am besten. Also verabschiedeten wir uns, bedankten uns bei Matti und machten uns auf den Weg.

* * *

Bei einem ausgedehnten Frühstück im Bett erzählte ich Hannes, dass ich seit Henks Rückkehr meinen Alltag im Wesentlichen auf mein kleines Arbeitszimmer beschränkt hatte. Nur in Küche und Bad war ich Henk, Leo und Aurélie zwangsweise über den Weg gelaufen. »Mit Henk allein war ich in den letzten Tagen kein einziges Mal«, beteuerte ich.

Das aber reichte Hannes nicht, und inzwischen konnte ich das sogar verstehen. Schließlich hatten mir sowohl Gundi als auch Helga diesbezüglich ein bisschen die Augen geöffnet. »Stell dir vor«, gestand ich verschämt, »in meiner Verzweiflung und Verwirrung war ich sogar bei Helga, um mir von ihr die Karten legen zu lassen.«

Hannes lachte herzlich. »Du glaubst doch nicht ernsthaft, dass Helga mir das nicht sofort brühwarm erzählt hat! Direkt am nächsten Tag hat sie mich angerufen und mir geraten, ich müsste mich mal 'n bisken mehr um mein Täubken kümmern, sonst tät es mir eventuell in einen anderen Taubenschlag auswandern. So waren ihre Worte.«

Während Hannes lachte, war ich empört. »Was? Wie hinterhältig ist das denn? Gilt denn für Helga keine Schweigepflicht? Das ist ja unfassbar indiskret!«

»Sinnlos, sich aufzuregen, Mila. Sei froh, dass Helga nicht deine Gynäkologin ist, sonst würde sie deine Befunde fröhlich durch die ganze Stadt verbreiten.«

»Gynäkologisch habe ich momentan deutlich weniger zu verbergen als in Bezug auf meinen peinlichen Ausflug in Helgas Bude. Dann hat sie dir mit Sicherheit auch erzählt, dass sie mich so abgefüllt hat, dass ich mit dem Taxi nach Hause musste?«

»Dass du blau wie 'ne Haubitze warst, hat sie mir durchaus erzählt. Sie meinte allerdings, dass du ihr von dir aus den ganzen Eierlikör ausgetrunken hättest. Aber ärger dich nicht, Mila, immerhin hat mich diese Geschichte ein bisschen aufgemuntert. Ich dachte nämlich, wenn es dir so schlecht geht, dass du bei Helga, ihrem ekelhaften Eierlikör und ihren komischen Karten Zuflucht suchst, dann können ich und unser blöder Streit dir nicht egal sein. Und das hat meine Hoffnung genährt, dass wir unsere Probleme in den Griff kriegen. Es hat mich aber trotzdem ziemlich viel Mut gekostet, auf Mattis Party zu kommen.«

»Ich bin froh, dass du gekommen bist«, sagte ich. »Auch weil du sonst nicht mit eigenen Augen gesehen hättest, dass zwischen Henk und mir wirklich absolut nichts ist, was dir Sorgen machen müsste.«

»Das kann man so oder so sehen, Mila«, brummte Hannes. Als ich fragend die Augenbrauen hob, ergänzte er: »Ich glaube dir, dass du mit Henk als Liebhaber fertig bist. Aber hast du mal darüber nachgedacht, warum er so Hals über Kopf abgehauen ist, nachdem ich auf der Party aufgetaucht bin? Der ist eifersüchtig, Mila. Und machen wir uns nichts vor: Wer eifersüchtig ist, hat den Traum von einer endgültigen Wiedervereinigung noch nicht aufgegeben.«

Ich seufzte tief. Selbst wenn Hannes mit seiner Einschätzung richtiglag, hieß das ja noch lange nicht, dass ich wieder in Richtung Henk umkippen würde. Aber ich selbst würde es wohl ebenso wenig begrüßen, wenn Hannes eine seiner Ex-Frauen, am Ende gar diese sexsüchtige Inez, bei sich einziehen lassen würde.

»Was soll ich denn machen, Hannes?«, fragte ich. »Wenn ich Henk jetzt vor die Tür setze, dann verzeiht mir das Leo nie. Wenn er sich irgendwann genug an seinem Vater abgearbeitet hat, sind die Karten mit Sicherheit anders gemischt, und ich kann von Henk verlangen, dass er sich eine eigene Bleibe sucht. Momentan scheint mir das aber nicht wirklich geschickt.« Ich ließ den Kopf hängen.

»Wenn Henk sich in deiner Wohnung und deinem Leben erst mal richtig breitgemacht hat, wird es noch schwerer sein, ihn vor die Tür zu setzen«, widersprach Hannes. »Ihr habt es beide versäumt, zur rechten Zeit Klartext miteinander zu reden, Mila. Und stopp! Das ist kein Vorwurf. Ich kenne dich inzwischen gut genug, um zu wissen, dass Klartext nicht zu deinen Kernkompetenzen gehört. Du lässt dir im wahrsten Sinne des Wortes zähneknirschend einfach viel zu viel gefallen. Das ist liebenswert und fatal zugleich. Dafür bin ich einer, der nicht nur gern Klarheit hat, sondern auch gern klare Worte findet. Vielleicht können wir ein bisschen voneinander lernen. Ich will dir einen Vorschlag machen, Mila. Und ich möchte dich bitten, über deinen Schatten zu springen und meinen Vorschlag erst einmal in Ruhe sacken zu lassen und erst im Dezember, wenn ich aus Neuseeland zurück bin, eine finale Entscheidung zu fällen. Und ich springe über meinen Schatten und halte die Unklarheit bis dahin aus.«

»Okay, und was für ein Vorschlag ist das?« Nun war ich wirklich neugierig.

»Ich bitte dich, während meiner Abwesenheit in meinem Haus zu wohnen. Dann haben Henk und du in dieser Zeit keine gemeinsame Schnittmenge. Und wenn ich zurück bin und Henk noch immer bei dir wohnen will, könntest du ihm und Leo deine Wohnung vermieten und für das Geld die obere Wohnung bei mir nehmen und bewohnen. Ich weiß, dass es für dich nicht infrage kommt, komplett mit mir zusammenzuziehen, aber in zwei Wohnungen in einem Haus – das ist doch Nähe mit genug Abstand, findest du nicht?« Hannes sah mich unsicher an.

Mir wurde ein wenig übel. Die Vorstellung, meine geliebte Wohnung aufzugeben, in der ich nun seit mehr als dreißig Jahren gelebt hatte – die Wohnung, in der ich Traudel in meiner Nähe wusste und die für meine Kinder immer ein Zufluchtsort gewesen war, wenn sie mal wieder Nestwärme brauchten –, diese Vorstellung setzte mir gewaltig zu.

Um Zeit zu schinden, fragte ich deshalb: »Von wann bis wann bist du denn nun endgültig weg? Also von wann bis wann würde ich dann fürs Erste hier wohnen?«

»Mein Flug geht am achten November, das ist ein Freitag. Am zwölften feiere ich mit Becci und ihrer Familie meinen Geburtstag. Danach werde ich etwas herumreisen und mir ein paar Plätze anschauen, die ich noch nicht gesehen habe. Am siebenundzwanzigsten morgens lande ich dann wieder in Düsseldorf. Vielleicht holst du mich ab. Und wir feiern meinen Geburtstag dann zu zweit nach?«

»Wie alt wirst du denn?«

Hannes sang: »Mit sechsundsechzig Jahren …«, brach ab und fuhr fort: »Eigentlich bin ich ja kein Fan von Udo Jürgens. Aber sechsundsechzig ist 'ne tolle Zahl. Die wollte ich richtig feiern. Schade, dass du am zwölften nicht dabei sei kannst – es sei denn … Es sei denn, du kommst einfach mit, Mila! Das wäre natürlich das allerschönste Geburtstagsgeschenk, das du mir machen könntest. Dich und Becci und ihre Familie zusammen an meinem Geburtstag um mich zu haben, das wäre 'ne Wucht. Hey! Warum eigentlich nicht! Dass ich auf die Idee nicht schon eher gekommen bin. Du kommst einfach mit mir. Neuseeland ist toll, und wir sind auf Reisen doch ein tolles Team.«

Während Hannes sich richtig in Rage redete, war ich hin- und hergerissen. Natürlich wäre die Vorstellung, Neuseeland zu bereisen, und dann noch gemeinsam mit Hannes, ein Traum. Aber ich hatte Matti versprochen, in der Zeit nach der Geburt für sie und das neugeborene Baby da zu sein. Das Baby würde, wenn es pünktlich zum Stichtag geboren würde, am sechsundzwanzigsten Oktober kommen. Also waren Hannes' Pläne für mich utopisch – zumal ich Aurélie auch schon halb zugesagt hatte, im Dezember mit ihr nach Benin zu fliegen.

»Mitkommen kann ich nicht. Leider«, sagte ich daher. »Aber ich werde mich so lange hier einnisten, damit du dir keine Gedanken machen musst und deine Zeit in Neuseeland genießen kannst. Das verspreche ich dir.«

Damit war das Thema Neuseeland für mich erst mal vom Tisch.

Dachte ich. Aber ich und denken – ihr erinnert euch?

Oktober

Wie ein Kind, das mit neuen Gummistiefeln durch alle Pfützen hüpft, hüpften meine Gedanken in den folgenden Tagen ständig von Option zu Option. Einmal patschten sie in der Pfütze Neuseeland herum, dann wieder in der Pfütze Benin. Nach einer Weile sprangen sie zu »Omasein und Wuppertal«, um dann wieder in der Pfütze »Wohnungswechsel und Hannes« herumzuplanschen. Ich kam einfach nicht zur Ruhe. Zu viele Wünsche und Ängste konkurrierten in meinem Herzen um den besten Platz.

Hannes spielte bei diesem inneren Aufruhr eine wichtige Rolle. Was gibt einer Liebesgeschichte die wichtigste Würze? Früher hätte ich diese Frage mit »Spaß und Sex« beantwortet. Nun aber merkte ich, dass sich meine Prioritäten verschoben hatten. Mit seinem stillen, verschmitzten Humor, seiner Nachdenklichkeit, seiner Fähigkeit, mich an seinen Gedanken teilhaben zu lassen und an meinen Anteil zu nehmen, hatte Hannes sich still und leise in meinem Leben unverzichtbar gemacht.

Gute Gespräche mit einem Mann zu führen war für mich eine völlig neue Erfahrung. Nicht dass meine Ex-Männer schweigsame Gesellen gewesen wären. Im Gegenteil: Sowohl Drafi als auch Henk sprachen gern über dies und das. Aber im Vergleich zu den Gesprächen mit Hannes war das doch wohl eher Schwätzen statt Reden gewesen.

Was mir an Hannes besonders gut gefiel, waren sein Einfühlungsvermögen und seine Fähigkeit, sich selbst zu hinterfragen. Nie versuchte er, sich aufzuspielen. Auch quälte er mich nicht mit der typisch männlichen Vorliebe, uns Frauen die Welt zu erklären. Trotzdem machte mir die Vorstellung, meine Wohnung aufzugeben und ganz und gar in Hannes' Haus überzusiedeln, immer noch Bauchschmerzen. Ich verstand, dass er nicht wollte, dass ich mir eine Wohnung mit Henk teilte. Aber da ich davon ausging, dass Henk ohnehin irgendwann das Weite suchen würde, sah ich die Notwendigkeit eines Umzugs letztlich nicht richtig ein. Das aber verriet ich Hannes nicht. Ich wollte auf keinen Fall einen weiteren Streit riskieren.

Hannes war in dieser Zeit einfach nur gut gelaunt und freute sich außerdem sehr auf die gemeinsame Zeit mit Rebecca und ihrer Familie. Henk hingegen war ständig missmutig und knurrig. Irgendwann, bei einem gemeinsamen Abendessen mit ihm, beschloss ich, den Stier bei den Hörnern zu packen.

»Was hast du denn jetzt vor, Henk?«, fragte ich ihn. »Schon eine Idee, wie du weitermachen willst?«

»Ich hab dir doch schon gesagt, dass ich bei euch bleiben will. Daran hat sich nichts geändert, Mila. Zumal ich davon ausgehe, dass deine Affäre mit diesem dünnen Pillendreher ohnehin bald vorbei ist.« Er sah mich aus zusammengekniffenen Augen an. »Du willst mir doch nur eins auswischen, weil ich dich all die Jahre immer wieder alleingelassen hab. Ich hab doch schon gesagt, dass mir das leidtut. Was willst du denn noch hören? Soll ich vor dir zu Kreuze kriechen? Mich kannst du nicht täuschen, Mila. Dieser aufgeblasene Wunderheiler ist nicht deine Kragenweite. Irgendwann langweilt er dich. Und dann bin ich immer noch hier. Schließlich sind wir eine Familie, und daran wird dieses komische Windkotelett nichts ändern.«

Das sollte wohl gelangweilt klingen, aber ich sah, wie angespannt Henk war. Er hatte das Brot zwischen seinen Fingern zerkrümelt und schob die Krümel auf der Tischdecke hin und her.

Hannes' Vorwurf, dass ich keine Freundin davon sei, klaren Tisch zu machen, kam mir in den Sinn. Also gab ich mir einen

Ruck, sah Henk ernst in die Augen und sagte: »Wir sind eine Familie, du, Leo und ich. Da hast du recht. Aber wir zwei sind kein Paar, und wenn wir ehrlich zu uns selbst sind, waren wir das auch nie. Ich weiß letztlich nicht wirklich viel über dich, und du kennst mich auch nicht wirklich. Ich weiß nicht, was in deinem Leben der Grund für diese Rastlosigkeit war, aber ich kann mir denken, was der Grund dafür ist, diese Rastlosigkeit jetzt aufzugeben. Du bist alt geworden und merkst, dass du keinen Platz in der Welt hast, an den du wirklich gehörst.«

Henks Augen verengten sich bei meinen Worten. Er sah mich wütend an.

»Das alles tut mir sehr leid für dich«, fuhr ich tapfer fort. »Aber *ich* bin dieser Platz nicht. Soziale Geborgenheit ist etwas, das man sich über viele Jahre in einem Freundeskreis aufbaut. Einem Freundeskreis, der für dich da ist, wenn du Hilfe brauchst, und für den du da bist, wenn deine Freunde Hilfe brauchen. Ich habe mir das über Jahre aufgebaut, aber das kann man nicht einfach so auf jemand anderen übertragen. Wenn du Freunde brauchst, musst du dir eigene suchen. Meine Freunde kennen dich kaum und fühlen sich auch nicht für dich verantwortlich. Du hast nie gelernt, was Verbindlichkeit in Beziehungen ist. Du wirst deine Gründe haben. Aber ich musste, ob ich wollte oder nicht, all die Jahre verbindlich sein, um zu überleben. Allein mit zwei Kindern und allein mit einer Firma, die ich selbst aufgebaut habe. Du kannst jetzt nicht einfach wie ein erschöpfter alter Vogel in mein Nest fallen und dich von uns aufpäppeln lassen. Ich schmeiße dich nicht raus, weil ich das Leo nicht antun möchte und weil du mir leidtust. Aber Mitleid ist kein Ersatz für Nähe oder gar mehr. Also versuch, dir ein eigenes Leben aufzubauen. Hier in Dortmund oder wo auch immer. Ich werde dir ein bisschen helfen, weil du Leos Vater bist, und Leo wird dir helfen, weil er dich vergöttert. Aber mehr als ein bisschen Hilfe kannst du weder von mir noch von Leo erwarten. Leo wird demnächst endlich in sein eigenes Leben starten, und ich glaube nicht, dass er dir darin ein Dauerplätzchen einrichten möchte. Also sorg du selbst für dich, und der Rest wird sich zeigen. Und bevor du dir ein Urteil über meine Beziehung zu Hannes erlaubst, möchte ich dir noch eines sagen: Dieser ›aufgeblasene Pillendreher‹ hat dir in einem Punkt einiges voraus. Er fragt zwischendurch auch mich, was ich mir wünsche. Das gefällt mir besonders gut.«

Uff, das war eine lange Rede gewesen. Ich fühlte mich schlagartig völlig erschöpft. So klar war ich Henk noch nie entgegengetreten.

Henk sah mich fassungslos an und schüttelte den Kopf. Dann stürzte er in einem Schluck seinen Wein hinunter, stand auf und ging zur Tür. »Was bist du doch für eine egoistische und selbstgefällige Ziege geworden!«, giftete er. »Du wirst schneller auf den Boden der Realität zurückkommen, als dein Pillendreher bis fünfzig zählen kann. Da bin ich mir sicher. Und dann bin ich für dich da, so wie ich es immer war. Ich bin, weiß Gott, nicht perfekt, und das weiß ich, aber ich bin nicht nachtragend. Gute Nacht, Mila!«

Damit ging er aus dem Zimmer und ins Bett. Es war gerade mal kurz vor neun Uhr. Ich musste ihn bis tief ins Mark getroffen haben.

* * *

Wenige Tage nach Mattis großer Party schlug das Wetter um. Es war kühl und regnerisch, und die ersten Herbststürme hatten in den vom Sommer vertrockneten Wäldern ordentlich gewütet. Normalerweise machte mich der Beginn des Herbstes immer etwas traurig, aber in diesem Oktober plagte mich vor allem eine unaufhörliche innere Unruhe.

Ich unternahm mit Pi lange Spaziergänge, traf mich aber

nicht mit Margot, denn ich wollte in Ruhe nachdenken. In meinen Parka gehüllt und mit festen Schuhen an den Füßen stapfte ich mit langen Schritten durch den Wald, wenn es nicht stürmte, und durch Parks und Siedlungen, wenn der Sturm mir den Wald als zu gefährlich erscheinen ließ. Je näher der Zeitpunkt von Mattis Niederkunft rückte, desto unruhiger wurde ich. Immer noch hatte ich kein klares Bild davon, was von mir als Oma eigentlich erwartet wurde – und von der Mutter einer jungen Frau, die gerade selbst Mutter wurde.

Der Begriff »Mutter« war, wie gesagt, für mich eher negativ besetzt. Weil mir meine eigene Mutter als ausgesprochen schwierig und wenig mütterlich im herkömmlichen Sinne im Gedächtnis war, hatte mir bei meinen Kindern von Anfang an ein echtes Vorbild für Mutterschaft gefehlt. Schon als ich mit Matti schwanger war, war ich ängstlich darum bemüht gewesen, alles richtig zu machen. Und richtig bedeutete für mich vor allem eins: anders. Anders sein als meine Mutter – das war mein einziger Leitpfahl auf dem Weg zur eigenen Mutterschaft.

Meine Unsicherheit versuchte ich mit Perfektionismus auszugleichen: Ich bemühte mich während der Schwangerschaft, alles zu essen, was in Schwangerschaftsratgebern als gesund bezeichnet wurde. Egal, ob ich darauf Lust hatte oder nicht. Noch extremer wurde das, als Matti geboren war.

Wir jungen Mütter lehnten damals die Wirtschaftswunderwelt unserer Kindheit und Jugend ab und versuchten uns wieder mehr in Sachen natürlicher Lebensstil. Ich gab mir dabei noch mehr Mühe als alle anderen Mütter um mich herum: Ich wickelte Matti mit Stoffwindeln, über die ein – selbstverständlich – selbst gestricktes Schafwollhöschen gezogen wurde. In meiner Wohnung roch es ständig etwas streng, weil der Windeleimer, in dem ich die gebrauchten Windeln einweichte, natürlich stank. Und da man die Schafwollhöschen nach Gebrauch an der Luft trocknen lassen musste, roch es bei uns außerdem auch immer nach feuchtem Schaf. Ich stillte artig so lange, bis Matti sich irgendwann selbst von meiner Brust abwandte. Was mir wiederum das Gefühl gab, mein eigenes Kind könnte mich subtil ablehnen. Bis mich die Kinderärztin lachend auf den Boden der Realität zurückholte.

Ich bereitete jeden Brei selbstverständlich selbst zu, ich ging in Krabbelgruppen und versuchte, Matti zu fördern und zu bestätigen, wo es nur ging. Natürlich war ich ständig todmüde, weil ich recht bald nach Mattis Geburt im *Traumschiff* wieder die Küchenschichten übernahm – erst stundenweise, schließlich ganz. Oft band ich mir Matti dabei ins Tragetuch und schleppte sie mit mir herum, bis mir fast der Rücken durchbrach. Und all das hatte damit zu tun, dass ich nicht die geringste Ahnung hatte, was genau eine gute Mutter ist.

Meine eigene Mutter war dauernd mit einem ernsten Gesichtsausdruck durchs Leben gegangen. Darum bemühte ich mich, in jeder Lebenslage zu lächeln und Fröhlichkeit auszustrahlen. Das war furchtbar anstrengend, aber ich ließ mir nichts durchgehen. Da meine Mutter uns so gut wie nie für irgendetwas lobte, ermunterte ich Matti pausenlos. Jeden noch so kleinen Furz würdigte ich mit großer Begeisterung. Ich wäre nie auf die Idee gekommen, dass das nicht nur für mich anstrengend war, sondern möglicherweise auch für Matti.

Ich muss zugeben, dass auch meine Mutter Leistungen bisweilen anerkannte, aber ein Lob von ihr war für uns Töchter immer gewürzt mit einer Prise: »Das nächste Mal bitte noch ein bisschen besser!« Ich erinnere mich zum Beispiel daran, wie meine Mutter uns für gute Schulnoten belohnte. Sie trug stets eine Kittelschürze, und in ihrer Schürzentasche hatte sie Karamellbonbons, die sie selbst gern mochte. Hatten wir eine gute Note in der Schule geschrieben, belohnte sie uns mit einem dieser Bonbons. Wir nahmen sie immer artig und entzückt entgegen, obwohl weder Marieluise noch ich diese Bonbons wirklich gerne mochten. Aber es ging um das Symbol, und wir nahmen, was zu kriegen war.

Eine Gelegenheit ist mir besonders im Gedächtnis geblieben. Ich denke, es wird im dritten oder vierten Schuljahr gewesen sein, und ich hatte bei einem Rechenwettbewerb gewonnen. Ich war stolz wie Oskar. Rechnen fiel mir immer schon leicht, und ich präsentierte voller Stolz zu Hause meine Urkunde. Meine Mutter sah sich die Urkunde genau an, gab mir das obligatorische Karamellbonbon und sagte dann: »Das ist schön, Emmi, dass du gut rechnen kannst. Aber wirklich wertvoll ist eine Auszeichnung erst dann, wenn man sie für etwas bekommt, das einem nicht leichtfällt. Gib dir künftig etwas mehr Mühe beim Lesen und Schreiben. Wenn du einen Wettbewerb im Lesen gewinnst, bin ich richtig stolz auf dich.«

Die Reaktion meiner Mutter war für mich wie ein Tritt in die Magengrube. Mein Vater, der stets stumm am Tisch saß, nahm mich anschließend schweigend mit und kaufte mir in der ersten echten italienischen Eisdiele, die es damals bei uns gab, ein Sahnehörnchen. Das war eine Eiswaffel mit einer Portion Sahne darin. Ich kann mich nicht erinnern, dass ich ein Sahnehörnchen jemals köstlicher gefunden hätte. Und doch ging die Solidarität meines Vaters mit uns nie so weit, dass er meine Mutter für ihre überfordernden Ansprüche an uns gerügt hätte. Ich dachte damals auch, dass alle Mütter so seien wie meine. Bis ich eines Tages eine völlig andere Erfahrung machen durfte. Ich war beim Fangenspielen auf dem Pausenhof mit einer Klassenkameradin so heftig zusammengestoßen, dass wir beide bluteten. Ich hatte eine blutende Beule am Kopf, und das andere Mädchen, Renate Kastelberger, hatte eine dicke blutende Lippe. Unsere Lehrerin hatte unsere Mütter gebeten, uns vorzeitig abzuholen. Da meine Mutter im Laden unabkömmlich war und mein Vater gerade im Wartezimmer irgendeines Arztes saß, nahm mich Renates Mutter kurzerhand mit, um uns beide bei ihnen zu Hause zu verarzten. Ich schlich bedrückt hinter Renate und ihrer Mutter her und rechnete fest mit einer Standpauke wegen unseres unvorsichtigen Verhaltens. Aber das Gegenteil war der Fall: Voller Mitleid versorgte Frau Kastelberger unsere Wunden, platzierte uns gemeinsam auf der Wohnzimmercouch, ließ für den Fall, dass wir Kopfschmerzen bekommen würden, die Rollläden herunter und versorgte uns mit Kakao und Plätzchen. Mitten am Tag! Kakao und Plätzchen! Ich konnte mein Glück gar nicht fassen. Dann schaltete sie uns den Fernseher ein. Auch das war für mich eine Sensation. Nicht nur, weil wir zu Hause noch keinen Fernseher hatten. Vor allem, dass sich eine Mutter derart liebevoll um ihr Kind kümmert, obwohl es ganz klar gegen Regeln verstoßen hat – nämlich nicht auf dem Schulhof zu toben –, brachte den ersten echten Riss in die Wahrnehmung meiner Mutter. Ich ahnte plötzlich, dass es nicht unbedingt zum Muttersein dazugehört, mit gerunzelter Stirn und ernstem Ton mit den Kindern zu sprechen.

Später, als ich auf dem Gymnasium war, hat meine Mutter mich dann allerdings überrascht. Wir hatten im Deutschunterricht Gedichte und Balladen durchgenommen, und als Hausaufgabe sollten wir ein eigenes Gedicht schreiben. Ich quälte mich bei den Hausaufgaben, erledigte erst alles andere und saß bis zum Abendbrot am Tisch, kaute auf meinem Bleistift und brachte einfach kein Gedicht zustande. Schließlich schaltete meine Mutter sich ein und fragte, warum ich noch nicht mit den Hausaufgaben fertig sei. Ich schilderte ihr mein Dilemma. Kurz drauf kam sie mit einem Schulheft an den Tisch, einem Heft, dem man ansah, dass es schon ziemlich alt war.

»Hier«, sagte sie zu mir, »ich habe als junge Frau Gedichte geschrieben. Such dir eins aus.«

Ich fiel aus allen Wolken. Meine Mutter hatte Gedichte geschrieben! Konnte das wahr sein? Ich blätterte vorsichtig in dem Heft und las die eine oder andere Seite. Tatsächlich hatte meine Mutter in ihrer noch unreifen Handschrift Gedichte hineingeschrieben. Ob sie gut waren, konnte ich natürlich nicht beurteilen. Allein die Tatsache, dass meine Mutter offensichtlich irgendwann einmal Zeit für Poesie und schöne Künste gehabt hatte, haute mich völlig um.

»Aber das ist dann doch Betrug«, murmelte ich vorsichtig. »Ich kann doch nicht ein Gedicht für meins ausgeben, das ich gar nicht geschrieben habe.«

»Besser ein kleiner Betrug als eine schlechte Note«, sagte sie.

Diese Aussage – das habe ich später erkannt – war eine Art Lebensmotto von ihr: Die Beurteilung, die man von außen bekommt, ist immer wichtiger als man selbst.

Ich habe übrigens für das Gedicht, das ich ausgewählt hatte, nur eine Vier bekommen und habe mich nie getraut, ihr das zu sagen. Sie hat auch nie gefragt.

Damals ging übrigens Gundi schon in meine Klasse, und als sie ihr Gedicht vorlesen sollte, trug sie folgenden Vierzeiler vor:

Gedichte find ich blöde
Und schreiben richtig öde.
Drum pfeif ich auf die Poesie
Ich hab halt keine Phantasie.

Die Klasse hat sich gebogen vor Lachen. Ich vorneweg. Und Gundi selbst schaute die Lehrerin absolut frech und verwegen an und sagte: »Geben Sie mir ruhig 'ne Sechs. Ich stehe ja sonst in Deutsch auf Zwei, und dann gibt das zusammen 'ne Drei.«

Die Lehrerin musste gegen ihren Willen grinsen. »Und rechnen kannst du offensichtlich auch nicht richtig!« Und damit war der Fall vom Tisch.

Ich war soo neidisch. Diese Chuzpe hätte ich nie gehabt. Gundi war einfach völlig unbeschwert.

Sie blieb es auch später, als sie ebenfalls schon Mutter war und wir uns mit unseren Babys trafen. Sie wickelte selbstverständlich mit Plastikwindeln, verfütterte dreist Brei aus Gläschen, und als sie meinen erstaunten Gesichtsausdruck sah, wischte sie meine Bedenken mit einem Lachen vom Tisch: »Ja, was? Mila! Jetzt krieg dich wieder ein«, sagte sie, »irgendwann werden uns unsere Kinder sowieso vorhalten, dass wir alles falsch gemacht haben. So wie wir unseren Eltern das ebenfalls vorhalten. Das ist das Gesetz des Elternseins. Dann will ich doch wenigstens die Fehler machen, die mir Spaß machen!«

Dass ausgerechnet Gundi nun eine so überbemühte Vorzeigeoma ist, ist vielleicht noch das Erstaunlichste an unserer gemeinsamen Geschichte.

Gerade half mir das alles aber nicht weiter. Bei meinen Spaziergängen durch Wind und Regen wurde mir zum ersten Mal bewusst, wie anstrengend für mich meine Zeit als Mutter immer gewesen war. Und wenn ich es nicht schaffte, lockerer an alles heranzugehen, das wurde mir schlagartig klar, dann würde mein Omasein in gewisser Weise ebenso anstrengend werden.

So besorgt und nachdenklich ich war, so unbeschwert und selbstbewusst erschien mir Matti. Um ihr das Warten zu erleichtern, trafen wir uns immer wieder. Wir spielten zusammen Kniffel und Mensch ärgere dich nicht. Wir gingen im Schneckentempo spazieren. Einmal bat sie mich, mit ihr gemeinsam in Wuppertal die letzten Besorgungen für das Baby zu machen. Als sie in einem regelrechten Kaufrausch das halbe Geschäft für Babyklamotten leer kaufte, fragte ich vorsichtig, ob sie das alles finanziell ohne Weiteres stemmen könne.

Sie lachte nur. »Mach dir bloß keine Gedanken, Mutsch! Georg hat mir gerade erst vor ein paar Tagen wieder eine stattliche Summe überwiesen. Er hofft wohl, dass er sich irgendwie als Vater in unser Leben reinkaufen kann.«

»Und du nimmst das Geld an?« Ich war erstaunt und fast ein bisschen entsetzt.

Aber Matti überraschte mich auch jetzt. »Ich will vor der Geburt kein großes Fass aufmachen«, sagte sie. »Schließlich möchte ich, dass mein Kind später mal Kontakt zu seinem Vater bekommt. Wenn Georg sich momentan nicht anders einbringen kann als mit Geld, ist das doch schon mal ein Anfang, und ich wäre doof, es nicht anzunehmen.«

»Also gehst du davon aus, dass ihr eventuell doch noch mal zusammenkommt?«

Matti lachte noch schallender: »Dass ausgerechnet du so darauf pochst, dass ich mit dem Vater meines Kindes eine Beziehung haben soll! Ich bin, was das betrifft, wirklich mit Georg fertig. Aber das bedeutet doch lange nicht, dass ich meinem Kind keine Beziehung zu seinem Vater gönne.«

Diese Art von Pragmatismus leuchtete mir ein. Matti war unbeschwerter, als ich es jemals gewesen war. Vielleicht hatte ich ja doch nicht alles falsch gemacht.

Als wir wenig später in einem Café bei Tee und Torte zusammensaßen, verzog Matti immer mal wieder das Gesicht und legte eine Hand auf ihren Bauch.

Ich war alarmiert. »Was ist los, Süße? Hast du etwa schon Wehen?«

»Ich weiß nicht«, sagte Matti und wirkte plötzlich doch nicht mehr so unbeschwert. »Eigentlich ist es ja noch zwei Wochen zu früh, aber die Hebamme meinte auch, es könnte eventuell eher bei mir losgehen, weil der Bauch schon so tief ist.«

Ich beobachtete Matti nervös, und schließlich konnte ich meine Sorge nicht länger unter Kontrolle halten. »Sollten wir nicht vielleicht doch lieber in die Klinik fahren?«

»Ich weiß nicht.« Matti wirkte plötzlich kleinlaut. »Ich hab keine Ahnung. Ich hab das ja noch nie erlebt, aber das fühlt sich jetzt schon nach Wehen an ... vielleicht ... Mama, würdest du mitkommen?«

Äußerlich um Ruhe bemüht und innerlich in absolutem

Alarmzustand bezahlte ich unsere Rechnung und fuhr, so schnell ich es verantworten konnte, mit Matti zu der Klinik, die sie sich für die Geburt ausgesucht hatte. Die diensthabende Hebamme war sehr freundlich, und ich war richtig erleichtert, Matti in ihre erfahrenen Hände übergeben zu können.

»Na, dann wollen wir mal!«, sagte sie und startete die Untersuchung. Wenig später erklärte sie Matti, der Muttermund sei noch nicht geöffnet. Zur Vorsicht schloss sie Matti dennoch an den Wehenschreiber an.

Immer wenn Matti eine leichte Wehe hatte, sah sie mich unsicher und gleichzeitig stolz an. Trotzdem schickte die Hebamme uns nach einer Stunde wieder nach Hause. »Das sind vermutlich Übungswehen«, meinte sie. »Das ist nicht unüblich.«

Als sie merkte, dass sowohl Matti als auch ich uns wegen des verfrühten Alarms etwas lächerlich vorkamen, legte sie eine Hand auf Mattis Arm. »Es ist absolut richtig, dass Sie gekommen sind. Besser einmal zu früh als zu spät. Wenn sich die Lage im Laufe der Nacht noch ändert, zögern Sie bitte keine Minute, und machen Sie sich wieder auf den Weg. Babys kommen, wann sie wollen und wie sie wollen. Also haben sie keine Hemmungen, und kommen Sie wieder, auch wenn Sie unsicher sind.«

Damit verschwand sie mit eiligen Schritten durch den Gang hinter einer Tür. Von Ferne hörte man eine Frau gellend schreien.

Matti sah mich entgeistert an.

»Das hat nichts zu bedeuten«, behauptete ich schnell. »Manche Frauen schreien beim Gebären und andere nicht. Das ist völlig individuell.«

»Ich weiß«, sagte Matti, »das haben sie uns im Geburtsvorbereitungskurs immer wieder eingeschärft – und dass wir versuchen sollten, uns unter der Geburt nicht zu sehr zu kontrollieren.« Sie lächelte mich schief an und stieg umständlich in ihre riesige Latzhose.

Als wir bei ihr auf dem Hof angekommen waren, fragte ich: »Soll ich heute Nacht nicht lieber hier bei dir bleiben?«

»Nein, Mutsch. Das ist lieb.« Sie wirkte schon wieder etwas souveräner. »Ich hab ja Janis und Robert um mich, und wenn es losgeht, ist Janis mit ihrer unerschütterlichen Ruhe sowieso meine erste Wahl. Aber wenn was ist, dann rufe ich dich sofort an, versprochen.«

Wir umarmten uns, und ich fuhr mit wackeligen Knien über die Autobahn zurück nach Dortmund.

Nach diesem aufregenden Tag hatte ich Sehnsucht nach Hannes. Wir hatten uns angewöhnt, abends zusammen zu essen und dann spontan zu entscheiden, ob wir auch die Nacht miteinander verbringen wollten. Als ich bei ihm ankam, saß er an seinem Küchentisch und hatte eine Karte von Neuseeland vor sich ausgebreitet.

»Ich stelle mir gerade eine Reiseroute zusammen«, sagte er. »Dieses Mal will ich mich etwas gründlicher auf der Nordinsel umschauen, und ich suche mir gerade ein paar schöne Wandertouren heraus.«

Mit fast kindlicher Begeisterung zeigte er mir Fotos vom Lake Taupo, den Huka Falls und dem Kaikoura Canyon. Beeindruckend, und doch für mich nichts weiter als exotische Namen.

Schließlich merkte Hannes, dass ich nicht wirklich bei der Sache war. »Tut mir leid«, entschuldigte er sich und räumte Landkarten und Reiseführer beiseite. »Da ist die Vorfreude mit mir durchgegangen. Ich will dich mit meiner Neuseelandbegeisterung nicht langweilen. Irgendwann nehme ich dich einfach mit, und dann bist du von ganz allein genauso infiziert wie ich. Wie war dein Tag?«

Ich legte mein Handy vor mich auf den Tisch. »Ich glaube, jetzt ist der Zeitpunkt gekommen, wo ich dich doch bitten muss, mich mit deinen homöopathischen Kügelchen zu behandeln.«

Als Hannes mich erschreckt ansah, wiegelte ich ab: »Kein Grund zur Sorge. Ich bin nicht ernsthaft krank oder so. Aber ich glaube, ich bin dem ganzen Stress um die bevorstehende Geburt von Mattis Baby nicht gewachsen. Ich war heute mit Matti in der Klinik, weil sie glaubte, Wehen zu haben. Letztlich war es ein Fehlalarm, aber ich bin völlig mit den Nerven fertig. Ich habe da auf dem Flur eine Frau brüllen gehört, und dann fiel mir wieder ein, wie extrem so eine Geburt ist, und ich musste mir vorstellen, dass meine kleine Matti ... Ich weiß nicht, ob ich das packe!«

Hannes lachte. »Dafür brauchst du keine Homöopathie, mein Schatz! Dass dir die Nerven durchgehen, wo es langsam ernst wird, ist doch völlig normal. Eine große Portion Spaghetti und ein Glas Rotwein tun ebenso gut ihre Dienste. Komm, ich koche uns schnell ein paar Beruhigungsnudeln.«

»Bloß keinen Alkohol!« Ich schüttelte den Kopf. »Wenn es heute Nacht doch noch losgeht, muss ich noch Auto fahren und Matti beistehen.«

»Du glaubst doch nicht wirklich, dass ich dich in so einem aufgelösten Zustand allein durch die Nacht fahren lassen würde«, sagte Hannes. »Stell dein Handy auf laut. Falls Matti heute Nacht irgendwann wirklich anruft, fahre ich dich sicher und entspannt durch die Nacht.«

Er stand auf, goss mir ein großes Glas Rotwein ein und machte sich darauf am Herd zu schaffen. Während er Zwiebeln und Knoblauch in Olivenöl anschwitzte, sagte er wie beiläufig: »Wenn das Baby jetzt schon kommt, dann spricht doch eigentlich nichts dagegen, dass du doch noch mit mir zusammen nach Neuseeland fährst, oder?«

Ich trank einen kräftigen Schluck Rotwein. Der Alkohol zeigte sofort eine beruhigende Wirkung. Ich lächelte Hannes an und zuckte nur mit den Schultern.

»Nein, Quatsch, Mila«, fuhr Hannes fort. »Ich will dich nicht drängen. Außerdem willst du ja auch im Dezember nach Benin, und Aurélie hat dich vor mir gefragt. Aber man wird ja wohl noch träumen dürfen. Es wäre einfach zu schön, wenn ich dir dieses wunderschöne Land zeigen könnte, und außerdem würde ich mich so freuen, wenn du Becci und ihren Mann Rich kennenlernen könntest. Ihre Töchterchen Lou und Shirley kenne ich ja selbst kaum. Lou ist fünf und Shirley erst zwei. Die war vor zwei Jahren gerade geboren, als ich dort war. Aber das alles läuft uns ja nicht weg.«

Als die Spaghetti verspeist waren und ein weiteres Glas Wein mich völlig zur Ruhe gebracht hatte, kam ich von mir aus noch einmal auf Hannes' Reise zu sprechen. Der Rotwein hatte meine Zunge gelöst, und ich gestand: »Ich würde eigentlich viel lieber mit dir mitfahren als im Dezember in den Benin. Wenn meine blöden Ängste mir nur nicht immer im Weg stehen würden ...«

»Ängste?« Hannes rückte ein Stück von mir weg, um mir in die Augen sehen zu können.

Aufgeweicht von dem aufregenden Tag und meiner Sorge um Matti und benebelt vom Rotwein gestand ich, dass ich Angst hatte, ob ich den Anforderungen, die meine Großmutterschaft an mich stellen würden, gerecht werden könnte, und dass ich zeitlebens immer Angst gehabt hatte, als Mutter nicht gut genug zu sein. »Und außerdem habe ich noch Angst, dass deine Tochter mich vielleicht nicht mögen könnte und du dann enttäuscht von mir bist«, schloss ich.

Hannes nahm mich ganz fest in den Arm und sagte nur: »Mila, Mila!«

Erst nach einer ganzen Weile fuhr er fort: »Becci wird dich

schon allein darum lieben, weil sie merkt, wie unglaublich gut du mir tust. Sie ist ein ganz unkomplizierter Mensch, ihr Mann Rich erst recht. Er arbeitet bei einem Radiosender in Auckland und ist ein wirklich lustiger Vogel. Er ist einiges älter als Becci und macht sich ständig darüber lustig, dass Becci einen Vaterkomplex habe, weil sie ihn zum Mann genommen hat. Die beiden sind so fröhlich und lustig. Du würdest sie sofort mögen und sie dich, da bin ich mir absolut sicher.«

»Aber ich kann ja nun nicht weg, das habe ich dir doch erklärt.« Ich hörte selbst, wie traurig meine Stimme klang. »Ich habe Matti versprochen, für sie da zu sein, und das würde ich nie und nimmer rückgängig machen. Na, außer … Vielleicht kommt ihr Baby ja schon tatsächlich heute Nacht.«

* * *

Am Sonntag drauf lud Matti mich, Hannes, Christian und Judith zum Kaffeetrinken ein. Das Baby war in jener Nacht natürlich nicht mehr gekommen, das Telefon still geblieben. Wir gingen eine kleine Runde im Wald spazieren, aber Matti hatte schon wieder leichte Wehen und fühlte sich auch sonst nicht mehr wirklich wohl. So saßen wir recht schnell bei Kaffee und Kuchen in ihrer winzig kleinen Küche.

»Jetzt kann es aber wirklich bald losgehen«, erzählte sie. »Ich kann es nicht mehr erwarten. Ich kann nicht mehr schlafen, kann in keiner Position richtig liegen und muss alle naselang zum Pinkeln aufstehen.«

»Oh, da hättest du mal deine eigene Mutter kurz vor deiner Geburt erleben sollen. Sie war nur noch müde und schlecht gelaunt«, lachte Judith.

»Aber als du dann endlich gekommen bist, das war schön«, lenkte ich das Gespräch in erfreulichere Bahnen.

»Schön?« Judith lachte mich ganz offen aus. »Ich weiß noch,

dass du in den ersten Tagen danach gesagt hast, dass du nie, nie wieder ein Kind bekommen möchtest.«

»Ja, toll! Jetzt mach ihr noch Angst.« Ich war richtig sauer auf Judiths Taktlosigkeit. »Natürlich ist eine Geburt ein ... irgendwie ... extremes Erlebnis. Aber letztlich auch das Schönste und Wundervollste, an das ich mich erinnern kann.«

Matti lachte: »Gib dir keine Mühe, Mama! Ich hab schon genug Horrorgeschichten von Freundinnen zu hören bekommen. Ich weiß, dass das Ganze kein Frühlingsspaziergang in lauer Luft wird. Aber trotzdem will ich langsam meinen Körper wieder für mich haben, und ich will unbedingt das Baby in den Armen halten.«

Ich war unheimlich gerührt bei der Vorstellung, dass es nun tatsächlich bald so weit sein könnte. »Was meint denn die Hebamme? Wann schätzt sie denn ungefähr, dass es richtig losgeht? Also ich meine mit geburtswirksamen Wehen?«

»Sie sagt, es kann jederzeit sein, aber es könnte auch noch dauern. Der Muttermund ist weich, aber noch nicht geöffnet, und der Kopf drückt noch nicht direkt drauf. Also alles offen ... äh, nein, eben nicht offen. Ihr wisst schon, was ich meine, keine Prognose möglich. Wir müssen leider geduldig bleiben«, antwortete sie.

»Du bist ja nur so ungeduldig, weil du hoffst, doch noch mit Hannes nach Neuseeland fahren zu können, Mila«, sagte Judith.

Jetzt war ich richtig sauer. Wie konnte sie nur so taktlos drauflosschwätzen und der armen Matti noch mehr Druck machen! Ich wollte gerade zu einer empörten Widerrede ansetzen, als Matti mich erstaunt fragte: »Soll das heißen, dass du nur meinetwegen auf die Reise verzichtest? Dass du nur meinetwegen nicht mit Hannes fährst? Ich dachte, du hättest dich für Benin im Dezember entschieden?«

»Quatsch, Matti, mein Schatz«, fiel ich ihr eilig ins Wort.

»Das Wichtigste bist natürlich du. Und dein Baby. Und darauf warte ich ausgesprochen gerne. Außerdem hätte ich auch ein schlechtes Gewissen, Gundi schon wieder für eine ganze Weile meine Firma aufs Auge zu drücken. Und ob ich wirklich nach Benin fahre, steht sowieso noch in den Sternen. Aurélie fährt wahrscheinlich auch diesen Winter gar nicht. Ihre Oma in Ganviès hatte einen Schlaganfall und kann momentan gar keinen Besuch gebrauchen. Aurélies Mutter fährt hin, und Aurélie weiß noch nicht, ob sie mitfährt. Mir ist das mit dem Reisen wirklich gar nicht so wichtig. Dann kann ich wenigstens meinen sechzigsten Geburtstag im Dezember mit euch allen zusammen feiern. Nach Neuseeland kann ich ja auf jeden Fall noch ein anderes Mal. Das ist zwischen Hannes und mir alles geklärt.«

Da hatte ich allerdings die Rechnung ohne Matti gemacht. Sie bekam sofort ihren energischen Blick, reckte das Kinn vor und schimpfte mich nach allen Regeln der Kunst aus: »Das hast du mir aber alles so nicht gesagt. Ich dachte, Benin sei in trockenen Tüchern. Mama! Ich hätte dich nie gebeten, dich um mich zu kümmern, wenn ich gewusst hätte, dass du dir dafür eine solche Chance entgehen lassen willst. Ich bitte dich inständig: Überleg dir das noch mal! Bestimmt kommt mein Baby schon in den nächsten Tagen. Warum auf etwas verzichten, wenn man beides haben kann? Ich bestehe darauf, dass du Hannes begleitest. Ich bin doch von lauter helfenden Händen umgeben. Bitte tu mir das nicht an! Verzichte nicht für mich auf etwas, was dir wichtig ist.«

Ihre Wangen hatten sich rot verfärbt, und ich meinte sogar zu sehen, dass sie Tränen unterdrückte. Nur konnte ich nicht beurteilen, aus welchem Grund: ob sie wirklich so unbedingt wollte, dass ich mir diese Freiheit nahm, oder ob sie nicht vielleicht doch heimlich fürchtete, dass ich mich noch für die Reise entscheiden könnte.

Judith fragte: »Wann genau reist du denn eigentlich ab, Hannes?«

»Am achten November geht mein Flug«, antwortete er.

Judith lachte: »Worüber reden wir denn dann bitte? Heute haben wir den zwanzigsten Oktober. Der berechnete Stichtag für die Geburt ist der sechsundzwanzigste. Matti hat seit einigen Tagen immer wieder Wehen. Das passt doch wie gemalt. Und wenn der kleine Racker eine Diva ist und seinen großen Auftritt noch herauszögert, dann gibt es ja immer noch Tante Judith und Opa Christian. Wir würden uns liebend gerne um Matti und das Kleine kümmern, oder, Christian?«

Christian bejahte strahlend.

Ich war offensichtlich als Einzige noch nicht überzeugt. »Jetzt hört auf, mir schwirrt ja schon der Kopf«, sagte ich. »Außerdem ist die Chance, dass ich überhaupt noch einen Flug bekomme, extrem gering.«

»Das lässt sich ja nun am allerleichtesten klären«, meinte Hannes trocken. »Ich schaue einfach im Internet nach. Matti, kann ich mal eben deinen Laptop benutzen?«

Matti gab Hannes ihren Laptop. Ich kaute nervös auf dem Apfelkuchen herum, während Judith und Christian schon einen Plan entwickelten, wer wann was für Matti kochen könnte. Gerade waren sie bei der Auflistung stillfreundlicher Lebensmittel angekommen, als Hannes wieder zum Tisch zurückkehrte: »Es wäre noch ein Platz in meinem Flieger frei, Mila. Natürlich nicht neben mir, aber immerhin der gleiche Flug. Soll ich buchen?«

»Auf jeden Fall. Mach sofort. Das ist ein Zeichen von oben!«, riefen alle wild durcheinander.

Hannes sah mich an.

In meinem Kopf war Stille, als hätte mich jemand unter Wasser getaucht. Alles schien mir plötzlich weit weg zu sein. Nach einer gefühlten Ewigkeit tauchte ich aus dem Tiefwasser wieder auf, holte Luft und sagte: »Also gut. Dann buch für mich. Ich komme mit!«

Damit war mein Entschluss besiegelt. Ich würde Hannes auf seine Reise begleiten. Vom Rest der Unterhaltung bekam ich kaum etwas mit. Innerlich begann ich sofort zu organisieren. Ich musste Leo und Aurélie bitten, sich um Pi zu kümmern. Gundi sollte die Geschäfte in meiner Firma noch einmal provisorisch übernehmen. Mit Margot musste ich besprechen, ob sie Traudel in ihre Kur nach Bad Ems bringen würde, und ich wollte Marieluise noch fragen, ob sie sich mal mit Henks Arthrose befassen könnte, und …

Hannes sah mich erwartungsvoll an. Hatte ich etwas verpasst?

»Ich habe dich gefragt, ob wir nach Hause fahren sollen«, sagte er. »Es stürmt draußen ganz schön, und ich würde gerne aufbrechen.«

»Ja, natürlich. Entschuldigung«, sagte ich. »Ich war wohl gerade schon beim Kofferpacken.« Alle lachten, und wenig später verabschiedeten wir uns.

Matti gab mir einen dicken Kuss. »Ich bin so froh, dass du dich so entschieden hast, Mutsch! Schließlich will ich mir von dir was abgucken als Mama, und ich will keine Mama werden, die für ihr Kind auf alles verzichtet.«

Auf der Rückfahrt fragte Hannes mich: »Und? Haben wir dich zu sehr überrollt? Bereust du deine Entscheidung schon?«

Ich drehte mich auf dem Sitz zur Seite, sodass ich ihn direkt ansehen konnte. »Im Gegenteil. Ich freue mich. Ich freue mich wirklich wie bekloppt.«

* * *

Dass ich dann doch noch einmal an meiner Entscheidung zweifelte, hatte mit einem Besuch von Xavier zu tun. Er und

Leo hatten sich inzwischen ausgesöhnt. Leo sollte bald stundenweise in Xaviers Burgerladen arbeiten, auf 450-Euro-Basis. Die ursprünglich einmal vereinbarte Teilhaberschaft war dauerhaft vom Tisch, zumal Leo sich inzwischen entschieden hatte, sich um einen Studienplatz für Fotografie und Design in Dortmund zu bemühen.

Ich kam gerade von einem Spaziergang mit Pi nach Hause und fand zu meiner Überraschung die beiden jungen Herren im Wohnzimmer vor. Als ich hereinkam, stürzte sich Pi begeistert auf Xavier. Der begrüßte mich strahlend und verkündete: »Du darfst mir gratulieren. Ich bin seit dreizehn Tagen Papa.« Und dann zeigte er mir auf seinem Handy ein Foto nach dem anderen von einem winzigen Etwas mit rotem verschrumpelten Gesicht. Sein verklärter Blick sagte alles. Er war völlig hin und weg von seinem Töchterchen. »Ist sie nicht schön, meine kleine Sinéad Lotta Amrita?«

Ich finde ja eigentlich, dass ein Vorname in der Regel für einen Menschen ausreicht, aber bei so exotischen Namen muss man vielleicht Spielraum für spätere Umentscheidungen lassen.

Leo sprach aus, was ich dachte: »Sinéad? Seid ihr bekloppt? Sinéad O'Connor ist meines Wissens depressiv. So nennt man doch kein Kind.«

Xavier seufzte. »Das war auch nicht meine Wahl. Ich werde die Kleine wohl eher Lotta nennen, das war mein Vorschlag. Aber du kennst ja Thea.«

Kurzes, betretenes Schweigen, tiefes Ausatmen von beiden.

Um die Stimmung zu retten, sagte ich: »Auf jeden Fall ist die Kleine zuckersüß und bildhübsch. Ich gratuliere dir, Xavier! Ist denn alles glattgegangen? Sind Mama und Kind wohlauf?«

Xavier seufzte noch tiefer und erzählte dann stockend, dass die Geburt wohl sehr kompliziert gewesen war. Wegen einer Schwangerschaftsvergiftung gegen Ende der Schwangerschaft musste die Geburt eingeleitet werden. Dann hatte es aber trotzdem noch sehr lang gedauert, und nach ewiger Quälerei hatte das ganze Team auf der Geburtsstation mit Saugglocke und aller nötigen ärztlichen Kunst dem Elend irgendwann ein Ende bereitet.

Mir rutschte sofort das Herz in die Hose. Wenn das bei Matti auch so eine dramatische Wende nehmen würde … und ich wäre gar nicht da, um ihr beizustehen! Mir brach sofort der kalte Schweiß aus, und mit einer knappen Entschuldigung flüchtete ich in mein Zimmer. An so etwas durfte ich gar nicht denken!

Leo hatte offensichtlich bemerkt, was für eine Wirkung Xaviers Erzählung auf mich gehabt hatte, und kam zu mir, sobald Xavier gegangen war. Er setzte sich auf mein Bett und sagte: »Du hast doch hoffentlich jetzt keine Angst, dass Matti eine ähnlich schwierige Geburt bevorsteht, oder? Matti ist ein ganz anderer Menschentyp, Mama. Ganz ehrlich, so wie Thea gestrickt ist, hätte es mich eher gewundert, wenn bei der Geburt alles glattgelaufen wäre. Die ist halt 'ne Dramaqueen.«

»Aber das hat doch damit nichts zu tun«, rügte ich Leo. »Eine Schwangerschaftsvergiftung, das ist einfach … Pech. Also, schlimm. Aber das hat doch nichts damit zu tun, ob die Mutter kompliziert ist oder nicht!«

Leo nahm meine Hand. »Das wollte ich damit auch gar nicht sagen, Mama. Aber du bist doch wohl nicht mit so einem Wunderheiler zusammen, ohne selbst zu wissen, wie viel Einfluss die Psyche eines Menschen auf seine Gesundheit hat. Ich wollte dir doch nur sagen, dass du dir grundsätzlich immer zu viele Sorgen machst. Um Matti, um mich und letztlich um alles. Es gibt einen Spruch, in dem heißt es, es gibt zwei Dinge, von denen man sich immer zu viel macht: Nudeln und Sorgen. Und jetzt schlaf gut. Alles wird gut, du wirst sehen.«

Natürlich glaubte ich daran, dass letztlich alles gut werden würde. Aber ich fand, dass das Gutwerden ruhig ein bisschen schneller kommen könnte.

* * *

Sosehr ich mich auch bemühte, mich mit anderen Dingen zu beschäftigen, letztlich bestand mein Leben von da an nur noch aus Warten. Sogar Matti machte sich schon über mich lustig. Wenn sie mich anrief und ich betont gleichgültig fragte, ob alles in Ordnung sei, lachte sie mich aus. »Du kannst dich so schlecht verstellen, Mutsch! Ich höre ganz genau, dass du auf Nachrichten aus dem Inneren meines ungehorsamen Körpers lauerst. Aber es ist alles immer noch beim Alten. Ich habe immer wieder leichte Wehen, aber der Muttermund ist zu, die Herztöne sind gut, und das Fruchtwasser ist noch klar. Also alles paletti da drinnen.«

Der Sechsundzwanzigste kam – und ging.

Jeder weitere Tag kam – und ging. Nichts passierte.

Hannes nahm mich mit ins Kino, um mich abzulenken. Doch ich konnte an nichts anderes denken und umklammerte im Dunkeln mein Handy, um nur ja nicht zu verpassen, wenn es im Fall der Fälle vibrierte.

Er zeigte mir Fotos von seinen früheren Reisen nach Neuseeland, er bekochte mich und schleppte mich in Ausstellungen oder Konzerte. Ich kam mir vor wie ein verwöhntes Kind, das die Weihnachtsbescherung nicht abwarten kann.

Und dann war der Oktober vorbei. Einfach vorbei. Und nichts war passiert.

Nichts, nichts, nichts.

November – Nachsitzen

Ich habe während meiner Schulzeit sehr häufig nachsitzen müssen. Obwohl ich eigentlich nicht frech war, Widerworte nur aus übertriebenem Gerechtigkeitssinn heraus gab und in irgendwelche Schandtaten zumeist von Freundinnen hereingezogen wurde, saß ich doch viel häufiger auf dem Strafbänkchen als alle anderen. Einmal beispielsweise hatte ich mich zusammen mit drei Freundinnen davor drücken wollen, dass wir auch bei Regenwetter in der Pause auf den Schulhof mussten. Unsere Schule wurde von Ordensschwestern geleitet, und obwohl die meisten Lehrer weltlich waren, gab es auch ein paar wenige Schwestern, die uns unterrichteten. Ganz besonders unangenehm war unsere Erdkunde- und Physiknonne, Schwester Innocentia. Sie war eine durch und durch humorbefreite, völlig vertrocknete Ziege. Als ich eines Tages kichernd mit meinen Freundinnen ins Schulklo geflüchtet war, damit wir dort gemeinsam in einem Toilettenkabinchen die Pause trocken überstehen konnten, hörten wir es im Nebenklo verdächtig plätschern.

Wir gingen selbstverständlich davon aus, dass es sich um eine pinkelnde Mitschülerin handelte. Da es kurz vor Weihnachten war, hatte eine Freundin Spekulatius mitgebracht und schwesterlich mit uns geteilt. In kindlichem Übermut rief ich deswegen der vermeintlichen Mitschülerin zu: »Willst du auch Spekulatius?«, und warf einen Keks über die Trennwand. Als wir keine Antwort bekamen, kletterte ich an der Trennwand hoch und traute meinen Augen nicht. Dort hockte ausgerechnet Schwester Innocentia. Der Spekulatius lag sehr dekorativ auf dem schwarzen Schwesternhäubchen.

Ich ließ mich sofort an der Trennwand herunterrutschen und brach in hysterisches Kichern aus. Flüsternd unterrichtete ich meine Freundinnen von dem Anblick, der sich mir geboten hatte, und nicht lange darauf kreischten wir vor Lachen. Die Strafe ließ natürlich nicht auf sich warten. Obwohl wir zu viert gewesen waren, war ich die Einzige, die eine saftige Strafe kassierte: Nachsitzen – stundenlang.

Das war aus zwei Gründen besonders hart: Erstens, weil es bitter war, allein im plötzlich stillen Klassenzimmer zurückzubleiben, während alle Schulkameradinnen fröhlich lachend aus dem Schulgebäude ins Freie stürzten, um nach Hause zu gehen. Wer nachsitzen musste, hatte meistens eine völlig bekloppte Strafarbeit abzuleisten, um dann, wenn man viel zu spät nach Hause kam, dort – zweitens – noch einmal die Leviten gelesen zu bekommen.

Ich kann mich noch erinnern, dass ich beim Nachsitzen einmal versehentlich von unserem Hausmeister im Klassenraum eingeschlossen wurde. Ich hatte Angst, ich würde die ganze Nacht im leeren Schulgebäude verbringen müssen. Als ich schließlich am späten Abend vom Hausmeister wieder befreit wurde, weil meine Mutter in der Schule nachgefragt hatte, wo ich wohl stecken könnte, war ich ganz aufgelöst.

Ähnlich wie diese sinnlose Warterei beim Nachsitzen fühlte sich für mich das Warten auf die Geburt an.

Der Herbst zeigte sich von seiner hässlichsten Seite. Es regnete ohne Unterlass, und da das Laub durch den zu trockenen Sommer schon sehr früh von den Bäumen gefallen war, stachen die nassen, entlaubten Zweige trostlos in den Novemberhimmel. Es wäre also genau der richtige Zeitpunkt gewesen, um sich auf die bevorstehende Verlängerung des Sommers in Neuseeland zu freuen. Aber je näher der Tag unserer Abreise rückte, desto verzagter wurde ich. Was war nur mit Mattis Baby los, dass es sich so gar nicht in die Welt wagen wollte?

Am liebsten wäre ich nun doch noch von der Reise zurückgetreten, aber davon wollte natürlich niemand etwas wissen. Auch wenn Matti inzwischen selbst hochgradig nervös und genervt war, behauptete sie mir gegenüber immer und immer wieder, dass alles in bester Ordnung sei. »Mutsch, mach mich und dich nicht verrückt. Die Hebamme betont immer wieder, solange das Fruchtwasser klar ist, ist alles im grünen Bereich.« Ihre Stimme klang aber recht gezwungen beherzt.

Und dann saßen wir in Hannes' Auto und fuhren zum Düsseldorfer Flughafen. Leo saß am Steuer. Der Regen klatschte gegen die Windschutzscheibe, der Scheibenwischer tanzte hektisch hin und her. Leo wollte die Stimmung im Auto aufheitern und erzählte von Nepal, von der lauten Hektik in Kathmandu und der fast ohrenbetäubenden Stille in den Bergen des Himalaya. »Macht so viele Fotos wie möglich«, forderte er uns auf. »Ich will alles sehen, was ihr auch gesehen habt!«

Ich murmelte Zustimmung, Hannes sagte gar nichts. Er spürte meine bedrückte Stimmung. Dann, wir fuhren gerade ins Parkhaus, piepte mein Handy. Nachricht von Matti:

Fruchtblase heute Morgen beim Duschen geplatzt. Bin im Krankenhaus. Wehen heftig. Gute Reise und tausend Küsse!

Ich brach sofort in Tränen aus. Hannes sah mich mitleidig an. »Nachricht von Matti?«

»Ja«, meine Stimme zitterte, »die Geburt hat angefangen. Dieses Mal wirklich. Die Fruchtblase ist geplatzt!«

Leo parkte das Auto und half uns, die Koffer auszuladen. Dann umarmte er mich. »Siehst du, alles läuft nach Plan! Steigst als Mama in den Flieger und kommst als Oma in Neuseeland an.«

Ich schluchzte noch heftiger.

Hannes nahm mich ebenfalls in den Arm und sah mir in die

Augen. »Komm schon, Mila«, sagte er leise. »Pack deinen Koffer wieder ein, und lass dich von Leo nach Wuppertal bringen. Du bist doch sowieso mit dem Herzen längst dort. Wir holen unsere Reise nach!«

Ich drückte Hannes noch fester. Zu mehr war ich einfach nicht mehr in der Lage.

»Wie jetzt? In echt?« Leo konnte es offensichtlich nicht glauben. Erst als ich nickte und mir die Nase putzte, lud er kopfschüttelnd meine riesigen Koffer wieder in den Kofferraum.

Genau neun Stunden später schickte ich ein Selfie an Hannes, der in Dubai zwischengelandet war. Auf diesem Selfie war eine völlig aufgelöste, überglückliche Oma mit einem winzig kleinen, rotgesichtigen Baby zu sehen. Ich schrieb:

Darf ich vorstellen: Anton Erhardt, 54 cm, 3680 gr. – der kleine Held ist kerngesund. Oma erschöpft und schockverliebt, Matti erschöpft, gesund und überglücklich.

Kurz danach schrieb Hannes zurück:

Bildschön, der kleine Held, und bildschön, die erschöpfte Heldin. Gratuliere euch allen dreien. Lernt euch kennen und lieben. Kuss, Hannes

Direkt danach kam noch eine zweite Nachricht:

Mila, Du siehst so weich und glücklich aus. Ich bin froh, dass Du die richtige Entscheidung getroffen hast. Und jetzt, auf die große Entfernung, traue ich mich alter Feigling, Dir endlich das zu sagen, was ich schon lange sagen wollte: Ich liebe Dich.

Ich schrieb sofort zurück:

*Das weiß ich doch längst, mein Lieblingsfeigling. Kannst Du
Dir vorstellen, künftig das Haus und Dein Leben mit einer
chaotischen Oma zu teilen?*

Die Antwort kam sofort:

JA

Und damit war ich also doch noch irgendwie in die Parklücke
reingekommen. Vielleicht musste ich dafür erst Oma werden.
 Ich schrieb meine letzte Nachricht an Hannes:

Herz wegen Überfüllung weit geöffnet.

Ende

DANK

Danke sagen möchte ich an dieser Stelle vor allen Dingen meinen Eltern, die mich von klein auf mit Geschichten vollgestopft haben. Geschichten, die sie vorgelesen oder erzählt haben. Da wir in meiner Kindheit keinen Fernseher besaßen, wurde bei uns viel erzählt und gelesen. Irgendwann wurde ich dadurch selbst zur Bücherfresserin. Darum lagern in mir auch viele Geschichten. Dass eine davon nun aus mir herauswachsen konnte, verdanke ich meiner Lektorin Stefanie Heinen, die mich irgendwann ermutigt hat, einen Roman zu schreiben.

*Manchmal wird es auch in der größten
Wohnung ganz schön eng ...*

Lioba Albus
ZUSAMMEN IST MAN
WENIGER GEMEIN
Roman

336 Seiten
ISBN 978-3-7857-2814-7

Die Zeiten sind hart, die Konten leer, und obwohl sie einander
kaum kennen, bleibt ihnen nichts anderes übrig, als vorübergehend zusammenzuziehen: die Komikerin Daniela Dies, ihr
Techniker Franz und die Kostüm- und Modedesignerin Pia. Vierte
im Bunde ist die eitle Filmdiva Etta Glück, die ihre Wohnung zur
Verfügung stellt. Als Eigentümerin beharrt sie allerdings darauf,
die Regeln zu bestimmen. Ihr oberstes Gesetz: keine Nacktheit
und kein Sex in ihren heiligen Hallen. Kann das auf Dauer
gut gehen? Wer bricht zuerst die Regeln, und wer trickst am
geschicktesten? Raufen die vier sich zusammen, oder scheitert
ihre Zweck-WG an den Schrulligkeiten eines jeden Einzelnen?

Lübbe

Älter und Single?
Willkommen im Hotel zur späten Liebe!

Lioba Albus
BETREUTES FLIRTEN
FÜR SPÄTBERUFENE
Roman

352 Seiten
ISBN 978-3-7857-2864-2

Ida Tündermann ist unzufrieden. Ihr 61-jähriger Körper, ihr Hotel, ihre Ehe und das sauerländische Dorf, in dem sie lebt, haben eins gemeinsam: Die besten Zeiten sind vorbei. Noch will Ida allerdings nicht aufgeben. Weder ihren Ehemann, mit dem sie seit Jahren nur noch das Nötigste spricht, noch ihr Hotel, das wie eine verschmähte Geliebte mehr und mehr an Glanz verliert. Hier ist sie geboren, hier wird sie irgendwann sterben, und bis dahin ist ihre Grappa-Clique ihre rettende Insel. Dachte sie. Denn völlig unerwartet taucht ihre Großnichte Lilli auf. Die ist Weltmeisterin im Pläneschmieden und hat eine Idee: Ida soll das Hotel in eine Hochburg für betreutes Flirten für reifere Semester umwandeln ...

Lübbe